U0937628

一代奇后羊献容

一代佳丽，两朝为后，
历经八王之乱，遭遇五废六立，
演绎了中国历史绝无仅有的人生传奇。

贾福英 著

图书在版编目（CIP）数据

一代奇后羊献容 / 贾福英著. -- 北京：中国文联出版社，2017.1

ISBN 978-7-5190-2465-9

Ⅰ.①一… Ⅱ.①贾… Ⅲ.①长篇历史小说—中国—当代 Ⅳ.①I247.5

中国版本图书馆 CIP 数据核字（2016）第 322025 号

一代奇后羊献容

作　　者：贾福英

出 版 人：朱　庆
终 审 人：张　山　　复 审 人：蒋爱民
责任编辑：胡　笋　　责任校对：傅泉泽
封面设计：王全高　　责任印制：陈　晨

出版发行：中国文联出版社
地　　址：北京市朝阳区农展馆南里 10 号，100125
电　　话：010-85923039（咨询）85923000（编务）85923020（邮购）
传　　真：010-85923000（总编室），010-85923020（发行部）
网　　址：http://www.clapnet.cn　　http://www.claplus.cn
E - mail：clap@clapnet.cn　　hus@clapnet.cn

印　　刷：北京天正元印务有限公司
装　　订：北京天正元印务有限公司
法律顾问：北京天驰君泰律师事务所徐波律师
本书如有破损、缺页、装订错误，请与本社联系调换

开　　本：710×1000　　1/16
字　　数：300 千字　　印　张：20.5
版　　次：2017 年 1 月第 1 版　　印　次：2017 年 1 月第 1 次印刷
书　　号：ISBN 978-7-5190-2465-9
定　　价：48.00 元

序

作为羊氏后裔，过去从未知道先祖中有羊献容其人。后虽有所闻，但只知道是一个在历史上有争议的人物。她屡遭废立，后又成为外族入主中原的皇后。史者或避而不谈，或责以有损民族大义。

关于羊献容的史料甚少，作者能诠释为一部数十万字的小说而又不悖基本史实，实属不易，精神可嘉。

羊献容生于西晋“八王之乱”的年代。作为望族之女，十五六岁即被选入宫，立为皇后。在八王争权夺位中，六年间五废六立，险遭荼毒，实际上是西晋王族争权夺位的工具。无论废立，均在软禁监视之中，完全身不由己，如有不端，随时有失去性命的危险。但废而不杀，立而不用，既有历史背景的因素，也有其个人的因素。西晋灭亡后，羊献容仍能以亡国之身，再度被前赵立为皇后，并“内有特宠，外参朝政”。一介女子，两朝为后，这在中国历史上实属罕见，堪称为奇。追根溯源，除了羊献容的容貌美丽外，其才学、品德，也应该是重要原因。

至于作为前赵刘曜的俘虏并能再立为后，说明她并非胜者的玩物。刘曜为汉化匈奴人，文武兼备，卓尔不群。他能将一个女俘立为皇后并“外参朝政”，促进少数民族汉化，融入中华民族的大家庭，并立与羊献容所生之子刘熙为太子，即使在羊献容去世后也能力排众议不作更改，并亲自背土覆坟，悲痛不已，不惜巨资打造墓葬，使羊献容之显平陵“下锢三泉，上崇百尺，积石为山，增土为阜”，“太赦境内殊死巳下以示其哀”，更说明刘曜对羊献容的钟爱与尊重。他们是一对真正的恩爱夫妻。从史料看刘曜在统治期间，起用有学识的汉人作官，在长安开办学校，提倡汉文化治国等，促进少数民族汉化和民族大融合，羊献容应该在里面起了积极的作用。

作者贾福英女士能以历史唯物主义的观点，从实际出发，除对名重西晋时期泰山羊氏家族的历史渊源及变迁有确切阐释外，对西晋王朝公元300年至公元322年间宏大的历史场景，江山易主，朝代更迭，及羊献容传奇的人生际遇，做了深度剖析，做了实事求是的评价，实属难得。

该书文笔流畅，情节曲折，人物丰满，可读性很强。对中华传统历史文化、泰山文化、风土人情，皆有较为深入的挖掘，拓展了小说的容量，增加了小说的内涵，堪为一部厚重的长篇历史之作，充分显示了作者的才华和理论勇气。

是为序。

羊涤生

2015年10月29日于北京清华园

（作者系清华大学教授，原中华孔子学会常务副会长、法人代表。）

目　录
CONTENTS

引　子 ………………………………………………………… 1
第一章　泰山进香，风生水起传祸福 ………………………… 5
第二章　一见倾心，云罨雾罩隐苦甘 ………………………… 19
第三章　圣旨昭昭，不尽迷茫碎芳梦 ………………………… 34
第四章　嫁衣着火，华宫美苑谓吉凶 ………………………… 50
第五章　朝后夕庶，金瓦重銮叠魅影 ………………………… 66
第六章　雪漫金墉，御宫丹墀再添愁 ………………………… 85
第七章　扑朔迷离，浮生轮回知几度 ………………………… 106
第八章　纡尊降贵，在世荣辱叹常逢 ………………………… 124
第九章　辗转千回，汉皇可识昭君面 ………………………… 143
第十章　长夜未央，霸王应晓高祖心 ………………………… 161
第十一章　宫樯濒危，怎堪再尔虞我诈 ……………………… 177
第十二章　刀光剑影，复又起烽火狼烟 ……………………… 194
第十三章　再涉故土，颠沛流离心无寄 ……………………… 213
第十四章　浣衣问柳，隐踪匿迹逐白云 ……………………… 229

第十五章　前尘饮罢，回眸半生沧桑史 …………………………………… 246
第十六章　晚来风寒，记取一生坎坷程 …………………………………… 264
第十七章　天下翻覆，碧落黄泉原有意 …………………………………… 283
第十八章　大义明心，风翥鸾翔任驰骋 …………………………………… 298
后　记 ………………………………………………………………………… 312

引　子

《三国演义》开篇有云：话说天下大势，分久必合，合久必分。古尧舜禅让，夏禹肇基，中华民族良风贤制垂范千古。然自启袭帝鼎，争权夺位，屡屡上演；宗室倾轧，层出不穷：晋文公重耳遭陷流亡，秦二世胡亥伪诏诛兄，隋太子杨广弑父而代，唐秦王李世民喋血逼宫，以及形形色色的遗诏事件，波谲云诡，触目惊心。西晋时期的“八王之乱”，更是将皇室家族的权位之争演绎到极致，造成国家动乱达数百年之久。

公元 265 年（泰始元年）十二月，西晋建立，司马炎称帝，定都洛阳。追先祖司马懿为宣帝，先伯父司马师为景帝，先父司马昭为文帝。

司马炎认为，曹魏之所以灭亡，一个重要的原因，就是宗亲之间关系疏远，做国君者得不到叔伯兄弟间的鼎力相助，一旦皇室有难，便陷于孤立无援境地。于是，他吸取曹魏灭亡之教训，通过分封制和郡县制加强统治，实行一系列惠政巩固司马家族政权，笼络各方人心以安定局势。其时受封诸王达数十人，皆以郡为国，大国食邑两万户，置上中下三军；次国食邑一万户，置上下二军；小国食邑五千户，置一军。受封诸王可根据等级享有封土，拥兵自重。之后各封国疆域不断扩大，食邑增加，实力增强，成为威震朝廷的诸侯。其中以汝南王司马亮、秦王司马柬、成都王司马颖最为强盛。

除此之外，司马炎还通过一系列措施发展生产，倡导节俭，增强国力，促进繁荣。至公元 280 年，国力强盛，余粮委田，四海统一，天下康

宁，史称“太康盛世”。由此而见，西晋开国之初的司马炎，还是位胸襟恢宏、开明有为的皇帝。唐太宗李世民曾赞曰：“据国御宇，敷化教民”、“制奢俗以变俭约，止浇风而反淳朴。”西晋王朝的建立，不仅结束了东汉末年长期杀伐混战与三国鼎立的局面，还威慑长城内外，声震大江南北，应该说有着良好的开端。然山陵未固，根基未稳，即发生覆国动乱，变难继起，国况日下，终至覆灭。着实让人意外、震惊和扼腕叹息。

“八王之乱”祸起萧墙，由后宫扩大至朝廷，由都城蔓延至全国，由皇室诸王之间的政权争夺而酿成有匈奴、鲜卑、羯、氐、羌等少数民族参与的大战。旷日持久的内乱，神器劫迁，宗社颠覆，黎民百姓生灵涂炭，数十万众垂饵于豺狼，三十六王咸陨于锋刀。

纵观西晋衰亡，不外有三个原因：一是大封宗室诸王所致；二是权力、法令制度混乱严重；三与武帝司马炎不能明察世事、洞达千里有关。

司马氏出身世家，为当时名门望族，姻亲也皆当时之世家大族。司马懿妻母家河内山氏，为竹林七贤山涛之姑母；司马师妻子泰山羊氏，为西晋开国功勋羊祜之姊羊徽瑜；司马昭妻子东海王氏，为经学大师王肃之女；杜预乃司马懿之婿；皇后杨艳乃曹魏大臣杨文宗之女，其姿容美丽，尤为司马炎宠爱。司马炎一生有子 26 人，与皇后杨艳生有毗陵王司马轨、太子司马衷、秦献王司马柬。司马轨早夭，司马衷天生智障，于是皇位继承一事让司马炎大伤脑筋。皇后杨艳钟爱二子司马衷，司马炎每有另立太子之意，杨艳便以“立嫡以长不以贤”古训婉谏，又兼看到司马衷之子司马遹聪明，自认为长谋远虑，江山有望，不复再议。

公元 290 年（太熙元年）四月，司马炎去世，指命由继任的皇后杨芷之父杨骏与汝南王司马亮为太傅，共同辅政。司马衷继位，成为西晋第二位皇帝。

司马衷智障，易于掌控。于是杨骏与杨芷阴谋擅权，把持朝政，排挤司马亮。父女合谋逼迫司马亮返回封地许昌，大权独揽。杨骏本低级小吏，并非堪当大事磊落坦荡之人，“谙古义，动违旧典”，专横跋扈，刚愎自用。尚自立脚未稳便结党舞弊，为所欲为；经时未久即让朝臣嗟叹，天下愤然。杨骏甚至住进武帝理政的太极殿，用武帝笔墨批阅奏折，俨然代理皇帝。

而司马衷之妻皇后贾南风一派，不甘皇权旁落，也因皇权之争渐露头角。贾后为开国功勋中护军贾充之女，也有统霸朝廷之心。于是，妃、后两党在宫廷内展开角逐。公元 291 年（永平元年），贾后召集司马皇族人东安公司马繇、楚王司马玮、黄门孟观等，发动禁卫军政变，杀死杨骏、杨芷，大权落入司马亮和元老卫瓘手中。司马亮独权，排挤司马玮。司马玮怒，假借皇帝之命再杀司马亮、卫瓘。贾后复以矫诏专擅杀人之罪处死司马玮，大权回落手中。贾后无子，深恐皇权再度落入他人之手，而司马衷唯一的儿子太子司马遹，是司马衷与才人谢玖所生。于是，贾后设计毒杀司马遹。此举反被蓄谋已久的赵王司马伦、孙秀等制用，诏以毒害皇室继承人之罪，幽禁贾后于金墉城，赐金屑酒，致其亡。

贾后没，赵王司马伦自任宰相，统揽朝政。为巩固势力，加强朝廷与朝臣间的后盾支持，与亲信中书令孙秀商议为司马衷再立新后。孙秀与平南将军孙旂合族，孙旂的外孙女羊献容出身泰山羊氏，为当时世家大族，年方豆蔻，貌美颖慧。其先祖羊续，清廉著世，东汉扬名；先祖父羊祜、羊瑾、羊琇，均晋朝为官，尽忠职守，功勋卓著；先祖姑景献皇后羊徽瑜，贤德著称。于是，孙秀将这种政治派系发展为已用，公元 300 年（永康元年）十一月，羊献容被册封为皇后，从此踏上皇宫地毯，挟裹于时局动荡的“八王之乱”，行走在风口浪尖，历经“五废六立”，从而上演了一幕幕惊心动魄、跌宕起伏的人生传奇。

我们的故事，就从这里开始……

参阅资料：

【1】《晋书》，中华书局。

【2】《资治通鉴》，中华书局。

【3】柏杨《资治通鉴》之《八王之乱》，中国友谊出版社。

【4】陈寅恪著、万绳南整理《魏晋南北朝史讲演录》，贵州人民出版社。

【5】周伟洲《汉赵国史》，广西师范大学出版社。

【6】仇鹿鸣《魏晋之际的政治权利与家族网络》，上海古籍出版社。

【7】汤用彤《汉魏两晋南北朝佛教史》，武汉大学出版社。

【8】罗宏曾《荆棘铜驼》，三联书店。

【9】《中国全史》魏晋南北朝习俗史。

【10】薛瑞泽《秦汉魏晋南北朝黄河文化与草原文化的交融》，科学出版社。

第一章　泰山进香，风生水起传祸福

公元300年，即西晋永康元年，按天干地支计算，这一年恰好是“甲子年”。

“甲子年”通常被视为不平凡之年。

这一年的冬日，寒潮似乎来得特别早，刚入冬，古老的泰山大地，一场瑞雪便将山川妆点得风光旖旎，如诗如画。

雪后初霁，阳光灿烂。远远望去，山川巍峨，峻岭逶迤，大片大片的雾凇在田野里漫漶绵延，洁白的雪在四野里泛着晶莹的光泽，泰山在如此旖旎雪色中，更显得山势峻奇，雄伟壮观。

泰山，又称东岳，为“五岳”之首，位于齐鲁大地中部。自始皇嬴政封禅以来，历代帝王莫不因循效仿。数千年精神文化的渗透渲染以及自然景观的烘托，逐渐被推崇为历史文化名山。泰山前邻孔子故里曲阜，背依泉城济南，面积达四千多平方公里，主峰玉皇顶海拔1545米，景色秀丽，险峻入云，更有“天下第一山”之美誉。

泰山古时又称“太山”，古人认为是对最高山的概述。古代传统文化认为，东方为万物交替、初春发生之地。《史记集解》亦载：“天高不可及，于泰山之上封禅而祭之，冀近神灵也。”古人形容泰山“吞西华，压南衡，驾中嵩，轶北恒”，故泰山又有“五岳之长”、“五岳独尊”之誉。泰山风景以主峰为中心，拔起于齐鲁丘陵之上，山势险峻，峰峦层叠，形

成“群峰拱岱”的高旷气势。战国时期，齐国沿泰山山脉直达黄海修筑的齐长城，今遗址犹存。泰山南麓的大汶口文化、北麓的龙山文化遗存，也反映出早期黄河流域氏族部落的活动状况。泰山多松柏，俊奇葱郁；又多溪泉，故而不乏灵秀与缠绵，缥缈变幻的云雾，更为泰山增添了几分神秘与玄奥。

此刻，泰山脚下的城镇里，商号林立，车水马龙。卖日用百货的，杂耍的，捏糖人的，说书唱曲的，经营布匹绸缎、瓜果蔬菜的，出售鸡鸭牛羊，赶骡子卖马的，人声鼎沸，熙来攘往。天虽冷寒，却是冬闲时节，又逢集日，很多商贩还是尽早占据有利地势，放声吆喝，期待有好的交易和收入。百姓的生活离不开柴米油盐，市井中的商货昭示着百姓生活的真实与内涵。

市集不远处，一座寺院里也在忙忙活活。“光岳寺”几个大字典雅肃穆，神圣庄严。寺院庙墙高耸，青砖铺地，殿宇秉承传统重檐歇山脊风格建筑，朱漆过脊，悬檐挑角，饰兽精简。赤墙碧瓦间浸透着灵宝之气，巨鼎香灰中掩映着鼎盛之光。因其位居历代君王封禅要地，佛源深厚，佛韵绵长。佛事活动自东汉汉明帝筑白马寺译经传播起始，经三国徐州牧陶谦浴佛活动影响，至晋朝时期，已得到绵延发展，比较盛名的有比丘僧竺法护、安法钦，以及此后的比丘尼僧净检、竺道馨（俗姓羊、太山人）、僧念等。其“色与空”之宇宙观、“断欲无我”之人生观，以及“六道轮回”道德观和素食、饮茶习俗之传播，深为百姓接受。泰安佛事的两大支系：一是泰山羊氏；另一支是东平毕家。具体到新泰，则以西部徂徕山一带为中心，羊氏家族为主。①

司马家族崇儒，西晋自开国以来，崇道尊佛，儒释道并参，佛教事业因而得以弘扬。更兼本寺住持竺济师太德行高湛，佛心广布，深受一方百姓敬仰。老百姓为求福解惑，常常不远千里而来。大殿内，十数个佛门弟子在来来回回布置佛堂，摆设香支、贡品。一师太走上，边巡视边吩咐：“把锦墩换个新的，佛案擦干净了。”言毕亲手抄起一柄拂尘，掸去帐幔上

① 《新泰区域文化通览》

的积灰。

师太名惠尼，法号净空，为竺济师太衣钵弟子。其身材适中，椭圆脸儿，弯眉细目。玄帽下露出光洁的额头，高挺的鼻梁犹如秀气的山头，略薄的嘴唇自然抿着，唇角微翘，安详端庄，不笑时也似带着几分微笑之意，愈给人一派从容肃穆之态。一双超然物外的眼睛，目光深邃，仿佛不经意地看谁一眼，皆能把人的五脏六腑看穿。

一弟子跑进大殿："师傅，车马已经到市集了。"师太听后，整整衣帽，快步走出大殿迎接，众弟子随后涌出，侍立两边。

官道上，一队人马迤逦而至。中间一辆华盖双驾马车古朴典雅。马车的队伍前有数架抬盒，内置香烛绢帛等物，车后有家丁护卫，仪仗威严。马车通体赤朱色，在传统安车风格上加以变通修改，车体增大，容积变阔，美观而实用。车顶及轿沿饰以铜顶流苏，门帘上绣有团花滚瑞图案，中间一个大大的"卍"字，显示着轿中主人的身份与地位。马车小窗窗帘打开，有半张脸露出，旋即被一只手迅速挡了回去。

庙会上众人不由纷纷侧目观看，猜测来者何人。便有那恍悟一二地喊道："是钜平侯羊叔子后人，是钜平侯羊叔子后人，从洛阳回泰山进香来了。"话音甫落，便有无数的乡众闻讯拥近前，霎时将寺庙门口围了个水泄不通。

外地客商不解："这羊叔子何许人也？其后人竟引起如此轰动。"

边上便有人接口道："羊叔子乃我朝开国大将军羊祜，其文韬武略，望重朝野，忠君护国，体恤乡邻，平吴兴晋中著德推诚，举有成贤，驻襄阳开疆固国十年，那是江汉归心。泰山羊氏是本地世家大户，名门望族，泰山郡是羊氏一族的封地，其祖羊续，官至南阳太守，悬鱼拒贿，清廉著世；尚书右仆射羊瑾，勤谨孜事，尽职忠君。羊留为羊氏家族故里，其家族自两汉至晋，有'世吏两千石，九世并以清德闻'之美风。"①

---

① 泰山羊氏世居羊流问题，另见《太康地纪》及《后汉书》之《羊续传》、明清《新泰县志》。

外地客商点头，面露敬慕之色。

另有一人高声接腔道：“羊氏一族出将入相，尊礼崇佛。其门风廉政，品格清洌，世代相袭；清德美誉，尽得乡人拥护，羊风流韵，在新甫大地传承不衰。更有听闻，当朝尚书郎羊玄之之女羊献容，年方豆蔻，淑婉颖慧，貌美非常，待字闺中已被钦定为皇后。”

“皇后？”

于是更多的人舍弃摊位，蜂拥上前，欲一睹羊门女性风采。

寺院门外台阶之上，惠尼师太缁衣皂帽，双手合十，迎立在门口。身后，明晃晃的烛火将大殿供奉的菩萨神像辉映得宝相庄严，肃穆神威。

马车停下，侍女打帘，搀出一老一少两位女子，下车站定，皆有欢愉神色。但见长者中等年纪，面相温和，内敛肃慎，眉宇见秋。头上青丝高挽，发髻带银，着一身滚花蓝缎广袖长褂，银丝过边，浅中藏秀，端庄素雅之外不乏雍容华贵。再看少女，头戴团绒貂帽，身裹软红披风，秀发垂髫，明眸雪肌，眉黛如画，漫含秋水。在飒飒寒风中，优雅地四处观望。展眸之间，动似凝脂破壁，玲珑剔透；俯首之瞬，静似含烟拂柳，袅娜轻盈。一望之下，已是清丽出尘，摄魂撼魄；再望之下，恍觉姿色倾城，如月魄清瑰，柔婉清丽，气韵夺人。

一时之下，惠尼师太呆了一呆，复定神趋步上前，合掌施礼：“恭候尚书羊夫人与贵女郎光临。”

羊夫人还礼：“信妇与小女羊献容叨扰，请师太安！”

惠尼师太复还以礼，道：“夫人不远千里而来，车马劳顿，诚心向佛，贫尼感念。殿堂已备好香烛，请夫人内中进香。”

乡人尽皆争相高声问候“尚书夫人安！”“羊夫人安！”颂恩之声不绝。

羊夫人寒暄还施以礼，吩咐上呈了敬献佛堂的善资与供品，携了羊献容的手，虔诚地跪在佛像前。佛号响起，香烟缭绕，一片弥喃梵音之声，神圣而庄严。羊献容毕竟年少，未经历过如此庄重场合，参拜期间不免新鲜惊奇，偷偷睁开眼睛滴溜溜四下一望，见师太与一干众人皆形态虔诚，母亲神色肃敬，佛像金光烁目，似怒含威，慌又吐吐舌头，闭上眼睛。

礼佛完毕，师太引了羊夫人客房叙话。

侍女素月在殿门外悄悄招手，羊献容牵念来时看到的雾凇奇观，不由向母亲请求出外一观。羊夫人怜爱地看看女儿，回头问师太周遭山况可好？师太说略有起伏，倒还平坦。羊夫人遂放心，叮嘱侍女仆从小心看护好女郎，才颔首应允。

师太看了看羊献容，似欲有话，见羊夫人无察，忙隐了话头，岔开话题。

“夫人这番回归故里，欲待停留几日？”

羊夫人微微一笑：“离开京都已是半月有余，转眼冬至，应该回去了，只是小女贪恋故土风光，又多住几日，想不日也就要返回洛阳了。倒是感觉这寺院香火，较之以前，似乎更加兴盛了。”

师太执礼奉茶，回复道：“寺庵承圣朝稳固，天下安泰，又有泰山羊氏一族笃信礼佛，遣资荐度，供奉济施，所以香火鼎盛。羊氏一族的清誉贤达，早已令世人敬仰，今再添夫人功德，更是泽被有加。”

羊夫人含笑致谢，道是因了师太弘扬佛法，惠及众生，德高望重，佛心向善之功。

师太再施一礼：“出家人两耳不闻窗外事，一心向佛。奈何寺庵也是世间一分子，安危与共，祸福相济。数月前夜观天象，云图大变，星斗乱位，又久闻京城动乱，内室操戈，杨太后、贾皇后早已然殁了，是故贫尼冒昧相询，不知所闻孰真孰假？”①

羊夫人闻言一滞，环顾左右无他，又思师太尘外之人，不至多话，方低声说道：“本是寻常百姓人家不该多论，但师太得道高人，问询隐瞒自是不慧。武帝驾西，命车骑将军杨骏、汝南王司马亮共同辅政。太后父女心怀企图，把持朝政，欺走司马，藐视朝堂，任意妄为。大权旁落，皇后

① 占卜、星象。见《中国全史》魏晋南北朝习俗史

心犹不甘，惠帝痴笨，太后自不与她同心，于是皇后忧急犯险，计同楚王、汝南王发动政变，除杨氏父女，夺回大权。本见太平，罪不及恕者，后又起覆灭太子之心。总是权欲熏人心，太子本武帝心爱之孙，自幼禀其聪智瞻谋朝堂未来，其母谢才人虽无家世可依，但也哺育有功。”

师太颔首：“司马氏王侯者众，又岂肯皇权任人妄为？”

羊夫人道：“正是，数月前，惠帝之皇叔祖赵王司马伦以讨矫害嫡之名拿到贾后，禁金墉城，赐以金屑酒，已然命赴黄泉。同遇害者尚有张华、裴頠、裴楷等辅政老臣，可叹数条人命，位高人极，皆不能超然度外，着实令人叹息。羊氏一门，仰先帝恩惠，赖祖辈清誉、景献后贤德，得以家风稳固，世代传承。此番回故土进香，一是为祭祖，二是祈求菩萨，保我羊氏一门，永泰安康。”

“阿弥陀佛！”师太欲言又止。

羊夫人讶异：“请问师太，可有不妥之处？”

惠尼师太道：“未有不妥之事，恕贫尼多嘴，出家人不打诳语，才观女郎之貌，当是人中龙凤，有大贵之缘。”

羊夫人施礼：“谢师太。”

“只是……”惠尼师太欲言又止。

“只是什么？”羊夫人疑窦顿生。“愿聆师太指点迷津。”

惠尼师太沉默片刻道：“只缘造化弄人，难以尽善尽美，女郎大福之路，尚须经几多磨难。”

羊夫人闻言，忙站起施礼：“大师慧鉴，名不虚传，信妇有礼了。实不相瞒，此番上香也是为小女祈福而来。消息据传或实，小女尚自不知，请大师明示。小女为信妇心头之肉，宁我多承重，也断不愿让小女遭屈受难。”

师太道：“阿弥陀佛，善哉！善哉！须知因缘造化，终有渊源，非人力可定可为，天机不可泄露。”

羊夫人情急，忙深施礼再求。

师太目视远方，手指暗卜，面无表情：“不妨让女郎记住一字，明哲保身，虔安度日，磨难过后，或许便是福地洞天。”

师太转身，点燃三炷香，一一插到香炉中，命人拿了纸笔，写一字，双手合掌，口中念念有词，然后交与羊夫人。

羊夫人双手接过，也跟着合掌礼拜，神色凝重地藏入袖中。

寺院外，一马疾驰而近，至寺庙前停下，马上人一跃而下，同丫鬟急急地对话。丫鬟匆匆走进客房，施礼道：“禀主母，洛阳有消息来报。”

羊夫人与惠尼师太急步走出佛堂，疑惑地看着仆人，揣测是何消息。

仆人喘息未定道：“洛阳快马来报，圣旨已下，郎主命主母和女郎即刻动身，速速回京赴宫听封。”

“听封？这么快？”羊夫人听毕，尽管心里早有所准备，但还是一下呆住了，不安地望向惠尼师太。

惠尼师太默然道：“皇命难违，夫人还是善自斟酌吧！”

羊夫人忙命仆从去找回羊献容，仆从欲下。羊夫人又急急叮嘱：“切勿告诉女郎实情，小心走漏风声，以免多生事端。”

仆从应声，转身而去。

寺院后，羊献容拉了侍女素月的手，贪恋雾凇奇观，似放飞笼鸟，欢快地向雪地奔去。仆从欲跟随，被其佯怒制止。

羊献容着红妆，嵌明饰，手执一束腊梅，醒目娇俏，衣饰飘逸，翩翩少女身姿，天真烂漫。

素月望着羊献容，不由赞道：“女郎真美，和这腊梅花一样明艳动人。”

羊献容眼珠一转，看到雪棚下挤成一窝的鸭子在取暖，调皮一笑道：“我是腊梅花，那你，就是那雪窝窝里的小毛鸭。”

“你才是小毛鸭，你才是小毛鸭！”素月童心大起，一时忘了主仆关系，抓起一把雪撒向羊献容。羊献容不甘示弱，也抓起一把雪撒向素月。主仆二人自小一起长大，情似姐妹，打闹着，欢笑着，向旷野跑去。雾凇

美景在四野里如梦似幻，如烟如歌。一株株松树似披了软缎轻纱，一片片的山林层峦叠瑞，似云雾缠绕，烟霞弥漫。红梅在寒雪中微笑，白云在山巅堆瑞，如此奇观吸引着羊献容和素月越走越远，清脆的笑声在原野漫漫雪光中缭绕。

转过山脚，一片叫嚷声突兀响起。羊献容一惊，手扯素月，慌忙躲起。

静候片刻，见并无危险，二人忍不住探首好奇地观望，但见岩下是一片开阔场地，偌大的雪地外，四周白杨如屏障，沟壑如画图，田地层层罗列，线条流畅分明。便在屏障以内，雪地正中，有火堆架设，上面熏烤有野物，香味缭绕。

火堆旁，有数人围成一圈，挥舞双臂呐喊。圈中一男子，长身玉立，正手持一管洞箫做剑，在雪地里叱咤飞舞。但见其身手矫健，脚步灵活，闪跳如大鹏展翅，动挪似游龙翔空，力道苍劲，形神俊逸，兔起鹘落之间，一套剑术凝练精湛，脚下白雪却未显半分杂沓之痕。吟唱声随着雪地寒光传了过来，羊献容不由得听呆了。

太山一何高，迢迢造天庭。
峻极周以远，曾云郁冥冥。
梁父亦有馆，蒿里亦有亭。
幽涂延万鬼，神房集百灵。
长吟泰山侧，慷慨激楚声。

“陆机的《太山吟》。”羊献容喃喃出声。

“陆机是谁?”素月问。

“陆机乃吴国人士，平吴归顺大晋，为太康、元康年间颇著声誉之文臣，其诗歌才高词赡，举体华美。”

“这《太山吟》有何特别?”素月疑惑。

羊献容“嘘”竖一指，低声道：“陆机为南方人士，看多了南方的秀山丽水，初踏北方，看到巍巍泰山，广漠大川，忍不住吟诗作赋，一时传为美谈。《太山吟》因其意境高远，慷慨激越而广为传诵。又因泰山郡是咱们故里封地，对其诗便有偏爱怀恋之情。蒿里山、梁父山乃泰山脚下的小山，也就是‘封泰山，禅蒿里、禅梁父’的禅地。诸葛亮幼时曾随其父在泰山周围生活，对当地的民谣俚曲比较熟悉，故流传有《梁父吟》古辞。”

“女郎才智超群，冰雪聪慧，真是女中佼佼啊。”素月忍不住赞叹。

羊献容莞尔一笑，未作回应，转而自语：“何人如此雅兴，将一首雄浑豪迈之诗溶于剑谱？文弛武道，当真别出心裁。”惊异错神之际，但见那男子走至近从，回身，舒臂，已是张弓搭箭，箭尖对准羊献容所处之地。

原来羊献容只顾得倾听思考，不觉把身形露出石外大半，发顶彩饰闪动，焕出耀眼金光，惊动了对面舞剑者。

侍女素月大惊，慌忙挺身欲挡羊献容，尚未靠近，忽地脚底一滑，扑通跌倒，惊叫声未毕，只听弓弦“嗖嗖”地响过，忙惶惶地抬头查看女郎，却是安然无恙。她爬起身，尚自心跳未止，立脚未稳，转瞬间一只苍鹰“噗”的一声，不偏不倚，落在二人脚下数尺之间。

素月冲上前，俯身欲取，却身欲责射箭之人。

一伙人“唰”地围上来，转瞬绕成一圈疾走。

未及反应，素月即被疾走人群冲斥个趔趄。人群忽地一分为二，将羊献容与素月遥遥隔开。素月一下慌了，想去护卫羊献容，出不去，焦急地左冲右撞，却无法突围。

圈子里，羊献容凛然而立，静观突变。苍鹰的血渐渐渗出，将洁白的雪地浸出一朵朵艳红。

青年男子打马靠近，嘴角上扬，宛若观火，势若戏兽，傲然远眺里面，仿佛看着一个坠入陷阱的猎物，露出轻蔑的微笑。但只这一望，便神色怔住，宛若惊鸿一瞥，瞬间被羊献容的美貌与胆识慑住，不觉双目看

痴，近前一个呼哨，命人群停止游走。

素月捡起苍鹰，便欲理论。

羊献容搭眼细瞧，惊异地发现，一箭过睛，乃是传闻中箭术最高造诣。细思过往听在府长辈言，只胡人有此神箭手，莫非神遇？不免暗自惊叹，命素月不得无礼，用恭敬礼仪送还。

青年男子从马上一跃而下，健步上前道："在下刘曜，惊扰女郎。敢问女郎芳名？哪里人氏？为何只身来此山中？"

"大胆，女郎芳名岂是你可知的？"素月随口回应。

"哈哈哈，在下唐突，汉人规矩真是繁多。素闻汉人家女孩娇怯，虎胆者稀，女郎似不同，面对箭矢竟然不怕？"青年转过脸来，眼含异彩，语气凌厉，形象粗犷，表情竟是七分温柔。

羊献容观此人，身高约九尺，孔武有力，气质落拓高亮，气度非凡，异于常人处，眉密微白，双目炯炯处，似有赤光。看其着装与汉人无异，唯著靴特别，长可及膝。但观其貌相，与中原武士却又稍有不同。"汉人？胡人？"一时琢磨不定。

当时北方盛行穿靴之俗。《释名》说："靴本胡服也，赵武灵王始服之"。三国曹操《与太尉杨彪书》，记载赠给杨彪的东西中就有"织成靴一量"。木屐、芒屩、靴子，为魏晋通常着用之具，三者均属鞋类，但又有不同。"屐，搘以践泥也，帛屩不可以践泥。"羊献容想起祖母曾讲过一个笑话，与屐有关。说早时有祖约、阮孚二人，祖约性好财，阮孚性好屐，同是执着而不能判谁胜谁负。于是有人打赌，看他俩谁更胜一筹。打赌者去看祖约，见其正料理财物，客人至，一下屏蔽不尽，余两小簏筐，匆忙藏之背后，倾倒身子覆盖，神色极其紧张。于是打赌者再去看阮孚，正见其蜡屐，一边蜡一边自叹曰："未知一生当著几量屐。"神色甚闲畅。胜负即分。蜡屐即在屐上涂蜡，以加强其防水性能。屐不但用于蹚水，还用于登山，但皆不如靴子轻便舒适，快捷利行。于是靴子在民间大兴。

羊献容还听祖父讲，匈奴自归附，渠物通流，合二为一。人多有才华，且程度极高。莫非这位就是传闻中的匈奴贵族武士？羊献容心思婉转，不觉调皮：

“胡闻胡闻兮，猎之以栋。”（过往听人说，那个射箭的高手是个栋梁之才。）

对方一凛，继尔接腔：“忽闻忽闻兮，佳人北方。”（也曾听人言，北国有佳人，貌可倾城。）

羊献容微微一笑，思索下文。

对方忽然道：“女郎在此驻听，可听得懂方才吟咏之诗？”

羊献容微怔，沉稳作答：“乃当朝陆机陆平原的《太山吟》，秉建安才子曹子建‘游仙体’而作。”

对方再一凛：“女郎若般年纪，如何就对曹子建‘游仙体’如此详知？”

“游仙诗始于汉末，成形却当在魏晋，文者之参与，特别是曹氏父子之参与，使之成为咏史、咏怀，或山水诗并蓄之载体。其中《驱车篇》、《仙人篇》、《飞龙篇》皆是围绕泰山或以泰山为背景而作。”羊献容目仰泰山，侃侃作答。

刘曜大感兴趣：“据闻曹植的游仙诗之所以与泰山关系密切，究其原因是与曹植早年曾生活在泰山周边有关。”

羊献容点头：“建安九年，曹操攻克袁绍之邺城，曹植也结束了十数年的漂泊生涯。此后他又多次随曹操在泰山周围征战，自建安十六年被封为平原侯开始，至太和六年去世葬于东阿鱼山。曹植的六处封地分别在泰山东、西、北三个方向，均距泰山很近，故而他对泰山具有一定的感情。而曹操在泰山一带征战时，也特别注重文武兼治，尽力招揽文学之士，形成了以‘三曹’为核心，以‘建安七子’为骨干的邺下文人诗社。‘七子’中的孔融、王粲、刘桢、徐幹皆是泰山附近人士，曹植常与他们交流切磋。”

刘曜挑衅地说：“书中记载游仙诗本为诗题，借写灵异境界寄托个人情感。溯其源为《楚辞》中《远游》篇，乃将古老的神话诗歌化，通过神游逍遥世界，借以抒发内心忧思。秦始皇好神仙，使博士为《仙真人

诗》；汉十九首郊庙歌中的《日出入》、《天马》等，也属于游仙诗一类。”

“所言极是！”羊献容答，“曹植之游仙诗对泰山而言，使泰山从封禅、仙道冗沉中增添了诗意灵动，而泰山也成为游仙诗题材。曹植十二首游仙诗，除《桂之树行》外，其他十一首全是句式整齐、音韵铿锵之作。其奇丽之想象，开阔之意境，创造了天人合一之景象，为泰山词赋文化之瑰宝”。①

对于诗词歌赋，祖辈多有传授，先祖父羊祜即行为世标，文为词宗，著有《老子传》、《雁赋》等。尚文的父亲羊玄之亦多有传导。魏晋观念开放，崇尚自由，家中长辈疼爱，并不因羊献容是女儿家就受歧视，所以羊献容自幼识字受教颇多。

刘曜一惊，眼中光华闪耀：“在下失敬，女郎博学多闻，巾帼尤胜须眉。吾等闲适，在此野炊欢聚，如不嫌弃，可否近前饮一杯水酒。汉家的女儿，不会斯文小气吧？”

一句话激起羊献容心中的豪气，于是她不服输道：“太平天下，有什么？”侍女素月欲拦阻，羊献容已自夺缰上马，走上前去。

人群沸腾了，众人“嗷嗷”地欢呼着，围成圈舞蹈。有那明眼的，立马倒上酒浆，端至案前，奉与羊献容。

羊献容举杯欲饮。刘曜道：“且慢！丽日晴天，独饮琼浆，岂不辜负了如此雪野风光。久闻泰山脚下，汶水汤汤，墨研诗赋，源远流长，不如即兴诗文，聊助雅兴，大家以为如何？”

众人齐声叫好。

当下刘曜长臂一挥：“笔墨呈上！”

转瞬之间，案上酒肆撤去，笔墨摆好。便有仆人上前擎开纸张。刘曜上前，饱蘸墨汁，扼腕凝神，大笔一挥，洋洋洒洒，一行字已跃然纸上。然后，他挑战似地看着羊献容。

---

① 《新泰区域文化通览》

羊献容一看，不觉一惊，但见字体浑厚有力，落笔生风。

晋朝是书法艺术的一大高峰。早在东汉时，便有代代相继的传经世家出现，魏晋更加传衍。这些世家，由于精习书法，往往有长期悟出的书诀、笔法、书势等，辅助书艺进步。传衍过程中，有创新，有突破，青出于蓝；书法的变迁便由发生、萌芽、定体以至成熟。俗语云：“唐诗晋字汉文章”便是由此衍生。而羊氏家族，则因了大文学家蔡邕及文为词宗的羊祜之故，临池含毫，书艺传家，书法家学渊源深厚。

羊献容定神细看，写的乃是《诗经·风》之句：“衡门之下，可以栖迟。”明白对方以此借景抒情，比喻泰山之地风光优美，游玩休息很理想。运用之得当，合情入理。

羊献容不觉好胜心起，举笔润墨，书道：“泌之扬扬，可以乐饥。”一气挥就。泌丘，地名。在这里比喻泰山，意指泰山泉水淌啊淌，清流也可充饥肠。

刘曜举目一旋，微微一笑。《风》又名“十五国风”，包括了十五个地方的民歌，大部分流传于黄河流域，为民间吟唱之歌谣，《诗经》、《离骚》、《九章》乃当世习文之人普遍研习之物，不足为道。相传宋玉讲学时，可将一本《九章》倒背如流，从而引起轰动。

思至此，刘曜沉气定神，书出一句：“翩若惊鸿兮，如轻云之蔽日。”

羊献容心中一动，“曹植的《洛神赋》”。《洛神赋》原名《感甄赋》，为三国时曹植名篇。其故事牵涉到曹植与魏文帝曹丕之妃甄氏之间一段错综复杂的感情。民间崇尚自由，歌咏爱情故事，故而口口相传，经久不衰。

她遂上前挥腕：“婉若游龙兮，若流风之回雪。”此对答二句，皆有彼此赞美客套之意。

刘曜不甘服输，大笔一挥：“雪月风光，千里锦绣。”

羊献容做思考状，凝神浅笑，也学刘曜模样，轻舔墨汁，换了字体，纤臂微举，清清亮亮，一对句已然产生：“松梅气质，万载华章。”

刘曜凑近前，但见字体妍丽，不乏大家气派，不由高声叫好。

众人沸腾，齐声欢嚷："共饮了此杯。"再换了纸张。

刘曜看一眼羊献容怀里的红梅，文思一转："麝月梅花，愿捻角徵付清梦。"

羊献容不假思索："薄樽金衾，当携良眷共此生。"写完方觉不妥，欲待再改，已然为时已晚，惶惶之下，不觉羞红脸庞。

众人一滞，然后齐声欢呼叫嚷："饮酒，饮酒。"

刘曜默读对句，目含异彩，定定地望着羊献容，竟然忘了喝酒。汉魏以来，多流行赋体，其中"都邑赋"是汉赋一大类型，至晋仍赓续不断。徐幹的《齐都赋》和刘桢的《鲁都赋》是其中的佼佼者，左思的《三都赋》历经十年苦撰出世，更风靡当时，引起"洛阳纸贵"。受"都邑赋"影响，魏晋诗句多以赋为典范，文体格局，无出其右，其时楹联对句尚未盛行，文人雅士间，赋体结合，骈句产生。而羊献容才思敏捷，应对得当，灵动翩然，令刘曜及众人大感神奇。

家仆后面急寻而至："禀女郎，家传有事，主母命女郎速速回归。"

羊献容愣了一愣，借机忙微施一礼，遂匆忙拉了素月的手，慌慌离开。

"手如柔荑，肤如凝脂，螓首蛾眉，巧笑倩兮"，刘曜吟咏着《诗经》之句，望着人影消失，怅怅而立，久久收不回视线。他随手把酒杯掷于随从，转身走近边侧一敦厚男子，悄悄耳语几句。

男子领命，转身策马而去。

第二章　一见倾心，云罨雾罩隐苦甘

夜幕渐渐降临，月亮升起来，清冷的光辉普洒大地。泰山南部的原野上，辽阔空旷，月影下的山野，朦胧着一股神秘的气息。

自泰山郡以南，山岭绵延，至羊留（羊流），柴汶河、牟汶河交界，地形变化突兀明显，南部以丘陵为峻，北部以平原为奇。

旷野千重，广漠深邃，山川寂默，静谧安然。

如此月夜里，一座庄园，一盏灯辉显得分外抢眼。庄园不大，草堂亭榭，拙朴自然。堂中一几一榻，胡床数件，淡彩素雅，干净古朴。院中石桌石凳沉静安然。树木在雪后萧条，枝干向天，愈发增加初月的静美和辽远。

草堂外阁楼上，刘曜从榻上站起，踱步至亭外，斜倚栏杆，眼望寨外旷野，似有什么期待，目光透露出隐隐的焦灼。一柄镶金嵌玉的马鞭在榻上绕城一团，呈现凌乱之姿。

床、榻、胡床为魏晋常见之物，胡床为东汉后期由西域传入中原。至魏晋，胡床作为一种坐具，在中原已普遍使用。“胡床形制以木交午为足，足前后皆施横木，横木列窍以穿绳条，足交午处夏为圆穿，贯之以铁，敛之可挟，放之可坐，颇为轻盈方便。”“榻”为当时坐卧之具。《释名》载：“长狭而卑曰榻，言其榻然近地也。”

由此可见，坐卧之具的变化，在魏晋时期便有了传承和演变。三国时期，床和榻是主要的坐卧工具，同时兼具坐卧两种功能。自晋以后，胡床

的广泛传播，使坐卧两种器具分开，胡床成为专门的坐具，床则主要担负卧具之功能。由于坐具变化，人们坐姿也开始变化，或席地而坐，或在床、榻上“跪坐”。而胡床的出现，坐法与中原传统之跪坐完全不同，它是臀部坐在胡床上，两腿垂下，双脚自然踏地。①

一清瘦长袍体面老者端茶上楼。问道：“山野僻陋之居，公子可还满意?”

刘曜道：“足备也，山庄素雅幽静，恬淡适宜，于此闹世之中十分难得。比我管涔山尚自有余。十年隐居，积忿成殇，厉兵秣马，虚度时光，奈何天地使然，不得舒畅。家公，近日可有什么动向?”

老者道：“天地已换，日坠星稀，公子宜定，且觅良机，或可大展鹏程。”

“只恨茫茫无际兮。”刘曜持盏一饮而尽，然后一转身，忧伤地吹起洞箫。

夜风如水，牵动刘曜衣袍，幽幽咽咽的箫音划破夜的沁凉，冲进旷野，忽近忽远，忽高忽低，忽而婉转忽而低沉，将一腔愁绪宣泄得淋漓尽致。

老者闻之动容，盯视着刘曜手中的碧绿洞箫，不禁叹道：“好宝贝!”

刘曜手持碧玉箫，玩转一笑：“此乃当年分别之时叔父所赠，陪伴我已是十年了。汉人高雅，技能超然，竟将一平常竹管，与人之情绪宣泄相关。曾闻《列女传》记载，鲁漆室邑之女，婚龄已过尚未嫁人，乃倚柱而啸。旁人听见，倍觉凄惨，问之为何啸得如此悲伤，是想嫁人吗?漆室女说：怎是因为未嫁而悲呢?我是担忧国君者而太子少啊!当初，吴王阖闾将要伐楚，登台向南而啸，叹息道：群臣没有知吾意者。伍子胥深知其忧，乃举荐善为兵法之孙武。诸葛亮在隆中隐居时，每晨夜从容，常抱膝长啸。”

老者微微颔首，接话道：“箫，为汉民乐器一种，箫乃啸的载体与升

① 《中国全史》魏晋南北朝习俗史。

华。关于箫之说法，史书记载颇多，其所表达的情绪，或心境恬淡，或积忿纵情，魏晋以来比以往各个时期都丰富。老朽日前翻阅成公绥之《啸赋》，内中几句，颇为精彩，将箫与乐之关系析之淋漓尽致。闲暇老朽尝试揉进剑谱，竟不失绝妙。可见汉之文化，名昭千秋。公子精研汉人剑术，不妨切磋一二。”说毕蹂身舒臂，口中朗朗有词，展开身姿。

“逸群公子，体奇好异，傲世忘荣，绝弃人事，希高慕古……浮沧海以游志。于是延友生，集同好，精性命之至机，研道德之玄奥……仰天衢而高蹈，邈跨俗而遗身，乃慷慨而长啸。于是曜灵俄景，流光……发妙声于丹唇，激哀音于皓齿，响抑扬而潜转……杂商羽于流徵，飘浮云于泰清，集长风于万里。”

刘曜一看，窃喜，暂且忘却心头期盼之事，抑制不住蹂身加入。

“若乃登高台以临远，披文轩而骋望……或舒肆而自反，或徘徊而复放，或冉弱而柔挠，或澎濞而奔壮……奏胡马之长思，回寒风乎北朔，又似鸿雁之将雏，群鸣号乎沙漠。故能因形创声，随事造曲……参谭云属，若离若合，将绝复续。飞廉……动于穹苍，清飚振于乔木；散滞积而播扬，荡埃霭之溷浊，变阴阳于至和。”①

声随起伏，戛然而止，二人停止身形，气定神闲，相视一望。

老者仰天感叹：“箫之所发，乃我心中所诉也。渊公乃人中之龙凤，可叹入晋为质多年，期待骐骥一跃，蛟龙出海，‘奏胡马之长思，回寒风乎北朔……荡埃霭之溷浊，变阴阳于至和’。关外父老，莫不翘首期盼。”

刘曜闻之动容。

庄园外，一男子夜色中疾驰而至，“嘚嘚”的马蹄声在月夜里十分清脆，男子将马在廊柱上一拴，大踏步跨入草堂。

刘曜收洞箫，疾步下楼，白眉一扬。

男子打礼：“刘暾见过曜兄，愚弟幸不辱使命。”

---

① 《中国全史》魏晋南北朝习俗史

刘曜还礼道："暾弟免了，你我兄弟，不用墨客繁缛俗礼，快说所探如何?"

刘暾爽声说道："兄长慧眼，那女郎果非平常人家。在下奉兄长之命，一路跟随，一队人马迤逦而行，去往那东南一带，行约数十里，总算不虚此行。那女郎姓羊名献容，芳龄二八。乃威名赫赫羊氏士族后人，现当朝尚书郎、散骑常侍羊玄之之女；当今兖州刺史、平南将军孙旂之外孙女。其祖上乃东汉清廉著世，有'悬鱼拒贿'之美名羊续；曾祖父羊耽子，曾任泰山太守；祖父乃已故尚书右仆射羊瑾。其祖上还有一位堂祖父，公子应有耳闻，乃赫赫有名立下不世奇功，平吴之功臣，位列三公之镇南大将军，人称'太傅'的羊祜。"

"羊祜?"

刘暾点头道："羊祜坐镇襄阳十年，督荆州诸军事，屯田兴学，以德怀柔，深得军民之心。其一生虽身居高位，但立身清俭，德行著称于世，其病逝后襄阳号恸、堕泪罢市，至今犹有祭奠。羊家自先祖以来，九世清誉，历代皆有出仕千石以上官级。景献皇后羊徽瑜，乃其祖姑。泰山一带乃其祖上封地，羊留为其故土。今天进寺庵是特来进香祈福。"

刘暾一番干脆利落的陈报，让刘曜面露暖色，禁不住心驰神往。灯光闪烁，映照着刘曜坚毅的脸庞，羊献容窈窕身姿，秀美的容貌，仙子一般浮现。

"得遇佳人，哈哈哈，也是天意?再说来听听，还有什么值得听闻的?"

"羊氏是本地有名望族，世家大户。其家族自东汉至魏晋，沧桑更迭，生生不息。其羊门女眷，亦因顾大局识大体，多贤达形象。除贤德著称之景献皇后羊徽瑜，堪为羊门女性楷模，还有羊耽子之妻辛氏辛宪英，明大义，通事理。早在汉末，羊续之女嫁与王肃，王肃之女王元姬嫁司马昭；羊续之子羊衜先娶孔融之女，后续弦蔡邕次女、蔡文姬之妹蔡祯姬；之子羊祜娶魏勋臣夏侯霸之女。世族联姻，声势显赫，背景宏大。"

"朝野传，宣帝将诛爽，爽之司马呼敞。敞惧，谋之于姊。其姊曰：

安可以不出！职守，人之大义也。敞遂出。事定后，敞叹曰：吾不谋于姊，几不获于义！此贤媛，乃其祖上？”老者忍不住发问。

刘暾点头道：“是的，家公。辛先英才智过人，明慧通达，其远见卓识，一度被传为佳话。羊祜妻，钜平候夏侯氏夫人，亦因围护羊祜忠君护国，外扬王化，内经庙略，夫赏不失劳，国有彝典等，被封为‘万岁乡君’。羊氏一门文韬武略，良风传家，至羊献容，已是再历三世。”

“如此说她是氏族高门之后！怪不得她身上有一种与众不同的高贵。临危不惧，坚韧沉着，貌妍不娇，雅惠聪颖，有大闺之风。曜以为奇，曜以为奇！哈哈哈！且待他日，再与我一同去延请！哈哈哈哈……”

刘暾欲语，似有踌躇。

刘曜笑声一滞，双眉微蹙，“嗯？”的一声，面含疑惑。

刘暾见状，斟酌再三。方道：

“据舍弟今日打探，那羊氏母女不日就要启程回洛阳了。”

“几时启程？”

“尚未知。”

“继续打探。”

“是！”

“等等，”刘曜双目一扬，似想起一事，“何故匆匆？”

“据闻是奉旨回京。乃数日前朝廷颁下圣旨，羊献容已被钦定为皇后，奉旨回京入宫。”

刘曜神情一紧，手一扬，“啪”的一声，马鞭甩出去，击碎石案上书简复又弹跳一边。鞭上碧玉震碎，散落一地寒光。

“嫁给那个白痴皇帝？可是确有此事？”老者问。

刘暾不语。

“岂不折辱国色、糟践佳人？司马一家，天之宠儿乎？”刘曜站起身，来回踱步，眼露红光，似掩不住胸中积愤。复至窗前，仰面叹息。

“备人马，回洛阳。”

“公子不可，此事不可莽撞。”老者一边阻止。

“家公，焉何不可？”

“没有王爷指令，波动大局，王爷会震怒的。牵一发而动全身，不仅会破坏当前安稳，还会引起战乱纷争。”

“顾不得了。想我祖辈，驰骋疆场，雄踞西北草原，何等神勇彪悍。自曹魏之时归附，多少骠骑武士，皆被屠戮；多少柔弱妇孺，受尽侵凌；多少勇猛后生，皆被汉化；多少胡人志士，被律制如羔羊。如此下去，如何匡复我王室，重振我朝纲？又如何重拾我祖辈遗风，骁勇疆场？今隐匿管涔山多年，消磨志气，复行走齐鲁，寄旅天涯，壮志难酬，委顿如初，又如何畅抒胸臆做人。我必说服叔父，匡复我匈奴王国。大丈夫立世，理当血战沙场，岂可苟且忍辱偷生，做一个无志无用儿郎！”一番话义愤填膺，刘曜目含泪光，情绪激愤。

刘暾面色凝重，似有所虑，不语而去。

刘暾字长升，东莱掖县人，其父乃武帝时尚书左仆射刘毅，为武帝身边诤臣。太康年间时，刘暾初任博士，年少气盛，因参与其他官员请求司马攸留朝，触怒晋武帝，于是将刘暾贬收到廷尉，免去官职。

由于禀性刚直好武，性疏侠义，又无官职牵绊在身，于是效仿侠客，策马游历，偶遇胡人刘曜，感慨同为刘姓又同崇武之故，于是与刘曜结为莫逆之交，结伴畅游，遍研天下武功。

胡人的出现，似一颗石子激起了羊献容内心的波澜。面对胡人的汉化之深，羊献容不禁困惑重重。

羊夫人掌灯进来，后面跟随一冠带周正老者。

望着出神凝思的羊献容，羊夫人不禁满心惴惴，不知哪里走漏了风声。二人对望一眼，羊夫人不安地试探道：“容儿在想什么？”

“母亲，汉室居地，焉何会有诸多匈奴人士？从京师到泰山，皆不乏胡人出现，胡人原应生活何处？又是如何依附汉人呢？”依旧沉思的羊献容没有转头，沉沉问到。

羊夫人心下一落，悄悄松一口气，莞尔道：“容儿性执，还真问住了我，你太傅参军、大鸿胪羊亮叔公历经三朝，见多识广，也是我们羊门故土掌舵之人，就由他来告诉你吧。”

羊献容转头，忙起身施礼：“献容失礼，有劳叔公。”

羊亮呵呵一笑，郑重道：“关于胡人，这要从汉朝说起。匈奴是北方一个古老的民族，过着游牧牛羊、逐水草而居的生活。西汉时期，匈奴一直是中原地区的北方边患，汉朝廷与其进行了长期的鏖战。东汉时期，匈奴被打败后内附汉朝，迁居河套地区。曹操将之分为五部，编制成中原少数民族。匈奴历经降服、迁徙、编户，变成魏晋麾下的义从、勇力、吏兵，有的则沦为汉族士家豪门的‘田客’‘部曲’‘奴隶’。由于变迁和消解兵力、人力，至西晋时匈奴已经没有独立的力量。匈奴五部名义上的大都督刘渊，因为‘和亲’的缘故，得到了‘刘’姓。刘渊自年轻一直在洛阳当人质，并在成都王司马颖手下做事。”

羊献容微微点头：“原来如此。”

羊亮继续道：“刘渊有几个儿子，得力的左膀右臂为其第四子刘聪和侄儿刘曜。此三人，非人们印象中早期野蛮蒙昧的胡人，而都是汉化程度很高的贵族武士，他们善书法、通诗文，还能征惯战。刘曜年幼丧父，由刘渊抚养成人。幼年时的刘曜聪慧过人，有非凡气度。相传刘曜八岁时随刘渊到西山狩猎，其间因遇雨，皆躲在一棵树下，突然一声雷电令该树震动，旁边的人都吓得跌倒在树下，而刘曜却神色自若。刘渊十分惊异，说：‘此吾家千里驹也。’刘曜喜欢看书，但志在广泛涉猎而非精读文句，尤其喜爱兵书，大都熟读。刘曜亦擅长书法，习草书和隶书。成年后的刘曜雄健威武，箭术娴熟，能一箭射穿寸余厚的铁板，号称神射。刘曜亦时常自比乐毅、萧何和曹参，时人不认同，唯其堂兄刘聪知道其才能。”

羊夫人插言道：“传闻神赐剑者其谁？”

羊亮神色郑重：“当是刘曜。”

羊献容大感好奇，催促道：“叔公快叙来一听。”

羊亮道：“传闻刘曜在管涔山隐居时，有一天晚上，忽然梦见二童子，手托一剑，跪在刘曜面前说道：‘管涔王使小臣奉见赵皇帝，献剑一口。’

置剑遂离去。刘曜梦醒掌灯一看，果然发现宝剑一口，剑长二尺，光辉耀目，赤玉为室，背上有明文：‘神剑御，除众毒。’后来又发现宝剑剑光随四时而改变颜色，极为罕见。传闻不知真假，但民间广议刘聪、刘曜已崭露作战才能，盛传将会在以后的转战征伐中，成为匈奴五部的主要支柱。”

羊献容忽地想起，今日之人胡服劲靴，目底赤光，其随行不离身的，也是一口包在行囊里轻易未见启动的宝剑。“莫非真的是他？”

次日清晨，羊留店外车马迤逦，羊夫人携了羊献容，与众乡亲依依道别。陆续赶来的至亲，上路相随远送，长长的车马队，沿大汶河向西，进入秦汉古御道，热热闹闹排了将近一里地。

古御道不远处，一黑马山坡挺立，见车马上路逐渐走远，马上人一扬鞭子，黑马一声嘶鸣，飞驰而去。

至晚夜宿驿站，驿站周遭静谧安然，天边有流星划过，点亮夜的星空。昏黄的宫灯，在驿站门前散发着慵懒的光芒。

奉旨回京，已然不再是来时模样，各地早已有地方官员提前打点安排，一路更是有随从保镖护卫左右。羊夫人清闲之际，想到女儿今后未知的命运，不免深深地忧虑和叹息。

驿站外夜幕下，一马悠闲地啃食荒草，一青年身披斗篷，背驿站而立。洞箫幽咽的声音在夜空中飘荡。

驿馆里，灯光柔暖，羊献容与弟弟甫阳悠然对弈。甫阳兴致极高，一盘围棋胜了羊献容，开心得欢跳。

羊献容佯装不高兴，嘟起嘴。

甫阳阿姐阿姐地甜叫，然后说下盘棋要姐姐赢。

羊献容瞪眼：“姐姐才不用你让，哄你高兴而已。不信再下，看谁赢？”

姐弟二人再次开盘，羊献容却无法静心，不自觉地被箫声吸引。箫声高低和婉，曲调缠绵，幽幽咽咽，似倾诉绵绵月色，似策马无边草原。缓慢处，似山泉迸发，点滴凝滞；激情处，悲风呜咽，扣人心弦。

甫阳看着听呆了的羊献容，不自觉地赞叹：“阿姐真好看！”

羊献容一愣，调皮地点着甫阳的小鼻子，甫阳复跳起来去点羊献容的鼻子。姐弟俩笑着、打闹着，滚成一团。

甫阳乃羊献容胞弟，年方九岁，相貌清秀，俊朗憨直，童真可爱。因族人疼爱，年后被带回泰山小住。此番回洛阳，甫阳定要跟回，羊夫人拗不过他，也是久别思念太甚，遂带其返回。

羊夫人走过来，拉起甫阳：“容儿睡吧。明日还要早早起程。”

“母亲，你听，这箫声多好听。”甫阳一脸稚气，“母亲，甫阳要跟姐姐睡，不然甫阳睡着了，姐姐又会把甫阳丢回故里。”

“不会了，甫阳，以后姐姐到哪，都带你到哪。”

“真的？阿姐说话算数，骗人是这个。”说罢伸伸小指。

羊献容哑然失笑：“骗人是这个。”和弟弟做一鬼脸，也伸伸小指。

“阿姐真好！我去睡了，甫阳明日再来见姐姐。”甫阳说罢，拉了羊夫人的手蹦跳而下。羊夫人深深地看了羊献容一眼，似有无数的话语要说，却又有说不得的苦衷。

羊献容静立窗前，月夜清辉，夜阑人静，箫音缭绕。莫名地，一股婉约情愫，自心中悠然升起，仿佛走进无边的花海，看见一树树怒放的花朵，自己徜徉其中，翩然若蝶。又仿佛做了一个飘渺的梦，梦见自己坐于落英缤纷中，划着小舟，望远山遥遥，碧水淼淼，听到某种起自心底深处呼唤的声音。

侍女素月对羊献容说：“女郎不觉得奇怪吗？似乎这箫声一直未断，每个驿站都有跟随。”

羊献容莞尔一笑：“许是同路人也说不定。明日就要进入洛阳境地了。想这如画山川，不知何日再有回顾之时。一路行走，但见田地荒芜，麦苗稀疏，百姓衣衫褴褛，车马寒稀，竟是倍感苍凉，想人世间艰难凄苦，尚有难得温饱者多。朝廷无察，官员竞富，奢侈无度，无视百姓疾苦。此番归去，心内竟觑不得洛阳繁华。想来堂祖父（羊祜）体恤乡邻之念，竟是

应该承继，细细问究，各个济施一番才是。只是不知，母亲这般急急地返京是为什么，有什么事情发生?”

素月正俯身铺展被褥，闻言一愣，欲语又止。转头看羊献容依窗无察，下意识地噤声，默默退出。

晋王朝建立后，发展和缓，清谈风气仍然盛行一时。太康后期，士大夫将与现实生活有关的任何事情，都看作是俗事、鄙事；只有穷天阔论才是上等事、雅事。地方官员以不过问朝政实务、不过问人民疾苦为荣，时代文人名士嗜酒成风，权当摒弃礼法，张扬个性，放荡不羁。朝廷官员亦是沉迷酒色，浮夸奢侈，不理政务，甚至借酒害命，国家腐糜之象已露端倪。

翌日启程，羊夫人瞥见后面远远跟随的马车，不觉疑窦顿生，吩咐家丁好生注意。一路前行，又见无什么异常，亦无什么大碍，才不自觉地放宽了心。

出定陶古城驶入驰道，行进间忽然听到前面传来吵骂声，羊献容忍不住撩开车帘问询：“何故喧闹?”

仆人说有人驰道内跪地乞讨，军吏正在鞭笞驱赶。

羊献容恼怒，叫停，知道这“治驰道”和“贱避贵”制度严苛，遂下车走近。

驰道为帝王专有，皇权优先通道，通行一贯维护“贱避贵”制度，秦汉时制令严明，无诏令不得行入其中。汉令，诸侯有制得行驰道中者，行旁道，无得行中央三丈，不如令，则没人其车马。汉平帝元年，终于“罢明光宫及三辅驰道”，制度终于废止，至汉延魏晋，都城中又有驰道制度，但只限于宫城及道路部分区段，不再似西汉中晚期全线禁止通行。

流民中一瘦弱衣衫褴褛的中年男子举碗跪地，连声苦求：“求求官爷，给碗麦饭给孩子充饥吧。孩子几天没吃东西了，快要饿死了。”男子身后不远处半片破草席，席上躺着一个衣衫褴褛男孩，面色枯黄，骨瘦如柴，奄奄一息。

客官要问，何为麦饭？麦饭即大麦米所做之饭，为生活清俭之人所食，或在兵荒缺粮之时作为军粮，属较粗粝的低等食物。而粟饭，即小米饭，为当时上等人家食用。粟饭又比不上稻米饭。稻米饭不论在南方还是北方，都属饭中上品。而北方产麦多于稻，故军中以麦饭为多。①

军吏再赶，男子跪地不起，军吏举鞭再抽，鞭落下，男子身上本来就单薄破旧的衣服，经不住鞭子的力道，瞬间成了碎片，棉絮迎风飘散。

羊献容不假思索，走上去大喊："住手"。

军吏转眼，见是一娇俏女子，自以为是哪家跑出来的不知天高地厚的野丫头，睥睨地扬起嘴角，转眼调笑，手上却并不停，鞭子再度重重地落在流民身上，鞭痕带着血，一下布满男子脊背。羊献容抢步上去，举手便夺鞭。军吏似乎早有所料，故意嬉戏，一个游龙探手将羊献容拉进，连带一个转身，便将羊献容卷于怀中。

"呵呵，大爷正'饥荒'难受，你倒送上门来。"低头便欲非礼。

羊献容眼看被辱，羞急交加。举掌欲掴，却使不出力道。犹自着恼，挣脱无力，情急之中，伸手拔下头上簪子便扎。手尚未举起，一支雕翎长箭带着破风声，"嗖"地一下插在军吏头盔上，箭翎上的尾羽颤悠不定，仿佛一双眼睛和军吏紧紧地对视，箭尖稍微低一点，军吏小命便休矣。

军吏瞬间瞪大了眼睛，愣在当地，腿一软，慌忙跪地求饶。

羊夫人拉着甫阳亦下车，军吏回头见车马仪仗，方知是官第之家，不敢再逞强。犹自不甘地辩解道："无端流民，驱之不去。"

羊献容狠狠地盯了军吏一眼："如若是你之父母家人，你待如何？驰道陋制废弃多年，休再依此欺诈于人。"转身吩咐仆人取饭相济。

羊夫人看着枯瘦如柴的男孩，心疼地叫人取水，冲泡了稀粥与羊献容一起喂男孩服下。男孩无力地睁开眼，说声谢谢。羊献容心疼地转身，伸手去拂拭男孩身上破旧的衣服，耳饰闪动，耳后一颗痣分外明显。另一边，羊夫人从随行包袱里扯出甫阳两件衣服，并褪下腕上银饰一起送与

① 《中国全史》魏晋南北朝习俗史

男子。

男子一边不住地磕头，一边说着："谢谢夫人！谢谢女郎！"

羊夫人不免问询因何如此？

男子答家乡大旱，颗粒无收，无奈拖儿带女，四处乞讨。

羊献容见此人容貌沧桑，但貌相忠厚，便不由向母亲建议可荐其去泰山故里做佣工。羊留一带平壤广阔，气候适宜，民风淳朴，族人至善，做佣工虽不至富贵，穷其勤劳，或可温饱果腹。羊夫人亦心怀恻隐，遂修书信一封，递与男子。

男子千恩万谢，对着羊夫人、羊献容，磕头不已。

车马继续上路，羊夫人望望军吏头盔上的箭翎，转过头，困惑又感激。甫阳挣脱母亲的手，缠住羊献容上车，边走边说："阿姐，神箭哎！"羊献容望望驰道远处，若有所思。

刘曜、刘暾策马走近时，男子仍磕头未起。二人目视前方，相视一笑。

马车上，羊献容差人请上叔公羊亮，继续请教有关胡人的问题。甫阳听说谈论胡人，也停止了玩乐，偎在身旁静静恭听。

羊亮揽过甫阳，慢慢道："少数民族进入中原，始于夏商之后，大禹迁移民于河套。至周王朝毁坏纲纪，诸侯恣意征伐，西戎、北狄得以乘隙进入中原。秦始皇一统天下，兵威震邻，曾打击胡人，驱逐越人。东汉建武年间，羌人叛乱，迁徙到关中。数年后，羌人繁衍生息，渐复强盛，开始倚仗自己的强势，对汉人进行骚扰。魏兴盛之初，与蜀国分隔，疆场上的戎人，也分属两国。魏武帝迁武都的氐人到秦川，想以此削弱乱寇增强国力，抵御蜀国，反助氐人宗族壮大。魏正始年间，毌丘俭征讨句骊，将其残余迁到荥阳。刚迁徙时，只有百户，之后子孙繁衍，数年已达万千。"

羊献容肃容。

"对于胡人，太子洗马陈留人江统，曾作《徙戎论》主张将其迁回本土。言'东夷、南蛮、西戎、北狄'，皆为边远地区之蛮族。他们禀性贪婪，凶暴强悍，无仁爱之心。而关中土地肥沃，物产丰富，是帝王居住之地。西戎、北狄在这块土地上居住，非我族类，其心必异。各族内迁，胡汉文化习俗相互影响，也充满了矛盾。许多匈奴人成了汉人的奴隶，他们常常被迫服贱役、兵役，或被买卖，因此常激起反抗。最好之方法，即趁军队威势正盛，迁徙他们各族返回故乡，与晋人不相杂居，各得其所。距离一旦遥远，即使他们有为乱华夏之心，与兴起战乱的预兆，隔山阻河，所危害地区也不会太广泛。因此，英明的君王处理夷、狄事务，就是防御夷狄常备不懈。①

《诗经》说：施给中原德惠，安定四方部族。或许说这个计策是长远的。但是先皇武帝胸怀大略，不但接纳蜀国刘禅、吴国孙皓，施以高位厚爵，还将五部少数民族归拢管理交与刘渊，以期安邦定国，统顺大晋。所以江统这个计策没有被采用，一是认为不能徙戎，方法不当，江统清谈，过于夸大其词；二是认为各族内迁和杂居是长期历史形成的结果，江统‘徒戎论’根本无法实现。江统于是愤愤不言。而进入中原的各族，在文化上、社会经济上渐渐汉化，自此胡汉杂居形势趋于定型。”②

另一辆马车上，羊夫人叫过随行中年长的家人羊安，细细探询帝王家婚嫁之礼。

羊安是羊瑾在世时的随从，也已花甲之龄，年轻时常随羊瑾出入皇宫，操持婚宴盛典。羊瑾去世后回归故里，在平阳协理事务，是一个熟知风俗礼仪，又有些古板守旧的老人儿。

施礼落座，羊安道：“自魏以来，世族的婚娶，一般都是相互之间姻娅，世族与世族联姻，这就是所说的门当户对。”

羊夫人点点头，知道这是不可违逆的规制。

羊安继续道：“晋初风俗，对婚聘过程作了详尽的规定。整个过程有

① 《晋书》中华书局
② 陈寅恪《魏晋南北朝讲演录》

几个步骤，其一，纳采。即通过媒人向女方通达欲娶之意。女方同意后，男方将采礼送来，女方纳之。其二，问名。即问女方姓名、生辰，回去占卜吉凶。其三，纳吉。即卜得吉兆后，定下婚姻之事。其四，纳征。即确定婚姻之后，再送上订婚之礼。其五，请期。即男家至女家确定迎娶日期。其六，期初婚。即迎娶。这六个步骤即古代的‘六礼’。‘六礼’皆备，婚聘才算确立。但皇家不同，即皇帝不会亲自上门迎亲，而是派适合的臣子去接，然后由皇后的娘家人隆而重之地送至皇宫。之后钦承旧章，肃奉典制，告圆丘方泽及宗庙，加元服。”

“‘六礼’之外呢，还有共牢合卺之礼。共牢，即新婚夫妇共用一个牢盘进食；合卺，即将一个瓠一分为二，夫妻各用其一酌酒。”

“之后呢?”羊夫人问。

“是日，皇帝临轩，命太尉为主使，司徒为副使，持节拜诣皇后行宫，东向，奉玺绶册，以授中常侍。皇后受册于行殿。使者出，与公卿以下皆拜，有司备迎礼。太保太尉，受诏而行。皇后公服，迎拜于门。使者入，升自宾阶，东面。皇后升自阼阶，西面，礼物陈于庭。设席于两楹间，童子以玺书版升，皇后跪受。送使者，拜于大门之外。有司先于显阳殿两楹间供帐，为同牢之具。皇后服大严绣衣，带绶珮，加幜，女长御引出，升画轮四望车，女侍中负玺陪乘，卤簿如大驾。”

“皇宫规矩多，可真是名不虚传。”羊夫人苦笑。

“是的，不仅当日仪式繁复，次日也是如此。晨，皇帝服衮冕出，升御坐。皇后入门，大卤簿住门外，小卤簿入。至东上阁，施步鄣，降车，席道以入殿。前至席位，姆去幜，皇后先拜后起，皇帝后拜先起。帝升自西阶，谐同牢坐，与皇后俱坐。各三饭讫，又各酳二爵一卺。奏礼毕，皇后兴，南面立。皇帝御太极殿，王公已下拜，皇帝兴，入。

后日，后展衣，于永乐宫拜表谢。

再择日，群官上礼。又择日，谒庙。皇帝使太尉，先以太牢告，而后遍见群庙。”

“是够繁琐萦赘的。”羊夫人不由道。

羊安严肃道："这是帝王家婚姻礼仪必备。第一，它是朝廷制定的礼仪制度，不允许任何人违犯或逾越。第二，它以传统'六礼'为基础，不离传统礼法规制，是朝廷必须循而蹈之的圣律，任何细微之改动，都要有充足礼法依据。但是，由于时间的变化，'六礼'本身已与过去有所区别，即便刚才所谈'六礼'，也很难贯穿于整个婚礼始末。另一方面，由于胡汉杂居交往、融汇，南北风俗之差异等，还出现一些不完全依据古制婚礼之俗。而魏至晋，变乱频仍，因此所谓'六礼'，并未始终存在。故大晋皇帝纳后无用六礼。"①

羊夫人听罢，犹豫于心。论其理，女儿初嫁，该是诸番礼柬往来之时，也该提前叮嘱教导女儿一番。毕竟是再续为后，只见圣旨，不见媒聘，心里总是别扭，又不敢与女儿明说，怕女儿不同意，路上生出事端。私下想女儿为后这一步，福祸难料了。心里又怪自己不往好处想。忍不住自责连连，矛盾不堪。

① 《中国全史》魏晋南北朝习俗史

第三章　圣旨昭昭，不尽迷茫碎芳梦

帝都洛阳，位于黄河南岸的伊洛盆地。皇宫南濒洛水，北枕邙山。东以虎牢关作扼，西有函谷关为屏。伊水、洛水、瀍水和涧水，宛如四条色彩缤纷的玉带，蜿蜒流贯其间，萦绕千顷田畴，万垄丘壑。

洛阳地处寒温带，气候温和，雨量适度，土壤肥沃，物产丰饶。挟崤渑之险阻，挡秦陇之襟喉，处天下之中心，均四方之辐辏。可谓得天独厚，坐地为尊。晋武帝司马炎之西晋王朝结束了东汉末年长期的战争，以此作为都城，足见其非凡的眼光与意义。

而洛阳古都，早在三千二百年前的西周初期，摄国政而称王之国公（周公），为防范西戎北狄的侵扰，捍卫王室安全，以占卜大吉大利为名，在瀍水和涧水二水之间修起一座王城，称为成周。大约四百年后，周平王姬宜臼迫于西戎之乱，将都城由镐京迁至洛阳，称东都。东周王朝开始，至春秋战国，五霸形成，七雄鼎立。诸侯虽有自己的王城，但依照制度，仍要按期去洛阳朝觐周天子，洛阳仍不失为全国政治中心。二百五十年之后，东汉王朝开国之君光武帝刘秀，也定洛阳为都城。

至西晋时，洛阳城已发展为宏大都城。据闻洛阳城东西宽六里十一步，南北长九里一百步。除正宫、东宫、西宫、南宫等殿堂外，还有明堂、灵台、清凉台、白虎关、乘风观和平乐观、天禄阁、麒麟阁、石渠阁等。另外洛阳宫殿建筑随山造苑，顺水辟地，皇城和外城修建有上林苑、芳林苑、鸿德苑、长利苑、灵昆苑，以及濯龙池灵芝池等。可谓宫阙楼台，绮丽如人间仙境。无怪乎《汉书》史学家班固感慨地说：这座以王宫为轴心的帝都，果然气派非凡，宫室光明，阙庭神丽，车水马龙，熙熙攘攘，目不暇接，观之心旷神怡，恍然如入仙苑一般。①

铜驼街，乃洛阳中笔直五里长街，北接洛阳王城的司马门，南连洛水河上的浮桥，东邻清和门和龙虎滩，西通广阳门和白马寺，为洛阳最繁华热闹之地。

铜驼相传为西汉一代雄主武帝刘彻铸造。远古时代，汉人祖先便知种桑养蚕。公元前138年，汉武帝派张骞出使西域，由此连接欧亚大陆的交通枢纽。以丝绸、青铜为代表的产品，经河西走廊、天山南北，远销中亚、西亚，直至地中海东岸和罗马等地，开辟了一条“丝绸之路”。自此一队队的骆驼，摇晃着驼颈上悦耳的铜铃，穿越大沙漠，跨过玉门关，河西走廊，把大批大批的物资驮运到长安来，既丰富了洛阳的物质文化，也开创了对外睦邻友好的先河。

西方人最初对汉朝的了解，就是从认识丝绸开始的。丝绸从此誉满天下，成为古代贸易中运销最远、规模最大、价值最高、获利最丰的商品。汉武帝有感于丝绸之路骆驼的辛劳，也为了显示丰硕绩业，特意传令铸造铜驼，以资纪念。于是，洛阳宫城前最宽广的一条街，就此命名为铜驼街。气宇轩昂、双峰高耸的一对对铜驼，无疑是洛阳长街一道亮丽的风景。

洛阳城外，刘曜脸色阴沉，望着渐入城池的车队，二人策马并辔缓行于旁道上，皆心情复杂。十年之前，刘曜从这里隐匿管涔山；也是十年之前，刘瞰激愤中离开洛阳。此番回来，不知等待他们的将会是什么。刘曜打破沉默，所问问题仍与羊氏有关。

“瞰弟，有劳再叙南阳太守羊续详尽。”

---

① 《荆棘铜驼》，罗宏曾，三联书店。

刘暾望一眼刘曜，缓缓道：

“羊续为汉灵帝时人，曾历任庐江、南阳二郡太守。其为官施政清平，清廉俭朴，深受官民爱戴。当时权贵富豪之家大多崇尚华丽，奢侈成风。羊续非常憎恶，常穿旧的衣服，吃简单的饭食，使用破车瘦马，时人称之‘敝衣薄食，车马羸败。’一次，有一府丞求其办事，送其一条鱼，羊续推辞不过，便悬挂于前庭。之后府丞又送鱼来，羊续于是指着先前所悬挂之鱼，告诫他以后不要再送了，借以摒弃他的贿赂。此事后来传开，倍得人心，人们赞其清廉自守，称其为‘悬鱼太守’。

此后‘羊续悬鱼’的故事，也就成为居官清廉、拒绝受贿之典故。‘府丞鱼’后来也成为下属贿赠之代称。与之相同的还有羊续‘瓦器盛浆，盐豉共角，敝衣薄食，布衾凋弊’等典故，说的是羊续为庐江太守时，清简到没有碗，用瓦罐盛粥喝；为南阳太守时，简朴到只就一碟咸豆豉下酒。”

“做官清廉如此，实难让人置信。”刘曜面露困惑之色。

刘暾见之一笑：“相传羊续任南阳太守时，其妻携子羊秘来官邸寻亲，却被拒之门外。其妻不解，破门而入，问询究竟。羊续拿出其所有物品，只有布制破衣，数斛盐和麦。羊续对儿子羊秘说，‘我自己所用东西只有这些，用什么来养活你们母子呢？’其妻大感，于是带着羊秘返回泰山。”

“又中平六年，汉灵帝欲任羊续为太尉。当时拜任三公之人，皆要向东园交纳礼钱上千，灵帝命令宦官监督此事，名之为‘左驺’。监事宦官所到之处，都要上等礼节相迎，并丰厚地给予贿赠。而羊续却让宦官坐在单席上，举起旧棉絮做的袍子，说：‘臣下的家产，仅有这件袍子而已。’宦官很不高兴，自不在灵帝面前美言，羊续因此没有登上三公之位。后来又征召羊续任太常，还未成行，便病故了，当时年仅四十八岁。羊续留下遗言要薄葬，不要接受朝廷赐赠。依照旧制，二千石级的官员去世，要赠钱一百万办丧事。府丞焦俭遵照羊续之遗嘱，没接受一文钱。灵帝知道真相后下诏予以赞扬，敕令太山太守把官府办丧事的钱赐给羊续的家人。自此，一代清官清廉律政、家风优良之美名历代久传。”

刘曜凝神望着宫城，自言自语道："据我所知，鱼肉百姓，卖官鬻爵以期帝宠隆盛者多数，如果一国朝臣皆如羊续、羊祜就好了！过往所闻，曾有异人预言羊氏墓'帐列芙蓉，为三公之应；案联诰轴，为妃后之应'；又有善相墓者，言羊祜祖墓有帝王气，若凿之则无后，羊祜遂凿之。相者见曰'犹出折臂三公'，而祜竟堕马折臂，位至公而无子。"

"传闻不误。"

"当真门风淳厚，可堪彪炳。不知事至如今，她会怎样?"

刘暾知刘曜说的是羊献容，默然缄口。稍顿，施礼道："曜兄请回府觐见都督，暾弟愿代为一探，稍后便知。"话毕策马而去。

在青阳门与开阳门之间地带，是王公贵胄居住地区。羊府就在这片馆邑楼舍之中。

羊府并不奢华，青砖灰瓦的门楼，几近简朴的厅堂。在一大片朱门碧瓦的官员宅邸中，显得瘦小而灰白。只有"清廉传家"几个字，尽透正气和高大。羊续之清誉，羊耽子、辛宪英之朴拙，以及羊祜夫妇忠良勤俭，祖辈清廉的传统，影响着后人的处世人生。

此刻羊府气氛沉闷，火药味甚浓。羊献容之父羊玄之正在大厅里来回踱步。厅堂内案几简朴，映着浑黄的光。

羊玄之中等身材，国字脸，偏瘦，郁郁的神情，在灯光的摇曳下，更让一张老脸显得沧桑焦虑。

第二道圣旨颁下，刚刚回到洛阳接听圣旨的羊献容呆住了，条件反射地立刻"拒婚"。她夺过马缰，便欲回转泰山。没有哪个女孩子愿意嫁给一个傻子，即便荣贵无拟，至高无比，也不愿意少女瑰丽的梦还没开始，这一生就被扼杀了。

羊夫人等苦苦拦阻。

羊玄之大为恼火，顿足捶胸："圣旨已下，皇命岂可忤逆。你让为父如何是好?"

羊献容见走不成，抱头蜷首，伏案哭泣，两日里闭门不出，不吃也不

喝。羊夫人心疼不忍，屡次劝慰，皆被羊献容无声滚落的泪水融化。羊夫人也担忧，毕竟这是女儿一辈子的事情，以后女儿该怎么过？名为皇后，表面上看皇贵至极，可谁又能体会与傻子生活一辈子的酸辛。

舅父孙弼、孙髦几个人来了又走，走了又来，脸色阴沉，似是无奈，似是不耐。大厅里，烛火一跳一跳，气氛分外紧张。

羊玄之焦焚，坐立不安。不敢逼女儿太甚，怕出意外。忧思解决之法。心浮气躁之下，不免责备夫人：“为何不早与之言明？如今如何是好？都是你、你、你、妇人之仁把女儿娇宠惯坏。”

羊夫人难过地细语：“容儿自小性格倔强，异于素常人家女儿，乏针黹，弃珠环，好诗文，乐善仁。其祖父曾夸容儿若男孩，可朝堂为公卿，为朝廷尽职。老爷平日也素抬爱，以为羊门秉性豁达之风。今番以她如花年纪嫁与皇帝，本是无上荣宠，只乃当今皇上……”

羊玄之摇摇手，不耐烦道：“我又如何不知，只是身不由己，圣命难违啊。”

夫妻二人愁绪堂中，无计可施。

第三日，羊府来一不速之客。人未至，锣鼓声已遥遥传来。从来人的仪仗显赫，从父亲的迎合谨慎程度，羊献容猜测此人身份不凡。

此人更不多话，只冷冷地叫羊献容厅堂相见。

羊献容观此人，头戴紫金朝冠，身着金丝滚蟒朝服，甚是华贵嚣张。独一双眼睛，威严之中透露着奸佞之光。羊献容尚未参拜，便已让那眼睛盯得不自在，几欲站立不住。父母在一旁侍立，极是婉转承和，小心翼翼。

羊玄之敬茶，此人不喝；羊夫人献上茶点，此人不吃。末了，此人起身离去，对着羊献容冷冷地丢下一句：“兴衰荣辱，在尔一念，羊孙两族，一荣俱荣，一损俱损。”

“八字眉，羚羊须，位高权重。”望着来人背影，羊献容突地想到一个人，“孙秀？”

似乎听街面传闻，孙秀乃琅琊人，字俊忠，最初为琅琊郡吏，后为潘岳府府吏，潘岳厌恶其为人不正，数次鞭挞驱之，孙秀常衔忿在心。

据闻孙秀的命运在司马伦封为琅邪王之后发生转变。司马伦为司马懿第九子，与孙秀脾性相投，对其信任有加。最初司马伦封琅邪王，孙秀为其近职小吏。司马伦使孙秀作书疏，文才竟十分称司马伦意。司马伦封赵王，孙秀相随徙户被聘为侍郎，此二人关系也愈趋亲密。司马伦回洛阳赴职，孙秀也随之地位猛升。司马伦“谄事中宫，深交贾郭，使地位巩固”之法，孙秀是其谋划决策的参与者，更是决策的执行者。司马伦矫诏害贾南风于金镛城，夺取朝政大权，也是听孙秀“螳螂捕蝉，黄雀在后”之计谋得已成功。从废太子至此，短短时间，宫廷内乱，任免如风，前朝遗老，斩尽杀绝。终于司马伦“自为相国，督中外诸军事”，如宣文辅魏故事一样，位极人臣。孙秀也因佐主有功升中书令，尽得富贵权势。①

孙秀并非外祖父孙旂一族，因为同姓之故，与舅父们交好，势力相互依托，在舅父们屡次计谋下，与外祖父合族。外祖父并不欣赏孙秀、司马伦之流，然迫于形势，也只好无语。

孙秀的话语，阴骘的眼神，让羊献容感到天骤然阴沉，无比沉重。

至晚，羊夫人亲端茶饭，至羊献容房间。羊玄之随后也跟了进来。羊献容再见父亲，转头低泣，不语不食。羊玄之一望之下，见女儿形容憔悴，已见清减，不觉略略心疼。他屏退众人，手捧茶托，无奈地对女儿深施一礼。羊献容一下惶急，忙给父亲跪下。

晋朝重孝，对父母孝敬有严格典范，羊玄之此举令羊献容大为慌张。

羊玄之扶起女儿，老泪纵横：“为父迫嫁女儿，良心有失公允。女儿怨恨，为父难辞其咎。想我祖辈，世代清誉，辈辈忠心，蕃衍至今，赖存盛名，皆为依仗朝廷圣眷，祖辈尽心，才得享安宁，何曾贪图富贵荣宠？繁花过隙，不过烟云，唯声望二字，后人敬仰。为父不才，不能堪当大

① 《晋书》中华书局

任，亦无高政卓绩，致使羊氏一族，趋显没落，羊门弟子，不能显赫高达，羊氏一族，难以趋及祖业辉煌。思及过往，悔无高志，铭念当下，履政艰辛。每至深夜，为父叹息不能眠，每至朝堂，憾报国无力无为。想列祖列宗何等威仪，何等显赫，每每祭祀，皆憾于心。为父愧对祖宗遗训，愧对列祖列宗啊！百年之后，又有何颜面面对先人？”羊玄之说完，激动于形，惭愧满面，泫然泪下。

羊献容惊触，不知父亲憾意如此，不觉心软，亲手给父亲奉茶。

羊玄之继续道：“人生在世，岂可以一己之念而罔顾朝廷圣谕，罔顾合家大小。女儿自小奇志，又怎断言去那高汤贵胄之地，不是一展胸怀之处？帝苑虚空，六宫无主，皇后乃一国之体，女儿若此时得登丹墀，效景献皇后之娴淑，扬景献皇后之德贤，去乱趋正，废腐扬新，得万民拥戴，趟你祖姑之美誉，又何尝不是贤达著世，造化于朝野。一人事小，家国事大啊！父母之命，媒妁之言，古往今来，又有多少女儿家能称心如愿，得嫁如意郎君？”

羊献容闻言动容，不觉低泣出声。

景献皇后羊徽瑜是泰山羊氏的骄傲。“景献羊皇后，讳徽瑜。父羊衜，汉时上党太守；母蔡氏，汉左中郎将蔡邕之次女”。相传景献皇后“聪敏有才行”，贤淑雅惠。“武帝受禅，居弘训宫，号弘训太后。”① 对于这位祖姑之贤名，羊献容虽没见过面，但还是多有仰慕的。“有才而知进退，福慧双修”则是世人对羊徽瑜的称誉。羊徽瑜贤达，羊祜、羊瑾、羊琇忠君兴国，拓族振邦，羊氏一族才有了显赫的地位、世族高门的气场。羊门女性，皆以景献皇后羊徽瑜为榜样，严以律己，相夫教子，传承门风。曾祖母辛宪英之大义贤德，更是羊家妇孺之楷模。

甫阳破门进入，拉着羊献容的手，乖巧地帮姐姐拭去泪花。

羊夫人在一边拭泪，无言饮泣。“容儿，母亲对不住你。非是不早据实情相告，是为娘担心你有三长两短，心里有说不得的苦衷。这人的命，

---

①《晋书》中华书局

原由不得自己。”

羊献容拿起茶盏，悄然落泪，清凉的茶水缓缓滑过咽喉，冰凉沁腑。一入宫门深似海，再也不是先前滋味了。可叹此生如坠深渊，纵使再有芳梦旖旎，良景佳酿，又谁能知晓呢？

第三道圣旨颁下，命羊玄之速速送女儿进宫。否则以抗旨不遵之罪论处。羊献容闻言，不由地打了个寒噤。

羊玄之察言观色，悄悄给夫人施以眼色，退出。来到门外，一转威严神态，命家仆准备一应嫁妆，给女儿备装。

孝是道德标准，礼是行为规范。羊献容深深懂得。晋朝历律重礼、重孝。晋皇室自司马懿以来，“三年之丧，自古达礼。”而其“居亲丧皆毁瘠逾制，皆有过之而无不及”。司马炎、司马攸奉羊徽瑜为母后，章喻天下《孝经》，便是表率。之所以重孝，是因为根据儒家教义，修身齐家的道德方法，亦适用于治国平天下。他们认为，名家之大者莫若君臣，孝于亲才能忠于君。① 西晋有三大孝：王祥、何曾、荀觊，名闻遐迩，三人皆都出身于儒家豪族，崇奉儒家名教，咸熙元年同日被拜为三公。

羊献容暗自琢磨，不知这以孝著称的司马内庭会是怎样一番情景？

以泰始律规定，十七岁女孩当嫁，倘有不尊规定未婚嫁者，当由官府指定婚配。这点羊献容还是有所知晓的。只是不知，世家大户女儿众多，趋之若鹜，焉何单单选定自己呢？忧郁不解的羊献容，独自走在羊府后花园，想梳理一下内心的纷扰。

清冷的后花园，落雪之后显得格外沉寂。羊府花园秉承景帝旨意而建，自是绵延恢宏。虽不及皇家园林，却也有些规模。世家大族的气派，尽管在当朝有些沉寂，但高仪犹存，威荣不失。麻雀在草丛中啄食，斑鸠在角落咕咕，荷塘的荷叶经过霜雪的洗礼后，凌乱纷繁，呈现着颓败的凄

① 陈寅恪《魏晋南北史演讲录》。

美风姿。疏竹在寒冬里不再青翠，枯黄的枝叶照抚着池塘凝滞的水，倒影依稀，枝干苍凉。曲桥外的秋千架，枯藤缠绕，在冷寒里落寞寂寥，让羊献容不胜感慨，这里曾留下多少少女瑰丽的时光。假山上的楼阁里，依旧残雪点点，不肯立即化去。

羊献容孑然走在花园内，想以后再不能如此随心所欲，再不能如此心无挂碍地滞留在自小生长的家园，再不能依偎父母亲昵做小儿女状，前途对自己一片迷雾茫茫，不觉心酸欲泣。她折转身，想好好静一静，便向那无人偏僻的所在悄悄走去。

转过假山，不远既是羊府后院。这一带廊洞相连，曲径环绕，山石嵯峨，高低起伏。曾经和弟弟在这里捉迷藏，留下多少开心的欢笑啊。羊献容落寞而坐，无限依恋地看着园中风光，心思起伏万千。忽然假山深处传来一阵嘤嘤哭泣声，甚是压抑。羊献容一惊，不知发生了什么事？不自觉地起身，悄步向哭声传来处走近。隔着一道假山石，羊献容听到说话声。

“求求月姐姐别哭了，给郎主、主母知道，会受重罚的。”

“我不想哭，可是忍不住。想女郎那么好的女孩儿家，竟然要嫁给一个……”

话未说完，已被掩住口角。

“你要死了，这等忤逆之辞也说出口，要知道，我们也会随女郎进宫的。”

原来是素月、秋心。怪不得大半天不见人影，竟然在这里。

“我们女孩子家，又怎能做得了自己的主呢，只盼以后能有个好光景，坐稳皇后就好。”

“可恨孙家一族。”

“秋儿，你也口无遮拦了，羊家也是士族高门呢。”

羊献容一惊，“孙家？外祖父家？”她再靠前，希望听到更多消息。

舅舅家有三个女孩。大表姐孙珪，早已定了皇甫商之子；二表妹孙琬，尚待字闺中；这三表妹孙璞，年方十二，还不到出阁年龄。莫非是三舅父家孙琬？她小自己一岁，也是美貌俊秀天资聪颖妙人一个，单那一张甜甜小口，整天惹得外祖母开心欢笑，对其宠爱有加。献容不自觉地陷入沉思，她不太喜欢三舅父，三舅父为人精刁，行事多不循人伦，也鲜顾念亲情。

“此刻孙家女儿该是笑逐颜开了。”

“胡说，你又知道多少呢？孙家四兄弟可是一荣俱荣，一损俱损。我们羊家，也是衣带连襟呢。”

“本来就是钦定她的，他们想把持朝政巩固势力，成为皇亲国戚。可是孙琬哭闹，任死不肯嫁给傻瓜皇帝。孙家祖母不忍，这才兄弟合议，推举了我们家女郎。”

羊献容闻言惊呆了。门第婚姻是魏晋世家大族中盛行的婚俗，多为贵族皇亲国戚联姻，且多含朝廷因素和仕途因素。尽管她心里自觉有数，但听到真相，还是如坠深渊。她强撑着身子，怔怔地走出假山。

素月、秋心一转身，吓得魂飞天外，两人齐齐跪地：“女郎恕罪，女郎恕罪，婢女胡言乱语，胡言乱语。”

“奴婢该死。女郎什么也没有听到，只是传言而已。”

羊献容扶起素月，再扶起秋心，两行眼泪夺眶而出。

“二位同我一起长大，名为主仆，实胜姐妹。帝王懦钝，强敌环视，我今番进宫，已成定局。此后一路艰辛，可想而知。必将连带二位妹妹一同赴刀山火海，趟腥风血浪，受苦遭罪。献容不忍，趁时间尚可，可去回了父母，解了契约，恢复你们自由之身，回家去吧。出去嫁个好人家，也免得随我作践了自己，白白浪费了青春。”

素月、秋心慌忙伏地：“我等契身之时，早已生是羊家人，死是羊家鬼。况自幼女郎待我们如同姐妹，岂有离心。女郎放心，此去纵刀山火海，奴婢随你一同进退，荣辱与共，祸福相济，只为女郎宽厚之心。”

羊献容明白，踏进皇宫，如赴刀山火海，庙堂之高，瞬息万变，没有两个忠心护主的丫鬟是不行的。如此一说，已知两位忠心，不由心潮澎湃，泪水滚滚。

三人手手相握，抱作一团。未来会给她们怎样的生活呢？

羊献容抬头望天，心底异样地沉闷，仿佛眼前的小路，其漫漫不知何处；仿佛眼前的河流，水深深不知所归。

角门处，铜皿轻响，三人一凛。这是家族召集集会的信号。听到这信号，合府上下重要人等，无论做什么，无论在府中哪一处，都要及时现身，集合到前院大厅。三人相互拭去脸上泪花，匆匆走出假山，择近道向前院匆匆走去。

大厅里，已是济济一堂。长伯父太傅参军、大鸿胪、前平阳太守羊亮，太傅长史、徐州刺史羊陶（羊忱），叔父平南将军羊伊，阳平太守羊暨伯父之子堂兄黄门侍郎、尚书吏部郎、前将军羊曼，庐陵太守羊聃，以及中护军羊琇祖父之孙济南相羊祈，羊忱伯父之子尚书都官郎羊楷、黄门侍郎、尚书左丞（倾心道学）羊权，还有稍远些的同门同族羊济、羊固、羊鉴等，皆已聚齐。羊氏一门自东汉蕃衍至今，曾人才济济，英彦辈出，除却祖父一代，至父亲，羊繇祖父之子羊秉伯父，羊发祖父之子羊伦伯父，以及过继羊祜祖父之下羊篇，皆相继早卒离世，庞大羊门渐呈衰微之势，略显人烟萧条。甫阳在众多本家子侄中，愈发显得幼弱稚气，如同刚出土的幼苗，需要更多的呵护。羊献容不由得对甫阳招招手。

同往日相比，羊家人气势低落了很多。羊献容记得忆事之初，每每家族集会，几代同堂，往往是里三层外三层，人来人往，几十张桌子都坐不下。

羊献容一出现，所有人的目光皆聚过来，一齐施礼下去。羊献容一下慌乱不知所措，才明白在这个时期，自己身份已经不同。甫阳跑过来，亲昵地依偎着姐姐，羊献容不由自主紧紧拉住弟弟的手。

盛大的家宴开始，合族叔伯、婶母等皆带来不同礼品送嫁。封皇封后，毕竟是一代家族荣耀之事。合族亲眷话里除了心照不宣的恭贺外，尽是祝福。羊祈更不远千里将泰山豆腐及厨师带至洛阳。泰山豆腐意味着“多福”和吉祥，相伴泰山封禅御膳文化而出名。每上一道菜，皆寓意多多，大家欢呼叫好，吃着、喝着、说着吉祥的话，将气氛一度推向热烈。

泰山豆腐是泰山一带的特色菜品。秦皇汉武之泰山封禅，将泰山饮食和御膳烹制带入鼎盛时期，而御厨和泰山当地名厨的结合，促成了鲁菜“咸鲜为主，清爽松嫩，香浓适宜，原汁原味”等特点。泰山豆腐以黄豆为原料，经过磨、浆、卤等工序，白嫩细腻，富有弹性，食之若鱼脑，爽滑可口，味道甘甜。《泰山药物志》记载，泰山豆腐味甘，性寒而清热，和脾胃消肿胀，下浊气、解毒气、清血利尿。汉武帝有赞“泰山豆腐胜似山珍”之语。而由于泰山特殊的地理位置以及泰山丰饶的物产，儒释道参与融合，逐渐形成了泰山宴饮、酒饮、茶饮、素斋等礼俗。大汶口之甑、鼎、釜陶制具的诞生，奠定了以蒸、煮为主的饮食模式。在此过程中，食素祭祖，对神灵之尊崇，延续成有着美好祈愿的民间风俗。

羊献容似乎感觉到了父亲的良苦用心，偌大的家族命运，将会与自己同进退共存亡吗？她复又想起孙秀那句话：“盛衰荣辱，在尔一身。”

羊献容忽然感到自己肩上的责任沉重，重到何种程度，说不出，只觉得胸口异常沉闷。趁族人不注意，她悄悄走出宴席，顺游廊婉转，信步走到西跨院。跨院里修竹依依，枝叶微黄，虽是冬日，依旧难掩婆娑之姿。游廊尽头是一方水榭，水榭内案几依然。羊献容坐下来，望着水里的倒影出神，愁绪万端。

片刻，羊曼、羊祈携手大踏步走了过来。

羊献容站起叫“兄长”。

二人给羊献容施礼，口称“皇后”。

三人自小一起长大，亲密无间。羊曼居长，羊祈居中，羊献容小羊祈几岁。羊献容佯怒娇嗔：“这里又没外人，两位兄长再如此拘礼，献容更加排解不开了。”

二人呵呵一笑，羊祈道：“想必这是最后一次听到‘兄长’二字了。明天起，容妹就是一国之后，再见面，当是要如此这般地称呼尚书郎羊曼羊大人了。”羊祈模仿着羊献容姿势，装模作样地对羊曼屈身施礼。

羊祈小羊曼几岁，人刚毅干练，机智诙谐，富有朝气。当年，武帝司马炎欲以“出镇”之名驱逐司马攸出京，琇祖父以事关治乱大局，上书直谏，惹恼武帝，被降职为太仆。琇祖“既失宠愤怨，遂发病，以疾笃求退。拜特进，加散骑常侍，还第，卒。”① 曾祖母辛宪英深感伴君如伴虎，于是多方斡旋以济南相招琇祖之子墠叔回，依傍在泰山故里，晃晃已是十数载。羊祈之济南相，便是袭父辈爵位而来。

羊曼也故作严肃道：“祈弟此言有理，何不趁此机会，让我们的容妹多叫几声兄长，免得以后回想起来心憾。”羊曼浓眉大眼，仪表堂堂，沉稳成熟，也学羊祈正襟危坐，幽默接腔。

二人联袂表演，羊献容“扑哧”一下被逗笑了。“曼兄也学会讨打，祈兄远居济南，不能时时亲近，妹妹去到宫里，还要仰仗曼兄多多眷顾呢。妹妹乍然入宫，如初学孩提，举目皆空，跬步勉强，欲效先贤德懿传世，叹献容愚钝之质，恐难有见及，所以日后倘有闪失，与古均兹，浅深楔榇，偿依靠诸位自家兄弟极力围护和周全。”

羊曼重重颔首：“舍妹无须过虑，前人者论，往往以偏概全，非失诸高深，即失诸简略，莫尽求同。大凡事理，苟循序，依本心，毋畏难，毋贪荣，诸所宜力戒，事体支配，实力行之，效即立见，人必能立而后能行。”

羊曼成熟睿智，有智谋，有深度，为羊献容同辈最长者，羊献容素来对羊曼敬重有加，想羊门一族，以后可掌门楣者，非羊曼莫属，当先心里有了底数。她含笑转首对羊祈道：“祈兄可要多眷顾故里羊留，泰山世泽，恒昌绵延。妹妹喜欢故土山水，希望有朝再回去多盘桓些时日。”

“容妹放心，泰山世泽，恒昌绵延，新甫锦绣，泰达无边。为兄作为济南相，是要尽一番微薄之力的。泰山的钟灵毓秀，新泰的物华天宝，妹妹有需要时，一定是最安适最广阔的。为兄亦深爱故土家园，决心将‘齐鲁之邦’治理成富庶之地，保一方百姓安宁。瞧，前不久郡县行走，竟得

① 《晋书》中华书局

一稀罕宝贝，妹妹看可还喜欢吗？如若喜欢，就当是我送给妹妹入宫的贺礼吧。”说着变戏法一般，从袖子里摸出一件东西。

羊祈粗中有细，只说入宫，不说大婚，即避免了羊献容心里不舒服，又让羊献容心里熨帖。当下羊献容欣慰，举手接过，打开一看，竟是市面久已失传的曲谱《阳春古曲》，不免惊喜连连。

《阳春古曲》又名《阳春白雪》，是古琴十大名曲之一。此曲相传为春秋时晋国乐师师旷所作。师旷相传同为新甫故里人，位置在新甫偏东。羊献容对其仰慕有加。

“多谢兄长。”羊献容欢喜至极。

羊祈道：“《阳春》取万物知春，和风淡荡之意，《白雪》取凛然清洁，雪竹琳琅之音。乐曲意在表现冬去春来，大地复苏，万物欣欣向荣之美景。《阳春白雪》旋律清新流畅，节奏轻松明快。最初由民间器乐曲牌仪《八板》或《六板》，变体组成琵琶套曲，后又融入了《百鸟朝凤》，形成循环变奏结构，演奏之时往往引得百鸟欢动，人聚如潮。”

羊曼沉稳点头：“阳春白雪的典故来自《楚辞》中的《宋玉答楚王问》。楚襄王问宋玉，先生有什么隐藏的德行么？为何士民众庶不怎么称誉你啊？宋玉说，有歌者客于楚国郢中，起初吟唱‘下里巴人’，国中和者有数千人；当歌者唱‘阳阿薤露’时，国中和者只有数百人；当歌者唱‘阳春白雪’时，国中和者不过数十人；当歌曲再增加‘引商刻羽，杂以流徵’时，国中和者不过三数人而已。宋玉的结论是‘其曲弥高，其和弥寡。’亦说明了不同的欣赏者之间存在着的巨大差异。技艺愈高，能欣赏者愈少，此同高处孤寡不胜寒同理。”

“高处不胜寒。”羊献容听罢若有所思。

羊祈道：“《太史公书》总共130篇，记载了若干人、物、事，独设《乐书》专章，且放在‘八书’第二，足见音乐地位之重。”

羊献容眉头一皱，插口问：“但不知‘治定功成，礼乐乃兴。知礼乐之情者能作，识礼乐之文者能述。作者谓之圣，述者谓之明’，作何理解？”

羊曼闻言站起，肃容道："《书传》说'治定功成，礼乐乃兴。'即天下养民之策愈是深入人心，愈接近于德化境界，人之喜乐就愈益不同。所以博采风俗，乐礼相易，以此补充道之缺憾，移易风化，以助政教推行。"

羊祈欣然接口："所以习正派、文雅之诵歌则民风正，激烈呼号之音声兴起则士心振奋。等到乐与情性调谐和合，鸟兽尽受感动，受乐的感染更是自然之势了。"

羊曼点点头，广袖一挥："自孔子不能与齐人并容于鲁国，退出整理雅正的音乐以感化世人，乐之作用便迭升。秦二世喜好以音声为娱乐，丞相李斯谏'恣意于长夜的欢乐，是殷纣王灭亡的原因。'赵高却说五帝、三王的乐曲各不相同，彼此不相沿袭，而上自朝廷，下到百姓，得以同欢喜，共勤劳，非音乐上下和顺使之悦然不能相通。秦二世以为赵高说得对，以赵高之言为信，终致误国。"

羊献容欣然："旧日读典，闻汉掖庭常在正月里祭祀，使童男妙女共七十人一起吟唱。春季唱《青阳》，夏季唱《朱明》，秋天唱《西暤》，冬天唱《玄冥》。是为礼乐，政乐？"①

羊曼再次落座，神色端正："礼用以诱导人之意志，乐用以调和人之声音，政用来统一人之行动，刑用来防止奸乱。礼乐刑政，其终极目的相同，皆是为了齐民心而使天下大治。无论《青阳》与《玄冥》，皆一样道理。所以说乐虽是娱乐的一种方式，却对人感化很深，可以移风易俗，使民心向善。懂得礼乐之道，举而用之于天下，便不会遇到难事。"

羊献容大感："也就是说抗心希古，藏器待时？"羊祈也目含深意，微笑点头。

羊献容暗暗感激，知道两位兄长在暗暗点化自己，让自己入宫后动有所思，行有所依。当下心中稍有顺畅，三人凑在一起，仔细翻看研究揣摩，命素月取琴来信手抚试，才刚触手，朗朗清音便似飞珠溅玉，划破水

---

① 《史记·乐书》司马迁

面，惊醒贪睡的鸭子，穿过竹林，扬起圈圈涟漪。

水榭小小空间，一时天地泰然，物我两忘，充满温馨。

跨院门外，羊玄之、羊夫人不安地探头探脑，见此情景，夫妻二人相视酸楚一笑，悄悄舒一口气。

第四章　嫁衣着火，华宫美苑谓吉凶

永康元年十一月，大婚的皇家御用车马已候在羊府门外。羊献容要出嫁了，羊府上下忙成一团。

厅堂里，礼品摆了一桌，羊夫人一边查看嫁妆，一边吩咐下人仔细别漏了什么。下人出出进进，忙碌异常。

大厅外，羊玄之率领本族子侄，迎接前来恭贺人士。沉闷，悲哀，湮没在合府上下的洋洋喜气里。

孙琬也陪着舅父舅母们来，进门搂住羊献容，说着恭贺道喜之类的话语。羊献容看着孙琬甜甜的笑脸，讨喜的嘴巴，一副天真无邪的样子，却再也亲近不起来。孙琬送上一套珍珠衫做贺礼，羊献容坚辞。珍珠衫同金钗一样，为当时贵重稀罕物品。羊献容并非不稀罕，只是一想到谏婚一事，兴致顿无。孙琬悻悻而下，转身回前厅找羊夫人撒娇。

羊献容坐在闺房里，任由几个喜娘穿来穿去，开脸，沐浴，更衣，挽髻，上妆……心里说不出的滋味。

“开脸”是所有出嫁女子必经的一道妆容手法，也是泰山一带婚嫁风俗。即以一根红线绞在两手，借力绞去鬓角面部多余毛发，使之细腻光滑。如此再妆粉，淡粉铺开去，粉面如霞。

只是羊献容心情烦闷、低沉，“这厚厚的粉怎么那么麻烦？扑一遍再扑一遍；这新裁制的宫装怎么这么繁琐？一件件穿起来没完。”

耳垂明月珰琳琅光耀。柔顺的长发在头顶盘起，宛若斗重。精致的金步摇插头上，竟是如此炫目晃眼。

“金珠乱坠，烁目扰心”。羊献容感到心里难受，有一种说不出的想哭的冲动，她呆呆地看着铜镜里的自己，宛如看着一个外人。

女子的服饰，晋时相当华丽。彼时多崇尚色彩明艳夺目，款式多深衣制，层层罗列，上襦下裙。罩衣之外，腰间一款软袂，系以流苏彩带，越发衬托出蛮腰纤细，云鬓轻挽，裙裾飘飞，再配以精致纸伞，于日光之下碎步，当真典雅灵俏，楚楚动人。

除服饰外，耳饰也是灿烂多姿，式样繁多。耳饰称珰珥。珥，又作瑱。《释名》曰：“瑱，镇也。悬珰耳旁，不欲使人妄听，自镇重也。”此本出于蛮夷，蛮夷妇女轻浮好走，以此珰锤之、警之。后中原仿之，几经变通，成了女子容颜美观的装饰品。

耳饰之外还有头饰，金步摇即头饰之一种。《释名》说：皇后之首饰叫副。副即覆也，以覆于首上，有垂珠，举步则摇。但晋廷规定，六品以上才得服金钗以蔽髻。泰始三年，武帝以皇后六宫以下杂衣千领，金钗千枚，班赐北征将士。足见金钗等饰品，在当时颇被看重和盛行。

除了首饰、耳饰外，妇女的发式在此时已很有特点。自汉至晋记载的发式有：反绾髻、百花髻、芙蓉归云髻、流苏髻、翠眉惊鹤髻、凌云髻等。服饰之新颖，发式之名目繁多，式样更新，是西晋女子个性活泼思想开放的一大标志。

妆容完毕的羊献容，一改少女容貌，色泽莹润，凤目含春，光彩照人。丫鬟、喜娘惊呆了，赞叹连连。

羊献容悄悄问喜娘：“梳的什么发髻？”

喜娘笑嘻嘻地回答：“梳的乃是‘芙蓉归云髻’。芙蓉乃花名，是平安富贵之意。”

“平安富贵”，会是一番平安富贵吗？羊献容咀嚼着这四个字，心里莫名地没有底。

羊夫人走进来，望着羊献容形容轻憔，双眸含烟，似僧入定的样子，不觉心疼地揽住，把一方锦帕悄悄塞进女儿手中。羊献容未知何物，只觉手心沉甸甸的，目视母亲，母亲用眼色制止。再望母亲，已是别转身似悲戚而下。

羊献容眼圈一红，悲思欲泪。喜娘说冲了新容装不吉利，连番劝慰。羊献容强自忍住，心绪茫然如潮，纷纷扰扰。

母亲贤惠持家，眷顾周到，有比曾祖母。而羊献容却知，这日渐衰微外干中空的家族，盛名之下，其实难副。“贤惠”二字，又是如何的辛苦难捱，甚至连一份苦楚也不能说，不能露，任日复一日的清冷，忧伤，沉积成坚定淡漠的雍容。

羊夫人正面榻上坐了，叫过素月、秋心，郑重叮嘱：“你们三人自此一去，自是与在家不同。二位自小跟随小女，秉性乖纯，忠心不二，此后务必机敏行事，多为女郎费心周全。老身在这里先行谢过。”

羊夫人话音刚落，慌得素月、秋心齐齐跪地：“郎主、主母待我们恩同父母，女郎待我们似一母同胞。主母不吩咐，我们也会为女郎赴汤蹈火的。请主母放心！”

“素月，今后你的名字就叫碧月吧。碧，华贵，安然。秋心改为翠屏，去掉一个愁字，翠为锦。希望你们主仆三人同心相伴，平平安安。”

“是。碧月、翠屏听命。”

诸事毕，等待执事官莅临。

羊府不远处，刘曜翩然城垛上，眼神阴郁，久久怅立，仰面叹息，幽怨的箫音穿越重重楼台亭阁，缭绕在洛阳上空。炊烟袅袅，像是纷扰不去的愁绪，一筹莫展。

羊献容心里一动，又是熟悉的箫声。

执事官到了，车马仪仗，一字排开在羊府门口。

宣旨完毕，羊献容被搀出闺房。走出羊府正门，四周皆有百姓围观，乞求一送皇后。羊献容现身一刻，人们跪了下去，迤逦的裙摆在身后铺展如云，覆盖在高高的台阶上。

不远处，一青年勒马而立，目光如炬。羊献容被那熟悉的眼神一掠，不觉恍惚心动：“哪里见过，如此熟悉?”一念未及，只听身后一声惊呼：“不好了，嫁衣着火了”。“快、快灭火……”丫鬟、仆妇惊呼连声，顿时忙成一片。众人奋力扑打，烟雾缭绕，大红的嫁衣已然烧去一片，乌黑焦灼。羊献容在火光里呆呆地站立着，仿佛失了魂魄，无动于衷。

羊夫人一见，心里如巨石添堵，仿佛火光蔓延她的全身，慌命丫鬟取了披风遮住。

羊玄之目光威严地一扫，呵斥仆人不小心，命赶紧搀了上车。

大红披风一披，迅疾遮住乌痕，羊献容机械地被推进马车。

马儿一声悲鸣，驶往皇宫方向。

乌黑的烧痕，像一道影子闪过，不祥的感觉沉寂在羊府上空。羊玄之骑在马上，神色凝重地跟随在送嫁的队伍中，眼望苍穹，呐呐自语：“难道真的错了?”

羊夫人转头，已寻不到骑马人的身影。骑马青年悄然离去。羊夫人如坠迷雾，眉头轻蹙。

夕阳西下，落日余晖映照天空，一群乌鸦嘶叫着穿越皇宫上空。

永康元年十一月七日，羊献容被送入皇宫，一代娇娇弱女，从此踏上了风云激荡、跌宕起伏的皇后之路。

远在洛阳城外的一片府邸里，侍女小厮惊作一团。刘曜把自己关在屋里，纵酒若狂，已是几个时辰。门匾上两个大字“刘府”醒目清晰。此府的主人，就是匈奴大都督刘渊。

刘渊身材高大，体格强壮，眉宽目秀，须髯飘飘。咸熙年间，以匈奴部落左贤王刘豹之子身份到洛阳做人质，并在成都王司马颖手下做事，转眼几十个春秋过去。数十年的汉文化熏陶，刘渊从一个精悍少年，到一个持诚深重的长者，处处隐忍有度，步步精心，逐渐取得西晋王室及成都王司马颖信任。经年的汉文化浸淫、濡染，刘渊的汉学功底深厚，堪当汉化

匈奴英才，对《左氏春秋》《汉书》《孙吴兵法》皆能倒背如流。

咸宁五年，晋武帝司马炎下诏，任命其为匈奴北部都督。泰康七年，武帝再下诏，任命刘渊为匈奴北部都尉。刘渊轻钱财，乐施舍，倾心与人结交，匈奴五部的豪杰之士以及幽州、冀州的名儒，皆去投奔归附于他。太熙元年，司马衷再次下诏，擢升刘渊为建委将军，兼匈奴五部大都督。①

此刻，刘渊坐在大堂上，正与门下人员议事。听着小厮语无伦次地禀报，愤慨站起，一鞭抽下，大步跨出庭院。

“古昔有佳木，寂寂人不知。一朝添为栋，数朝凝为痴。”房间内，刘曜手捧酒坛直灌。室内桌歪椅倒，一片狼藉。

“曜儿，开门。”门被拍得咣咣作响。

“杨朱泣歧路，墨子悲染丝……揖让长离别，飘飖难与期……”刘曜依旧顾自饮酒，纵声吟诵，形态狂放。

门“咣”的一声被踹开。

刘渊端坐榻上，望着刘曜，疑惑不解。他威严地质问仆人：“怎么回事？谁来给本都督个答案？”

侍从一下跪地：“启禀王爷，日前公子在泰山得遇一美貌女子，经询乃是尚书羊玄之之女。公子似乎颇为中意，一路追随而来，只是那羊家女子，已然嫁了。”

“羊玄之之女……可是惠帝新后？”刘渊听后不由心里一惊。

羊门士族乃刘渊心中敬仰，羊祜高风荐贤与平吴拥政友好邻邦之风范，一度被传为不朽佳话。

“回大都督，正是。”

刘渊哈哈大笑，上去踢一脚刘曜：“不肖东西，越长大越没出息。看上羊家女儿，倒是怜你有眼光。起来，被一个女人搞成这样，丢我祖辈名声。”

---

① 柏杨。《资治通鉴》之《八王之乱》。

"萧索人所悲，祸衅不可辞……嗟嗟涂上士，何用自保持。"刘曜眼神迷离地望着刘渊，郁郁不得志神色一露无疑。

刘渊恨恨地道："天下女人如麻，栽下梧桐，何愁引不来青凤。滚将起来，做我驰骋广漠的雄鹰。"

刘曜望着叔父，凄然一笑，喃喃自语："广漠，雄鹰？给我骏马，给我兵车，匡复我王室，还我大草原。还我子民自由。"

"匡复？"刘渊一下呆住了，"匡复"二字深深牵动他内心深处的神经，隐隐作痛。

他蹲下身，看着刘曜被酒浆折磨变形的脸，竟不知刘曜心里的压抑也如此之重。刚才真是错怪他了。他拂拂刘曜的头，站起身，双拳紧握，目视远方："曜儿，早晚有一天，叔父会让你得到你想得到的一切！"目光深邃，斯痛如海，竟是不能见底。

夜月如钩，刘曜依然沉睡不醒。刘暾站在案旁，注视着案上刘曜的字迹，默默无言。

夜中不能寐，起坐弹鸣琴。
薄帷鉴明月，清风吹我襟。
孤鸿号外野，翔鸟鸣北林。
徘徊将何见？忧思独伤心。

此诗是前朝诗人阮籍所作，阮籍字嗣宗，陈留尉氏（河南开封）人，阮瑀之子。阮籍曾任步兵校尉，世称阮步兵。诗多"悲愤哀怨，隐晦曲折"。有些诗借古讽今，抨击或砭弊时政；有些诗则"谦退冲虚、谨慎避祸"。他和王戎、嵇康、阮咸、刘伶、向秀、山涛六人常聚在竹林中畅饮，因个个特立独行、才华横溢，因而世人称他们"竹林七贤"。

西晋中期，为文化发达繁荣之期。民族小范围融合以及各行各业的发展，从文化到风物，无不出现欣欣向荣之势。此时不仅羊祜、杜预，"文为师表，行为世宗"之遗风名闻天下；清谈玄学之流谈经论典，俱皆不

疲；名流、雅士也风雅各具，气象万千。

王戎为当朝宰相，先朝老臣。据闻少时聪明早慧、勇敢沉着、记忆超群、过目成诵，被誉为“神童”。魏明帝用栅栏围堵老虎，让百姓观看，王戎也凑近栅栏看老虎，老虎一声咆哮，惊得众人如鸟兽散，只有王戎静静站在原地，脸色平静。大将钟会看到他时评论说，汝子将来可以当吏部尚书。

嵇康字叔夜，会稽人，通琴艺、精音律，是魏晋才思艺术均高古之人，《广陵散》为其创作的名曲代表。山涛，字巨源，河内怀人，是“竹林七贤”年龄是最大的。山涛为人正直，有“山公启事，选贤任能”之美称。

“竹林七贤”中刘伶是年龄最小也是最有意思的一位。刘伶身材矮小，四五尺高，相貌丑陋，面容憔悴，人们说他“忽忽悠悠，土木形骸”，意思是他很悠闲自在，不修边幅却质朴纯真。刘伶嗜酒如命，喝的人事不省对他来说是家常便饭。一次，刘伶向其妻讨酒喝，其妻将酒倒掉，连同酒器一起毁掉，并哭着劝他说：“你喝得太多了，这不利于身体，快把酒戒掉吧。”刘伶说：“很好，很好，但我控制不住自己，只有祷告鬼神才能戒掉啊，赶快准备酒肉吧。”他妻子说：“遵命”。于是把酒肉准备好摆在神座前，让刘伶祷告、发誓。刘伶跪着祷告说：“天生刘伶，以酒为名；一饮一斗，五斗解酲。妇人之言，慎不可听。”说完拿过酒肉吃喝，一会儿就又喝得醉醺醺地倒下了。其妻气得无可奈何。

关于刘伶嗜酒有很多传说，不胜枚举。刘暾思绪漂浮，无可奈何地摇摇头。

魏晋风流，繁衍一代代的文化传承，少数民族的入驻，更将中原文化视为一宝。他们不仅自己汉化很深，在仕途，修习文字，移风易俗等方面，皆取长补短，更在疆域与时势发展中，成为卓有见识的一代。中原大地，资源丰饶，物华天宝。这一切，皆成为边塞少数民族对中原虎视眈眈的原因。

第二日，刘渊、刘聪、刘曜打马出城，涧水河畔，一座堤坝修筑工程正趁冬闲时节进行。军吏拿着皮鞭，驱赶牲口一样吆喝着，工地上黑压压地行进着衣衫褴褛、体态佝偻的运土搬石之人。里面，不乏编户而来的匈奴“义从”、“奴隶”。他们一看到刘渊三人，立马不顾皮鞭棍棒的阻挡，奔了过来，哀求道：“大都督，救救我们吧，我们宁愿回到草原放牛牧马，也不想再这样生活下去了。”面对此情此景，刘聪、刘曜眼里喷出了火。刘渊威严地制止。人群陆续被军吏吆喝回去。三人目视北方，面色凝重。

刘曜不解地望着刘渊：“叔父为何不解救他们于水火？”

刘渊沉重地感慨唏嘘：“非是叔父不解救。此时出手，彼时又如何自处？想当年久居京城，自认为胸有韬略、心有锦绣，想为朝廷社稷尽一番力，可惜空怀抱负却不得施展。武帝时，好友王弥要回山东老家，叔父在郊外九曲之滨设宴为其送行，酒过三巡，勾起为父的心思，于是对王弥说，‘王浑、李憙是吾同乡，对我知之甚深，多次向皇上推荐，可是总有一些人对我怀疑提防，我本无意于仕途，如今年龄愈大，你这一走，恐怕今生我们再也不能见面了。’当时叔父义愤填膺，涕泪交流，仰天长啸。正赶上齐王司马攸路过，见此情景，回头便对武帝司马炎谏言，说如果不杀叔父，将来恐怕难以保证并州的安全。好在司徒王浑力保，言‘刘元海乃有大才之人，多年来对朝廷一片忠心，我敢用项上人头担保，如果其有二心，您拿我是问。皇上要用，可以让其带兵讨伐东吴。如果不用也不能杀。因为大晋正要取信异族，以德怀远，如果把质子杀了，皇上还怎么向外族展示恩信？’武帝听王浑说得有道理，叔父才侥幸躲过一命。后来，氐、羌作乱，占领秦、凉二州，武帝和众大臣商议讨伐，李憙建议派叔父率领五部讨伐，孔恂却说：‘让刘渊平凉州，恐怕是凉州之乱的开始。蛟龙得云雨，非复池中物。’武帝听后，遂放弃此议。‘非我族人，其心必异。’如山一样压在为父心头，已成桎梏。而今，为父再不能让你们同我一样背着这座大山，一生难抒胸臆，卑躬屈膝做人。是雄鹰，就飞吧，高高地飞吧，去征服整片山河，去征服整个天空！”

听刘渊此番话，刘聪、刘曜已是泪满双颊。两兄弟跪地拜别刘渊，转

身上马，绝尘而去。

甲子年十一月上旬，天显异象，大风飞沙石，六日乃止。册封之日，恰逢风沙天的最后一日，其时风势已弱，天空逐渐晴朗。

冬日的含章殿，清冷的空气在流动。皇宫内外，锦旗猎猎，红云飘飘。翠金色的琉璃瓦流光溢彩，入目生辉；含章殿凤檐麟角，汉白玉石栏恢宏气派，令人望而生畏。台阶一级一级升上去，仿佛进入半空云里。自殿外到殿内林立着的禁卫兵，肃穆而威严。此阵势让初次踏入皇宫的羊献容有些眩晕，不知道这宝殿上坐的皇帝是什么样子？更不知道自己将来命运如何？宏伟的皇宫，赤壁金瓦，宫阙联翩，辉煌与深重气势，让她心里有些虚浮，有些招架不住。至殿前，两边的宫女走上来换下了碧月与翠屏。

“女郎镇定！”两人离开时悄语。

自己人一走，羊献容突然感到一种孤立，她有些紧张慌乱，站立不稳。宫女一边一个架住了。然后听到殿内传来一声长传：“宣——羊献容进殿！”

宣声落处，羊献容缓步进殿。殿内鸦雀无声。羊献容不敢抬头，脚踏在地毯上犹如踩着软软的棉花团，拖曳的裙裾仿佛灌了水一样迤逦沉重，若走在梦里，如走在云端。她不知台上皆是何许人，金檐重瓦，衣香鬓影，到处色彩鲜亮，珠光宝器，金碧辉煌。她还只是一个初长成的少女，阅历尚浅，面对这样一个盛大场合，有些茫然不知所措了。

踏入大殿的那一刻，殿内齐齐“嘘”了一声。众人只觉光华一闪，仿佛一枚夜明珠挣脱河蚌的怀抱，一下子呈现在大家眼前。又好似一朵牡丹含露绽放，花瓣上的露珠润泽剔透，晶莹欲滴。鲜艳合体的嫁衣映着殿外氤氲的阳光，宛如一片云将羊献容轻轻拖住，愈发显得纤腰盈握，亭亭玉立，楚楚动人。晋承汉制，服饰大致相同又稍有变化，女装独特的裁制，恰到好处地衬托出羊献容的妩媚妖娆。羊献容感到众人“唰唰”投来的目光，有惊异，有感叹，有目瞪口呆。现实与无奈迫人安定，反而使羊献容坦然下来。她走至大殿中央站定，跪下，掌心向上，双手过顶，再转而按下，俯身行大礼。

“抬起头来。”殿上传来一声喝令。

羊献容仰面，眼睛半开半合之间。

皇帝司马衷一下从龙座上站起来，直直地望着羊献容。

羊献容也定睛看着司马衷，心里所有的问号在那一刻变成感叹。说实在，如果不是传闻先入为主，司马衷除了白胖和略显庸拙之外，实在看不出痴呆异象。晋室崇金，而服色尚赤，威严的朝天冠，厚重的紫金龙袍，名贵的玉饰，帝服装扮下的司马衷，甚至还有几分威仪和敦厚。

据律例规定，朝天冠仅为皇帝所戴。而其他如平冕冠、远游冠、进贤冠、高山冠等为王公贵族们所戴；却敌冠、樊哙冠等为殿门卫士所戴。人分尊卑，帽亦如是，有五梁、三梁、一梁之别。晋时服饰的奢华之处，不仅女子服装艳丽，剪裁独特，男子也是锦绣丝绸，华美异常。文武官公，皆假金章紫绶，著五时服，其相国、丞相、皆衮冕，绿盭绶，殊于常公，五时服备为常用，即青春、夏朱、季夏黄，秋白、冬黑，采用五行之色。

据闻武帝时，傅咸上书说：“古者后妃乃有殊制，今之婢妾被服绫罗。”可见汉至魏晋，丝绸的发展已相当兴盛，以至崇尚华服，魏晋皆有服装越制之现象。

一位长相粗犷的官吏坐在皇帝御座西侧，低低“嗯”了一声。司马衷尴尬地“嘿嘿”两声，忙坐下，欲装正经，却作不出严肃样子。

执事官拿一御牍上，俯身举过头顶：“请赵王宣读封后旨文。”

“赵王，司马伦。惠帝之叔祖。起孙秀工于计谋，废贾后而佐理朝政……”不知为什么，羊献容心里“突”地颤了一下。

赵王司马伦站起身，从托盘上拿起卷轴，宣读道：

“夫乾坤定位，男女流形，伉俪之义同归，贵贱之名异等。若乃作配皇极，齐体紫宸，象玉床之连后星，喻金波之合羲璧。天子之与后，如日之与月，阴之与阳。故能母仪天寓，助宣王化，德均载物，是以哲王垂

宪，尤重造舟之礼；所以后烛流景，裁其宴私，房乐希声，是用节其容止。履端正本，肃尊仪而修四德，体柔范而弘六义，阴教洽于宫闱，终能鼎祚惟永，胤嗣克昌。至若俪极亏闲，凭天作孽，则龙漦结衅，搁社矣。曹刘内主，位以色登，甄卫之家，荣非德举。淫荒挺性，蔑西郊之礼容；播晨牝之风，兰殿绝河雎之响。永言彤史，大练之范逾微；晋承其末，与世污隆，宣皇创基，功弘而道屈；穆后一善，绩侔于十乱。洎乎世祖，始亲选良家，既而帝掩纨扇，躬行请托。得失遗迹，焕在缃缃，兴灭所由，义同画一。是以后之一责，干系朝廷，因循风范，德配大彰。是以为训，羊氏能遵否?”

长长的一篇宫训，羊献容听得甚是头晕。似乎一员武将读这文绉绉的东西，也有些咬文嚼字，别别扭扭卖弄风雅。宫里规矩大，母亲说要时时注意，悉心应承，果是如此。羊献容自顾自思考，脑子乱乱的尚未回过神来。

司马伦见状，提高声音，复问一句：“羊氏能遵否?”

司马衷龙座上急得直招手：“快应‘诺’，快应‘诺’。”

羊献容猛地一凛：“诺!”

“卿长得真好看！是月亮里的嫦娥下凡吗?”司马衷突然笑嘻嘻地冒了一句。

如此庄严凝重的气氛，皇上发如此赞美之语，大殿里群臣忍不住“扑哧”一声笑了。司马伦、孙秀也忍俊不禁，相互递一下眼色，满含不屑。

“身体发肤，受之父母。圣朝以孝彰天下，君臣父子，秩序井然，道德风尚，去腐扬新。献容斗胆，一恩谢天下，二恩谢父母高恩。”

司马一家儒学传世，儒家讲究“忠、孝、悌、义、廉”。从司马懿至晋武帝，有个一以贯之的思想，那就是推崇孝道。① 是以羊献容这几句话合情合体。

“晋朝律历，谨孝为先。羊氏皇后，大义深明。”群臣不禁齐声恭贺。

---

① 见《晋书》

司马衷手舞足蹈，下去拉了羊献容的手，走上御座前。羊献容转身之际，乌黑的烧灼痕迹露了出来，司马伦及群臣看到了，脸色皆微微一变。

司马衷未察，兴奋地宣布："封羊氏为我大晋皇后，着紫金凤冠，金银丝百鸟朝凤吉服，执凤玺玉绶。擢升尚书郎羊玄之为兴晋侯，赏锦缎百匹，牛马百驾，黄金百两，白银千封。"

皇上的信口开河让羊献容吓了一跳。

"天子之与后，如日与月，阳与阴。今日羊后入朝，狂沙乃止，风和日静，乃吉象，帝得羊后，宛如日得月，肃朝文武，尊后如尊君。"孙秀不失时机地谄媚，同时也暗示朝臣，他已是皇亲国戚，一等朝臣。

司马衷大袖一挥："传旨，大赦天下为我朝祈福，大庆、大酺三日。"

司马衷的擅自主张，让司马伦勃然变色，他跨步上前，似欲扯下司马衷，被孙秀暗示制止。

这一天执事官这样记载：永康元年十一月，戊午，大风飞沙石，六日乃止，甲子，立皇后羊氏，大赦，大酺三日。①

大司马府，司马伦大发雷霆："傻瓜小儿，今日竟无视老夫，自作主张。"

孙秀笑嘻嘻地上前："明公请息怒。皇帝新娶后，当然高兴。然也，然也，呵呵呵呵……明公也看到，这个羊氏，姿容仪态，甚可惠帝之意。欲牵制君王号令天下，不收拢一下皇后又怎成？这羊皇后，世家大户女儿出身，年龄虽小，见识却宽，谈吐不凡。大殿之上，临朝不惧，坦然不惊。其家族背后庞大的士族姻亲，不可小觑呢。"

司马伦粗鲁地道："都是你举荐的好事，不要弄巧成拙，自己给自己搬绊脚石。"

"明公尽管放心，一切皆有孙秀给您筹谋。明公外揽朝政，内宫覆掌

① 见《晋书》

可控。何愁真龙腾达之日?"

"嗯,小小妇人,料也工整不到哪里去!"

"总会有机可寻,还怕不言听计从,牢牢附在我们的手掌心。您就等着君临天下吧。"

"当真?"

"当真。"

"哈哈哈哈……"

大婚夜晚是新奇的,也是忐忑的,羊献容睡意全无。二更了,似乎宫廷夜宴还未结束。依旧有人自宫外熙熙攘攘。宫女已经昏昏欲睡,只有翠屏和碧月在精心整理着从羊府带来的东西。

献容卸去繁重盛装,着软缎轻袍,力图让自己的心情放松一点。从走进皇宫那一刻起,她感到的是皇宫的威远深冷。巍峨的宫殿,迷宫般的巷道,面无表情的侍从,以及殿堂之间透露出的厚重,都给人一种狰狞和压抑之感。

毕竟是少年心性,易被新生事物所诱引。羊献容端详着宫殿内摆设,不由得入了迷。硕大的龙床,绡帐漫垂,锦被簇云。寝殿内云顶檀木作梁,水晶玉璧为灯,珍珠为帘幕,范金为柱础。鎏金铜体八足案,雕龙画凤,重环纹的香鼎、垂鳞纹的酒肆,泛着青铜光泽;远处数枝朱雀玉座灯,交织辉映,悬挂的云气纹锦帐,富丽堂皇。显阳殿为皇宫内最为华丽的宫殿,只有皇帝皇后才能居住,装饰摆设,皆为一等。除必须装饰用品外,尤其字画,竟胜往昔之所见。羊献容见案上有纸笔,索性过去取下,拿灯照了,细细临摹起来。羊门本是书法传家,羊献容自小受熏陶,这一落笔,竟得八分神韵。羊献容不觉更加聚精会神,凝神笔下。

羊氏书法源于汉末书法家蔡邕,陈留蔡氏与泰山羊族世为姻娅。蔡邕为避宦竖迫害,曾来泰山依傍羊氏十二年之久。蔡邕工隶书,结体方正,为世所重,更为羊族所崇尚。蔡族女性率皆工书,蔡贞姬同父姊妹蔡文姬，即精通八分书学；同适羊门的蔡夫人，亦工正书及行草。[①] 家风淳厚，传承指点，是以羊献容从小受笔墨熏陶深重。

司马衷无声无息地走进宫殿。他站在羊献容后边，看献容一会蹙眉，一会深思，一会嗟叹，不觉被精灵一样美丽的女孩吸引，越看越新奇越喜欢，忍不住伸出手去。

羊献容吓了一跳，猛转身，发现惠帝不知何时站在身后，酒气扑鼻，情绪激动。由于站得太近，这一转身竟是面对面。如此近距离接触，皇上又是张手欲抱的姿势，羊献容大惊失色，本能地一边慌忙施礼，一边向一侧躲去。

惠帝一把拉住她："不走羊儿姐姐，不走羊儿姐姐。"

"羊儿姐姐?"不知何时皇上改了称呼，羊献容缩一下，不知如何应付。皇上继续伸着手："给朕笔，给朕笔，让朕也来。"

献容哑然失笑，虚惊一场，原来皇上要的是这个。她眉头一皱，计上心来。"好啊，给皇上可以，但我们要比比，看谁写得好。"

司马衷童心大发，似乎也欲在羊献容面前展示展示，二人写了比，比完再写，不觉夜深。

面对司马衷的字，羊献容不由感叹，若不是智障，司马衷的字还真是不错，完全看不出痴傻之人之迹像。武帝司马炎遍请名师有目的地栽培，也不是没有一点用处的。羊献容不由感叹上天造人之不完美，正如盲士善乐却目不能视，哑者善听而口不能言，天下有德者未必有才，而有才者，或负不仁不孝，贪诈之骂名。

夜深了，司马衷揉揉眼睛，嚷要睡了。

面对窗外黑漆漆的夜，献容心里一下发憷，不知如何应对。

---

① 《新泰区域文化通览》，今传晋初羊迅所书《孙夫人碑》，书法史家谓其书深得蔡氏八分法度："《孙夫人碑》极似《石经》，复似《孔羡》，羊蔡婚姻，文、字皆袭蔡体。"民国·柯昌泗《语石异同评》。

宫门外灯光一闪，有黄门侍郎走进："启禀皇上，丽美人风寒头重，疼痛难忍，请皇上过去瞧瞧。"

皇上一下跳起来道："丽美人病了？快宣太医。羊儿姐姐，朕去看看，你先就寝"。说完慌里慌张跑了出去。

羊献容紧绷的神经一下舒缓开来，谢天谢地。司马衷偌大年龄，心智竟如十几岁孩童单纯善良，看来皇上对她构不成威胁，不觉心下庆幸。转瞬又觉不对，怎么说也是大婚之夜，皇上与皇后行"合卺"之礼。丽美人此举，有什么用意？不由得与碧月、翠屏对视一眼。

碧月、翠屏似是无奈，不知所措。羊献容不置可否地笑笑。

晋朝的嫔妃规制，分为七等。自皇后一下又分别有贵人、贵嫔、夫人、中才人、美人、才人。武帝时，除皇后杨艳、杨芷外，贵人左棻，贵嫔胡芳，其下人数不等。皇后杨艳生三子，司马轨、司马衷、司马柬，左棻无所出，胡芳生一个女儿武安公主。其余皇室子弟皆为美人与才人所出。贾南风善妒，至司马衷尤为明显，惠帝之身边美人皆拔除干净，前朝数千佳丽皆遣散无一，除了司马炎赏赐的谢夫人谢玖因生太子司马遹得以保全之外，再就一个美人徐义，为贾南风乳母，受封时年已七十八岁。谢玖，元康九年宫廷之变时亦为贾南风所害，同时杀害的，还有一个蒋贵人。丽美人是新近晋升的一位。

罢了，也许真的是病了，且欢喜她解去危机。羊献容打个哈欠，不胜乏力，从入宫至现在，一刻也没能休息，真的乏了累了。宫女上前给羊献容宽衣，羊献容软软地躺下，内心里，仍是有一种警惕，不能放松，恍恍惚惚，感觉自己又走进那个花海，流水潺潺，缤纷无边，风吹过，有云在飘，有鸟在欢鸣。她在花海中徜徉，万千的花朵向自己滚滚涌来，香气馥郁沉迷。再细看，花海后有船一只，内中一人，长身玉立，俊逸潇洒，隔水向自己伸出双手。羊献容略一犹豫，已被那人抱上船只，小船飞驰，竟不知所去何地，花丛一层层飞逝，花瓣一层层剥落，那人的鼻息也越来越近，越来越粗重。羊献容欲喊，却发不出声，欲挣扎，却似手脚被困住，浑身无力。迷蒙间，看到无数人船侧持械飞奔，内中有司马衷，她大喊一

声：“皇上！”

司马衷吓了一跳，心里一惊，一下更紧地搂住羊献容，捧着玉面便用力亲吻。去而复返，或许是羊献容始料未及，却也证明司马衷对羊献容的喜爱不舍。他高兴地返宫，禁止侍从通报，在榻前无限欣喜地欣赏羊献容睡姿，犹如欣赏一件稀世宝贝，男人的生理欲望迅速地膨胀。

羊献容彻底醒了，身上硕大的身躯竟推之不去，唇被唇封住了，说不得话，只听得司马衷粗重的喘息。“羊儿姐姐、羊儿姐姐，我找你好久了！”

“皇上……”

“我是皇上！”

“我不是……羊儿姐姐。”

“你是你是。你是羊儿姐姐……你是皇后。我要羊儿姐姐……我要……”

“我是皇后……”羊献容一下无力，瘫软下来。

司马衷一掌把灯打灭。黑暗中，一声“嘤咛”穿透夜空……

第五章　朝后夕庶，金瓦重銮叠魅影

转眼元日将至，到处一片繁忙喜庆景象。

皇宫内，宫女太监忙着装饰宫殿，粉刷亭榭门窗。花花草草移走一些，又搬进一些。看着冬令少有的浓花玉树，光鲜的装潢，宫廷年节时新的置办，羊献容感觉宫殿内似乎比往昔有了生气。由于羊献容的宽厚和不事张扬，免去了宫内许多繁缛礼节，没有每日规定的朝拜、请安，显阳殿相对比较安静、悠闲。

贾南风的妒行，为羊献容开通顺畅之道。除却几个新近晋封的才人，大多是地位低下的宫女。只有那个丽美人不怎么省事，似乎有所依仗，话里有话，不太安于现状。羊献容暗暗打听，得知他的一位表兄在某位王爷手下任职，乃是一员猛将。羊献容谨言慎行，尽所能注意不给她抓住什么纰漏，让对方看轻自己。地位权势的区别，总还是有一定威慑力。毕竟位分隔着好几级，丽美人似乎也不敢锋芒太盛，或者觉得年轻几岁的羊献容也不会给自己造成什么威胁，所以两厢无事，尚算太平。

百无聊赖的日子，立春的节气抢先元日的脚步提前到来。

按照律制，立春这一天，皇上、皇后要走上祭坛，与百姓一起，送牛祈福。古人向有残冬出土牛送寒气的习俗，自宫廷到郡县一律奉行，繁衍至晋固定为立春之际举行的“鞭牛迎春”仪式。

古代中国人的传统生产是农业，春天来了，春耕的主力——牛，该登场了。立春这天，京城百官皆要着青衣、戴青帽、立青幡，送土牛于城门外，官员执鞭击土牛，以示劝农，各郡县也举行同样的仪式。随后老百姓哄抢碎牛的散土，说是“土牛之肉宜蚕，兼辟瘟疫”。争来抢去，成了一个热热闹闹的节日，谓之“鞭春”、“鞭牛”。①

立春为二十四节气中第一个节气。立春前后一般是元日。元日即新开端，万事从头始。人们对新的一年也充满了希望和期待。节日没变，只是形式有些改变，送土牛与祭天祈福形式等同，喜欢斗富崇尚清谈不事实际的西晋王朝，余风犹存，不再把传统节日看得神圣，不再遵循青衣青帽之严肃神圣，往往这一天，服装之华贵和攀比，成了朝中官员们争奇斗艳的舞台。

“鞭牛，祈祝风调雨顺，五谷丰登，国泰民安。”羊献容认为这是亲近子民的一件好事，于是很欢喜地接受了。宫女捧进特制的皇后礼服，羊献容拒绝了。她认为，既然是为民祈福，就要走进老百姓中间，不要高高在上。她着布衣，饰荆钗。不施朱粉，天然无瑕。依然是丽姿天华，超凡脱俗。羊献容的素衣荆钗引起惠帝极大兴趣，他绕着看了一圈又一圈，呵呵叫着有趣，也嚷着要穿布衣，饰简冠。此装扮引起百姓分外爱戴，祭坛一现身，百姓皆山呼海拥，跪成一片。

“皇帝万岁！皇后千岁！”“简冠皇帝！布衣皇后！”

有司仪高台焚香，高声梵唱，君民一起祭天。然后执事官俯身延请皇帝、皇后走上高台。

司马衷、羊献容走上祭坛，双方合掌祷告，然后共同执鞭，一起用力敲碎土牛。土牛一经瓦解，立马给台下涌上来的乡民抢走。爆竹响起，气氛推向高潮。哄抢热闹的过程中，有乡民敲起锣鼓，跳起欢快的农家舞，唱起乡歌：

玉鼓飞来动霄汉，
霓裳铺开美画卷。

---

① 《汉书，艺文志》东汉班固

春姑摇动千里丝，
山川河流绿绵绵，
风调雨顺兴朝事，
五谷丰登又一年。

司马衷哪里见到这样的场景，他一下开心起来，索性跳下祭坛，跑到百姓之中，同他们一起唱歌，跳舞。人们围成几圈，载歌载舞，绕皇帝转。司马衷开心地大叫、大笑、大跳。

羊献容想阻止，已来不及。

有女人来请羊献容一起舞蹈。司马衷学乡民舞蹈的样子，笨拙又滑稽。上千人把皇帝皇后围在当中，规模浩大而温馨。

布衣民众与高官贵族们的华服斗彩形成强烈对比，仿佛一道无形的墙，瞬间把司马伦、孙秀一帮隔了开去。

司马伦、孙秀咬牙切齿，落荒而逃。

羊献容心里悄悄地舒一口气。

对于智障皇帝，除却心怀叵测者，人们更多的是宽容。只要不是祸国殃民，只要不是暴虐残酷，只要对他们是一个好皇帝，他们统统拥护。

这场祭祀，一直到日头偏西，才肯散去。

早有百姓拿来自酿米酒，捧来农家食物，争相捧到司马衷、羊献容面前。司马衷素日见不到这等新鲜东西，不顾君主形象，大快朵颐。

至晚月光朦胧，帐幔低垂。兴奋了一天的司马衷呼呼大睡。羊献容坐在案前，分析着白天的事情，渐渐感到一个好的国君对于江山社稷乃至老百姓之重要。她梳理着皇宫里错综复杂的关系，司马衷之不堪重任，以及司马皇族间良莠不齐虎视眈眈之状况，陷入深深的沉思，脑中纷乱，不成思绪。

一声冷笑，打破沉寂。

羊献容唬了一跳，应声抬头望去。殿外赫然站着司马伦。酒后的脸，泛着酡红色的光，一身衮蟒朝服显得狰狞，眼神锐利而复杂。羊献容不自觉地打了一个寒噤。

双双盯视了数秒，羊献容被审视得不自然了，感觉自己不像一国之后，倒像是个闯入者，被发现有什么不轨企图一般。彼此眼神中包含的东西形成僵局和犄角之势，谁也不肯退却。羊献容似有天地凝滞般的感觉。她强自镇定，欲待起身，司马伦兀自转身，大踏步离去。

羊献容回头，看看猪一样沉睡的司马衷，再看看殿堂一侧打盹的宫女太监，恍如做了一个梦。

“心有不羁，行便放纵。”深宫重地，司马伦竟如入无人之地。这份自视自恃与猖獗，让羊献容一下子没有了安全感。倘若司马伦逾越，或起歹心想要一个人性命，宛若捏死一只蝼蚁一样简单。生命，尊严，荣辱……在这里，一切皆如履薄冰，朝不保夕。

次日早晨，羊献容没有起床。白日纵情玩乐的司马衷，忒地逍遥。自司马伦佐理朝政，凡事独断往来，不肖别人插手。司马衷本就愚钝，懒动那份脑子，所以每次朝议，司马衷只不过坐龙椅上装装样子，具体的事宜决断，乃由司马伦、孙秀一伙说了算。

“羊儿姐姐怎么了？”

“不舒服。”

“哪里不舒服？”

“夜里做了一个恶梦，惊一身冷汗。有些乏。”

“恶梦！我怕恶梦。”

“献容也怕恶梦。所以，献容想请皇上允许，让碧月、翠屏近侍我左右，宫外多布些禁卫军，献容才睡得安稳。”

下午，羊献容秘密造访了齐王府，赐一些御品，就景献皇后羊徽瑜略叙一些家常。齐王司马冏乃司马攸之子。司马攸为司马昭过继给司马师的义子，与武帝司马炎为亲兄弟。司马炎外祖母乃羊续之女。司马师之妻景献皇后羊徽瑜，便是羊献容的祖姑。

司马家族为牢固皇族地位，与世族联姻，势力纵横，盘根错节，错综复杂。如此论起来，二人倒是表亲。姻亲关系无形中拉近了距离。末了羊献容适时把有人夜探皇宫内苑一事提了一提。

厅堂中挂有司马攸画像，羊献容走近端详，上香。曾闻司马攸乃颇具贤风之王爷，行为举止皆甚合礼法，很少有过错，颇得人心。即使武帝司马炎，也对他敬畏三分，每次与他相处，总是斟酌词语然后才说话。然却没有逃过皇位与亲情的纠葛，最后怨愤病倒，去世。

而作为一母同胞的兄弟，武帝对司马攸不能说没有血缘亲情。但是由于荀勖、冯紞等人挑拨，武帝要为自己的江山作打算，去掉觊觎帝位之患，即便司马攸请求去守文明皇后的陵墓，武帝也不答应，并派了御医给他看病，撵他去藩镇。御医为了迎合武帝，谎说司马攸没有病。

司马攸辞别上路，没有几天，就吐血而死。武帝去司马攸府亲临丧事，司马冏顿足号哭，诉说父亲的病是被太医给耽误了，受了太医的欺骗。武帝立即下令杀了太医，命司马冏接替了司马攸的王位。

司马攸去世，武帝悲哀伤痛懊悔不止。谗臣冯紞进言道："齐王的名声超过了身为臣子的本分，天下的人都归附他。现在他死了，这是国家的福气，陛下为什么要过分悲哀呢！"武帝于是止住了眼泪，吩咐司马攸的丧礼依照王爷的规格去办理。

司马攸去世后，司马冏承袭齐王。深知皇家事体的司马冏夫妇自是明白皇后羊献容的深刻用意。傍晚之时，羊献容从永巷走过，发现禁卫军里出现了堂伯父羊伊的心腹卫士。

自此夜晚的警戒盘查严密起来。

司马衷每天依旧吃了睡，睡了玩。更多时候，看着天空飞翔的鸟儿，呆呆地说：人要是能像鸟儿一样会飞多好！羊献容知道，司马衷的傻气又冒了出来。

时近月底，新年临近。

新年第一天又称元日。元日为夏历的正月一日，又称为元正、正日。

因为它处于一年的开端，四季的开头，一月的开始，所以又称为“三元”或“三正”。元日在魏晋时是一个比较重要的节日，每年此时，上至皇室贵族，下至庶民百姓，都要举行各种形式的庆祝活动。

朝廷里则年年都要举行元日朝会。

元日这天，皇宫内事监先为王公卿校在端门外准备好简易的座位，并在宫殿前准备好乐队。

群臣到齐后，宫庭中火盆大燃，群臣从云龙门、东中华门进入，来到东阁下坐待。皇帝在一片鼓乐声中出来祭天，祭天的仪式隆重而庄严。此后皇上临座，百官皆伏拜。

鼓乐停后，百官按品位高低依次献礼贺拜，最后是少数民族首领进拜。贺拜毕，皇帝入内稍事休息，然后在一片鼓乐声中复出，内事监之谒者将王公至二千石以上官员引上殿，依次向皇帝献寿酒。献酒时，献酒者先将寿酒跪授侍中，由侍中将酒跪置御座前，然后献酒者自酌，置己位前。此时谒者跪奏曰“臣某等奉觞再拜，上千万岁寿”。侍中答：“觞已上。”

四厢乐声大起，百官再伏称万岁，歌：“上寿酒，乐未央。大晋应天庆，皇帝永无疆。”

寿酒献完，皇帝开始进膳，群臣也就席，食胶牙饧、五辛盘、鸡子。食毕，君臣一起欣赏乐舞，直至宴乐结束。①

司马衷不耐烦这繁琐漫长又拘束无度的礼仪，找个借口溜之不见。朝堂之上依旧是司马伦、孙秀为尊，酒乐之声延至夜深。

元日这一天，在民间，百姓也聚族而庆，举行类似的活动。宫女们多是来自不同的封疆郡县，开始按捺不住，七嘴八舌地讲述自己家乡过年的民俗。

① 《晋书》卷十四《礼记》一
《中国全史》魏晋南北朝习欲史

“在我家乡，元日穿新衣，辞旧迎新。”

“在我家乡，要给长辈磕头，给幼童系彩压岁。”

琴女漪兰来自泰山郡，也忍不住说：“在泰山一带，过年要吃饺子，燃爆竹、贴门神。”

羊献容点头微笑。她也深深记得，幼时在故里，元日来临之际，家家张灯结彩，欢天喜地。人们都希望在新的一年里健身去病，祛邪降福，并围绕这个主题祈愿举行种种活动，燃爆竹、贴门神、开社戏、挂彩灯，请家祭，合家共贺新年。而社戏是当地风俗中最为精彩的。届时全村老幼聚集在祖祠前，锣鼓喧天，舞龙、舞狮、独杆翘、杯柈舞等等轮番上演。羊公河两岸回荡着欢乐的节日气氛。晋武帝执政之时，曾颁布诏书禁乐府诽靡的百战之伎，但并未影响其在民间顽强地发展。

而在洛阳，还有一种风俗，元日这天，人们闻鸡鸣即起身，无论长幼，全都穿戴上整齐的衣帽，依次拜贺，然后一起饮椒柏酒和桃汤。饮酒的次序也不同往日，是先幼后长。这是因为，元日是新的一年开始，标志着幼童又向成人迈进一步，所以先酒贺之；而老年人又失掉一岁，所以后喝酒。

听着热热闹闹的议论，羊献容忽然有了想法。内宫里太冷清，何不按照民间方式，过个热热闹闹的元日？于是羊献容吩咐碧月、翠屏及众宫女，按照民间元日的规矩营制，在宫里各处悬挂宫灯，猜谜盈彩。晋朝的宫灯制作已相当精巧、精致，不仅式样美观，而且撑合自如。宫灯不够，宫女太监便现场扎制。

众人一下有了事干，其他宫里也都纷纷效仿。黄门付安更即兴表演一段“杯柈舞”，博得满堂喝彩。喜庆的气氛湮灭了众人想家思亲的情绪。于是，元日在忙忙活活，热热闹闹中过去了。

羊献容暗暗祈祷，父母、弟弟及合族亲人新岁安康。

元月初三一大早，羊献容尚未起床，司马衷就在皇宫里大嚷大叫，宫

女们不是被泼水，就是被打青了脸，傻子都有自己的倔强脾气，和常人一样有诉求和泄愤，却又与常人难以沟通。

羊献容手捧一碗，走进寝室。

“皇上怎么了？说与献容听听。”

“羊儿姐姐，羊儿姐姐，朕想去金谷园。”

“石崇的天宫琼宇金谷园？”羊献容脑子一闪，“去那里做甚？有皇宫好吗？”

“羊儿姐姐不知金谷园有多大，有多少奇珍异宝，在那里玩三天都玩不完，应有尽有。”

羊献容不由地感到悲哀，可怜的皇帝，天下之大，莫非王土，率土之滨，莫非王臣。皇上竟羡慕一个臣子的园林比皇宫大，这种境况，不知是君王可怜？还是江山社稷可怜？

武帝时期，石崇与王恺斗富，羊献容还是有所听闻的。

石崇字季伦，为“金谷二十四友”之一。其父是开国元勋石苞，号称“娇无双”的美男子。据闻石苞临终分财物与儿子石统、石乔，唯独不给石崇。石母不解，以为石苞偏心。石苞胸有成竹地说：“齐奴虽小，有勇谋，自有生财之道，日后会挣到更多家产，不用为他担忧”。

石崇长大后，先任散骑侍郎，城阳太守，因平吴有功，封安阳乡侯。不久又封开封府刺史、太仆侍中。据闻石崇在任职中，百计营生，千方攒聚，巧取豪夺，敲诈勒索，甚至派亲信乔装打劫巨富商贾。且目无纲常，卡长江航道关口，将使国进贡之珍宝据为己有。两年任满，一跃成为大富豪，从荆州返京，装财宝的马车有几里地之长。

石崇打劫屡犯屡顺，愈加恣肆。其父无奈，曾托羊祜对其管制。羊祜借机收复石崇并遣送回洛阳。石崇回到洛阳后，召集天下文人结社吟诗，甚是风流。石崇的外甥欧阳健曾得罪过孙秀，石崇当时有个爱妾名绿珠，非常漂亮。孙秀艳羡绿珠，得志后便向石崇索要，石崇不答应，于是孙秀诬其为乱党，借司马伦之手杀掉石崇并夷灭三族，后绿珠为石崇坠楼

身亡。

石崇死后，金谷园归了孙秀。因为合族关系，舅父们与孙秀沆瀣一气，常在金谷园声色犬马，纸醉金迷。孙秀不但控制司马伦，还控制朝廷，孙秀其时的势力，已呈火焰之势，愈燃愈旺。

羊献容也想一探金谷园虚实，就满口答应："诺！皇上定去金谷园，未尝不可，须得用完膳再去。快来尝尝，献容做的羹肴，膳后献容陪皇上去。"

听说有好吃的，司马衷眼睛一亮，几下抹抹脸，两步蹬到桌前。但见一只碧碗里，数只晶莹剔透的东西滚在汤里，视之若卵圆圆滑滑，明珠状态。司马衷抄起一颗，放进嘴里。烫的双腮不停鼓动，连连叫道："香！妙！这是何等美味？"

"这叫肉糜，家乡叫圆子。"

"羊儿姐姐做的？"

"嗯。"

"快说下怎么做，以后叫御膳房也学着做来吃。"

"这是大汶河一带的特色羹肴，工序不复杂，将肉剁碎，掺之以葱丝，姜末，五香佐料，萝卜剁碎沥水，调和成馅。关键是这薯粉，是拿原料磨碎浆细之后反复过滤，晾干之后极细的粉末。然后裹了肉馅团实了，放锅上蒸煮，再下汤锅滚过，配之以香菜碎末，辅之以麻油细盐，自然是莹碧入目，食之嫩滑清香。"

"好！朕喜欢。"

"皇上喜欢，以后献容常做，只是皇上要答应，不可再使性子打人了哦。"

羊献容似嗔似娇，温柔可爱不亚于春风一缕。

司马衷领受贾南风威仪日久，几时见过这等乖巧可人，尽管傻傻地，也知道是为他好，不觉一把揽羊献容入怀。"羊儿姐姐好！羊儿姐姐好！无论皇上开心与生气，惟羊儿姐姐的话是听。"说着便伸嘴去吻羊献容香腮。

羊献容莞尔一笑，借势起身说：“去金谷园吧！”

司马衷乐颠颠地：“去金谷园，去金谷园。”

金谷园在洛阳城北二十里河阳，宫阙连城，气势恢宏。

尽管听闻不俗，金谷园之盛大还是超出了羊献容想象。进入园林那一刻，羊献容深深地震惊了。

金谷园随地势高低筑台凿池，园内清溪萦回，水声潺潺。石崇引山形水势，筑园建馆，挖湖开塘，周围几十里内，楼榭亭阁，参差错落，金谷水萦绕穿流其间，鸟鸣幽村，鱼跃荷塘。惊叹之余，不得不佩服石崇是一个高明的设计家。园内筑百丈高的崇绮楼，可“极目南天”，据闻用以慰绿珠思乡之情，里面装饰以珍珠、玛瑙、琥珀、犀角、象牙，可谓穷奢极欲。

司马衷开心地大喊大叫，撇了羊献容独自观赏，跑去和宫女玩成一团。

司马伦、孙秀等文武大臣随在一边，不疾不徐，似乎蛮有雅兴地看皇上疯玩。内中一年长官员，五官堂正，貌相不俗，跟在众人之后，神情寂然，似是无可奈何。

羊献容悄悄留意，然后继续观赏前行。细细打量金谷园，她感到的不是欣喜，而是一种奢侈腐败气息。石崇是靠打劫起家的，即便后来做了官员，也穷奢极欲，奢靡无度。石崇和王恺为斗富显摆，一掷千金，且残忍成性。每次宴请客人，叫美人来回穿梭歌舞，给客人劝酒，若客人不喝，则拉下美人去杀掉，一次连杀三个女人不眨眼。这满院子的泥土，哪里不沾着冤魂的血？这蔓延的花草奇珍，又哪个不是民脂民膏？

她暗暗吩咐翠屏，唤年长官员过来。

年长官员徐步而入，俯身便拜：“老臣陈昣见过皇后。”

“陈昣？”与祖父同为三朝元老？羊献容急忙说：“免礼，赐坐。”翠屏知趣地走到一边望风。

“失敬了！陈大人。大人原是祖父同年，为圣朝鞠躬至今，功勋堪念。

献容初入宫，尚有许多混沌之事不能周致，请大人日后多多提点并包涵！”

“皇后屈尊，老臣感喟！”陈眕一拱手：“祜、瑾当年乃我肺腑兄弟，津厚门风，高古情怀，德贤礼孝，笃达后人。皇后有什么吩咐，老臣一定不负所托。”

“献容年少，素闻金谷园斗富盛名，未知其详，劳陈大人略叙一二。”

陈眕肃一下衣冠，正色道：“石崇与王恺斗富即在前朝，王凯为武帝之舅父，家里房屋连纵数万间，财宝充栋，富贵无比。石崇常不屑。其时石崇财产之大亦不可比拟，不仅宏丽室宇十里相连，连后房数百姬妾，皆着刺绣精美锦缎，饰璀璨珍珠美玉。属国进贡火浣布，武帝著新衫去石崇府做客，石崇故意穿平常衣饰，却让从奴五十人皆穿火浣衫迎接武帝。石崇姬妾成群，往往数十人妆饰完全一样，乍然一看，宛若一人，让人眼花。石崇刻玉龙佩，又制作金凤凰钗，昼夜声色相接。”

羊献容讶异：“为人子，勿以己为高；为人臣，勿以己为上。岂可如此藐视皇上？”

陈眕继续道：“石崇与王恺斗富，两人皆用最鲜艳东西装饰车马。王恺饭后用糖水洗锅，石崇便用蜡烛当柴烧；王恺做四十里紫丝绒布步障，石崇便做五十里锦缎步障；王恺用赤石脂涂墙壁（细腻而光泽的红色陶土），石崇便用椒泥抹屋，满室馥郁芳香。豆粥是较难煮熟的，可石崇想让客人喝豆粥时，只要吩咐一声，须臾间就热腾腾地端上；寒冬季节，石崇家却还能吃到绿莹莹的韭菜末儿。”

“如此比阔斗富，武帝不加制止吗？”羊献容大惑不解。

陈眕道：“武帝曾帮助王恺，把一棵二尺高珊瑚树送其斗富，意图压下石崇的嚣张气焰。珊瑚树枝条繁茂，世上很少有和它匹配。不料石崇看后，随手拿铁如意将珊瑚打碎。王恺很惋惜，认为石崇斗富不过，心生妒忌，气得声音和脸色皆变。石崇说：‘不值得发怒，现在就赔给你。’于是叫手下人把家里的珊瑚树全拿出来，有三尺、四尺高的，树干、枝条举世无双，且光彩夺目，如王恺那般的就更多了。王恺自甘认输，宣告比不过。武帝忧心石崇之富，奴大欺主，从此与石崇有了分歧。”

羊献容点点头："少时曾记得石崇有爱妾绿珠，善吹笛，又善舞《明君》。传闻绿珠妩媚动人，又善解人意，恍若天仙下凡，尤以曲意承欢，因而在众多姬妾之中，石崇唯独对绿珠别有宠爱。绿珠所做歌曲词意凄凉婉转，旋律动人。当年这首《明君》传遍洛阳城，市井之间至今还有传唱。

"传闻不虚，石崇在朝廷所依为贾谧。之后贾谧被诛，石崇被免官杀于东市，绿珠坠楼而亡。而受石崇、王恺之影响，官宦生活腐朽糜烂，奢侈之风不减石崇当年。老夫每每观之，忧心忡忡啊！"

羊献容眼望陈昣，肃然起敬，默默颔首。

中午，当司马伦、孙秀以及群臣大摆海宴豪吃海喝斗酒快活时，羊献容不经意地说："太靡费了，奢华不知恭俭，亡国之兆也。"

群臣脸色皆变，手举酒杯，不知如何继续。司马伦手持一柄羊腿，正欲举往嘴里。孙秀则手持酒爵，揽定一歌女，欲畅饮。听闻此言，俱皆愣住。

司马衷不辨好歹，接着羊献容的话头继续喊："太靡费了！奢华不知恭俭，亡国之兆也！"司马伦、孙秀脸色一变，隐隐不快。

羊献容见事已至此，心思一沉，瞬间镇定，继续道："昔日读古籍，管仲曰，'仓廪实而知礼节，衣食足而知荣辱'。孟子也曰，'明君制民之产，必使仰足以事父母，俯足以畜妻子，乐岁终身饱，凶年免于亡，然后去而知善。'而民之口食，国之坚紧，仓廪有丰，万民有幸。身居福地当思困时，身居安地当思危时。江山社稷，全在诸位重臣尽心之下，一念之中。"说罢盈盈一礼，拉着惠帝出金谷园，回皇宫而去。

司马伦气急败坏，将羊腿一摔："不识好歹的东西，敢教训老子，给我废了这对现世活宝。"

孙秀上前："大司马莫气。此子乳臭未干，难免气盛，废他们易，躲众口难。不妨想个万全的法子。"

"你快去想，老夫再也不想给这两个黄口小儿俯首称臣，受他们碍东碍西，指手画脚。"

新岁早朝，忽然不见了皇上，一时皇宫内乱成一团。

没有皇上，司马伦再跋扈，还得顾及众人之口，不敢直接登上龙椅议事。于是，派人去内宫请皇上。内宫汇报说，皇上早就出宫了。

皇上早就出宫了，那皇上去哪里了？

“青天白日的，皇上失踪了？”一时议论纷纷。

羊献容赶至太极殿，臣子们见礼。皇后的身份还是让大臣礼遇三分。

司马伦问皇上几时出的宫？可有什么异常？

羊献容说未发现什么异常，只是那日看着鸟儿说，人要像鸟儿一样能会飞该多好！

司马伦哈哈大笑：“这算什么问题？皇后与皇上浸淫日久，也沾染上皇上的傻气了吗？”

揶揄之意，不无话端。

羊献容毕竟年轻，司马伦又是叔祖之辈，此话露骨调侃，却又不能反驳，不免微微脸红。

群臣纷纷猜测皇上出了什么事。

羊献容忽然想起一事，问：“皇宫内什么地方最高？”

有大臣说：“应该是麒麟阁。”

羊献容又问麒麟阁在什么地方？

“华林苑东侧假山之上。”

“速与我来！”羊献容二话没说，率先前行。众人蜂拥其后。

司马伦、孙秀等各怀鬼胎，也心怀叵测地跟着瞧热闹。

未至麒麟阁，便听见有宫人嚷成一片，“皇上，请快下来吧，危险！摔下来可不是闹着玩的！”

羊献容抬头一看，不觉哑然失笑。

高高的麒麟阁顶上，司马衷背上装了两个大翅膀，正在那里不知绑束什么东西。龙袍加上不伦不类五颜六色的大翅膀，活像一只大蝴蝶。

群臣又惊又笑，不知皇上闹的哪一出。

司马衷站在屋脊之上，张着双臂，大喊："我是真龙，我要上天宫。"

"皇上快下来吧，你不能上天宫，朝廷还有大事等着您批奏呢！"

"皇上，去岁北方大旱，麦苗多旱死，农民颗粒无收。现在青黄不接，眼看百万人口无米下锅，都要饿肚子，需要皇上戮力解决啊！"

"没有粮食吃？何不食肉糜？知道肉糜吗？嘿嘿，好吃呢！看你们一个个肥头大耳，红光满面，肯定每天都在吃肉糜。大旱，旱着你们了吗？看看你们，衣冠华丽，酒山肉海，哪个不比皇家富有？哪个不能拿出粮食？给我要，我就给你们要！回家拿去，回家拿去。"

"这？"众臣脸色通红，说不出话来。

"你们就是华林苑的蛤蟆，只知道乱叫。"司马衷在房檐上蹦跳。

羊献容不由拊掌微笑，司马衷这几句话，还像个皇帝。尽管智力是有问题，但自小皇家的教育，还是有一定的作用。恍惚记得，似乎华林苑的蛤蟆之说，是敲定司马衷愚傻的证明。一次皇帝游园，听到蛤蟆叫，于是他问，这蛤蟆叫是为公家叫，还是为自己叫？当时群臣皆未能答出，此事却从此成了司马衷痴傻的佐证。

司马衷看到羊献容，更来劲了："羊儿姐姐，我要飞天，我要上天宫给你取好东西。你且等朕回来。"话音甫落，便见司马衷张臂忽闪几下，"扑"地跳将起来。

羊献容大喊："快救驾！"一时慌了宫人。

十几个人拥上去，然后便看到被司马衷肥硕的身子一砸，忽地向四外倒去，没砸中的沾满尘土，砸中的伸胳膊蹬腿喊娘，唉哟连声。再看司马衷，一下跌了个狗吃屎，花里胡哨的装扮，加上满脸泥土灰尘，活像一个戏台小丑，又像揉在一起沾满各种颜料的废弃布团。

众臣哈哈大笑，本来听到司马衷叫"羊儿姐姐"已经忍俊不禁，这下更笑得忘乎所以。

司马伦、孙秀也笑得前仰后合，笑声似乎更加放肆了。

羊献容想笑，可是笑不出来。她尴尬地扶着司马衷，急忙回宫。

至晚，羊献容叫了宫内年长的宫女问话，方了解“羊儿姐姐”是司马衷对谢玖的称呼。或许是谢玖的影子深深印在司马衷脑海，或许是在他眼里对她好的都是羊儿姐姐。暗地里，羊献容查清此次“风筝之乱”乃丽妃蛊惑所致，不由得又好气又好笑。

羊献容不免叹息，没有司马炎后，司马衷过的是什么日子？真的不能和一个傻瓜较真。羊献容连夜做了个纸鸢，告诉司马衷将心事写在纸鸢上，纸鸢就代表自己飞上天了。

司马衷高兴地直夸羊儿姐姐聪明。

羊献容几次欲说点东西给司马衷明白，无奈司马衷脑子里似不存东西，傻呆呆的，听了似懂非懂，转眼错神，又和宫女们疯作一团。

羊献容心里突然泛上一丝凄冷，日子在失望与无奈中一日一日度过。

元月初七，夜黑黑的不见光亮，忽然不见了翠屏。

碧月说，似乎晚饭后这丫头就不见了踪影，已经有两个时辰。

羊献容惊惧起来，连忙命宫女太监以及近侍到处寻找，却是遍寻显阳殿不见。

“翠屏能去哪里呢？”碧月也一片茫然。

平素，显阳殿很少与其他宫殿来往，也不可能迷路，或者去其他宫殿串门。

似乎这段时间宫内还算太平，也没发生惊险或者离乱的事件。

羊献容命扩大找寻范围。

三更过后，还是一无消息。羊献容坐不住了，欲告知司马冏，但一个婢女，似乎惊动不着齐王府；告知羊曼，羊曼也不适合出面查巡。付安、付顺二太监一夜几去来回，皆毫无线索。

羊献容在宫殿里走来走去，一夜未眠。

第二日，依旧如此，翠屏如投入水中的石子，一无消息。

这一天，羊献容食难下咽，不安之感突突上升。

至晚二更，羊献容、碧月相拥低泣，俱感翠屏生还无望，主仆二人不由恐惧顿生，不知如何是好。

忽然宫灯闪烁，由远而近，挤挤嚷嚷地走进一伙人，中间抬着一个门板，门板上赫然躺着翠屏。羊献容几步走到近前，看到翠屏被五花大绑，气息奄奄，头发凌乱，衣服上血迹斑斑。

“翠屏，你怎么了？这怎么回事？何人如此大胆伤你？”羊献容摇着翠屏，话语急速。

翠屏以眼代语，指向殿内。

羊献容忙命抬进内室。

众人退下，碧月上前扶起翠屏，绑带一松，翠屏“哇”的一声，扑进羊献容怀里，哭了出来。

“皇后，皇后可要为奴婢做主啊!”

“慢慢说，怎么了?”

“婢女没法活了，他，他们……”

“谁？到底怎么回事？你慢慢说。”

“他们要篡位！奴婢……被他们给……糟蹋了。”

“谁要篡位？谁糟蹋你?”羊献容惊惧连生，声音都变了。

“司马伦！司马伦这个奸贼!”

“细细说来。”

“昨日晚膳后奴婢看宫烛不够，就绕道长乐宫去取宫烛，走过承光殿，看见人群簇多，不觉讶异，于是上前想看个究竟，结果那些人看到我，呼啦散了。疑惑之际，看到殿内有人影晃动，于是我悄悄走上前去，结果在大殿内阁，看到他们正在密谋，似乎说是‘天子为万乘之主，以治天下。今帝戆騃而无威仪，不可奉宗庙社稷。’又说营门官赵奉，宣称梦见先帝托梦，传话要司马伦早日入主皇宫，明日辰时即是吉时。有不从者，立斩之。下面官员不下百人，皆呼万岁，群情之趋附，连门前侍卫都放松警卫，前去劲呼。我一时惊吓，出门绊倒弄出声响，给侍卫抓住。赵王看是我，说正好没个报信的，且让我先尝尝厉害。于是把奴婢拖入内殿羞辱。

奴婢挣扎，不想给撕破胸衣，赵王他、他立时兽性大发，不顾殿侧群臣，将奴婢拖入偏殿，一夜糟蹋……奴婢百般抵抗，无奈如虎口之羔羊。之后奴婢给锁在偏殿里，又冷又怕。今日好歹以为会放奴婢出去，不想司马伦又来，故技重施。奴婢昏死过去，被扔出殿外。是我求了他们，才给送回来。皇后为我做主啊！"

羊献容惊呆了，一时手足无措，大脑一片空白。这样的事情，同为少女的她不知怎么应付。自踏进皇宫，步步为营，分外小心，意外还是发生了。

"欺侮翠屏，不就是欺负皇上皇后吗？俗话说打狗还得看主人呢！"碧月恨恨地说。

"杀鸡儆猴，打马示主。"羊献容抱住翠屏，胳膊箍得发疼，心里如十五只吊桶打水，七上八下突突跳个不停，本还念皇族之情，心存互不相犯之念，不想他们什么情面也不顾，美其名曰自己人，却也不放在眼里，任意欺凌。

"积善之家，必有余庆；积不善之家，必有余殃……天理昭彰，不会放过恶人的。扶翠屏进去休息，好生休养，不要多想，忍一时之辱，上天会给我们公道。"

"皇后，司马伦要篡位谋反，怎么办？"碧月不安地问道。

"去叫醒皇上，同时速密报齐王府。"

司马衷睡眼惺忪地走进来："羊儿姐姐大半夜不睡觉，要玩什么？"

"皇上，今夜恐怕睡不成了，有人要谋反。"

"谋反？"

"嗯。"

司马衷一下子抱住头，喊道："不要谋反！不要谋反！我怕刀箭，我怕火光，我不要见血！"

"皇上为一国之君，必须挺住，如此危急关头必不可退让，我们方能不被篡位，方能得以保全。"

"我害怕！我害怕！"司马衷抱住头，仿佛被人辖制了一般。

"皇上!"羊献容着急地喊。

正月初八夜，司马伦篡位，发动宫变。牙门赵奉手捧司马懿神位，假称宣帝托梦有神语，散布说："司马伦应当尽快入主西宫即帝位。"

相国司马伦和孙秀把持太极殿，让左卫将军王舆、前军将军司马雅，带领全副武装的兵士进入宫殿，通告三部司马，宣示宣帝旨意，威势与封赏，动作之速，行动之迅捷，让人猝不及防。张林等人在各宫门前驻扎防守，禁止宫人进出。

子夜时分，宫门给"咣"地撞开，司马威率领一帮人冲进显阳殿。司马威是司马望的孙子，一直对司马伦谄谀奉承，司马伦就让司马威兼任侍中，派他逼迫惠帝交出传国玉玺，作禅让帝位的诏书。

"圣旨下，赵王司马伦秉承宣帝旨意，入主皇宫，承继大统。废司马衷皇帝之位，即日起改称太上皇，废羊献容皇后之位，废皇太孙司马臧，改为濮阳王，一同迁居金墉城，金墉城改为永昌宫。明日卯时，从华林园西门出宫。"

"放肆，何来圣旨？皇帝在这里？谁能代皇帝下圣旨？"羊献容严词以拒。

"皇后不是耳背吧？刚刚圣旨里说得清楚，九王爷秉承宣帝旨意，承继大统。"司马威耀武扬威。

"荒唐，宣帝仙驾多年，哪里来的旨意？分明是谋朝篡位，一派胡言。"

"这个你就要问九王爷了，天意使然，本王不过是奉命行事。这是太上皇撰写的禅让诏书。"说完放下圣旨，走到案前欲取玉玺，司马衷再愚钝也知道玉玺的重要，于是一把牢牢抱住不放。司马威赶上前，两人争夺成一团。司马威狠狠地掰开司马衷的手指，司马衷疼得嗷嗷喊叫，司马威夺过玉玺，扬长而去。

宫殿外，乱成一团，司马伦、孙秀当殿而立。

孙秀命尚书令满奋持符节接过传国玉玺，代表"宣帝"把玉玺呈献给

司马伦。命皇宫卫戍官王舆、司马雅，率禁军进入太极殿，令巡捕禅让。命张琳等禁军驻防宫城大门。改年号建始。

篡位以迅雷不及掩耳之势得以成功。

司马冏带领人马赶到时，司马伦已经堂而皇之地坐在龙椅上了。

殿下群臣伏地，山呼万岁。即便有那么几个不温顺的，看到如此光景，也只好低下身子。

次日卯时，华林园西门前，挤挤嚷嚷乱成一团，司马衷被推攘着进了马车，他一边抵住车门，一边兀自喊叫：“我不去金墉城。我不去金墉城。”

主子仆人挤挤呀呀一大堆，哭声骂声连成一片。司马伦谦卑地请太上皇上车，他看着羊献容，满脸的奸笑，掩藏不住篡位后的沾沾自喜。

金墉城，在洛阳城西北角，是曹魏高祖文皇帝在洛阳古城基础上修建的离宫，是屏蔽洛阳，控扼通向洛阳的水陆粮道和军事要塞，也是曹魏帝后游冶的别宫。司马炎代魏后，金墉城被废置，成了囚禁废后、妃子、皇子人身自由的地方。金墉城地势险要，驻有重兵，所以把皇室要犯关入金墉城非常保险，那是一个比冷宫和牢狱还可怕的地方，太后杨芷，皇后贾南风皆死在金墉城，再往前说就更多了。

听到这些，羊献容不寒而栗。

十七岁的羊献容，深感过分轻视了对方的淫威，亦复明白，原来权力，当它加身时，你什么都是，当它失去时，你什么都不是。

司马伦篡位，尊司马衷为太上皇。太上皇本是对父辈的尊称，司马伦为司马衷皇叔祖，竟然反过来称司马衷为太上皇，不知这样的称谓里面，含着多少笑柄？

第六章　雪漫金墉，御宫丹墀再添愁

永宁元年元月九日，司马伦乘坐皇帝专用的御车，由端门入宫，正式登基，大赦天下，改年号建始。

这一日，天现异象，五星经天，纵横无常。

洛阳城里，司马伦临朝称帝，嘉奖百官。一时朝官涌动，各官级人士封赏不一。

司马伦擢升世子司马华为皇太子，改封次子司马馥为京兆王，司马虔为广平王，司马诩为霸城王，三王全任侍中并掌握军权。孙秀任中书监（宰相）、骠骑将军、仪同三司；司马肜为“宰衡”，合太宰与阿衡，位更高过太宰、相国。何劭任太宰，为上三公之一；司马威任中书令，张林任皇宫卫戍将军。其他党羽，皆高升，超越官阶升迁的，不计其数，连卑微的奴仆士兵都享有爵位。每天太极殿朝会时，帽上绣着蝉形图案，帽侧挂着貂尾的文武官员，黑压压坐满座位，一时貂尾供不应求，商家只好拿狗尾充数。当时流传有句谚语说：“貂尾不够，狗尾代替。”于是“狗尾续貂”应时而生，成为笑谈。①

---

① 《狗尾续貂》的来历。（原文：“貂蝉盈座。”古代皇帝对特准进宫的亲信官员，在冠帽上绣一蝉形图案，并在帽侧悬挂一条貂尾，高级咨询官侍中在左侧，散骑侍从官散骑常侍在右侧）。《晋书》中华书局

同时，司马伦敕令全国所有荐举的贤良、秀才、孝廉，以及各地候选官员皆不再经过考试，各郡和封国掌管簿计的官员，与十六岁以上的太学生皆成为朝廷正式署官。全国大赦这一天，在职的郡守县令皆封为侯，郡属官吏皆荐举为孝廉，县属官吏皆荐举为廉吏，国府、库的储备，一时不够用来分发赏赐。因封侯之人众多，朝笏也来不及铸印，只好用无字光板代替。

称帝后的司马伦很快被胜利冲昏了头脑，日渐骄奢淫逸，不可一世。司马伦乃莽夫，无智谋，一切全凭孙秀掌控。孙秀权势，威震朝廷，更把持朝政，说一不二。司马伦所下诏书，孙秀看了若认为不合适，也权自作废，自己另写。一时朝纲紊乱，朝令夕改。文武官员职位变动之快，好像流水。

一人得道，鸡犬升天。孙旂之子孙弼、孙髦、孙辅、孙琰逢迎攀附孙秀，不到一个月时间皆升任显要高位，等到司马伦称帝，四人皆升任将军，封为郡侯。孙旂认为孙弼等人接受司马伦的官职爵位超过等级，一定会带来灾祸，不是好事，极力反对，派人专程至洛阳，阻止他们接受。孙弼几人不听，孙旂没有办法，气得焦忧落泪。司马伦下旨封孙旂为车骑将军，并开设府署。车骑将军为一级上将，开府仪同三司。孙旂认为无功不受禄，坚辞不受。

孙秀专擅把持朝政，让同为司马伦篡权出力的张林大为不快。张林一直与孙秀不和，加之怨恨没有得到预想的开封府署一职，于是暗里给太子司马华一封信，言："秀专权不合众心，而功臣皆小人，扰乱朝廷，可悉诛之。"司马华将信给了司马伦，司马伦又把信交给孙秀。孙秀恼羞之下，唆使司马伦杀了张林，并夷灭三族。

其时齐王司马冏镇守许昌，成都王司马颖镇守邺城（河北省临漳县），河间王司马颙镇守长安（陕西省西安市），皆乃朝廷重镇。孙秀认为三王皆拥有强大的军队，且独据一方，心中十分不安，遂安插亲信党羽任三位王爷的幕僚，一面擢升司马冏任镇东大将军、司马颖任征北大将军，皆开府仪同三司，作为对三人的安抚；一面削弱群王势力，解除篡位后的反对压力。

有封地的王爷皆被撵回封地，不许留驻京城。此举引起诸位王侯的强烈不满。

远离皇宫的司马冏府内，司马冏、司马越等一筹莫展。陈眕、惠帝师傅太傅刘寔、荀藩等老臣坐立不安。

陈眕道：“赵王谋朝篡位，天理难公。孙秀等卖官鬻爵，以权谋私，致使朝纲紊乱，危及江山社稷。今世官场，不以才论荐，惟以势论亲，少有人关心政事，更少有人能击节作声。朝堂之上，谄媚恭维；朝堂之下，蝇营狗苟，恰如前臣刘毅所言，毁风败俗，无益于化，古今之失，莫大于此啊。”

惠帝师傅刘寔道：“古人云，一切向着钱和权看齐，国家也就到了最无望的时候。升斗小民，见利忘义，官官通私，见钱眼开。如此下去，如何是好?”

荀藩也道：“诸葛亮骂死王朗时说，庙堂之上，朽木为官，殿陛之间，禽兽食禄；狼心狗行之辈，滚滚当朝，奴颜婢膝之徒，纷纷秉政。礼义廉耻，国之四维，四维不张，国将不国啊！恳请诸位王爷力挽狂澜，救我圣朝于迷途。”

一屋人拳头紧握，义愤填膺。

冷宫般的金墉城，除却守门将张悭和一支士兵，无人有暇顾及。

走进金墉成，羊献容心里的颓废感骤然加剧。偌大的宫殿，墙壁白泥脱落，廊柱朱漆剥离，经久没打扫过的庭院，蛛丝绕廊，枯叶遍地，一片荒凉惨寂。

羊献容带领宫女、仆妇打扫整理，折腾半日方可坐下。午膳过晌午许久才送到，众人领取食物，顾不得形象，狼吞虎咽。羊献容明白，在这里比不得皇宫，诸多事物除随陋就简外，还要自食其力。

于是羊献容召集美人、才人，主殿议事。

众人情绪不高，满腹怨气，拖拖拉拉半天才到齐。丽美人更远远地大声道：“议什么事？真是百丈高杆挂灯笼，都到这鬼地方了，还拿自己当皇后呢？”

羊献容知道，如果此时不镇住局面，以后将更加难以控制。

“诸位姐妹，献容入宫日短，少不得有兼顾不到之时，牵累诸位姐妹受苦，献容这里先赔礼了。今日境况已比不得往日，我们要想活着，必须靠自己。诸位回头管理好自己手下的人员，管理好身边事物，希望上天有眼，让我们守得雾尽，云开天晴。”

丽美人鼻子里哼了一声。尽管一干人被迁到了金墉城，丽美人锦衣玉饰，华贵依然。她旁若无人地站在阶前，满脸不屑：

“早知道有些人不够帝王气，白白害大家跟着遭殃。山珍海味有什么？锦衣玉食有什么？充什么圣人，哪里不强似在这里受这份冤枉罪，吃这份苦？”

“姐姐也不能这样说，皇后若不母仪天下，肃正朝风，谁还能瞻顾朝廷，以律自严。任这些贪官污吏继续下去，再好的江山也经不起折腾。”

“母仪天下？得了吧，还清正廉明呢，倒是皇后家风传统呢，可是现下怎么办？在这冷宫般的地方，要吃没吃的，要用没用的，让大家喝西北风吗？”

“是呀，若是在这里老死，我才不愿意呢。”一个小才人声音怯怯，带着哭腔地说。

羊献容略一沉吟：“大家既然到了这里，就同心同德，静观其变，皮之不存，毛将焉附？献容虽年轻，却也晓得以大局为重。不要还没开始，就乱了阵脚，那样我们才会七零八散，很快从这里消失。至于此次变乱之因，即便过往不究，我想大家心里也有数，献容自会以身作则，与大家甘苦与共，静待时日。否则，别说回到内宫继续享福，或许我们的性命也会留在此地，返不得皇宫。”

丽美人一时哑了口，知道“纸鸢”一事闹得大了。众嫔妃各怀心思，鸦雀无声。

是夜，众人无心饮食，勉强吃几口，胡乱睡了。司马衷住到金墉城主殿，羊献容住到主殿后配殿。连厦下走廊回环小间，收拾作了碧月和翠屏等人的卧室。其余嫔妃各自寻了住处，安歇不提。

翠屏自遭暴虐后郁郁寡欢，身体日渐孱弱。为安慰她，羊献容与碧月想方设法逗她开心，三人在这一刻没了主仆，只有亲情。

三日后的司马衷，已然没了初来金墉城的不适，每天和宫女昏天胡地玩樗蒲，嬉戏作乐。金墉城比不得帝苑繁华，供应日渐清苦。

樗蒲是一种娱乐游戏，兴自两汉，延至魏晋。三国人游楚好遨游，喜音乐，曾任蒲阪县令、汉兴太守等职，其每至一处，都必行樗蒲、投壶。孙吴诸葛融领兵驻公安时，也好樗蒲，每次宴会，皆让宾客各以所能，进行博弈、樗蒲、投壶、弓弹等取乐。樗蒲作为一种技巧类游戏活动，当世很受欢迎。晋初武帝曾与贵嫔胡芳樗蒲，二人争矢，以致将武帝手指弄伤。①

关于樗蒲的游戏规则，东汉马融《樗蒲赋》中说得比较具体，细致描写了樗蒲所用器具、玩法及公侯贵戚樗蒲时的情景，昔日羊献容也曾就樗蒲嬉戏之法与父亲请教过，但终究太过玄奥复杂，遂放弃。

正月十四，濮阳王司马臧突然暴毙。侍从说是吃了宫中特意送来的甜饼。羊献容赶到时，司马臧已经没有了呼吸，酱紫色的小脸透着稚气，让人看了无不可怜落泪，其母王夫人哭得死去活来。司马臧六岁，活泼可爱，第一次见羊献容，便大大方方地背诵《诗经》。元康九年五月，司马衷下诏，封临淮王司马臧为皇太孙，册封不到两年，猝然夭亡。不知是皇权争夺害了他，还是生在皇家本身就是错？

宫女们窃窃私议，说据司马臧死前狂躁不止现象，怀疑是给人下了过

① 《中国通史》魏晋南北朝习俗史

量的“五石散”。

羊献容查看甜饼，和送给大家的没有什么不同，蛛丝马迹，难以明了，不由惊怵深宫争斗，浪急水深，竟让人天良不顾，连一个孩子也不放过，半点亲情无寻。

一室人冷凄在当地，惶惶不可终日。

殿外大雪纷纷，冷风嗖嗖，树枝伸臂揽住一片雪花，尚未停稳，转瞬又被狂风夺走。门角士兵冻得呵手跺脚。殿内劣质乌碳冒着刺鼻的烟味，呛得人咽喉生疼。

司马臧是已故太子司马遹之二子。永康年正月，司马遹长子司马虨因病夭折。同年，司马遹为皇后贾南风所害。

贾南风为贾充之女。贾充是东汉贾逵之子，时任侍中、尚书令、车骑将军，同陈骞、石苞，羊祜一样，是司马氏建立新朝之功臣。杀高贵乡公曹髦，由贾充出面，为司马氏夺取君权扫清了最后一个障碍，使司马家族儒家名教信徒之美称得以保全。于是贾充一族恩宠甚厚，成为不可忽视之豪族。

最初，晋武帝想纳卫瓘之女为太子妃，贾充妻郭槐贿赂皇后杨芷，让杨芷劝说武帝纳娶自己的女儿。晋武帝说，卫氏种族优秀而且儿子多，皆容貌美好而且身材修长，皮肤白洁。但皇后杨芷坚持为贾氏请求武帝，荀勖、冯紞都称赞贾充之女极其美丽，而且德才兼备，晋武帝于是听从了众人的意见。

贾充自晋文帝时即受到宠信而当权，晋武帝能成为太子，贾充起了很大作用，所以从另一个角度，晋武帝宠爱贾充而不忍伤其心。泰始八年二月，太子司马衷纳贾南风为妃。贾妃年长太子两岁，她生性果断，行事凌厉，洞事敏锐又长于心计，太子宠她又怕她。

司马炎把自己的才人谢玖赏赐给太子司马衷，生皇孙司马遹。司马遹幼时机灵伶俐，聪明异常。据传有一晚皇宫失火，司马炎上楼观察火势，司马遹时年五岁，拉住司马炎的衣襟说：“半夜时分，突然发生事变，应该特别戒备才对。火光那么强，不应该教它照到皇爷爷，以防敌人发现，发生不测。”司马炎对五岁孙儿的智慧大为惊奇，于是再带司马遹去猪圈，司马遹说，“猪这么肥了，何不杀了它犒劳军士，还让它继续浪费粮食。”司马炎夸司马遹建议的好，对文武官员称赞这位皇孙很像自己的祖父司马懿。司马炎知道太子司马衷是个蠢材，但孙儿司马遹却如此聪明，遂把希望寄托到第三代。加上武帝非常钟爱皇后杨艳，不忍负她心意，所以最终没有改立太子。

儿子、孙子皆没了，司马衷闷闷不乐。也许傻子说不清楚的世界里，也有根深蒂固的血缘亲情，只叹生在皇家，虎狼环视，权利熏心，竟半点人伦不顾，连几岁的孩子也要斩草除根。拿着司马臧的玩偶，司马衷愣愣地看着，有时会突然地哭，有时会莫名其妙地笑。这情景让人看了无不心酸落泪。

二月里的一天，翠屏哭着见羊献容，说她的月信没有来。羊献容安慰她，可能是惊吓过度，或者衣食不周营养失调，再过些天看看，心里也非常不安，希望这恶梦不会那么巧，有了痕迹和延续。

阳光明媚万物复苏的三月里，金墉城依旧冷寒森森，恍如人间地狱。

翠屏开始出现反应，嗜睡，恶心，呕吐，对食物挑口，没有生育经历的羊献容不知道该怎么办，吓得不敢让翠屏露面，心里既紧张又难过。无奈之下，卧床装病，谎称旧疾发作，辗转捎信，让母亲进金墉城。

守城将士张悭是羊府旧识，母亲巧妙通过盘查，进了金墉城。皇宫里司马伦孙秀等整日花天酒地，逐渐放松了对金墉城的监控。更让羊献容惊喜的是，同母亲一同来的，竟然是化作医婆打扮的惠尼师太。师太一身素白衣帽，更显得利索与肃正。

不知为什么，看到惠尼师太，羊献容心里有一种莫名的亲切和安定感，觉得她深邃的目光里充满智慧，仿佛她的淡定和超然物外能够化险为夷，转危为安。

相见那一刻，母女拥抱而泣。数月不见，母亲瘦了很多，羊献容也花

容憔悴。母女连心，紧紧依偎，碧月在一旁也又是哭又是笑，忙着斟茶递水。

羊夫人告诉羊献容，惠尼师太不是外人，乃是本家前辈女眷，德行高深，为习承洛阳佛教，特专程而来。东汉至西晋，女子带发参佛者广。而自西晋始，泰山羊族中已有人信奉佛教，由于羊氏门风仁厚，宅心善举，羊门女性更早受戒习法，在佛门中颇有声望。

羊献容十分恭敬地起身给惠尼师太行礼，惠尼师太合掌回礼。

不见翠屏露面，羊夫人不禁问："翠屏咋不见？不知容儿所患何病？师太乃懂岐黄之术之人，快让师太瞧瞧。"

羊献容一下想起正事，忙命碧月出去把守门户。

羊夫人讶异。

羊献容细诉根由，羊夫人听罢连连叹息。惠尼师太不亏高僧，修行有定力，不露一丝表情。末了羊献容征询母亲和惠尼师太，此事该怎么办，羊夫人无计，把眼睛转向惠尼师太。

惠尼师太肃目："万生无罪，大慈大悲。"

羊夫人走进内室，看到孱弱嗜睡中的翠屏，为她掖掖被角，说声苦了这孩子。遂回到外室和师太商议万全之策。

师太说："打掉腹胎万万不能，一旦失手将是两条人命。众生平等，上天好造化之功，为今之计只有生下来，不妨以皇后之尊担下此事，一可保翠屏母子平安，二可保诸事无虞。"

羊献容愣怔不语，不知如何担下此事。

师太说："为今之计，只有对外宣布，皇后有喜了。"

羊夫人与羊献容皆一愣，不知师太此意为何？

师太说："皇后今虽在金墉，但满朝皆知赵王乃阴谋篡位，难服天下，总有一日会回归大统。时至今，皇后仍是一国之母，担下它虽有风险，司马伦顾忌朝廷纽带关系，一时尚不至对皇后下手，这'太上皇'称号便是堵天下悠悠众口。其二，以皇室血统为要，如日中天的司马伦，断不会容损其颜面的翠屏存在，皇后担下它，可保护翠屏母子生命无虞。皇后大婚一直未孕，帝后无嗣，众人眼里也是一件把柄，今番有喜，举国尽知，对皇后有利。”

“皇后有喜了，皇后有喜了。”

半天工夫，金墉城里人人皆知。

司马衷一听，又可以有小孩子降临了，高兴得手舞足蹈，下令小心伺候，闲杂人员一律不许接近皇后住的院子，衣食物品一律检验过后才可送进主殿。羊献容开始深居简出，羊夫人则以照顾羊献容害口不适为由延住几日，金墉城里稍稍有了一丝温暖气息。

这一日傍晚，羊献容坐在堂内与母亲叙话，碧月、翠屏在廊下描花样刺绣。守城将士张惬觐见，说：“有消息传巴蜀氐族流人李特作乱，杀州府官赵廞，传首级于京师。”

羊献容愕然。

“又有消息说，齐王司马冏在许昌起兵，联合成都王司马颖、河间王司马颙、常山王司马乂，以‘逆臣孙秀，迷误赵王，当共诛讨’为名，举兵二十万，讨伐孙秀、司马伦。同时命南翼禁卫新野公司马歆发布檄文，通报全国四征、四镇，以及各州郡、各县、各封国，有不听从命令者，诛灭三族。”

“皆是王爷，为何能够如此顺利拥兵起义呢？”羊献容不解地问。

张惬慢慢道：“这要从武帝执政时期说起。魏国时，曹爽当政，有人指出若不分封宗室诸王，政权可能转入异姓之手，曹爽不听。之后，司马家族果然替代了曹氏皇室政权。因此，晋朝开国以后，武帝便吸取教训，引以为戒，恢复古代分封制，大封二十七个同姓王，以郡建国。之后各郡国疆域不断扩大，诸王之权力也随之扩大，不仅可自行选用封国文武官员，还可收取封国租税。

泰始九年，又颁布分封国置军制度，将封国分为大、次、小三等，大国辖民户 2 万，置上、中、下三军 5000 人；次国辖民户 1 万，置上、下二军 3000 人；小国辖民户 5000 以下，置军人数 1500 人。

后来又让诸王出任地方都督，都督地方军队。诸王有了执政权力，又有了数量可观的军队，如此一来，各位王爷等于掌握了各自封国的军政大权，再经过多年的编户、扩充，至现在，已经发展成为势力不可小觑的诸侯国。”①

“如此看来，当是谁的势力最大呢？”

“邺城——成都王司马颖。”

羊献容若有所思。

月明星稀，旷野无风，一骑快马星夜疾驰，奔往邺城方向。

邺城是成都王司马颖的封地，风景秀丽，气候温润。司马颖在这里，颇有山高水阔，据地为皇之感。大街上，商铺林立，百姓和乐。一中年男子沿街巡视，过往行人不住地驻足问好：“卢县令好！卢大人好！”

此人名卢志，邺城县令，三国魏律学家卢毓之孙。卢志人品中正，智慧超群，深受邺城百姓爱戴。

一仆役快步赶上道：“卢大人，有使者至邺城，成都王有请。”

司马颖年方十九，少年英俊，相貌堂堂，但城府不大，智慧不深。邺城之所以安平兴盛，全因了邺城县令卢志精耿操持。

卢志踏进督王府，司马颖正来回踱步。

二人见过礼，司马颖让卢志就座，就司马冏檄文联合司马颙起兵一事，征询卢志如何处理，能否成功？

卢志说：“赵王篡权叛逆，神怒人怨。殿下顺从民意，召集英雄俊杰，以扶持正义去征讨赵王，百姓一定会不召而至，举起胳臂争相前来，没有不成功的道理。”

司马颖点头，遂下令以卢志为咨议参军，仍兼任左长史；以兖州刺史王彦、冀州刺史李毅、督护赵骧、石苞之孙石超等人为前锋，进军洛阳。

军令一下，百姓听说是讨伐篡位逆臣，消除欺霸买官之恶行，纷纷响

① 陈寅恪《魏晋南北朝讲演录》

应，到达朝歌时，人数已达二十余万。

常山王司马乂，在他的封国（河北省正定县）跟太原内史（山西省太原市）郡长刘暾，也各率军队南下，分别作司马冏和司马颖的后援。

刘暾在刘曜回漠北之后，瞻谋形势，也迅速地托父亲故友之荐，为自己谋得内史一职。他莫名地意识到，或许不久的将来，他们会为着不同的国家，不同的信仰，出现在不同的立场。

新野公司马歆接到司马冏的文告后，不知道如何决定。

亲信王绥说："赵王血缘最亲，而且强大，齐王（司马冏）血缘疏远，而又微弱，公应拥护皇上。"司马歆为司马伦亲侄，意欲支持司马伦。

参军孙询于大庭广众公开质问："司马伦乃穷凶叛逆，谋朝篡位，贻害天下，天下人应联合起来诛杀他，这时候谈什么亲属强弱？"

于是，司马歆决定响应司马冏。

前安西将军参军夏侯奭，在始平国（陕西省兴平市）集结数千人，响应司马冏，派人邀请河间王司马颙同举义兵。司马颙接受长史李含的建议，命振武将军河间国人（河北省献县）张方，出军攻击，生擒夏侯奭跟他的党羽，腰斩之。不久，司马冏的檄文送到，司马颙逮捕司马冏的使节，用囚车送往朝廷，派张方率军东下，支援司马伦。张方才抵达华阴，司马颙得到情报，得知司马冏、司马颖军力强大，于是立即改变立场，召回张方，转为响应司马冏、司马颖。

司马颙乃首鼠两端反复无常之人，其大将张方更是一代混世魔王。此二人的出现，让洛阳频频陷入灾难之中。

司马冏的檄文到达扬州，扬州人都打算响应他。刺史郗隆是郗虑的五世孙，因为侄子郗鉴和几个儿子皆在洛阳，遂迟疑不定。主簿淮南人赵诱说："赵王篡权叛逆，海内皆憎恨他。现在四处皆举义兵马，赵王必败无疑。您不如亲率精兵，直赴许昌，这是上策。"

郗隆说："我受宣帝、武帝之恩，没有倾向偏助哪一方，只打算守住

管辖的扬州而已。”留承说：“天下是文帝打下的天下，太上皇继承帝位已很长时间，赵王取代他，不公平。齐王顺应时势举事，成败能够想见。您不早些发兵响应他，而狐疑拖延，变故灾难就要发生，扬州怎么能保住呢?”郗隆没有回答。

郗隆压住檄文六天没有下达，将士官兵激愤怨恨。参军王邃镇守石头城，将士们争相前去归附，郗隆派遣从事到牛渚制止他们，没有效果。将士们都跟随王邃攻打郗隆，郗隆被杀死，首级传给司马冏。

洛阳城内，司马伦、孙秀听到三位亲王起兵的消息，大为恐惧，派上军将军孙辅、折冲将军李严，率军七千人出延寿关（河南省偃师县）；派征虏将军张泓、左军将军蔡璜、前军将军闾和，率军九千人出崿阪关（河南省登封市）；再派镇军将军司马雅、扬威将军莫原，率军八千人，出成皋关（河南省荥阳市）。以三路兵马，南下抵抗司马冏。又派孙秀的儿子孙会，统御将军士猗、许超，率中军三万人，北上抵抗司马颖。征召东平王司马楙（司马孚之孙，司马颙堂兄）为洛阳卫戍将军，都督诸军。又派皇子京兆王司马馥、广平王司马虔，率军八千人，作为军队后援。

一时旌旗猎猎，刀光剑影，战火纷飞。

皇宫内，司马伦、孙秀日夜祈祷上天，寄希望用种种诅咒、法术压制敌人。又命巫师作法，派人登上嵩山，身穿飞鸟羽毛编成的衣服，宣称得到神仙姬乔写的书笺，言司马伦帝位长久，欲以此迷惑众人。①

闰三月一日，日食。

从正月到闰三月，金、木、水、火、土，五星于白昼穿过天际，纵横

---

① 姬乔，又名姬晋，刘向《列仙传》称王子乔；周王朝二十七任王【灵王】姬泄心之子，时当公元前六世纪。姬乔好吹笙，口中能发出凤凰叫声，游逛伊水、洛水之间，一位名叫浮丘公的有道之士，把姬乔接上嵩山。三十年后，姬乔突然在山顶出现，对游客桓良说：“告诉我的家人，七月七日，在缑氏山头【河南省偃师县东南】等我。”届时，姬乔乘坐白鹤，从天际飞来，向家人挥手，再行飞走。

交错，失去正常秩序。洛阳城内，百姓逃的逃，迁的迁，一时人心惶惶。

征虏将军张泓率军推进到阳翟（河南省禹州市），与司马冏的军队开战，击败司马冏。司马冏向后撤退，返抵颍阴。

四月，张泓乘胜攻击，司马冏派军迎战。上军将军孙辅、徐建所统的军队，忽然发生夜惊，众人四下逃散，不知所踪。二人遂逃回洛阳，向皇帝司马伦谎报，称“齐王兵力强盛，勇不可当，张泓等已经阵亡。”司马伦惊恐失措，秘而不宣，命皇子司马虔跟许超，急速回军保卫京师，正巧张泓击败司马冏的捷报传到。司马伦大喜，遂再派司马虔返回防守。张泓率各路兵马渡过颍水，向司马冏发动总攻。司马冏反击张泓的侧翼，负责侧翼的将领孙髦、司马谭等抵挡不住，张泓只好跟着撤退。司马冏大将何勖势如破竹，击败张泓于阳翟，斩孙辅等。

朝堂上，孙秀诈称：“已经击败齐王军队，生擒司马冏。”命文武百官向司马伦祝贺。

每日里，从金墉城的城墙上，能看见军队出征，且不断传来溃败的消息。羊献容站在城垛口，凝望远方，心里矛盾又复杂，心情也随着胜败而起伏，她既希望司马冏等获胜，又不希望伤亡太大，损折国本。

这一日，司马颖的军队抵达黄桥（河南省淇县），朝廷派孙会、士猗、许超迎击，司马颖大败，死伤一万余人，全军震恐。司马颖准备退保朝歌，卢志、王彦劝阻说：“我们的军队出师不利，而敌人刚刚获胜，对我们有轻视之意。如果撤退，士气沮丧，恐怕再不能作战。何况，任何战争都有胜有败，并不稀奇。不如挑选精锐，乘夜急行，兼程南下，出敌人意料之外，可创奇迹。”

司马颖点头同意。

黄桥之战，让司马伦兴奋万分，特对黄桥有功将士颁发赏赐。孙会、士猗、许超皆“持节”，几人瞬间皆高大自满。于是，谁都不听谁的命令，互相不服，军令紊乱，而且仗恃胜利，瞧不起已被击败的司马颖，不作戒备。司马颖率军反攻，在溴水会战，孙会等大溃败，抛弃军队，向南逃

亡。司马颖乘胜长驱直入，渡过黄河。

皇宫里，自司马冏等起兵，文武百官都打算乘机诛杀司马伦及孙秀。孙秀恐惧，不敢出中书省一步。得知大军溃败的消息，忧愁愤怒，不知如何是好。

孙会、许超、士猗等从黄河之北逃回，跟孙秀商议对策。有的主张集结残兵败将，作最后一战；有的主张纵火焚烧宫殿，诛杀不肯归附之人，然后挟持司马伦南下，投奔孙旂。时孙旂驻襄阳（湖北省襄樊市）、孟观时驻宛县（河南省南阳市）；有的主张乘船东下，入东海。众说纷纭，不能决定。

深夜，几支雕翎长箭带着信卷悄悄地射进皇宫东区。紧接着，有人拔箭迅速闪入三区禁卫营。

四月七日傍晚，司马伦正与孙秀在皇宫议事，皇宫东区卫戍左卫将军王舆跟广陵公司马漼忽然事变，率所属部队七百余人，从南掖门进入皇宫；夜色掩护下，司马越、刘暾率一支轻骑悄悄逼近城池，三区禁卫营则在内响应，联合攻击中书省，以迅雷不及掩耳之势逮捕孙秀，控制司马伦。

孙秀、许超、士猗欲抗争，被一齐斩首，并诛杀孙奇、孙弼及前将军谢惔等。可笑一代弄臣威霸朝堂，气焰冲天，终不抵一刀毙命！

刘暾驻军云龙门（皇宫东区南门），司马越与司马漼、王舆，召集“八座”进殿，迫使司马伦写下诏书：“吾为孙秀所误，以怒三王，今已诛秀。请迎太上皇复位，吾归老于农亩。”诏书传布各处，并用“驺虞幡”命各路将领停止打斗。①

禁宫侍从黄门（宦官）押解司马伦从华林园东门出宫，连同太子司马华，一齐送回洛水司马伦私宅。

① 八座：最高级别八位官员，“驺虞幡”用来阻止战争，“白虎幡”用来征召起事。见《晋书》。

一场篡位之乱至此平息。

四月里的清晨，天空格外宁静。一大早，清风徐徐，鸟儿欢唱，四周便有不同的气息流动。卯时刚过，便闻马蹄杂沓之声远远传来。

羊献容心下疑惑，忙命太监付顺登楼观看。

付顺敏捷地登上城楼，欢喜大喊："是齐王的军队。"

金墉城外，一时旌旗猎猎，骏马嘶鸣。司马冏派大臣陈眕，司马越率军吏车马百人来到金墉城，接皇帝皇后回宫。将军士兵齐齐跪地，司马衷拉着羊献容，欢喜地直叫："羊儿姐姐，我们回宫，我们回宫。"宫嫔加上随侍人员，长长的人马仪仗，彩旗飘飘，迤逦而行。

皇宫外，百姓山呼万岁，夹道欢迎。人们看到腹部微微隆起的羊献容，起劲地喊："布衣皇后，千岁安康！布衣皇后，千岁安康！"羊献容忽然觉得此情此景久违了，不觉有些感动。

司马衷携羊献容，从端门（皇宫正南门）入宫，升金銮宝殿，再次称帝。羊献容恢复皇后之位，也同朝称贺。

大殿上，文武官员叩头请罪。

司马衷道："诸位爱卿请起，非诸卿之过。朕以不德，纂承皇统，远不能光济大业，靖绥四方，近不能开明刑威，式遏奸宄。致使逆臣孙秀敢肆凶虐，窥间王室，奉赵王伦饕据天位。镇东大将军齐王冏、征北大将军成都王颖、征西大将军河间王颙，并以明德茂亲，忠规允著，首建大策，匡救国难，拨乱反正，三卿之力也。东海王越、尚书漼共立大谋，左卫将军王舆与群公卿士，协同谋略，亲勒本营，复使宗庙社稷恢复安康。今颁此诏，以示嘉奖。传朕旨意，大赦天下，改年号为永宁，诏赐臣民聚饮，大乐大酺五天。"

司马衷再下诏："拘捕司马伦及子司马华等送金墉城，诛赵王伦、义阳王威、九门侯质等伦之党羽，斩孙秀及其二子。"并分别派遣使者去慰劳司马冏、司马颖、司马颙三位亲王。

隔三日，执行官袁敞“持节”到金墉城，命司马伦自杀。司马伦被迫饮下金屑酒，羞愧难当，用手帕盖到脸上，连连叹息：“孙秀害我，孙秀害我！”同时逮捕司马伦的儿子司马华、司马馥、司马虔、司马诩，全部诛杀。文武百官，凡司马伦任用的，一律免职，台、省、府、卫各部门留任的官员所剩无几。

这一天，成都王司马颖率大军入城。

月中，河间王司马颙率军抵达。司马颖派赵骧、石超率军南下阳翟，协助齐王司马冏攻击张泓等余孽。张泓等投降。遂把张衡、闾和、孙髦绑赴洛阳东街斩首，蔡璜自杀。司马伦党羽一时作鸟兽散，兔死狗烹。

次月，再诛杀义阳王司马威。司马威本来不该死，但复位的惠帝司马衷对他印象深刻，斥曰：“就是此人逼我退位，夺传国玉玺，把我的手指都弄伤了。”司马威不得不死。这恐怕是司马衷自当皇帝以来，唯一一项出于自己意愿的命令。

自起兵起，朝廷与各郡混战六十余日，死亡将近十万人。司马伦篡位之患，触目惊心。

这一日，天黄昏，羊献容正翻阅内宫新名册，碧月、翠屏一边帮着打理。忽然一宫女打扮之人不经通报闯入内宫，碧月、翠屏欲拦阻，皆被此人用力攘翻。

羊献容大惊，顺手拿起身边砚台欲自卫。来人几步欺近前，就地扑通跪倒：“皇后姐姐可真是贵人眼高，连妹妹也不认得了吗？”

羊献容定睛一看，才发现乔装打扮之人，赫然是表妹孙琬。半年不见，孙琬长得越发漂亮，水汪汪的眼睛如同蒙了一层雾气，幽怨迷人，宫装虽不太合体，却遮掩不住其窈窕身段，曼妙身姿。看孙琬似乎来者不善。羊献容惊问：“琬妹，你怎么会进宫？”

孙琬再磕头：“孙琬来求姐姐，救救孙氏一门。”

羊献容大惑不解：“此话怎讲？”

“姐姐可是明知故问？已有风声传出，孙家要遭灭门之灾。”

羊献容忽地明白，朝廷正在肃查司马伦余党，一概诛杀。她嗫嚅道：“非是姐姐不保。实乃舅父们狐假虎威，朝野共愤。俗话说：从善如登，从恶如崩。”

“姐姐此言，是孙家咎由自取了？”

“篡位之乱初定，诸多朝政未决。况自前朝，内宫女子干政多被不堪。这次姐姐能够回朝，也是多亏诸位大臣鼎力救助，姐姐力微，恐怕难以掌控朝堂。”

“这么说，姐姐情愿眼睁睁看着孙氏一族灭门？”

“这？”羊献容一时语塞。

“好，好，这恩德，孙琬记下了，枉祖父祖母疼你一场，枉你为我孙氏至亲。”

孙琬说完，狠狠地剜羊献容一眼，转身大步而去。

羊献容愣怔当地，一时反应不过来。等回过神来欲追，孙琬已无影踪。

羊献容急召司马冏商议，看有无挽救之法。司马冏转达朝堂共议旨意，言孙氏兄弟与孙秀沆瀣一气，为虎作伥，贻害朝廷，其罪当诛三族。

羊献容大脑一下空白。

五月，襄阳郡郡长宗岱，执行朝廷命令，斩羊献容外祖父孙旂，永饶（河南省南阳市南）冶令空桐机斩孟观。孙旂、孟观的人头皆被送到京都洛阳。

皇宫内，羊献容无奈落泪，赶忙差碧月前去羊府照抚母亲，设法接母亲入宫安慰。羊夫人体谅女儿艰难，以尽孝之名婉拒。可怜外祖父，匹夫无罪，怀璧其罪。几个舅父狐假虎威，一意孤行，终于导致合族杀身之祸。

当月，司马衷立襄阳王司马尚为皇太孙。

六月二日，齐王司马冏率大军进入洛阳，在皇宫通章署前，举行检阅。兵吏数十万，全副盔甲，威震京都。这一日洛阳大街彩旗猎猎，人山人海。司马衷拉着羊献容的手，登上皇城。十万大军，以铺天盖地之势，绵延数十里，依序走过。司马衷高兴得手舞足蹈。

“大道之行，天下为公。”羊献容举目眺望京师上空，看着群情激越的人海，想着这以血肉之躯换来的一份安定，不免深深地叹息。

是月下旬，司马衷下诏，擢升齐王司马冏为大司马，加授“九锡”，一切器物和制度，比照司马懿、司马师、司马昭、司马炎当初辅佐曹魏帝国皇帝时的规格。

擢升成都王司马颖为大将军、都督中外诸军事，“假黄钺”（皇帝专用的诛杀铜斧），录尚书事，主管政府机要，也加授“九锡”，同时特批入朝不趋，剑履上殿。

擢升河间王司马颙为侍中，太尉，加授“三赐”①

擢升常山王司马乂为抚军大将军，统领左军将军所辖军队。

晋封广陵公司马漼为广陵王兼尚书，加授侍中。

晋封新野公司马歆为新野王，都督荆州诸军事，加授镇南大将军。

任命梁王司马肜为太宰（上三公之一），兼宰相。又起用前任宰相王戎为尚书令，王衍为河南尹。

刘暾则因为征讨篡逆有功，忠耿朝廷，擢升为左丞。刘暾品行忠厚，疾恶如仇，之后在朝中仍是秉公行事，刚正无私，不畏权贵。他治理下的尚书、御史、谒者三台，曾一度呈现出风气清廉上下有序的局面。不久他又被擢升为御史中丞，司隶校尉。

齐王府、成都王府、河间王府，皆拥有官属四十余人，且以武官为主，文官不过充数而已。有远见的人士，知道战乱还不可能停止。

---

① 《礼记·王制》：“对封国国君，赏赐弓箭，有权出征。赏赐刀斧，有权诛杀。赏赐璧玉，可以饮酒。”赏赐给司马颙的，当是弓箭、刀斧、璧玉。

晋封完毕，典例便是拜谒皇家墓园，祭祀祖先，福佑朝堂安危。盛夏的皇家墓园，树木葳蕤，郁郁葱葱。

司马歆将去新任所上任，行前跟司马冏同乘一车。司马歆乘机对司马冏说："成都王（司马颖）是当今皇上的亲弟弟，跟你共同建立功业，现今应留他在朝中，跟你同时辅佐皇上。俗话说，一山不容二虎。如果你做不到容忍，就应该剥夺他的兵权。"

而在另一辆车上，常山王司马乂跟成都王司马颖在一起。司马乂跟司马颖为同母兄弟，他对司马颖说："帝都乃先帝的大业，你应该竭力保护它。"

消息传出，听到这些话的人，都预料到将会再生灾难，无不忧虑恐惧。

司马颖请教卢志，卢志说："齐王部队号称百万，可是跟张泓等在战场上僵持，不能取胜。大王却抢先渡过黄河，功劳之大，天下无人匹敌。而今，齐王打算跟你共同辅佐皇上。俗话说，一山不容二虎。最好以太妃（司马颖母亲程才人）患病需早晚侍奉为由，请求返回邺城，把责任全推给齐王，用来收揽四海人心，这是上等计谋。"司马颖同意。

谒毕皇家墓园回宫，司马衷在皇宫东堂召见司马颖，慰劳他的勤王功劳。司马颖叩谢说："这都是大司马的贡献，我并没有份。"遂上书称赞司马冏的功德，建议最好委任他处理国家大事。并报告说娘亲有病，请求回去侍奉。奏章呈上之后，即辞别出宫，不再回府邸，然后出东阳门（洛阳东城中门），返回邺城，仅留一封信给司马冏道别。

司马冏大吃一惊，急奔出城送行，赶到洛阳城东七里涧。司马颖停下车子，跟司马冏告辞，泪流满面，悲不自胜，只念念记挂娘亲病势，没有半句话谈到时事。

晋朝重孝道，孝道自得人心。于是，士人与百姓的赞誉都归向司马颖，对司马颖称誉备至。一时司马颖声名鹊起。

夏季，南部郡国十二地大旱，六处发生蝗灾，庄稼几近绝收，朝廷疲

于粮食调度。

十月，氐族流人李特反于蜀，朝廷派兵镇压。

冬月，司马衷下令，封司马冏之子司马冰为乐安王、司马英为济阳王、司马超为淮南王。

成都王司马颖回邺城后，朝廷诏令使者到邺城重申任命，司马颖仅接受大将军一职，而辞让九锡。司马颖表奏伐赵之功臣，皆被封为公、侯。又上奏表称："大司马在阳翟时，曾与贼兵相持日久，百姓因此困顿疾惫，请求准许运送所辖黄河以北官米十五万斛，去赈济阳翟的灾民。"又打造了八千多副棺木，用自己的俸禄缝制上千套冥服，装敛祭祀黄桥之战的死亡兵士，抚恤他们的家属，使其感到荣耀，抚恤银两也比平常战亡提高二级，又命温县掩埋死亡兵士一万四千多人。

这些都是卢志的计谋。

司马颖相貌俊朗而神智糊涂，不通文书，将事务皆委托给卢志，卢志为人正直善谋，事事为政务着想。所以司马颖依仗卢志，渐渐能够成就美名。

所有这些让司马冏隐隐不安，于是再下诏让司马颖入朝辅政，并让他接受九锡礼仪。司马颖的宠信孟玖不想回洛阳，又加上程太妃眷恋邺城，所以司马颖始终推辞没有接受。

司马冏辅政，内院不受干扰，深深皇宫，有了一些时日的安静。

好在翠屏瘦弱娇小，不显身形。冬日里，翠屏分娩的时间到了，羊献容着人请母亲进宫。母亲请了有经验可信赖的稳婆，翠屏经受一天一夜分裂般的痛苦，生了个女孩。生育第三日，翠屏便要抛头露面，羊献容却要装作坐月子。为此羊献容深感过意不去，特命翠屏近身行动，没有要务，不出显阳殿。

母子连心，翠屏每每看到襁褓里的小婴儿，粉妆玉琢，煞是可爱，尽管心里深恨司马伦、孙秀之流，但是面对小小的生命，却恨不起来。羊献容给了这个小生命最完美的保护，使她能够阳光成长。婴儿的一颦一笑，一哭一闹，都牵动着做母亲的心肠。每次看着翠屏喂奶，羊献容都感到一种说不出的温馨。羊献容请司马衷给公主赐名清河公主，乳名“瑱儿”。主仆三人同心同力呵护这个无瑕的小生命。

母亲因为名义上要照顾皇后生产，也暂时住了下来。

羊献容不知，这是与母亲最后一次温暖相处。此次别后经年，竟是与母亲永诀，天人遥隔。

第七章　扑朔迷离，浮生轮回知几度

太安元年春三月，皇太孙司马尚病故。之后，有彗星白日破空，引起恐慌。不久，流民李特在蜀地作乱与官府对峙，势成水火。

司马冏颁布司马衷诏令，命河间王司马颙遣手下将领衙博阻击李特于梓潼，又令张微担任广汉太守在德阳驻军，益州刺史罗尚派督护张龟在繁城驻军。三军控制蜀地局势。

傍晚，司马衷、羊献容用膳完毕，翠屏来报，司马冏王妃觐见。羊献容心下欣喜，更念司马冏勤王有功，忙命显阳殿正殿接见。

司马冏王妃走进，施礼，面上带着和善的笑容。

司马冏王妃年长羊献容些许，谦卑仁厚，颇有长姐之仪。再加上姻亲渊源，让羊献容颇感依靠。只是未知司马冏王妃忽然觐见何意，赐座叙话。有意无意间，司马冏王妃提起皇太孙司马尚夭折，惠帝司马衷已无子嗣之事。

司马衷、羊献容等尽皆黯然。

“死者已矣，难道皇上皇后就没有为以后帝位承继之事打算吗?”

羊献容抬起眼睛，一片茫然。

“皇后终是心善，不晓这帝王之家，皇储空置的危害?”

“献容不经世故，愿闻其详，请王妃直言。”

“皇储空置，难免引人猜测，觊觎之心四起，这不是国祚安稳之象啊!

前有赵王之鉴，后有诸王环伺，皇帝、皇后宜早作打算才是。”

“只是这一时之间，又哪里有皇储可立？瑱儿是个女孩啊，且在襁褓之中。”羊献容心下明白，瑱儿亦非司马衷亲生，只是不好说出。

“臣妾倒有一谏，请皇帝、皇后定夺。清河王司马覃是皇上幼弟司马遐之子，年方八岁，聪明伶俐，有皇储之才，可立为太子，以止悠悠众口、不贰之心。前日得司马覃一篇文章，当真是少年不可小觑。大司马也颇欣赏，特地命臣妾带来呈于皇上皇后过目。”

当下宫女展开布帛，端的是洋洋洒洒，尤见雏工。

羊献容目视司马衷。

司马衷似是特别欢喜，对着司马覃所写文字横看竖看，频频颔首，很是中意。

“如此皇上是应允了？”

司马衷对着字迹，大声连赞：“覃儿优秀，此子可嘉！好！好！”

“那我回禀大司马，咱们大晋江山后继有人，可以高枕无忧了。”

羊献容愕然之中，司马冏王妃欢喜辞别。

次日上朝，司马冏上书，请求指定司马覃为皇位继承人。

月底，司马衷颁诏，立司马遐之子清河王司马覃为皇太子。封大司马司马冏为太子太师，东海王司马越为司空，兼中书监。

八岁的司马覃朝气蓬勃，接诏书当天就进宫晋见司马衷、羊献容，并改口称父皇、母后。这让以前那些太孙总是把她放在祖母辈上的羊献容感到一份亲切。又兼司马覃清秀乖巧，懂礼仪，不知不觉拉近了距离。面对稚气的司马覃，羊献容明白，司马冏打算长期控制朝廷。而司马颖依照祖制可成为帝位的继承人，这对司马冏来说是潜在的威胁。而司马覃幼小，正是一个容易摆布的年龄。

司马冏此举会不会引起司马颖的不满呢？羊献容暗暗祈祷，希望不会出现意外，希望朝廷从此和平安然下去，再不要发生动乱。

秋末，羊献容带司马覃太庙进香，司隶校尉刘暾率队随行保护。沿途看到一处正在建设中的府邸，规制宏大，堪比皇宫，忍不住叫过刘暾问询，得知乃是司马冏扩建宅邸，不禁大吃一惊。

进香回宫，羊献容忍不住叫过惠帝身边黄门太监德庆，细问究竟。德庆隐瞒不过，据实相告。原来司马冏既掌大权，又可随心所欲不受约束，逐渐地骄奢专横，更大肆兴建房舍，铲平齐王府周遭房屋数百栋，使齐王府规模之大，跟皇宫相等。司马冏沉湎在欢宴淫乐之中，已经许久不到金銮殿参加朝会晋见皇帝，只坐在齐王府内，接受文武百官参拜，大小决策，也不再奏请皇帝批准，直接交付“三台”执行。①“三台”既得权力，用人行政，纯出私心，一时亲信弄臣当家做主，而贤德的朝臣得不到重用。殿中御史桓豹，向皇帝呈递奏章，事先没有呈报齐王府，司马冏便命人逮捕桓豹，直接在监狱中诛杀。

司马冏的行为，令朝廷百官及地方人士皆大感失望。

侍中嵇绍上书皇帝司马衷说：“生存的人，不忘死亡，是《易经》提出的最好劝告。我盼望陛下不忘金墉城之屈辱，大司马（司马冏）不忘颍上之苦战，大将军（司马颖）不忘黄桥之失败，则祸乱的雏芽，就不可能产生。”又写信给司马冏说：“从前，伊祁放勋（帝尧），姚重华（虞）用茅草搭建房屋，姒文命（夏禹）居住最简陋的宫殿。而今，却大兴土木，又给三位亲王（司马冏三个刚封亲王的儿子）兴建私宅，这岂是当前急务？”

司马冏道歉，但没有接受。

羊献容暗中委托司马越、陈眕、刘暾，约见几个有力朝臣，诚心游说，希望通过劝谏，使司马冏反省。

朝堂上，南阳郡隐士郑方，上书司马冏五大失策，规劝说：“大王身处平安之地，不考虑会有危险之时，荒淫欢宴，都超过限度，是第一失

---

① 三台：尚书台、御史台、谒者台

策。皇族都是骨肉至亲，相互间应该没有芥蒂才对，现在却不然，是第二失策。蛮夷变乱纷起，可大王却认为功成名就，不把它放在心上，是第三失策。兵荒马乱之后，百姓子民穷困，朝廷从没有过救济，是第四失策。大王当初起义时，对起义官员曾有誓言，事成之后，立刻奖赏，可是到今天为止，仍有建立功勋的人，得不到回报，是第五失策。”

司马冏脸色阴郁不悦。

户曹掾孙惠上书司马冏，言“盛大的名望不可长期享有，伟大的功业不可长期独占，最高的权力不可长期掌握，强有力的威势不可长期保持。如果忘记高位的危险性，贪恋权力威势，继续迷津不返，虽然游逛于高台之上，逍遥在层层墙垣之中，我认为危亡的程度，远超过在颍川（河南省许昌市）、阳翟（河南省禹州市）战场之时。”

司马冏不能接受，斥责孙惠危言耸听。

孙惠遂声称有病，奏请辞职回东海故里。

司马冏问记室督曹摅：“有人劝我放弃权力，返回封国，你以为如何?”

曹摅道：“弓满弦易断，锋刃利易折，万物因循，莫至巅峰。倘若大王身居高位，能知高位之凶险，挂襟而去，此乃智中大智也!”

司马冏听不进去。

后宫内，羊献容也想通过冏王妃劝谏司马冏，无奈司马冏乃皇叔之辈，羊献容出面又有觊觎皇权之嫌。羊献容几经踌躇，不好开口。

东曹掾张翰、主簿顾荣皆忧虑到一旦变化发生，将大祸临头。正逢秋风初起，张翰思念故乡的茭白菜、睡莲粥和肥嫩的鲈鱼，叹息说：“人之一生，不要太过勉强自己，何必一定富贵?”遂即辞职。

顾荣故意酗酒，沉醉不省人事，不能处理公务。司马冏认为其不能胜任工作，把顾荣逐出齐王府，贬为中书侍郎。

颍川郡隐士庾衮，听说司马冏一年之久都不朝见皇帝，叹息说：“晋王朝已经没落了，大乱将起。”遂带着妻子儿女，逃到林虑山中隐居。

另一主簿王豹，向司马冏呈上一份备忘录，言河间王司马颙把关中当

作根本，成都王司马颖在曹魏帝国当年的基地（邺城）建立权力中心，新野王司马歆位于长江、汉水之间，拥有广大疆土。三位亲王正是血气方刚的年纪，且均手握重兵，身处有险可守的要地，权威之大，足以使君权震动，遂建议遣送所有亲王回到各自封国。

长沙王司马乂看到这份备忘录，大为愤怒，对司马冏说："这小子花言巧语，离间我们兄弟骨肉之情，为什么不拖到铜驼下面杀死？"

司马冏遂上书皇帝司马衷，检举王豹谗言挑拨，离间君臣，制造猜忌，不忠不义，下令用皮鞭活活打死。

王豹断气时，咆哮说："把我的头挂在城门最高处，使我看见外军进攻齐王。"

王豹虽死，所呈备忘录却提醒了司马冏。早在武帝时期即有密旨，言明"关中乃帝王后裔之地，非亲近族室不得入驻。"司马颙一支支系疏远，不可占据关中。① 而另一个原因，河间王司马颙本来依附司马伦，司马冏心里对此嫉恨在心。

次日清晨，尚未早朝，参军皇甫商同长史李含因救济一事吵了起来。皇甫商指责李含藐视朝廷，公财私占，所管救济物资不知所踪；李含指责皇甫商信口开河，心怀叵测，蓄意弹劾。陈眕、羊玄之等一干臣众劝解，李含顶撞，不由纷纷呵斥李含出言不逊，对老臣失敬。

李含乃司马颙长史，皇甫商担任梁州刺史时，李含效力于司马颙，投机取巧，对皇甫商颇为倾轧。皇甫商与羊家皆与朝廷有姻亲之谊，而夏侯奭的兄长夏侯恒也在齐王府供职，夏侯奭是被李含害死的。李含一身两命，所以仇人相见，分外眼红。

司马冏一听是司马颙的旧人，脸色立马阴沉下来。

李含心里很不自在，自觉再如此下去，只怕会有性命之忧，他悄悄埋下仇恨的火种，瞅准时机，单人匹马，从洛阳逃出，投奔关中司马颙，并

---

① 《晋书》《资治通鉴》

诈称带来皇帝司马衷的密诏，命司马颙起兵讨伐司马冏。

司马颙未知真假，略有犹豫。

李含见状，又进一步挑拨道："成都王是皇上亲弟弟，建立大功，却有功不居，返回防地（邺城），得天下称赞。齐王司马冏越过皇上亲弟，手执大权，专权跋扈，朝中人人都对他痛恨不已。我们传达密诏，命长沙王司马乂讨伐司马冏。司马乂力量单薄，司马冏一定会诛杀司马乂，我们就以此作为司马冏的罪状，起兵入朝，一定可以胜利。排除齐王，拥戴成都王，解脱逼迫，扶正皇统血脉，树立威信，安邦定国，这可是不世之功。"

司马颙一听，喜上心来，他早就对司马冏独占洛阳皇宫不满，三人同勤王，只有自己封赏最低，内心早已愤愤不平，听了李含的计谋，正中下怀，遂上书皇帝，指控司马冏罪行。表奏齐王冏窥伺神器，有无君之心。宣称集结大军十万，准备跟成都王司马颖、新野王司马歆、范阳王司马虓，同在洛阳会师。请长沙王司马乂"同奋忠诚，废冏还第。"由司马颖代替司马冏，辅政朝廷。

司马颙发动全部军队，任命李含为都督，率振武将军张方等向帝都洛阳出发，一面派出使节，邀司马颖参与。

邺城，司马颖打算响应，卢志劝阻，司马颖不听。"立储亲疏应辨，冏欺我幼耳。是可忍，孰不可忍。"

腊月初，司马颙奏章抵达洛阳，司马冏大为惊恐，急忙召集文武百官会商。司马冏说："我最先倡导勤王发动义军，拨乱反正，维护皇家权威，做臣属的节操，可以请神明作证。两位亲王（司马颙、司马颖）听信谗言，兴风作浪，我们将如何回应？"

尚书令王戎说："无报于身，必见割夺；有私于己，必得其欲。阁下建立的勋业，诚然伟大。可是，应该奖赏的人，得不到奖赏，所以人心不服。两位亲王兵力强盛，不可抵挡，如果大司马能以王爵身份返回私宅，把朝政大权让给别人，或许可以平安。"

大臣们纷纷表示赞同。

参军、从事中郎葛旟咆哮说："三台主管中枢，不处理国家大事，延误对有功人员的奖赏，责任不在王府。奸人挑拨离间，犯上作乱，应当共同讨伐诛杀，怎能凭空接受一份伪造的诏令，就放弃权力，返回私宅？两汉王朝和曹魏帝国以来，无论王爵或侯爵，回到私宅，有谁能保住妻子，保住性命？上表这种言论的，应该斩首。"

文武百官吓得面无人色，浑身发抖。

王戎恐惧，借口上茅房，假装"五石散"药性发作，掉到粪坑之中，得逃一死。

战事一触即发。

羊献容觉得形势危急，急忙命人找回司马衷，并传东海王司马越及御史中丞刘暾内宫觐见。司马越言司马冏行为使朝野失望，王豹早有奏书提醒大司马，指明平息祸乱，应使国家安宁平定，却又沿着翻车的轨道走，希望长期在位，不是事与愿违吗？

刘暾也焦灼叹息：大司马今非昔比，长久以来，好言听不进去，导致物极必反的结果。朝野已是怨声载道，反声激昂。

同室操戈，非死即伤。一室人沉闷无语。

这一日，有消息报，李含带兵推已至阴盘（陕西省临潼区），张方率军二万人抵达新安（河南省渑池县），并密信传令司马乂，要他在京师行动，讨伐司马冏。

司马冏先发制人，派部将董艾袭击司马乂。司马乂率左右一百余人，飞奔入皇宫，关闭所有宫门，把皇帝司马衷请出来，反攻大司马府。董艾军队集结在皇宫西边，放火烧千秋神虎门（皇宫西门）。司马冏派人手拿驺虞幡（用作停战的符节），大声号令："长沙王假传圣旨，欺君罔上。"司马乂则拥出司马衷宣称："皇帝在此，大司马谋反。其罪当诛。"

这一夜，洛阳城内展开激战，箭飞如雨，火光映天。

惠帝被挟持到城墙上，士兵接二连三中箭，尸横遍地。一箭射到惠帝面前，险些丧命。东海王司马越、御史中丞刘暾冒着箭雨，左拼右挡，掩护司马衷退下，回到皇宫内院。可怜的皇帝司马衷被吓得战战兢兢，犹自不住地颤抖。羊献容及众嫔妃也挤在后宫，焦虑地等待战乱结束。司马越、刘暾苦无兵权，不能调停，连连顿足。一连三天激战，司马冏的兵众惨败，终至崩溃。

第四日晚，大司马长史赵渊叛变，杀了何勖，抓住司马冏向司马乂投降。司马冏被押到太极殿，惠帝面容忧伤，想说情救司马冏。

司马乂见状，立即喝令左右，把司马冏拉出去，在阊阖门外杀掉，并拿他的头到各军展示。李含等接到司马冏已被斩首的消息，率军撤回长安。

司马冏的同党皆被夷灭三族，死了二千多人。司马乂同时下令，把司马冏的儿子司马超、司马冰、司马英囚禁金墉城，废黜司马冏的弟弟北海王司马陵。

司马冏自永宁元年四月推翻司马伦，到本年十二月被杀，当权仅一年零九个月。①

司马衷宣布大赦天下，改年号太安。

大权落到长沙王司马乂之手，司马衷封司马乂为太尉、都督中外诸军事。但司马乂顾及兄弟之情，事情不论大小，全呈于司马颖共鉴，或送到邺城，请司马颖裁决。

年底，司马乂封东莱王司马蕤之子司马照为齐王。任命孙惠为参军，陆云为右参军。鲜卑人宇文单于莫圭率兵动乱，与慕容氏在棘城展开激战。

战争的阴影弥漫着整个洛阳城，虽是年关，却到处惨戚，没有人乐得起来。

---

① “八王之乱”第四王结束。

太安二年春正月，司马衷宣布赦五岁刑。

孟月，有书上奏，李特之子李雄复占益州。新野王司马歆处理政事严厉粗暴，失去蛮、夷的信任，不得人心。

接着，传报义阳蛮人张昌举兵造反，奉山都人丘沈为主，改姓刘氏，伪号汉，建元神凤。郊祀礼仪、服装颜色装饰，皆按汉代形制。士卒皆戴深红色的头盔，用马尾当作须髯。一路攻破郡县，进军樊城。

司马歆奏请朝廷援救：“妖孽盗贼数以万计，深红头长毛脸，挥刀舞戟，锐不可当，请求朝廷速速救援。”

司马乂派屯骑校尉刘乔任豫州刺史，屯兵汝南；派宁朔将军沛国人刘弘任荆州刺史，和前将军赵骧、平南将军羊伊在宛地屯兵；又诏令河间王司马颙派雍州刺史刘沈带领一万州兵，加上在西府征发的五千人从蓝田关出兵，讨伐张昌。

司马颙不听从诏令，刘沈带领州兵到蓝田，司马颙强行剥夺了他的部众。

司马颙的行为让司马乂颇为不满，尚未及再调兵救援。张昌乘虚用全部兵力包围宛城，双方展开厮杀。此场战役，南阳太守刘彬，平南将军羊伊，新野王司马歆，皆战亡。

消息传到皇宫，羊献容及羊府皆再度震惊。

羊伊是堂祖父羊发的儿子，官至平南将军。羊发与羊祜为亲兄弟，与祖父羊瑾为堂兄弟。羊伊与父亲羊玄之同辈。羊献容称之为叔父。

自先祖羊续到现在，在朝廷做官的只剩下父亲羊玄之身居高位，其他叔伯兄弟远在外地，皆非居要职。羊氏一门势力日渐衰微。

想到这些，羊献容心里不免悱恻。

朝堂在激战过后，趋于平静。

只是不知，这平静的外表下，又掩藏着怎样的危机？

日子过得战战兢兢，不知道下一步会如何。战乱，使人民生活困苦，缺衣少食，忧戚满面。

如果世间还有一种幸福，能够使羊献容忘忧，那便是逗弄瑱儿玩乐的时刻。

瑱儿已蹒跚学步。宫内孩子稀少，人们越发拿她当作宝贝，即便颇为挑衅的丽美人，因自己未曾生育，也艳羡不已。外人皆知瑱儿是惠帝与羊献容所生，因惠帝疼爱，早早便被封为清河公主（东晋改临海公主），取一生平安平顺之意。父亲羊玄之因为佐政有功，迁尚书右仆射，加侍中，晋爵为公。

瑱儿乌黑的眼珠，如水一般清澈，细腻娇嫩吹弹可破的皮肤，花朵般娇艳，天真童稚，让大家喜爱不已。

三人一致不提过去的事，也一致对外称司马衷就是瑱儿的父皇。她们想，何必增加不必要的痛苦，又何必增加无谓的悲伤，她能来到这个世界上，便是与她们冥冥之中一种说不清的缘分。

巷战的激烈，所幸没有波及内宫。司马冏被杀，固然使羊献容觉得失去一份依靠，面对朝廷的动荡，已是无可奈何。好在司马乂对皇上皇后尚无非分之心。父亲在司马乂手下做事，也勤谨有嘉，受到礼遇。刘暾仍为司隶校尉，负责皇宫大内安危。这段日子，算是少有的一点安稳。

闲暇里，羊献容依旧喜欢研读典籍。这天，她无意中看到一则羊徽瑜的记载：“献皇后曰：贤人见毫厘之善，不谓之小，不敢不自勉而行也。有纤芥之恶，不谓之微，不敢不怀畏惧而思改悔。”

羊献容默思，心之所动，不由信手展纸，研磨挥毫：“羊皇后曰：忧乐行之难也，不可不自勉，见忧而不能戚者则伤仁，见乐而不能悦者则违和。”书完，让碧月挂起，凝目端详，然后转身再书：

“财宝贿货皆累人者也。有之则不能不受，受之则悔悋必生。昔人有女将嫁，其父诫之曰：‘慎勿立善名。’女曰：‘当作恶，可乎？’父曰：‘善名尚不可立，而况于恶乎？’后闻之曰：‘善哉训言！鸟恶网罗，人恶胜己’，岂虚也哉！”

羊献容举目窗外，反复细细品味。

远远地一人大步而来，身形矫健，风度翩翩。此人着长衫，头戴休闲冠，神采风逸，穿游廊过榭桥，竟不停步，瞬间来到跟前。宫女俯身行礼，问王爷好。

“王爷？哪个王爷？”羊献容怔怔地，一时想不起是谁。

先帝生26子，除却死去的司马允、司马玮，其他大多在自己封地，能留守京室的微乎其微。

“请皇嫂安。”

他口称皇嫂而不是皇后，可见已非远族且有自持。

羊献容慢慢道：“王爷免礼。”

“本王不日将返邺城。奉母妃叮嘱，特来问公主诞辰，闲来无事想缝制些小玩偶，给公主消遣。”

“邺城？母妃。”羊献容蓦地想起，成都王司马颖。“元康九年，贾后出颖为平北将军，镇邺。”

他是成都王司马颖？之前阅兵曾遥遥一见，又兼其全副盔甲，未曾谋过近面。不由细细打量司马颖，但见其身材颀长挺拔，五官端正俊朗，举止洒脱不羁。玉色肌肤，深眼窝，浓长的眉毛，丰神秀骨，面容竟是十分俊秀。皆言司马颖有武帝之貌，可见“龙驹凤雏。雏凤清于老凤声”，自是不差。武帝嫔妃众多，育子封妃位且健在的，已寥寥无几，其他的则早已遣散。羊献容曾拜见过几位太妃，但她们不是去了封地，就是闭门不出，不问世事。只有齐王妃与东安王司马繇王妃夏侯氏尚谈得来，羊献容常去听她们讲一些前朝旧事。

当年，因贾南风侄子贾谧嘲弄太子司马遹，恰巧给司马颖路过瞧见，于是呵斥贾谧“太子乃天下之副，汝何得（怠）慢？”。贾谧怀忿，于是状告司马颖，进言挑拨，贾后心怀嫉忌，特划邺城为其封地，驱之。尚书令乐广的女儿是成都王司马颖王妃。乐广生五子，只其一女。此次宫廷政变，诸王似乎以司马颖为旗号令诸王。羊献容暗暗想，此人不可小觑。

“恩谢太妃，劳王爷给太妃问安，献容有礼了。”

“母妃尚安。仍是郁结终日，疾病缠身。”

“可请太医诊治?”

“终是难愈。”

“何故?”

司马颖不答。看着羊献容的笔墨字幅，道：“皇嫂文墨，当真有羊门遗风，又不乏蔡公七分真味。可见书法之道，婉转承合，义理相通。”说罢拿起笔，顺手书写一行字。但见是《楚辞》九章中之句“带长铗之陆离兮，冠切云之崔嵬。”龙腾凤舞，铿锵有力。魏晋书法自篆隶向行楷转变，蔚然成风，行书又介于草书和楷书之间。尤见司马颖书法，更高一筹。

羊献容暗叹，司马颖不仅是叱咤风云的猛将，还是位词赋墨法皆精通的雅士。其风雅之姿，倜傥之貌，似乎更有帝王风范，可惜为庶出。不免谦虚道：“王爷过誉了，不过打发时光而已。”

“皇嫂不必过谦，家传绝学，耳濡目染，不负空名。弟久慕皇嫂美贤，皇兄得祈佳人，解读岁月，今生足矣。”

羊献容大窘：一个傻子，能解什么？又不好不回答，只好顺口应道：“成都王风华正茂，自更佳人盈怀。久闻乐广之女，知书达理，乃天下佳人。”

“关关雎鸠，在河之洲。”司马颖自言自语，目光灼灼。

羊献容心里一动：《诗经·国风》之句，“关关雎鸠，在河之洲，窈窕淑女，君子好逑。”当下不知其何意，未作回应。

“皇嫂春秋芳华，消磨内苑，是否已为这份安逸知足呢？可体会‘明月皎皎照我床，星汉西流夜未央’之苦辛?”

这是曹丕的《燕歌行》之句。《燕歌行》是一个乐府题目，属于《相和歌》中的《平调曲》，此曲调以前没有记载，因此据说是曹丕开创。曹丕的《燕歌行》有两首，是写妇女秋思，所以后人多学他用《燕歌行》曲调做闺怨诗。

“夜如何其？夜未央。”羊献容想：“未央”就是未尽、未止之意。夜

未央乃喻长夜漫漫无穷尽。①

羊献容不由脸红，怔怔地，不知如何作答。“献容无才，不敢奢求，不敢比肩任何前辈仙足。只欲效景献皇后，‘肃尊仪而修四德，体柔范而虹六义’，有三分贤德名望，佐理六宫，抚慰百姓，知足矣。”

“哈哈哈哈……女人一生，幸福最重要，何必作茧自缚，画地为牢。”

“此话怎讲?”

“人生不满百，常怀千年忧。昼短苦夜长，何不秉烛游?”得天下易，得一知音难矣！颖梦寐红袖相伴，策马天涯，笑看风云，快意生活。皇嫂难道不向往?

羊献容一时听怔，此诗乃《古代十九首》所录。曹丕为魏王世子时，与吴质交好。建安二十二年大疫，当时文人如徐幹、刘桢、陈琳、王粲等皆痢疾死亡，曹丕作书与吴质，劝其惜时自娱。书中有“古人思秉烛夜游，良有以也”之句，后人遂以“秉烛夜游”，喻及时行乐。②

宛若风乍起，吹皱一池春水。羊献容心里澎湃着恼，却不好发作。人说司马颖徒具虚表，想不到竟三言不到，意含挑逗。但若司马颖不是徒具其表，文采高古或精于谋划。或许与献容相当的年纪，会有一番共鸣沟通。偏偏司马颖金玉其外败絮其中，说出的话直白不堪，不由让羊献容微微蹙眉。

“贤德淑懿，乃女子恪守之律，非荣宠皇贵之心，乃个人所求不同而已”

“哈哈哈哈，贤德淑懿，盖天下耳目；荣宠皇贵，不过一道咒语，蒙天下人心智。”

---

① 一说、“未央”一词取自《诗．小雅．庭燎》的诗句：“夜如何其？夜未央。”意思是“未尽”、“不尽”。一说、“未央”截取于“长乐未央”。汉代的两座宫殿分别名为“长乐宫”、“未央宫”。“长乐未央”意为永远快乐，没有穷尽。

② 关于《古诗十九首》的作者和时代有多种说法，《昭明文选·杂诗·古诗一十九首》题下注曾释之甚明：“并云古诗，盖不知作者。”曾有说法认为其中有枚乘、傅毅、曹植、王粲等人的创作，非一时一人之作，产生年代应在东汉顺帝末到汉献帝前，即公元140－190年。

“何出此言?”羊献容听话里似含它意，不由心里一滞。

“贤德?我母妃不贤德吗?焉何不被扶正?却任那杨芷后来居上，位居皇后。母亲长她若干年纪，反过来要向她行礼。”

献容听罢，莞尔一笑:“献容不才，曾闻武帝有赞武元皇后，‘婉嫕有妇德，美暎椒房’。也曾读丁亥年间典籍，武帝诏曰:‘近世以来，多由内宠以登后妃，乱尊卑之序;自今不得以妾媵为正嫡。’封谁皇后，固在武帝。况武帝钟爱武元皇后，立杨芷为后，实乃尊其一诺。世人皆羡位高可尊，殊不知位高风疾，恩威难料。今日太妃能与王爷安享天伦，承欢膝下，岂不是幸事一件?”①

献容话未完，但见司马颖脸色已变:“皇嫂可真是熟读百家，通古晓今。承欢膝下?可知这一生郁结所在，终其一生也难以治愈。莫说宫中之人，便是世人谁不求一位?谁不知位尊天下，恩威福祸，聊胜于看他人颜色苟活。只有位高之人才说此无关痛痒之话，我看皇嫂是安逸得太久了!”

说完将笔一甩，愤愤然不辞而别。

羊献容愣了，忽地想到司马颖之母程妃乃才人出身，顿时警觉。毕竟这是司马家宫闱之事，他又是那样在乎他的母亲。从一个才人一跃主后，且不说有律制所限，但就掖庭内斗，也要翻天。本是一个多么好的开端，焉何形势直转，转眼成僵局?

羊献容朦胧感觉，司马颖似抱着某种私心某种期待而来，然期待与被期待之间，终会有不和谐的地方，于是不快产生，裂隙出现。她尚不知，司马冏立司马覃之举已构成司马颖对自己嫌隙，而宫廷内苑的勾心争斗，历朝历代也是血雨腥风，世世不休。女人与女人之间的战争，便是皇宫内部郁结所在。

“轻则寡谋，骄则无礼。”司马颖难道真是如此不谙情理深度不够之人?稍稍困惑，让羊献容心里感到不安。不安的什么?却又说不清楚。

---

① “婉嫕有妇德，美暎椒房”。西晋武帝司马炎对皇后杨艳的赞语。《资治通鉴》

司马颖仗恃诛杀司马冏的功劳，逐渐地骄傲，不可一世。奢侈浪费，更无限度，国家机制几乎全部瘫痪，比司马冏时代还要腐败黑暗。虽司马乂大小事情都呈报他裁决，但司马颖仍嫌司马乂身在中央，碍手碍脚，不能称心如意，意欲将司马乂排除。

新野王司马歆原与齐王司马冏要好，司马冏死后，司马歆害怕受牵连，便主动与大将军司马颖结交。等到张昌作乱，司马歆上表请求讨伐。这时长沙王司马乂已经和司马颖产生了怨隙。

李含以为长沙王司马乂力量微弱，一定会被齐王司马冏杀掉，所以想借讨伐司马冏罪行之名，废黜惠帝，拥立大将军司马颖，让河间王司马颙任宰相，这样自己便得以执掌大权，排除皇甫尚。不料司马冏却被司马乂杀掉，司马颖、司马颙仍然镇守藩地，皇甫尚却稳居高位，不像自己所谋划的那样。时皇甫尚之弟皇甫重在司马颙手下任职，于是李含再向司马颙进谗言说："皇甫商正受司马乂信任，皇甫重自然不会听你的差遣，应该早日下手消灭。不妨上书皇帝，推荐调升皇甫重到朝廷任职，等他前往洛阳上任，经过长安时，将其诛杀。"

皇甫重得知李含的阴谋，向尚书公布檄文，纠集陇上军队讨伐李含。

司马颖因军队刚刚稍事休息，就派使者带诏书而至，命令皇甫重取消讨伐行动，并征调李含去担任河南尹。李含接受征调而皇甫重却不服从诏令，司马颖一怒之下，派金城太守游楷、陇西太守韩稚等人，联合四郡兵力攻打皇甫重。司马颙又秘密派遣李含与侍中冯荪、中书令卞粹入洛阳谋杀司马乂。

皇甫商得知后告诉司马乂，司马乂大怒，命羊玄之拟一道旨令，拘捕并杀掉了李含。

南部，乱民张昌党羽石冰进犯扬州，打败刺史陈徽，扬州各属郡全部陷落。石冰又攻陷江州，属将陈贞攻打武陵、零陵、豫章、武昌、长沙，全部攻陷，临淮人封云也起兵进犯徐州，响应石冰。如此一来，荆、江、徐、扬、豫等五个州的辖境，大多被张昌占据。

朝廷命镇南大将军刘弘、陶侃等人于竟陵攻打张昌，刘乔派遣部将李扬等向江夏进发。陶侃等人屡次与张昌发生战斗，大败张昌，前后斩杀几万人，张昌逃窜到下山，部众全部投降。刘弘当时屯兵驻扎梁县，征南将军范阳王司马虓派遣其接替长水校尉张奕，统领荆州。刘弘到达后，张奕不同意接替，率军队抗拒刘弘，刘弘讨伐并杀掉了张奕。当时荆州所辖各地府官大多空缺，刘弘请求补选。朝廷诏书批准。刘弘论评功劳，诠量德行进行选拔，按照才能安排职务，大家都佩服刘弘处事公正得当。

刘弘曾做过羊献容堂祖父羊祜的参军，羊祜对刘弘十分赏识，刘弘亦十分崇拜羊祜，他效仿羊祜当年绥近怀远，兴农垦田之法，在任上勉力督促农桑之业，放宽刑罚，减免赋税。官府与百姓皆粮食充裕，因此赢得百姓爱戴。

司马颙听说李含等人已被杀死，当即扬言征讨太尉司马乂。

大将军司马颖奏表请求讨伐张昌，得到允许。听闻张昌叛乱已经平定，因而想与司马颙共同攻打司马乂，于是与卢志商议。

卢志劝谏说："将军之前立了大功却交出权力，辞谢天子的恩宠，赢得良好的声望。现在如果能把军队安顿在城关之外，身着文官服饰进京朝见，此举必将成为一代霸主之基础。"

参军魏郡人邵续说："人有兄弟，如同左右手，您想抵挡天下的敌人，却先砍掉自己一只手，焉能如此？"

司马颖全然不听。"每忧王室，心悸肝烂。羊、皇恃宠作祸，能不兴慨！"于是征西羽檄，四海云应。派人给司马颙送信，司马颙大喜，曰："吾久欲为此矣，恨力不加。"即回书司马颖，应允起兵。

八月，司马颙、司马颖共同上奏表："乂论功不平，与右仆射羊玄之、左将军皇甫商专擅朝政，谋害忠良，请诛之、商两族，遣乂还国。"如不从，即刻举兵。

奏书到达洛阳，司马乂大怒。以惠帝名义下诏曰："如颖、颙敢举大

兵，内向京辇，吾当亲率六军以诛奸逆。以太尉、都督中外诸军事以御之。”司马乂身长七尺五寸，开朗果断，才力绝人，虚心下士，甚有美誉。

信使回到长安，持诏令汇报司马颙，司马颙大怒，任大将张方为都督，带领七万精锐军队，从函谷关出发（河南省新安县），向东直指洛阳。司马颖带领军队在朝歌驻扎，令平原内史陆机为前将军、前锋都督，统领中郎将王粹、冠军将军牵秀、中护军石超等，率军二十万人，向南逼临洛阳。浩浩荡荡的军队从朝歌直到河桥，战鼓声百里外皆能听见。

司马颖、司马颙兴师动众，有备而来。洛阳城风声鹤唳，乱云纷纷。

惠帝满面忧思。司马乂迅速地做着反应。

皇城内，人心惶惶。大军逼近的消息一个接一个来临。

八月下旬，三十万大军潮水一样围向洛阳城。战争不可避免地再次发生了。

大殿上，司马乂面色铁青：“先君子后小人？先小人后君子？到底谁在制造事端？到底谁在众叛亲离？”

司马乂义无反顾，调兵遣将，恨恨地下达着命令。一旦明了事理，大权在握，其能力、魄力，即刻锋芒毕露，充分显示出其独到的干练精明。

司马颖、司马颙之患，转眼势成水火。

子曰：“鱼与熊掌不可兼得”，既得高位，又想江山，岂可两全。可见人之祸端，全因私念，所谓“贪心不足，蛇吞象。”

天气阴黑，乌云盖顶，风声大作，一场暴风雨即将来临。

消息传到宫内，羊献容大惊。无论如何也想不到此事会和父亲扯上牵连。她焦虑异常，甚想能够有神威之力，化解这场内乱，保护羊府不受危害，保护百姓不再度受难。可叹自己威薄力微，风暴一旦来临，竟是波涛汹涌，势不可挡。长伯父太傅参军羊亮，太傅长史羊陶（羊忱），皆年事已高。叔父平南将军羊伊战死，庐陵太守羊聃、济南相羊祈远在外地。眼下可联系之人只有堂兄尚书吏部郎羊曼了。她一边派人联络羊曼，一边去找惠帝司马衷，明知司马衷没用，她还是决定冲上太极殿，求司马衷力保羊氏一门。

羊献容无法理解司马颖、司马颙之奏章："乂论功不平，与右仆射羊玄之、左将军皇甫商专擅朝政，杀害忠良，请诛之、尚两族，遣乂还国。"父亲是正一道道门信徒，自祖辈羊耽子沿袭传承至今，信奉道家理论，克己奉礼，本分做人。且父亲不过是文官，并未参与战乱之争，怎么会陷入杀害忠良（李含）之事？可见"欲加之罪，何患无辞。"①

羊献容一路疾跑，冠饰歪了也顾不得整，踉踉跄跄跑入太极殿。此时偌大的太极殿静如空谷，早无一人，司马衷已经被司马乂全副武装，出城迎敌。

羊献容一下瘫倒在地。

八月二十二日，内侍来报，惠帝司马衷御驾亲征，在十三里桥（洛阳城外），大司马兼大将军司马乂，命皇甫商率军一万余人，西上宜阳，抵抗张方。

八月二十八日，有消息传，司马衷御驾返回宣武场（洛阳城北）。

八月二十九日，惠帝宿营石楼。

九月六日，司马衷御驾进驻黄河富平津大桥。

九月十一日，张方袭击皇甫商，大胜。

一天一天，日出日落。皇城内风声鹤唳，动荡不安。羊献容忧心如焚，面色蜡黄。

九月十三日，司马衷御驾驻扎邙山，邙山为洛阳城与黄河之间的山脉。

九月十六日，司马衷御驾前往偃师。

九月二十日，司马衷御驾驻扎豆田，回转洛阳城东。司马颖也抵达黄河南岸，面对清水构筑营垒。（河南省孟津县东）

九月二十二日，惠帝回师城东，继续鏖战，不能预期返回皇宫……

① 道教分为正一、全真两大教派。正一道，亦称正一教、正一派。原为五斗米道。正一道道士可以不居宫观而有家室。

第八章　纡尊降贵，在世荣辱叹常逢

所有的事情都在随着战争发生变化，洛阳城中的羊府也不例外。洛阳上空阴云密布，羊府的气氛也是山雨欲来风满楼。

卧室里，羊玄之面色枯黄，昏迷不醒。

自司马颖讨伐诏书颁布，羊玄之惊怒之下便病倒了。虽经月余延治，终是不见起色，日复一日，人更加消瘦，气息奄奄。

羊夫人一旁垂泪，羊曼焦灼地来回踱步，一面派人火速报知济南相羊祈，联系故里准备接灵柩；一面警惕有变，保护羊氏族人。

几个本族老人候在外厅，面面相觑，没有主意。甫阳睁着一双大眼睛，似懂非懂地瞧着在场的每一个人。

子夜时分，羊玄之忽然睁开眼睛。羊夫人甚觉有不祥之兆，连忙呼唤羊曼、羊楷、羊济、羊鉴、甫阳等人进入卧室。羊玄之以手代语，指指胸口，羊夫人连忙过去轻轻按摩。

两行清泪顺着羊玄之面颊滚落，他挺挺胸，缓过一口气来，神色刹那间明亮。

羊玄之叫过羊曼，把甫阳的手放进羊曼手里，用力一握。羊曼明白，用力点头。随后他目视族人一眼，眼神转回到羊夫人身上，指指自己，再抬手指指墙壁。壁上泰山巍巍，苍劲古朴。

羊夫人明白，羊玄之的意思是死后送他回故土安葬，她强忍着呜咽，最终还是哭出声来。末了，羊玄之似乎凝聚力气，说出一句话：“不要连累容儿。”然后头一歪，气绝身亡。

羊夫人、甫阳大放悲声。羊曼及族人落泪不止。

大家纷纷忙碌着布置灵堂，商议着联系羊忱、羊祈、羊聃，及如何送灵柩回归故里。

深夜，一道火光撕破了洛阳夜空，无数士兵身着盔甲，冲进城里乱砍乱杀。顿时，狗吠声、哭叫声连成一片。

得知司马乂挟惠帝转战未回，洛阳空虚，司马颙派振武将军张方率军突入洛阳，奸淫烧杀，大肆抢掠，杀人如麻。

满城混乱，人心惶惶。

羊府在一片丧葬气氛中被一群乱兵破门而入。乱兵见人挥刀便杀，守灵人四下躲闪，血光四溅，惨叫连连。

羊曼大惊，一把抓起甫阳，扯起羊夫人急急奔向后堂。羊夫人争执不去，被另一族人掩了口，架住胳膊，一把推出后院。

院子里，火光四起。羊曼等转瞬不见人影，只闻拼杀声，惨叫声。

院墙外，黑夜凄凄，到处火光，哭喊成片。

“父亲去世，羊府被乱兵侵占，母亲及弟弟逃亡，母亲更在逃亡中被乱兵所伤，不治而亡。”皇宫内，羊献容浑身颤抖。这消息对她来说，不亚于天外飞雷，登时晕了过去。碧月、翠屏慌做一团，又揉又掐，好歹使羊献容缓过气来。

羊献容一睁眼，人便如疯魔了一般。碧月、翠屏悄悄流泪，紧咬嘴唇。她一把抓住碧月、翠屏，哭喊道：“不可能的！不可能的！”

羊献容爬起身，便欲出宫回家看个究竟，碧月翠屏拦不住，急急跟在后面追。宫门外，与正在值守的刘暾撞个满怀，二人不及细说，赶忙求刘暾相助。

刘暾几步跑上前拦住羊献容，下跪阻挡：“皇后休要冲动，没有部署，这样回去是极其危险的。外面兵荒马乱，匪盗猖獗，人命如草芥。羊府怕是早已被官兵占据。皇后此去万万不妥。况目前只是谣传，尚未确信，当前要务，是找到羊夫人和甫阳公子。请皇后冷静自安，刘暾愿效犬马之劳，为皇后一探究竟。”

羊献容一呆，愣在当地，两行泪再也忍不住，夺眶而出。碧月、翠屏见状，赶忙好生哄劝，扶着她回宫。

刘暾嘱咐碧月、翠屏，好好照顾皇后，不要出宫，他连夜前去探听消息，并联系羊曼处理羊玄之身后事。

碧月、翠屏点头，满怀感激。

十月，惠帝转战缑氏城。石超放火围攻，大火蔓延三日不息，可怜一座城池被烧得丝缕不见，片瓦不存。高坡上，司马衷喊着：“火、火”，意欲挣扎返回，被司马乂一把拉入辕车，打马逃离。

月底，司马乂同惠帝司马衷御驾返回洛阳城东。司马乂大破牵秀于东阳门外，范阳王司马虓再大破陆机于建春门。司马乂同大将王瑚派几千骑兵把戟系在马上，冲击陆机、马咸的兵阵。马咸军队混乱，司马乂捉住马咸杀掉。陆机军队惨败，退到七里涧，死尸堆积，塞断河流。王瑚斩陆机大将贾崇等十六人，悬首铜驼街示威。石超逃走，张方一时震慑，退屯十三里桥，但并未撤军。

司马乂奉惠帝辗转回宫。

张方的掳掠，战乱的侵蚀，使得洛阳城面目全非。

辕车上的司马衷、司马乂，望着战乱后民不聊生的局面，褴褛乞食的百姓和失去亲人撕心裂肺哭喊的场景，君臣相顾，难过地流下眼泪。

十一月，张方再次进攻。司马乂率军迎击张方，意外失利。司马乂急招百官太极殿议事，筹谋退兵良策。

朝堂上，百官一致认为司马乂、司马颖是骨肉兄弟，可以协商停战，于是派中书令王衍等晋见司马颖，建议二人把全国分为两部，各统一部，司马颖一口拒绝。

司马乂又托人带信给司马颖，分析祸福利害，希望能够和解。司马颖回信说："请斩皇甫商，并执行奏章所请，颖即率军返回邺城。"

皇甫商此时是司马乂得力参军，去之犹如去左膀右臂，羊、皇二人无罪，岂能有灭族之灾？司马乂断然不能接受。

于是司马颖遂再度发兵进攻洛阳。

腊月里，人们忽然发现城里的水井没水了，而城外的河床却流水汤汤。派去打探的人员回报，说张方掘开了千金坝。

闻听张方掘开了洛阳城西的千金坝，全城一片惊惧哗然。千金坝为洛阳饮用水重地，蓄水一泄而光，洛阳城内水井以及池塘水源全部枯竭，形势愈发严重。大军压境，烧杀掳掠，水源断绝、围困剿合。

司马颖、司马颙此举，已是覆灭洛阳城之象。

司马乂不得已，发动各亲王、公爵以及能够行动的老幼残兵，四处找水。再发动三公级官员家中的奴仆婢女，手捣谷米，供给军营。一品以下官员，身不在军营中的，家里十三岁以上的男子皆要担任战斗任务，又征调奴隶仆役补充军队。一时人疲马乏，物资短缺，各方面都得不到供给，又无兵力救援，全城陷入绝境。缺水使人们嘴唇干裂起泡，昏迷晕倒，到处死气沉沉没有生机，整个洛阳城内水比油还贵，谷米每石价格高达万贯。皇帝诏书威力所及，只限于洛阳城里。

司马乂派皇甫商秘密出行，拿着惠帝亲笔诏书，命令游楷等人放弃军事行动；再命令皇甫重出兵讨伐司马颙。希望从敌后牵制，迫使他们退军。同时接受祖逖建议，给雍州刺史刘沈诏书，命其带兵速速救援京师洛阳。

皇甫商单身匹马，悄悄出城，秘密走到新平，恰遇其堂外甥。堂外甥与司马颙交好，受司马颙笼络，一直反对皇甫商，于是暗中向司马颙告发。司马颙得到消息，迅速派人途中截住皇甫商，秘密诛杀。

元日，再无了欢乐与庆祝，夜里赤气冲天，竟隐隐有雷声。正月里打雷，所有人惶惶不安，猜测着这不祥之兆。

不过数日，洛阳发生地震，房屋摇晃，几近崩塌，人们争相逃命。司马衷、羊献容及官员百姓，皆逃到宫外。街道上、空地上，到处挤挤攘攘，哭喊叫骂，再加上缺衣少食，冷寒肆虐，满城更加仓惶不堪。文武百官认为这是司马乂一意孤行触怒天公所致，再如此僵持下去，全城都要同归于尽，于是集结东海王司马越处商讨办法。

司马越谦虚俭朴，有布衣之操，在宗室中较有名望。在任左卫将军时，参与征讨杨骏有功，累迁散骑常侍、辅国将军、尚书右仆射，后升中书监。讨伐司马伦篡位时，他本不欲参与内室操戈，但看到孙秀之流祸国殃民，只好配合宗室兄弟行动。待到司马乂、司马颖、司马颙举兵讨伐司马冏，他对司马冏是恨其不正，怒其不争。再看到司马颖、司马乂兄弟反目，扼臂掣肘，祸及朝野，他对宗室兄弟已是心怀失望。

是夜，天阴黑，司马越携酒食，率仆从入司马乂军机大营，以惠帝之名义，犒劳司马乂。司马乂不疑有他，加上连日鏖战辛劳，杯来盏往，不久即喝得酩酊大醉。司马越趁机下令，以祸患之罪逮捕司马乂及部下，并接掌军队。

次日，司马越奏请皇帝司马衷，废长沙王为庶人，关进金墉城。

司马衷说："乂忠于寡人，不过有舛，岂可废之？"

司马越奏曰："长沙虽无罪，宁可废一人以安社稷，不可因一人贻害全城苍生。"

百官皆曰："天地有大美而不言，四时有明法而不议，万物有成理而不说。"① 天地的大美，四时的序列，万物的荣枯，都是由于"惛然若亡而存，油然不形而神"的本根，自然的伟力所致，人在宇宙本根

① 庄子《知北游》

面前，只有虔敬才是本分。这寒天打雷，地动山摇即是上天警示的征兆。

惠帝无奈，只好下诏，免去长沙王司马乂官职，令其徙居金墉城，改年号永安，宣布大赦百姓，然后让司马越带领百官和兵士城门处和解，打开城门迎接军士入城。

司马越率领一队人马，来到城门下。兵士们余悸犹存，战战兢兢打开城门。城门开处，赫然发现攻城军士疲惫凌乱，队伍涣散，根本不是想象中的威猛。将领们大为后悔，于是打算救出司马乂，重新对抗司马颖。司马越担心司马乂出狱后报复，想断绝大家的念头，又担心司马乂威信高，受守城将领支持，犹豫着不知如何是好。

黄门侍郎潘滔素与司马越交好，计谋也多，深知司马越雄心。于是他对司马越说："夜长梦多，将军宜早做决断，你不必动手，自会有使大家静心之人。"

司马越点头，潘滔遂派人秘密通知张方。

正月二十八日，张方带三千兵马，至金墉城带走司马乂，回到城西大营，命左右杀之。

司马乂大喊："吾无罪，况乃金枝玉叶，谁敢杀我？"

张方阴笑："管你是金枝玉叶，还是贩夫走卒，到了本将军手里，休想活命。"遂名左右将司马乂衣服剥掉，绑在石柱上，下面燃起熊熊烈火，把司马乂活活烧死。

司马乂时年只有二十八岁，哀哭之声，传到营外，众人闻之，无不流泪，连张方的士兵也都痛哭流涕。

司马乂应该是一个比较有智谋和魄力的皇子，可惜几度挣扎，还是被自己的兄弟逼上绝路。

"八王之乱"第五王结束。司马乂自太安元年十二月取代司马冏，到本年正月被杀，当权仅一年零一个月。

《诗经》说："兄弟阋于墙，外御其侮。"晋武帝说："朝廷应当是一个统一的整体，大臣之间要和睦相处。”①②

然而司马炎去世才几年，司马皇族子孙便斗了个你死我活，这情景着实令人寒心。

面对此情此景，羊献容不由得叹息：“这些只知道打打杀杀的莽汉子啊！可曾怜惜到一点兄弟骨肉亲情？”

“天心不羁，遂生风雨；人道不谐，顿起争夺。”羊献容独想不明白，每次权利争夺，于司马颙有何裨益？张方又有何图谋？二人如此推波助澜，兴风作浪，荼毒天下，究竟是为了什么？

以晋之风俗，父母亡故，子女要服丧3年。居丧守孝之礼，晋时分为齐衰和斩衰。斩衰即为不缝边的粗麻丧服，为最重的丧服，通常是子女为父、妻为夫、嗣子为嗣父、重孙为祖父所穿。齐衰为衣边缝缉得较为齐整的粗麻布丧服，仅次于斩衰。服丧按日期长短划分，可分为3年、1年，大功9个月，小功5个月，缌麻3个月不等。③

羊献容想为父母服孝，哪怕只有几个月，无奈在宫里自由不得，只好让刘暾联络堂兄羊曼去做。晋朝重孝，羊献容却不能安葬自己的父母，心里痛苦不已。她觉得自己极为不孝。她既无法忍受目前的状态，又无能力改变这一切，内忧外困，风寒交加，终致病倒。发烧胡话，昏迷几天，人一下消瘦到无形。

司马衷握着她的手，惴惴地喊：“羊儿姐姐。”

永安元年二月，司马颖表奏废皇后羊献容之位，幽于金墉城。

奏章上到朝廷，司马衷迟迟不肯答复。

病中的羊献容百感杂陈，五内俱焚。

---

① 《诗经·小雅·鹿鸣之什·常棣》译：兄弟在家内相争，对外抗御他们的欺辱。

② 《资治通鉴》八，272年晋武帝召贾充、任恺，在式乾殿宴请他们，说：“朝廷应当是一个统一的整体，大臣之间要和睦相处。

③ 《中国全史》魏晋南北朝习俗史

自父母去世，便失去了弟弟甫阳的音讯。幸得刘暾、羊曼辗转数度，终于打听到甫阳的消息。这一刻，羊献容喜极而泣。她明白，父亲本是谨小慎微之人，断不会泯灭良心，做出陷害忠良之事。要保全家，就要取得无罪，方可救一族无虞。她该怎么办呢？

羊献容抚摸着怀里的玉猫，苦思解救之策。

可是在这自身难保的情况下，她还能救弟弟及族人的命吗？

心重重，天阴阴。

二月里的天气，依然寒风肆虐，不见春意。

落雪了，风夹着雪花嗖嗖地下着，宫门外的台阶上，转眼之间已是厚厚的一层。

玉猫“喵”的一声，从羊献容身上跳下，躲进暖阁。肆虐的雪花穿过门帘，无声地落在宫门外的花砖上。碧月伫立在宫门前，紧张地翘首仰望，天地静谧的如同失去了呼吸，羊献容的心也揪成一团。她紧张地靠在软榻上，仿佛任何一点力量，都能够将她掠倒，或打翻在地。

“来了，来了，皇后。陈大人来了。”

羊献容倏然站起身相迎。由于用力过猛，头一时有些眩晕，连忙用手托住。她踉跄着冲下丹墀，陈眕和刘暾刚一跨进宫门，羊献容已重重地跪了下去。

一边碧月惊叫：“皇后”。

陈眕也捶胸顿足：“皇后，折煞老臣，这如何使得？”

羊献容满面泪痕，昂首哽咽：“献容请求陈大人，看在与我谨祖父祜祖父同朝为臣，勤谨多年忠心耿耿的份上，救我胞弟，救我族人。”

陈眕仰天长叹：“可叹羊大将军兄弟忠心仁厚，以德怀柔，享誉上下。羊皇后贤孝孜懿，母仪天下，才不过三世，子孙后代竟落得这般凄凉。社稷动荡，覆巢难安，淫威难去啊！老臣恐无能为力，要辜负皇后重托了。”

碧月上前，扶陈眕就座。

羊献容直起身，道：“献容不才，偿记得祖父们事迹。当年祖父与诸

位前臣，几经生死，开创大晋。后又制定《泰始律》，殚精竭虑，据安为怀，广普天下，良善为仁，颇得后世赞誉。我记得那时律法里，已将“连坐”视为残暴不公之律，武帝也甚为嘉奖。今番连年战争，人口顿减，倘若今天掌权者公然视《泰始律》为无物，依旧生灵涂炭，枉取人命，国家还有什么法度可依？朝廷还拿什么取信百姓？民为邦本，本固邦宁。且篡改武帝制定之律法，岂非对武帝忤逆，不敬不尊？家父习正一道，本自律慎言谨微文官，素不与李含结交，朝廷大事唯恐不周，断不会陷害忠良。舍弟年幼，本就一脉单承，父母又皆死于非命。献容知大人三朝元老，秉性刚正，涵谷胸怀，善体有度，威仪有加，满朝恭敬。祈求陈大人朝堂陈词，纵使不能保我族人富贵，单给他们一条活路，让他们远离洛阳，流放偏远蛮荒之地，自生自灭也好。所有的罪过，让献容一人来担当好了。”

一番慷慨陈词，满含血泪之情，在场之人听了，无不唏嘘出声，感动落泪。

陈胗恍如梦醒：“古人云，‘凡事预则立，不预则废’。皇后真是绝顶灵慧！老奴愚钝，如何就没有想到这一层呢，真是被战乱搅糊涂了。老臣这就出去寻东海王及百官，纵不抱希望，也要拼死一争。”

陈胗告辞，羊献容无力地跌坐下去。她知道，朝廷之上，又该有一番剑拔弩张，血雨腥风了。

碧月端来膳食，羊献容摇摇臻首。清冷的秀面上，透着几丝疲惫，单薄的身子裹进紫貂大氅，一副沉沉睡去的模样。

翠屏端来火盆，悄悄地关严门窗。风在宫墙外呼呼地吼，雪似乎更加肆虐了。

宫灯明显地晃了一下，恍惚中，羊献容迷迷糊糊地，看见母亲穿着一身深红色宫服，自门外缓缓走了进来。

“母亲，你怎么来了？”羊献容起身，激动地扑过去，却扑了个空。她大惊失色，同时又惊惧骤生：“母亲，母亲，母亲不是已经被……”

母亲站在那里，满含眷恋地望着羊献容：“容儿，娘去了，以后好好

保重自己。”

羊献容大急，抓住母亲宫服撕心裂肺地哭喊，不让母亲走。母亲嘴角微微一缩，衣服从手中滑落。羊献容惊惧地发现，手上满是鲜血，母亲的衣服也满是血，那衣服不是红色的，是血染红的。

羊献容心口一疼，咽喉一动，“哇”地吐出一口鲜血。

碧月惊慌地爬起来：“皇后！皇后！你这是怎么了！”

羊献容抬起头，脸色苍白，一如纸人。

“几更了？”

“快四更了。”

“有消息了吗？”

“还没。已让付安再去打听了，估计快了！”

话音刚落，付安门外应声：“皇后，刘大人和甫阳公子来了。”

羊献容惊喜地叫道：“快请进来。”

刘暾领着甫阳走进来，同来的有羊曼，还有母亲生前颇为看重的大丫鬟秀荷。

几年不见，甫阳黑瘦很多，个也高了。不知这逃难期间受了多少苦？甫阳刚进暖阁，羊献容已扑过去，心疼地一把抱住，已然抑制不住哽咽。

“弟弟，姐姐无能，不能保弟弟安稳一生。父母俱去，家灭人凄，全靠东海王、陈大人、刘大人冒死相救，覆巢之下方得一命。以后弟弟就灭弧息辉，尽敛光华，听曼兄安排南下求生去吧。途中已为弟弟打点好一切，此去千里遥遥，悲苦连襟，弟弟且自忍自强，好自做人，他年或得上天恩赐，再让你我姐弟重逢。”

甫阳公子牵着羊献容衣襟道：“姐姐，何不一同逃出去？我要姐姐一起走。”

羊献容凄楚道：“弟弟不知，一起出走，谈何容易。姐姐已是笼中之鸟，再也张翅飞不得，逃到哪里？不过如此一生。弟弟则不同，弟弟年轻，如新日初升，人生况味尚未尝试，抱负未展，未来之重任，尚需弟弟担承。”

宫门外传来沉沉的更鼓声，众人闻之，俱皆一凛。

刘墩一旁劝道："皇后节哀，陈大人让我转告，事态紧急，他已经尽力了。好在战事未稳，兵荒马乱，朝廷要计谋很多，不能顾全。夜长梦多，不能让甫阳公子久留，还是早做决断吧。"

羊曼也道："请皇后放心，外面诸事有羊曼照应。"

羊献容点头，翠屏抱了一个包裹出来。

羊献容拿出出嫁时母亲给她的玉璞，挂在弟弟颈上，仔细掖入怀里，对弟弟同时也是对羊曼道："切记家风，不义而富贵，于我如浮云。凡事要敏于行而慎于言。这是我们羊家传世之物。无论何时，都要记得我们祖父的遗训'泰山世泽，恒昌绵延'，做个堂堂正正的男儿，为我们羊氏家族保留血脉，传承清辉。"

"姐姐，只怕弟弟这一走，姐姐又要有受不尽的折辱了。无论如何，请姐姐一定要珍重。他日若得机会，我一定回来看望姐姐。"甫阳扬起脸，泪光在眼里闪动，终究强忍着没有流下。经此一劫，甫阳仿佛一夜之间长大了，弱冠之年稚气未退的脸上，透着与年龄不相称的坚毅与决然。

羊献容把全部盘缠收进一个妆奁，交给刘墩，然后施礼下去。刘墩一把扶住，眼里满含叮咛与关切。

羊献容别转头，泪水奔流下来。她挥挥手："弟弟，去吧！仔细听兄长安排。"然后再施礼羊曼，羊曼还礼，重重点头。

甫阳一揖到地，洒泪转身，同刘暾、羊曼出门。

雪白的地上牵起几行脚印，转而被肆虐的风雪抹杀一平。

羊献容滑落软塌下，泪水无声滑过秀面，仿佛虚脱，再也动弹不得。

碧月、翠屏扶起羊献容，架上软塌，宽慰道："皇后歇息会吧，事情好歹有了眉目，应宽心才是。一觉醒来，什么都好了。"

第三日，羊曼派人传来消息：“已送甫阳公子等渡过长江，一切无虞。请皇后放心。”羊献容仿佛卸下千斤重担，意外地吃进了一碗清粥。转眼宫外已是一片萧瑟肃杀之气。“又要搬去金墉城了，不知惠帝那边情况如何?”心里复涌起一种不安和怨愁。

作为皇室正统血脉，司马颙认为司马颖应该成为皇位继承人。司马颖在朝野向来有威望，而且军事实力强，应废除皇太子司马覃，立司马颖为皇太弟。司马颖也有此意。于是，司马颙表奏司马衷。

三月里，司马衷下诏，封司马颖为皇太弟、督中外诸军事，仍兼丞相。大赦天下。皇帝专用的车辆、轿舆、服装以及御用器物，全部迁到邺城，一切依照东汉王朝末年魏王曹操前例，厚赐司马颖。东海王司马越加尚书令职，司马颙为太宰（上三公之一）、大都督、雍州（陕西省中部）①。任命前太傅刘寔（上三公之二）为太尉。

刘寔年已八十五岁，因年老体弱，坚辞不受。之前参与纷争的朝廷公卿大臣，皆到邺城向司马颖认错、道歉。

司马颖派石超率军队驻扎在洛阳的十二个城门，朝廷中凡与司马乂有染、有旧谊的官员，全部杀掉，皇宫禁卫军也全部用自己的军队代替。任卢志任中书监，留驻邺城，管理丞相府事务。

司马颙调张方回关中。张方见无光可沾，于是在洛阳抢掠了官府私家的奴婢一万多人西归，军中缺乏粮食，便把人杀了混在牛马肉中吃。

洛阳城再度遭劫，让人心寒不已。

病后初愈的羊献容，发丝松结，清瘦消形，穿一件丝质薄袍空空荡荡，孱弱的身子软而无力，令人乍见犹怜。尽管天气转暖，她仍觉寒冷，不思饮食，有气无力。

金墉城重兵把守，门卫森严。宫女们哭的叫的，被折磨鞭打的，宛若

① 牧：全权州长

鬼城。羊献容日复一日地衰弱，不思饮食。无奈之下，碧月、翠屏暗里托刘暾找郎中给羊献容瞧病。金墉城远离皇宫，阴气又重，一般老百姓都不敢靠近。

刘暾、羊曼一时束手无策。

面对日益混乱衰弱的晋王朝，匈奴、鲜卑、羯、氐、羌等少数民族开始蠢蠢欲动，纷纷思谋进攻中原。

漠北平川，草原千里，静美景深。刘聪、刘曜自永康二年回到大漠，两年时间，招兵买马，广泛游走各部落之间，很快皆取得联系。硕大的蒙古包内，刘聪、刘曜正在聚集部众，商谈起事事宜。

刘渊的从祖、故北部都尉左贤王刘宣说："今司马氏骨肉相残，四海鼎沸，兴邦复业，正其时矣。大都督元海姿器绝人，干宇超世，老天如果不想恢复我匈奴大业，生他干吗？咱们理应应时顺势，拥护大都督，恢复我匈奴大国。现在，我们就提议，拥立刘渊为大单于，然后派人密信呈报洛阳。"

刘渊得到消息后，心里振奋，他表面不露声色，找到司马颖，谎称亲眷病故，请求回老家安葬。司马颖没有答应。不久，并州刺史东瀛公司马腾、安西将军王浚率鲜卑、乌丸军队攻打司马颖，军队一时无力调拨，刘渊再面见司马颖，提出回去召集匈奴五部前来支援。司马颖道："匈奴五部能否发兵，又能否击败鲜卑、乌丸军队呢？"刘渊回答道，"殿下乃武帝之子，又有殊勋于王室，威恩光洽，四海钦风。王浚一竖子，东瀛公一疏宗，哪个能与殿下争衡？让五部发兵一点都不难，何况鲜卑、乌丸之强悍比不上五部，我必定速去速回。"

司马颖听后，喜不自胜，遂封刘渊为北单于、参丞相军事，回去动员五部。

刘渊一回到左国城，刘宣等人就奉上大单于称号。不到一个月，就招募士兵五万人。刘渊想率兵回去支援司马颖，刘宣制止说："晋朝待我们就像奴隶一样，如今司马氏自相鱼肉，老天厌弃，正是我们恢复大业的最好时机，怎么能回去支援他们呢？现在我们有兵数万，以一能挡十，南下犹如摧枯拉朽。大事若成，我们就能像汉高祖一样，再不济也像曹魏可鼎足一方。”

一番话把刘渊兴复大业的雄心激发起来，刘渊道：“所言极是，自古帝王不一定出于中土，大禹出于西戎，文王出于东夷。神龟虽寿，犹有竟时；腾蛇乘雾，终为土灰。盈缩之期，不但在天，养怡之福，可得永年。”说干就干，他对众人说，我们现在扯匈奴的旗号为时尚早，大汉拥有天下时间最长，是我们的祖先，我们应该打汉的旗号，更能深入人心。

“神龟虽寿，犹有竟时”，乃曹操《龟虽寿》之句。此诗作于建安十二年，时曹操五十三岁。诗融哲理思考、慷慨激情和艺术形象于一体，表现了老当益壮、积极进取的人生态度。东汉末年天下分崩，风云扰攘，思想文化发生重大变化，作为一世枭雄而雅爱诗章的曹操，为首离经叛道，给文坛带来了自由活跃的新气象。他“外定武功，内兴文学”，身边聚集了“建安七子”等一大批文人。他们皆为天下才志之士，生活在久经战乱的时代，思想感情常常表现得热血澎湃，慷慨激昂。

刘渊之子刘聪，骁勇过人，对经典史籍，阅读广博，精于著述，可以拉动三百斤的巨弓。二十岁时，前往洛阳游学，当时的名士都愿跟他结交。

而刘曜相貌奇特，生就两条白眉，眼隐红光，从小聪明且有胆量。成年后，仪态魁梧，性情豁达，与常人不同，且喜爱读书，文笔优雅；臂力强壮过人，一寸厚的铁板，一箭就能射穿。其常自比乐毅、萧何、曹参，然当时之人却认为其自命不凡，只有堂兄刘聪了解他，说：“刘曜乃世祖转世（东汉光武帝刘秀）、曹操之流，乐毅、萧何、曹参弗如。”

深受汉文化洗礼的刘渊部族，眼光也比过去高远，他们可不愿再在漠北这种荒漠之地为生。中原深厚的文化，以及丰饶的物产，深深地影响着他们的人生观念、扩张野心。战马的铁蹄，已“哒哒哒”地踏响匈奴虎视中原的猎猎风声。

这一日，刘暾街上行走，忽然一马队疾驰而至，路上行人纷纷躲避。有躲避不及的，便被马鞭抽到。刘暾欲怒，复想当前为司马颖摄政之下，势头正盛，思及宫内侍卫多被暗暗换杀，不想再生事端，遂躲往一边。

一马停在刘暾面前，马上之人风尘猎猎，盔甲俨然，粗犷不羁，却是一脸惊喜。

“曜兄?”刘暾忍不住叫道。

“暾弟!”刘曜一跃而下，大踏步上前，用力握住刘暾的手，豪爽大笑。

“曜兄，想不到会在此地相逢，可是别来无恙?”

“久不闻兄弟消息，今日一见，实在高兴……哈哈哈哈!”二人携手，乘兴进入路边一酒家，落座，吩咐上酒。

“听闻暾兄高就，曜心高兴。”

“舍弟无才，何言高就，值此乱世，不过补个名头，得个温饱而已。”

“战乱频仍，能再相见，实属不易。”

“家国不幸，已是风雨飘摇，朝夕难料。”

“弟在御前，但知一些掖庭消息?”

“境况如兄所见，成都王为今日皇太弟，兼丞相，总揽朝政，政务已转至邺城，但皇帝仍在洛阳宫内。”刘暾知道刘曜的真实用意，故意不去说破。

“那羊氏献容呢?听闻被废金墉，可是确有此事?”刘曜终于忍不住。

刘暾沉默不语。

“她怎样?可否详情告知?”

“一别经年，难为曜兄还记挂着她。”

“雪地一遇，惊鸿入心，此生再也难以释怀。”

“不满曜兄，弟正是为羊皇后寻找郎中而来。羊皇后自去年父母皆去，一病不起，再迁金墉，沉疴加重。日前其随身侍女碧月、翠屏传信过来，欲延请郎中医治，无奈当前境况，羊后又是废后之身，百官避之唯恐不及，无人敢赴金墉城，只好城外寻找。”

“现在怎样？”

“尚未寻得。”

“非问弟郎中之事，是问羊献容她现在怎样？”

“尚不知。”

“走，带我去看。”

“曜兄不可。把守之人皆司马颖兵将，不可贸然触及，徒惹困扰。废后之身，禁足金墉，她也不便见你。”

刘曜眼里红光乍现，一转即逝：“传令，速请家公来见，有要事相请。”身后兵士应声，打马回转。

“曜兄？”

“可还记得家公？家公久居汉地，曾师从皇甫谧潜心医学，对汉中医望闻问切，经络、针灸、穴位特有研习，熟悉之人皆称赛神医。”

“家公不是在泰山吗？”刘暾大喜，皇甫谧为太康年间著名医学家，著有《针灸甲乙经》《针经》《素脉》等医学著作。

“这两年奔波，为行走方便，已相伴身边。”

“如此甚好，多谢曜兄相助。”

“不谢，实不瞒弟，我是为她回来的。当年雪地一遇，已铭刻于心，只恨佳人难再得。”

“曜兄心意，舍弟明白，人生得遇一知己佳人，足矣，兄弟感佩。只是你无法带她走，无论如何，她都是大晋朝皇后。”

“她现在还是皇后吗？”

“弄权者一时蒙蔽而已，相信不久即会柳暗花明。”

片刻，兵士带一老者疾驰而至。刘暾观老者，皓首，长髯，清隽，儒雅，似乎更加有神采了，不觉再生好感。开口笑道：“似乎家公原该就是个中原人，只是偶降贵族，所以身上不具有你们胡人的粗犷之气。”

“哈哈哈哈，胡人汉化已久，若不存在民族歧视，弹压欺凌，又怎会矛盾丛生？”

刘暾闻言一凛。

金墉城里，赛神医把脉，暗暗摇头。碧月、翠屏忙请出室外，悄问究竟。

赛神医说："心细之人，最忌多承压抑。诸事沉滞于心，不得散发，久而久之，肝气郁结，侵脾伤胃，内损深重，以致四肢倦怠，少气懒言，心悸多梦，血虚体弱。应疏肝解郁，散气通瘀，则脾胃无伤，血气足则体健，驻虚皆无。老朽开几味中药，调理一下，不出半月，自会好转。切忌再度思虑过重，劳心伤体。"

碧月、翠屏恭敬地送出殿外。刘暾细心地派人跟去取药。废太子司马覃懂事地帮着煎药，日夜守候在羊献容身边。

连日调理，羊献容脸上渐渐有了血色。

一日愣坐发呆，忽然一阵箫声隐隐约约传来，陌生又熟悉。似乎几年没有听到如此曲调了。宫廷里除了杀伐刀剑之声，似乎别无它响。羊献容不由好奇，她冲出居室，疾步跑上高楼，寻觅箫声传来的方向。

遥远的天界，落日熔金，层林尽染。一黑骏马悠闲地啃食青草。山坡上，一青年迎风而立，冠带猎猎，斗篷飘飘，箫声幽咽地传出，如潺潺流动的水，缭绕金墉城外。夕阳悬挂在丛林间，仿佛一面铜镜。而在此铜镜四周，天地祥和，绿树峥嵘，多么温馨的所在，多么温暖的黄昏！

羊献容心里忽地一热，泪水霎时涌出脸颊。有多少日子没有体会到生活的纯美了，有多少日子没有如此轻松闲适，心里清净空明，不存一丝尘埃。那些过往岁月，似冲起的巨浪，一会儿天堂，一会儿地狱，让人猝不及防，无所适从；入宫前那些熟悉而温暖的情景，仿佛梦一样，在眼前回荡，又如一阵风，转瞬消散在十七岁以前。

"生活若是只有和平安静，该有多好！"

羊献容素服皂衣，伫立城头，飘飘若仙。

吹箫人似乎看到了，停止吹箫，久久仰望，仿佛已经品味到羊献容蕙心兰质，飘若仙子，轻灵如梦。

羊献容怔着，箫声已停，箫音却萦绕耳边，久久不绝，羊献容思绪飞向遥远。脑子里电光火石般灵光闪动，一如湖水投石，泛起涟漪。她恍惚看到雾凇、雪地，一青年仗剑起舞；又恍惚感觉到大笔挥洒间灼热的目光，火一样透过全身。当思绪渐次回归若有所察时，不禁一呆。宫闱重地，禁欲绝情。自踏入皇宫，自己早已没有了爱恨情愁，儿女情长，心思理念已不知不觉间如老僧入定，素笺一张。心动什么呢？一切皆已是不可能。

她再次望一眼夕阳，远山，黑骏马，孤立的人影，痴痴地下楼，心里空落落的，说不清为什么。她感觉自己不再是自己，是什么？又说不清。

回到金墉城内，碧月翠屏正在准备祭品。该给父母烧祭了。司马覃走过来，拿来供品。羊献容望着渐渐长大的司马覃，蓦地想起远避江南、再无半点消息的弟弟甫阳，不觉悲从中来，泪落纷纷。

母亲死后，惠尼师太成了羊献容心灵的依靠。思念母亲时，羊献容便去惠尼师太的佛堂，燃香祷告，静静地坐上半天。

佛堂在金墉城北，建筑不大，小小院落一座，但四野风水好，境清而景优，承谷水而接地气。

惠尼师太自上次来洛阳，便看中了洛阳佛教恢弘，佛事可瞻，于是择地静修，开始修习与传播。战乱频仍，家国无定，寺院成为百姓祈福去祸和寻求心灵抚慰的圣地，也成为女子躲避战乱的安全之地。四周百姓，包括羊门族人，悄悄把女儿送往佛堂，留一线生存之机。离开金墉城回宫的日子，羊献容也总是及时遣人奉些吃食衣物香火供品。清规虽苦，捐资者不断，尚可度日。

惠尼师太不悲不喜，依然淡淡的一副表情，只在说到母亲去世时，才有了点悲戚的反应。

羊献容问师太以后自己该何去何从。

“佛心即本心，自己便是主宰。”让该来的来，该去的去。佛家有言：“离苦得乐，行持善法，舍迷入悟，舍妄存真。”

惠尼师太不喜不悲，不疾不徐。烛光映照下的面容，又恢复了沧桑淡定。

羊献容明白，眼前的动乱远没有结束，权力的欲望，人性的复杂，还会掀起层层巨浪。自己须打起十二分精神，面对各种复杂的矛盾，在乱世流离中，寻求活下去的勇气。

“离苦得乐，行持善法，舍迷入悟，舍妄存真。”羊献容默默记下，施礼退出，有所感悟。

第九章　辗转千回，汉皇可识昭君面

司马颖回到邺城，留奋武将军石超驻守洛阳。所有的奏章要务一律送至邺城，听候司马颖裁决。

石超为司马颖心腹大将，自认为一人之下，万人之上，故而不把皇帝、诸位王爷及众官员放在眼里，更不管洛阳百姓死活，只一味地勒令军吏搜刮金银财物，源源不断地送到邺城。洛阳城内，到处充斥着掳掠声、催租声、哭叫声，此举引起百官惶恐，百姓怨恨。

夏日的天气，夜短而昼长。毒毒的日头，晒得人恹恹欲睡，提不起精神。金墉城里百无聊赖，一片静寂。翠屏看着瑱儿短小的衣服，缺乏营养的小脸，一蹙莫展。羊献容拿来自己的衣服，让翠屏剪了给瑱儿用，翠屏不肯，主仆二人谦让着，心头酸楚不堪。碧月在殿外地里挖菜，边挖边想着已经见底的粮屯，叹息着又是一顿无米之炊，不由得忧心忡忡。

城门突然大开，一队人马皇皇地走进，一声长传令羊献容等人俱皆一惊。

“丞相驾到。”

“皇太弟？司马颖？他来干什么？”三人面面相觑，不知来者何意，是吉是凶。

人马在主殿外止步，司马颖一人大踏步而进，一身戎装显得威武雄壮，春风得意之色似乎比往昔更浓了一些。羊献容起身，冷眼盯视。司马

颖略略见礼，示意羊献容屏退左右。

“皇嫂见安，可怨恨太弟？”

“岂敢，殿下如今贵为皇太弟、当朝丞相，献容不过一庶人。”

“当日忿忿而别，实乃心中痛楚难言。可知太弟为何三番五次拒绝到洛阳赴任？”

“还能因何，殿下难道不是想把邺城辟为新皇宫吗？”

“皇嫂只知其一，不知其二。颖远避邺城，一则洛阳为儿时痛苦回忆之地；二则为母亲一生身份低微心有不甘，难以面对洛阳故居。”

“名利为空，皇亲无情，太妃未免太过郁结了。”

“皇亲无情，皇嫂一语中的，试问哪个皇子不想万人之上，九五之尊？试问哪个女人不想独侍一夫，集万千荣宠于一身？项羽哀兵，至死都想统霸天下；刘邦小吏，却也能大汉扬威。太弟今日得到了，但也叹息太迟了！”

“殿下春秋正盛，睚眦必祛，目畿八方，来日不可方物，怎么会迟呢？”

“母妃老矣，不堪再提。叹颖梦中之人早已花落别处。”

“此话怎讲？王妃不是早已入王府了吗？”

“以皇嫂灵慧，难道对颖之心思没有一点感觉吗？满宫裙钗，不如牡丹一朵；锦鸡一群，不若凤凰一只。辟金墉而居，只是寻一个借口而已。颖曾发誓，要给颖所喜欢的女人最荣宠的生活。”

羊献容再次疑惑，百思不得其解地望着司马颖。

“今皇嫂已是庶人，形同外人，颖迎娶庶人，非从皇帝手中夺爱，应该不算无品失德，欺君罔上吧？”

羊献容大惊：“殿下怎……怎会有如此荒唐想法？”

司马颖步步逼近：“自皇嫂入宫，皇嫂之美貌已铭刻颖心中，朝思暮想，未曾一刻忘下。故几番杀伐，只为帷幄天下，得偿心愿。以颖今日之地位，满城之丰富，不算唐突和委屈佳人吧？”

羊献容愕然：“难道殿下是如此看羊献容的吗？你口口声声皇嫂，却如此行径，对得起你皇兄吗？殿下以为，羊献容贪慕的是皇宫的荣华富贵、位及人君？杀伐为我，恕羊献容不敢当此罪大恶极之名，且不说我与殿下素无瓜葛，即便身在朝堂，也无私授来往。殿下籍此理由，未免太冠冕堂皇，欺世盗名了吧？”

“哈哈哈，皇嫂若非如此，何以要嫁一个傻瓜，任荣华光耀，蒙昧本心。颖爱尔美貌，怜尔孤寂，觉得美人不应该是那般生活，所以才处心筹谋，得此转机。他日再登后位之尊也未尝不能，佳丽万千，莫不趋颖，颖皆不屑，独爱与尔，依尔今日，难道还要颖低尊求你不成？”说毕一步赶上，一把将羊献容揽入怀中，便要强吻。

奇耻大辱！羊献容气愤，震惊。她怎么也没想到，司马颖俊秀外表下，竟有一颗如此狂妄非分之心。她顿觉失望，同时也为司马颖如此借口感到胆战心惊。

她伸手抵住点点欺近的司马颖的下颌，冷冷地道：“呆傻之人，心地亦善，懂得屈尊维护万民；居庙堂之高却道貌岸然，般若虎狼欺凌天下，又何以理直气壮面对先祖先尊？昔日殿下成就美名，难道只是演戏？洛阳几度遭难，殿下可曾抚恤万民？家父无罪，不也因殿下欲加之罪，魂魄归西了吗？羊献容本就清廉传家，未曾贪恋半分荣华，只想简单度日，问心无愧，无关他人。”

“你……”司马颖双目喷火，开始撕扯羊献容的外衣。

羊献容突地把一把剪刀在手，抵住自己咽喉：“德行，内外之称，在心为德，施之为行，今番殿下心思，羊献容尽知。你我非同类，恕难从命。如殿下相逼，献容只有一死。殿下请回吧。”

“你以为颖不能带你走吗？”

“得人不得心，形同槁木。”

“你，你……好！好！你就在这里自生自灭吧！”

夏末，刘暾秘密传来书信，言司马颖自恃有功，骄奢淫逸，日益无形，除大肆搜刮财物之外，更扩建邺城皇宫，尽敛美女入宫。朝政上非但

撒手不管，任人唯亲，且重用亲信弄臣当权，胡作非为。对司空司马越及洛阳方面的奏章、谏议置之不理，或直接焚毁，洛阳文武百官及百姓深感失望与愤怒。

司马越与右卫将军陈眕、荀藩、太子师傅刘寔、刘暾，以及长沙王司马乂过去的部将上官巳等，愤愤不平，密谋讨伐司马颖，并密报羊献容，做好复位与回宫的准备。

七月二日夜，洛阳城火光冲天，从金墉城高高的垛口望去，隐隐有厮杀声传来。

这一夜，陈眕、刘暾率军以迅雷之势突入皇宫南门云龙门，用皇帝诏书，征召三公、文武百官及金殿禁卫军将士，下令戒严，宣布讨伐司马颖。石超负隅顽抗，在皇宫内展开厮杀。司马越带兵增援，保卫内宫，再奉司马衷于含章殿上发号施令，局势很快全面控制。

石超见势不妙，疯狂砍杀了守城卫士，策马仓惶逃奔邺城。

司马衷宣布大赦天下，恢复皇后羊献容地位。荀藩、刘暾率兵前来迎接羊献容回宫，洛阳城再次沸腾。羊献容望着渐渐远离的金墉城，仿佛重生，不由感慨万千。

这一次是羊献容在金墉城住得最久的一次。来时雪花纷纷，归时果实缀枝。

她双手合十，祈祷灾难就此远离，祈祷国运从此太平。

次日，司马衷颁布诏令，御驾亲征，讨伐司马颖。任司马越为大都督，征召前侍中嵇绍，前往御营（行在）报到。嵇绍为嵇康之子。嵇康为晋之著名思想家、音乐家、文学家，竹林七贤之一。

校场上，咨询官秦准对嵇绍说：“此去前线，安危难以预料，你有没有好马?”嵇绍严肃地回答：“身为臣属，护卫圣驾，生死不变，要好马干什么？我等当竭诚报效陛下，平复叛逆，恢复和平。”

铿锵的话语激起士兵昂扬的斗志，校场上一时群情激奋，呼声如雷。

司马越通令全国，以“天子御驾亲征，清乱除逆，安定四方”为由，全国征召兵马。各地军队响应云集，越聚越多，抵达安阳（河南省安阳市）时，已集结十余万人，邺城震恐。

羊献容、刘暾为惠帝、司马越、荀藩等饯行，祈祝捷报早传。

这一次，司马颖指责司马越谋反，司马越反告司马颖不堪为帝。

邺城，司马颖召集文武百官，商讨对策。东安王司马繇说：“天子御驾亲征，皇太弟就应该脱去盔甲，改穿素色衣服，出城迎接认罪。”折冲将军乔智明也劝司马颖出城迎接。

司马颖大怒，指责司马繇：“你自诩明白事理，投靠于我。今天主上被一群宵小之辈逼迫，你怎么反教我自缚双手，前去受死？来人！将司马繇绑了，以蛊惑军心之罪论处。”

司马繇手指司马颖，颤抖大骂：“利令智昏！司马江山，终将毁在你们这些利令智昏的不肖儿郎手中！”

于是，司马颖在邺城再度起兵，遣石超率军拒战。双方相会于安阳，二军对峙，势若水火。

陈眕的两位老弟陈匡、陈规见此情景，怕受司马颖加害，连夜从邺城逃奔司马越御营，言“邺城人心已经离散，相信不久后就会崩溃。”

司马越听后，以为司马颖军心涣散，可以不战而兵，戒备为之松懈。

是日，石超大军突然发动猛烈进攻，司马越不能抵挡，撤退到荡阴（河南省汤阴县），全军崩溃。激战中，惠帝被射中三箭，摔下马，面部受伤。文武百官和左右侍卫各自逃命，只剩下嵇绍护卫司马衷。

“时危见臣节，乱世知忠良。”嵇绍身穿官服，跳下马背，登上司马衷的坐车，用身体阻挡士兵的攻击，终因寡不敌众，被士兵抓住，拉到辕下，挥刀就砍。

司马衷呼叫：“他是忠臣，不要杀！”

士兵说：“大都督（司马颖）有令，只不冒犯陛下一人，余者不留。”

遂斩嵇绍。

嵇绍时年五十二岁，可怜一代忠臣，忠心护主，却惨遭屠戮，身首异处。鲜血溅到司马衷衣服上，司马衷受到惊吓，从车上跌落，滚到路旁乱草之中。由于惊吓过度，人更呆傻，以致身上所携带的六颗皇帝印信全都遗失，浑然不知。

石超找到司马衷，把他带回大营。司马衷又饥又渴，石超端上一杯水，左右端上已过时的秋桃，司马衷狼吞虎咽。司马颖派卢志迎接司马衷，左右手下准备换洗司马衷的衣服，司马衷哭喊道：“上面有嵇绍的血，不要洗掉！”士兵不予理会。

此场战争，死伤不下十万人，血流成河，百里战场死尸遍地，一片狼藉。鲜血染红了河流，染红了土地。本该秋收的季节，到处田地荒芜，饿殍遍地，人烟稀稀，民不聊生。不知司马懿当初夺取曹魏天下之时，“奇策善谋，伏膺儒教”，可曾想到有一天他的子孙会因为争夺天下而自相杀戮，血溅庙堂？①

傍晚，东安王司马繇的王妃夏侯氏忽来作别。羊献容讶异，请至内室叙话。得知司马颖怨恨司马繇让其向惠帝投降，已将其杀害。司马繇的哥哥琅琊恭王司马觐早已去世，只留下一个儿子司马睿，继承爵位。司马睿任左将军，为人智慧而又明达事理，与东海王司马越之参军王导要好。王导胸怀清明见识广远，因为朝廷多变故，经常劝说司马睿返回封国。

司马睿在邺城侍从惠帝沉毅机敏，颇为周到，亦引起司马颖忌恨。

司马繇被拘后，恐司马睿遭到牵连，于是命其逃回洛阳。司马颖得到消息，命令各关卡渡口，不得放贵族出去。司马睿逃到河阳，被渡口的官吏拦住，难以脱身。幸好司马睿的随从宋典机智，故意骑马从后面赶来，用鞭子扫拂司马睿，挖苦说：“舍长，朝廷禁止贵族出去，怎么你也被拘在这儿呀？”守城官吏一听，以为他不过是一般人，遂放行，历尽千难万

① 陈寅恪，《魏晋南北朝史讲演录》。

险，总算逃回洛阳。

故而夏侯氏王妃前来向皇后作别，即是随司马睿一道远避封国，今晚便要启程。

羊献容握着夏侯氏王妃的手，不免心中惜惜，留恋伤怀，哽咽难语，感叹道：“离开也好，这风云动荡危机四伏的洛阳城，早已不是可久居之地。”

七月底，司马衷由邺城发出号令，大赦天下，改年号建武。

陈眕、刘暾、上官巳等人，守护着羊献容和司马覃留守洛阳，紧张地探听消息。

司马越负伤，一路溃败逃到江苏。范阳王司马虓不敢收留，拒开城门。司马越再逃至下邳，徐州都督东平王司马楙亦不敢接纳。司马越只好调转马头，率领残军辗转回到东海，一路士气低落，一蹶不振。

东海人原户曹掾孙惠见状，觐见司马越，说：“殿下今虽大败，只因运筹失策，战备不继。倘运筹得当，复振军威，绝非不可为之事。”

司马越急急地问：“一败于此，如何复振？你有何妙计？快讲来一听。”

孙惠说：“属下以为，将军宜邀结藩镇，同惠王室，共谋天下，可保无坚不摧。”

司马越顿时来了精神，忙请孙惠上座。并真诚道：“愿闻其详，请先生详细道来。”

孙惠点头：“纵观当前形势，不外乎内室操戈，孤军奋战。若将军联合各地藩镇，将其尽数拢于自己手下，集聚兵力，以维护皇室宗旨结成联盟，一朝共发，四方云集，岂不胜券在握。试问众矢之的，还有反抗力么？”

司马越大喜，下令提升孙惠为参军记室。决定暂时休兵养马，待事情有了眉目，再重返洛阳。

司马越兄弟几人在宗室中享有声望，卢志建议司马颖下令，招司马越

和解，诏书几至，司马越均拒接受。

刘渊返抵左国城（山西省离石），二十天之间，集结五万人，遂把离石作为基地。刘渊任命儿子刘聪为鹿蠡王，派左於陆王刘宏，率精锐骑兵五千人，前去与司马颖的将领王粹会师，阻截并州州长东瀛公司马腾。而此时王粹已被司马腾击败，刘宏来不及赶到，遂撤退回来。

洛阳城里，上官巳残暴横行。河南尹周馥，对此万分不满，与司隶满奋等人密谋杀掉上官巳，不料走漏了风声，满奋等人被杀，周馥逃走，得以免死。

西安，太宰司马颙闻知司马越征讨皇太弟司马颖，遂派右将军冯翊、太守张方率两万军队前去救援。听说惠帝已进入邺城，就命令张方去镇守洛阳。上官巳将军苗愿抗拒张方，惨败，回到城里。司马覃夜袭上官巳、苗愿，上官巳、苗愿无奈，出城逃走。

张方再次进入洛阳，司马覃亲自到广阳门（洛阳西城南门）迎接，望见张方，就在路旁参拜，张方下车制止，不让司马覃参拜。

含章殿，张方宣布："罢黜皇后羊氏之位，洛阳城由张方接管，取缔洛阳所有政务，一切交由邺城处置。违背者，斩！"

面对张方的跋扈、凶残，司马覃惊恐不解，羊献容惊怒无语。

"古往今来，几曾得见一个臣子代皇上废后？朝纲已乱，可见极致啊！"一干老臣涕泪滂沱，捶胸顿足，抗议纷纷。

"前朝宰相张华有言，高岸为谷，深谷为陵，小人握命，君子陵迟，白黑不分，大乱之征也。"①

"昔日何、邓、丁乱京城，魏遂倾覆；今日颖、颙、越争天下，晋将不久矣。"便有老臣跪地痛哭："宣帝啊，老臣对不住您！没有保护好您打下的这片江山。"

---

① 晋·张华《博物志·山水总论》

夏末，天气反常，洛阳连日大雨，涧水、洛水堤坝经久未修，终致溃塌，发生水灾。水势滉滉，越过护城河，直扑洛阳城。一时内城、外城全淹没于洪水中。城里百姓争相逃命，大水冲坏房屋，冲走人畜，很多粮食漂在水里，随水四处溢流。洛阳城到处是逃命的人，加上兵荒马乱，流离失所者汇入。洛阳城一时斗米万贯，人饥相食。

皇城内，羊献容与碧月、翠屏抱着瑱儿一起逃命。看到满城肆虐的洪水，不知道逃向哪里。三人一时怔住了。刘曒匆匆跑进，言洪水汹涌，已逃不出去，只有到皇城最高处躲避洪水。刘曒还要急于去疏散城中百姓，转瞬出宫。

三人简单收拾几件东西，在付安、付顺的引领下，相扶相携，向没有洪水的地方快步跑去。

肆虐不知停歇的大雨，无疑助长了洪水蔓延之势。三人昨晚还能歇脚的地方，一觉醒来，已经漂在水中。

带出的一点干粮泡水了，很快发霉。好不容易遇到天放晴，碧月、翠屏赶紧收拾晒一下。离开没多久，却发现粮食被饥饿的鸟群啄食得一片狼藉。翠屏急忙驱赶，赶走这只赶不走那只。气愤中翠屏去捉，鸟儿不肯就范，挣扎中手背给鸟啄伤，气得翠屏连哭带骂。

连日断粮，几人拔草果腹，饿得头晕眼花，憔悴不堪。瑱儿年幼，饥饿难耐，不时哇哇大哭。付安来去几趟，却找不回半点可食之物。

一日，碧月忽然发现一只硕大的老鼠，在厅堂里窜来窜去。灾荒年月，老鼠竟不怕人，与碧月对视，真是咄咄怪事。更奇怪的是，人都饿得面黄肌瘦，老鼠却甚肥硕。碧月当即断定，此地有老鼠窝，老鼠窝里有粮食。叫上翠屏、付顺、付安，说干就干，拿起镢头深挖，一蓬蓬的稻米混杂着泥土出现在眼前，三人心里说不出的惊喜。

羊献容也不闲着，拿衣袋装粮食，加入挖掘行列。大概老鼠听到动静遁去，毕竟还是逃命要紧，不一会，三人掏出一个不大不小的深洞。

与老鼠争粮，是喜亦悲。几人越掏越带劲，弄得灰头土脸，狼藉不

堪，却面露喜色。

有锣鼓声乍然响起，几人互相诧异一望，皆甚惊奇。

如此年月，谁还有这么大排场？似乎就连惠帝出行，都很久没有如此声势了。

未及思索，一队人马已经堂而皇之地转过宫殿拐角，出现在眼前。长长的仪仗，飞红沁绿，堪比皇后出宫。中间一架宫辇，富丽堂皇，华贵无比，宫辇上端座一人，竟然是那夜不辞而去的孙琬。

但见孙琬着一身大红锦服，梳一个百鸟朝凤凌云发髻。鬓边插一支华贵挑丝金凤步摇，耳上的红宝石耳铛摇曳生辉，环佩叮当，香风细细，端的十分妖媚张扬。

几年不见，孙琬更加花容月貌，她的美，带着冷艳，带着凶狠，更加成熟了。但这成熟后的凶狠，似万箭攒发，铺天盖地而来，让羊献容“嗖”地感到一股冷气。更让人惊异的是，张方和丽嫔居然奴颜婢膝，谄媚地伺候一旁。有了张方的撑腰，丽美人很快上升妃嫔位，只是这有名无实的皇宫，即便后位到手，又能如何？

乱世奇葩乱世风，这天下真是乱得没了章程。此妆容珠饰除了皇后，嫔妃也不得如此打扮。羊献容几个愣在当地。但她以废后之身，却不能说什么。

看到羊献容的狼狈相，孙琬难掩讥笑，心中甚是畅快。

“哎哟喂，快瞧瞧这是怎么了？久不来见姐姐，好不容易找个机会来看看，堂堂皇后怎么把自己弄成这般模样？”

“啧啧啧，敢情是在跟老鼠争粮食啊。这老鼠吃的东西，皇后怎么能吃呢？这要是说出去啊，唉哟，还不笑话死人呐。”丽嫔也在旁一唱一和。

“硕鼠偷的是人的粮食，不过取回来而已。”羊献容不卑不亢回答。

“瞧皇后说的，皇后素来节俭这我也是知道的，可是这粮食进了老鼠洞，再取出来也只配给牲畜吃了，呵呵……险些忘了，快堵上，快堵上。来人啊，弄些马尿来，灌它个严实。这水患之后易发瘟疫，可不得了。我此举也是为皇后着想，免得让这些老鼠再害人，鼠患可不是闹着玩的。”

有仆人立即应声去办。

“真是可怜我们的皇后了，几日没得吃了吧？这天气，也不知哪个没天良的把老天得罪了。敢情老天有眼，故意惩罚人来着。”孙琬故意看看天，装出一副困惑难解的样子。

“当然，皇后是天子家眷，怎么能受平凡之苦呢？来人，快将那些子大鱼大肉摆上，慰劳慰劳我们的皇后。”丽嫔与张方殷勤附和。

三人默默地看着孙琬叱咤风云，一句话说不出来。

一盘盘的菜端上来，有浓重的馊味。

再看摆上的大鱼大肉，分明是水里捞出来的死猪死鸭，散发着刺鼻的气味。

“阿姐啊，想不到你也会沦落到今天。才不过两年光景，怎么这天地说换就换了呢？想当初我去求你，你那么冷酷绝诀。你知道吗？孙家满门抄斩，死了多少人？最疼我的祖母都没有躲过官兵追杀。我换做杂役打扮，从阴沟里钻出，一路逃命，几次三番差点死掉。好在上天垂怜，遇上张将军，将我托付给太宰大人，化名李婉，方才躲过这一劫。他瞧我有几分姿色，十分喜爱，便留在身边，也是大难不死必有后福。今时今日我已是太宰夫人。虽没有你羊皇后辉煌，也算是告慰孙家在天之灵吧。”

此时此刻，羊献容才知，孙琬投靠了司马颙，俨然已是司马颙在西安的第一夫人。今天是专门来炫耀示威的。

羊献容戚然道：“我也为遭受牵连的外祖父祖母难过，天理昭彰，唯心可鉴。若论沦落，生命犹如浮萍，随风飘荡，谁也不知未来命运如何。”

“是呀，我逃命之时，几天没得吃没得住，那时哪里想到会有今天呢。”

“妹妹承皇家恩惠，福大命大，当好自为珍。”

“呵呵，姐姐是在诅咒我命不该绝吗？孙家满门的恩怨妹妹我可是记着呢。唉，总想着这有朝一日啊，能与姐姐一笔一笔地算上一算。瞧瞧你现在，多可惜。当初的风光呢？可叹姐姐春秋鼎盛，不会这么早就花无百日红，美人将迟暮了吧？那可真叫妹妹心里不胜感伤呢！”

“自古红颜多薄命，花因生之招摇才凋零。”羊献容不卑不亢。

“哈哈哈，我们都成孤家寡人了，又何必做那煮熟的鸭子，强作嘴硬。这一切都是拜你所赐，姐姐不知道吗？你不仅是孙府的罪人，也是羊府的灾星。”

“古人云：积善三年，知之者少；为恶一日，闻于天下。舅父们为虎作伥，才会法理不容。献容若不是因你而来，焉会有祸患累及父母，焉会有今日孤苦伶仃？人在做，天在看，你我心里都应分明。是非对错，生死荣衰，本无常理，今日之荣耀难保明日之安宁！”

“把她的嘴给我堵上！”仿佛被揭了伤疤，孙琬大怒，吩咐士兵拿腐烂的东西喂羊献容吃。大肆侮辱羊献容。

羊献容冷倔地挣扎，不为所动。一旁碧月、翠屏忍不住，跪下为羊献容求情。

“请太宰夫人息怒。皇后身子弱，请念在彼此亲眷的情分上，不要责罚皇后。婢女愿意代皇后受罚。”

“呵呵，还真是有情有义的丫头，当本夫人不舍得惩罚你们。来人，拿了肉喂那小野种。”

“瑱儿乃帝之后裔，非是什么野种。请夫人自重。”碧月忍不住反击。

“我说是野种就是野种。一个陪嫁丫头也要犯上作乱吗?”

一块肉塞进瑱儿嘴里。小孩子嘴一嚼动，感觉不是好滋味，“哇”的一声吐出来，哇哇大哭。

“不要折磨孩子。”羊献容等人急了，纷纷扑过去佑护孩子。几个兵士冲上来，三人被牢牢按定跪在地上。翠屏眼泪一下子流了下来。

张方、丽嫔侍立一旁，冷眼嗤笑。

“跪下就算为孙氏一门谢罪吧！不惩罚一下，让妹妹我怎么对得起天上无辜的冤魂。”孙琬狠狠地说。

三人奋力抵抗，不屈服，被折腾得死去活来。膝盖跪酸了，疼了，秋老虎般的日头毒辣辣地晒着，地面被水浸过之后，再给太阳一烤，犹如蒸笼，席裹羊献容几人。

太阳渐渐西沉。

宫辇内，孙琬啜着茶，双目微闭，面带报复后的快感与讥诮。

尽管眩然欲晕，羊献容拼命让自己挺住。她面色沉静如水，不哀不悲，眸子里，隐隐暗藏骇浪惊涛。

有兵士来报，太宰召回程了，孙琬这才皮笑肉不笑假惺惺地道别。

羊献容恨恨地望着孙琬的背影，一言不发，唯有泪水滚滚而落。

羊献容忽然明白，张方作为一个臣子，胆敢宣布“废后”的背后支撑，那一刻她断定，这里面不只是司马颙的“主意”，更多的应该说还有孙琬的“主张”。

《诗经》曰：“哀哀父母，生我劬劳”。

老子云：“视之不见名曰希，听之不见名曰夷。若真得希夷微旨，是该潜喜。”

羊献容忽然意识到，自己不能离开洛阳。她知道，自己已是孙琬的眼中钉，肉中刺，必欲除之而后快。她也知道，自己一消失，这晋朝的江山，这洛阳的百姓，也就完全置于司马颖、司马颙的掌控之中。自古邪不胜正，天理昭彰。她不相信，司马颙所倚仗的这欲盖弥彰的东西能够永远欺瞒天下。

她指挥宫里的太监宫女，下水捞出未曾浸泡腐烂的粮食，用石磨磨碎，搅成糊状，然后搜集铜锣，凭记忆开始教大家烙制煎饼。

相传煎饼是诸葛亮发明。

诸葛亮辅佐刘备之初，兵微将寡，常被曹操兵马追杀。一次被围在沂河、涑河之间，锅灶尽失，而大雨频至，将米粉浸泡，将士饥饿困乏，苦不能造饭，诸葛亮便让伙夫将浸水的米粉和成浆，将铜锣置火上，取适量倒入其中，用木板将米浆摊平，不一会，米浆被煎成一张张香喷喷的薄饼，将士食后精神大振，杀出重围。

在故土泰山，煎饼由玉米、麦子、高粱、谷子、红薯等五谷粮食精细研磨，和成糊状摊制烘烙而成。因它含水分少，不易变质，可折叠储存，

又便于携带，食用方便。还可依据个人喜好，与粥饭汤水任意搭配，亦可卷食各式菜肴，因而别具风味，成为一方美食。铜锣昂贵，且易开裂，后来人们便以铁铸成锣状的煎饼烙，俗称鏊子，专摊煎饼。

泰山煎饼的特点是薄如蝉翼，大若磨盘，一口咬下去，松酥爽口，香气四散而冷暖皆宜。因此，煎饼在鲁中地区非常普及。

宫人们争相学习，方法很快流传，黎民百姓也争相效仿，就地取材，充饥果腹，巧度灾荒。百姓感激羊献容，也盛赞羊献容，皇后的声誉再度升高。

这情势让张方以及司马颙、孙琬坐卧不安。

泰山南麓古御道上，羊曼、羊祈依依作别。羊曼快马加鞭，同羊鉴带领一支运输物品的队伍，朝着洛阳飞奔。面对司马皇室自相残杀朝夕动荡之局势，他们感到无奈、无力，唯一可做的就是帮助羊献容渡过难关，等他们日夜兼程赶到洛阳，找到刘暾避过盘查进入内宫，看到人群中指挥若定的羊献容，皆露出欣慰的微笑。

一车车的救援物品，无疑解决了水灾带来的危害。羊献容望着自家兄长风尘仆仆、风尘满面的样子，眼里也迸出了泪花。一时之间，百感交集，多少话语，都饱含在无声的默契里。他们招呼众人，排队领取所需，适时送往各处。家人、亲情，在这一刻给了羊献容最大的力量和支持。她坚定地站着，涕泪交加的面容，恰如严霜中一枝倔强的花。

司马越采用孙惠计谋，遣人去河北联络东瀛公司马腾。安北将军王浚，又召辽西鲜卑乌桓参战，联合攻击并大败司马颖北中郎将王斌。王浚命主簿祁弘当先锋，在平棘（河北省赵县）击败石超。大军乘胜南下，抵达邺城。邺城震动，文武官员纷纷逃走，士兵也四分五散。

卢志劝司马颖陪同皇帝司马衷，早日前往都城洛阳。其时配备武装的可用兵力，还有一万五千人，卢志彻夜调度，预定天色拂晓出发。可是，司马颖娘亲程太妃留恋邺城，不肯离开，司马颖也犹豫不定。于是，顷刻之间，人心涣散，军队崩溃，以汉人为主的军队，畏惧蛮夷的骁勇，被恐怖气氛扼住，心胆俱碎，俱皆逃走。

司马颖仓促出奔，率左右骑兵数十人，会同卢志，带着皇帝司马衷，坐上牛车，逃向洛阳。因行动急迫，没有人携带盘缠粮食。禁宫侍从中黄门（宦官）的被套中藏有私蓄三千钱，皇帝用正式诏书向他借用，靠这三千钱，在途中买粮。晚上，皇帝就盖这位禁宫侍从宦官的被套，买来的食物装在瓦盆里，皇帝手捧瓦盆进食。

好不容易逃到温县，打算晋谒皇家祖宗坟墓，司马衷穿的木屐都丢了，只好穿侍从的木屐。司马懿是河内郡温县人，其父司马防以上祖先，全葬在温县。司马衷泪流满面，在墓前叩拜。渡过黄河后，张方从洛阳派他的儿子张罴，率骑兵三千人，带着张方平常所乘的车辇，迎接司马衷。越过邙山（洛阳城北），抵达山麓时，张方亲率一万余人的庞大部队前来接驾。

张方正准备参拜，司马衷从车上跳下来拂袖阻止。

进入洛阳后，司马衷回宫，四散逃亡的人才陆陆续续地回来，文武百官阵容大略齐备。

王浚的军队进入邺城，部众奸淫烧杀，掠夺抢劫，凶恶残暴，人民死亡惨重。王浚派乌桓部落酋长羯朱追击司马颖，直追到朝歌（河南省洪县），没有追上，方才退回。王浚班师回蓟县（幽州北京市），发现鲜卑士兵大肆掠夺汉人妇女，遂下令：“胆敢隐藏者，斩首。”鲜卑士兵惧怕，便把强抢到手的女子秘密推到易水淹死，总计有八千余人溺亡。可谓惨绝人寰。

刘渊听到司马颖放弃邺城的消息，叹息说：“不听我的建议，反而自己逃散，真是奴才。然而我对他有过承诺，不可不救。”准备出兵攻击鲜卑乌桓。

刘宣等劝阻说：“晋室素不把我们当人，奴役虐待，而今司马骨肉自相残杀，是上天遗弃他们，赐给我们恢复呼韩邪单于（匈奴汗国十四任单于）大业的机会。何况，鲜卑乌桓跟我们本是一类，而汉人就歧视虐待而言，也把他们全当作蛮夷，他们可以做我们的后援，为什么要攻打?”

刘渊说：“大丈夫建立功业，应该如刘邦、曹操，入主中原，一统天下，至于呼韩邪单于，有什么可效法的!”

刘宣等叩头说：“汉王卓识，我等竟未曾想到这一点。”

东瀛公司马腾向鲜卑索头部落酋长拓跋猗请求派军援助，攻击刘渊。拓跋猗与其弟拓跋猗卢，在西河郡（山西省离石）与刘渊的匈奴兵相遇拼杀。

南部李雄进犯激烈，北部刘渊与西晋对峙，混战开始了。

有消息传，李雄即位为成都王，改年号为建兴。废除晋朝法律，自建法律七章。李雄为李特之子，骁勇善战。李雄让自己的叔父李骧担任太傅，兄长李始担任太保，尊奉母亲罗氏为王太后，追尊父亲李特为成都景王。

刘渊将都城迁到左国城，胡人、晋人归附者众多。刘渊对臣下说：“过去汉能长久地拥有天下，是因为用恩德维系百姓。我作为汉朝刘氏的外甥，相约为兄弟。兄长亡故而兄弟继承，不也可以吗?”于是建立国号称“汉”。宣布大赦，改年号为元熙。

刘宣等人请求给刘渊上一个尊号，刘渊说：“现在四方皆没有平定，暂且按照汉高祖那样称汉王。”

十月，刘渊登上汉王位，尊刘邦为高祖，且称汉王。下令述汉代诸帝功绩，追刘禅为孝怀皇帝，立汉高祖以下三祖，置百官。以右贤王刘宣为丞相，崔游为御史大夫，左于陆王刘宏为太尉，以范隆为大鸿胪，朱纪为太常，匈奴后部人陈元达为黄门郎，侄子刘曜为建武将军，正式建立政权。因登基之地为古赵国，史称汉赵。

刘渊待人慷慨好义，毫不吝啬。与人结交诚心诚意。五部英雄豪杰，以及幽州、冀州的有识之士，纷纷皆往投靠。①

---

① 周伟洲：《汉赵国史》，广西师范大学出版社2006年版。

刘渊的老朋友氐酋大单于王弥回到山东，聚众为寇，听说刘渊称汉王，就率众渡过黄河投奔刘渊。刘渊部众本来人强马壮，此人一来，气势更加锐不可当。

惠帝回到洛阳后，张方倚仗兵权独揽朝政，洛阳城一时成了张方的天下，皇太弟司马颖不能再参与政事。

司马颖也因为自己糊涂听信孟玖谗言，连杀陆机、陆云、孙拯等几员大将，懊恼后悔，而变得心灰意冷，一蹶不振。得到太弟加封，本欲使母妃高兴，没想到母妃对自己亲手杀害了兄长司马乂耿耿于怀，病情更加严重，卧床不起。鲜卑大军入侵，司马颖几次求母妃逃奔洛阳，但母亲宁死都不肯原谅自己，也不肯再到杀戮无情的京都洛阳来。司马颖万般颓废，情绪低迷。

豫州都督范阳王司马虓、徐州都督东平王司马楙等人给惠帝上书，言："司马颖不能担负重任，应当把封地降为一个城邑，特许保全他的性命。太宰司马颙堪任统领关右的职务，可从州郡以下，选举人才授官任职，处理朝廷大事。司徒王戎、司空司马越皆忠于国家，小心谨慎，应当参与机要事务，把朝廷政事交给他们。王浚有稳定社稷的功勋，应当特别加以恩崇重用，让他管理幽州、朔方地区，成为北方藩篱屏障的首领。张方为国家报效气节，但不晓事理变通，没有及时回到西边，应按其原来官职，遣他回郡中。"

惠帝忌惮张方凶狠，一时不敢应允。

张方在洛阳时间一长，洛阳城几乎被兵士剽窃抢掠一空。士兵们喧闹吵嚷，没有再留下来的心思，想撺掇着惠帝把都城迁往长安，又恐惠帝和公卿大臣不同意，便想等惠帝出行时将其劫持。于是请惠帝去拜谒宗庙，惠帝不答应。

十一月初一，张方带兵进入内宫，用自己的车乘去接惠帝，惠帝躲避到华林园竹林中。兵士将惠帝扯出，逼迫他上车，惠帝哭着不答应。张方在马上行礼说："现在强盗窃贼横行无忌，守护皇宫的禁卫势单力薄，希望陛下到我的营垒中去，我将拼死尽力来守护陛下，以防意外发生。"

此时大臣们都四处逃避躲藏，只有中书监卢志在惠帝身边侍奉，卢志无奈地说："陛下，事已至此，全听右将军张方的安排吧。"惠帝于是来到张方营垒，答允张方准备车辆去装载宫女、宝物，运送西安。兵士们趁机到后宫抢劫污辱宫女，争夺瓜分宫中所藏的物品，割下丝织垂穗、皇宫帷帐当作马鞍垫，宫中魏、晋以来蓄积的宝藏，一扫而空。

张方欲焚烧宗庙、宫室，以断绝人们回返的心思。

卢志警告说："董卓暴虐不讲道义，在洛阳放火，怨怒愤恨的声音，一百年后尚还能听得见，为什么要去学他呢?"显阳殿门前，刘暾则和立节将军周权凛然守立，二人牢牢按定了手中长剑，双目如炬，大有一番拼命架势，威严如两座铁塔。

张方惊摄于卢志、刘暾的威信，只好罢手。行至新安，天愈加寒冷，惠帝一时坐立不住，堕马伤足。尚书高光进棉衣给惠帝御寒，惠帝司马衷感动得哽咽。

羊献容闻听惠帝被张方挟持西行的消息，匆忙登上城墙，望着飘摇远去的旌旗，心里不由得再度凄冷。

惠帝在张方营垒停留三天后，张方挟惠帝和皇太弟司马颖向长安进发。王戎逃奔郏县。太宰司马颙率领官员僚属和步兵、骑兵共三万人在霸上迎接，司马颙上前叩拜谒见，惠帝下车止其拜谒。

第十章　长夜未央，霸王应晓高祖心

惠帝进入长安，以司马颙的征西将军府作为皇宫，设立“西台”。“西台”正式成为朝廷发号施令之地。

洛阳宫里，尚书仆射荀藩、司隶校尉刘暾、立节将军周权、河南尹周馥等留守朝廷，根据皇帝的旨意处理事务，与长安新建台署分别称为东台、西台。

荀藩是荀勖的儿子。荀勖为官奸诈，为贾充心腹，曾与冯紞合谋抵制羊祜，其子却与其截然相反，正直大义，忠心伺主，竭力维护皇室与羊献容。

十二月末，司马衷诏书由西安抵达洛阳，张方勒令“东台”所有人于含章殿接旨。诏令皇太弟司马颖以成都王身份返回府第，改立豫章王司马炽为皇太弟，即日赴长安谢恩。

惠帝兄弟共二十五人，此时在世的只剩下司马颖、司马炽和吴王司马晏。司马晏才能平庸，资质低下。司马炽自幼平和，质朴好学。

又诏告太宰司马颙任都督，都中外诸军事。张方担任中领军、录尚书事，兼任京兆太守。同时宣布大赦，改年号为永兴。

短短一年时间，朝廷三易其号，其乱象如斯，这在历史中也是少见。

再诏令司空司马越任太傅，与司马颙共同辅佐皇室，司徒王戎参与管理朝政。光禄大夫王衍任尚书左仆射，诏令高密王司马略任镇南将军，兼任司隶校尉，暂且镇守洛阳；东中郎将司马模担任宁北将军，都督冀州诸军事，镇守邺城；各署大臣官员各自回到原本的职位；命令州、郡取消苛刻的政令，让他们从事本业，等到形势清平通畅后，皇帝即返回京都。

大家心里都清楚，这不过是司马颙在挟天子以令诸侯。

司马越推辞不接受太傅一职，只答应留在东台继续任职。司马略和司马模，都是司马越的弟弟。司马越派司马模在邺城镇守，也让司马略摆脱张方的控制。

因各地抵触分裂，祸患灾难不断出现，司马衷特颁旨，令各地停战和解，祈望能够获得安定的局面。

北方边界，刘渊汉赵国的建立，引起距离匈奴最近的东瀛公司马腾的戒备。若刘渊继续扩张，自己必然是第一个被吞并的对象。“防敌防患，先下手为强。”于是司马腾派将军聂玄攻打刘渊，在大陵县交战，聂玄的军队惨败。

刘渊派刘曜进攻太原，攻克泫氏、屯留、长子、中都等地。又派冠军将军刘乔进攻西河，攻克介休。介休县令贾浑不投降，刘乔即杀之，见贾浑妻宗氏貌美，便欲霸占为妻。宗氏痛哭不从，怒骂刘乔。刘乔怒起，杀掉宗氏。军民闻之，皆厌恶刘乔。

刘渊听到消息后，非常生气，说：“假如上天知道了，刘乔还希望有后代吗?”将刘乔召回，降为四级官秩，收敛贾浑的尸体安葬。刘乔羞，遂投奔司马颙。

此次废后，并不曾再迁至金墉。

“养心莫善于寡欲。”韬光养晦，也许是此时最好的方式。深宫冬日漫漫，羊献容命人搬来帝妃卷籍，打发时间。张方的数次掳掠，宫内财宝尽失。所幸这些卷籍，一不当食，二不值钱，藏之深宫要地，才没被付之一炬。

由于司马越的围护，广泛征调，一时解决了洛阳粮食的匮乏。冬闲时节，司马略及刘暾督促军民，抓紧时间修复洛水堤坝和千金坝，加强驻守巡防，寄希望来年不再发生缺水与水灾事情，也希望就此安定一下战乱百姓，使之休养生息。

这一日，羊献容见一诗作甚是清丽，仔细品读，不由为作者思辨之灵巧和细腻婉转喝彩。细翻整篇却没有署名，于是叫来典籍官，问询是谁的诗作。典籍官说乃是先妃左棻。

“左棻？左思之妹？”

“正是。洛阳纸贵左思的胞妹。”

献容命典籍官搬来所有左棻文章，细细研读，心里暗暗为这份偶得愉悦。

“洛阳纸贵”源于左思，它记述了一个真实感人的故事。左思字太冲，齐国临淄人。他生性内向，不善言谈，其父常叹他难成大器。某日，其父当着左思之面对朋友说：“这孩子智力太差，还赶不上我呢。”左思听后很不服气，从此默默攻读，几年后大有长进，被齐王司马冏命为记室督。

据言左思不善交际，喜欢静居。十年后，创作出体制宏大的《三都赋》。《三都赋》事类广博，文采富丽，在一定程度上反映了魏晋时期多元化的生活状况。

《三都赋》问世后，朝廷重臣张华赞叹不已，谓“班张之流也，使读之者尽而有余，久而更新。”皇甫谧为之作序，张载、刘逵作注，卫权作略解。一时间豪富人家竞相传抄，以致“洛阳纸贵”。据父辈讲《三都赋》除本身文采优美及当时文坛重赋等因素外，更重要的一点，是它包含了当时朝野上下关心瞩目的内容：“进军东吴，统一全国。”

左思的《招隐》诗两首，文笔流丽，意境高蹈。其中“非必丝与竹，山水有清音”很受世人赞赏；“振衣千仞冈，濯足万里流”，亦为世人吟诵

不朽之名句。①

左思其妹左棻也以文才著称。左棻为武帝妃嫔，死于永康元年三月。泰始八年，武帝司马炎闻听左思之妹左棻才情过人，即纳入后宫，拜为修仪。之后左棻因为辞藻文采非凡，再封为贵嫔，世称左嫔妃。因为排行为武帝的第九位妃嫔，又称九嫔。

平吴之后，晋武帝后宫佳丽万人，以至于自己都不知道该临幸谁，所以常常坐上羊车，在后宫转一圈，停到哪就在哪过夜。而左棻因为相貌平平，体弱多病，根本得不到皇帝的宠幸，只能住在“薄室”里。

左棻虽不受宠，但未负才女名声。“受诏作愁思之文”，《离思赋》是左棻的代表作。司马炎对她吟诗作赋非常满意，常常夸赞，以致典籍称颂“帝重芬辞藻，每有方物异宝，必诏为赋颂，言及文义，辞对清华，左右侍听，莫不称美。”②

《离思赋》乃宫怨诗赋，多写待临望幸之怀。在将近四百字的《离思赋》中，左棻尽情地宣泄了自己的哀愁：“嗟隐忧之沈积兮，独郁结而靡诉”；“夜耿耿而不寐兮，魂憧憧而至曙”；“怀愁戚之多感兮，患涕泪之自零”；“仰行云以欷兮，涕流射而沾巾”；甚至“长含哀而抱戚兮，仰苍天而泣血”，字字句句凝愁怀绪，充满宫怨之气。在双重痛苦之中，又增添了深切的思亲之痛。

从进宫之日起，左棻始终过着没有自由、郁郁寡欢的生活。武帝殁，晋朝落入宫廷荒淫与奢靡，谋杀与争斗中。虽然史书并没有记载左棻之后的生活，但其晚景的凄凉落寞，也大致可以想象。

《离思赋》鸿篇巨制，哀婉情深。虽时日相去不远，读起来却颇有生涩难懂之感，但其中的“骨肉至亲，化为他人，永长辞兮。惨怆愁悲，梦想魂归，见所思兮。惊寤号咷，心不自聊”之类的句子还是能读得懂的，确是发自内心，感人至深。左棻看不到前路有丝毫光亮，只有“长含哀而

① 今日泰安新泰青云山下的清音公园命名即取自左思之诗句。

② 见《晋书》

抱戚兮，仰苍天而泣血”。可叹晚进宫半年，竟然与一代才女失之交臂。羊献容深深地感到惋惜。①

几日里，羊献容沉浸在左棻的文字里，不觉为之动容。尤其读其感离诗：

自我去膝下，倏忽逾再期。
邈邈浸弥远，拜奉将何时。
披省所赐告，寻玩悼离词。
仿佛想容仪，欷不待自持。
何时当奉面，娱目于书诗。
何以诉辛苦，告情于文辞。

羊献容联想到自己一入宫门深似海，竟连父母亲去世都难以得见，其情形宛若血脉隔断，再不能似小儿女时亲昵，也不能似平常人家奉孝，不由暗自心凄。思念父母亲人之情油然而生，不由取了古琴，愤而弹唱：

“人皆有父，翳我独无；人皆有母，翳我独无。为天有眼兮，何不见我独漂流？为神有灵兮，何事处我山南海北头？我不负天兮，何配我殊匹？我不负神兮，何殛我越荒州？制此八拍兮拟排忧，何知曲成兮心转愁。”②

琴声幽怨哀婉，在显阳殿上空缭绕。

宫外城阙上，刘曒听得真切，字字如针，扎在心上。不知为什么，他心里有种疼痛的感觉。面对这样一个几度废立犹遭折辱的柔弱女子，他叹息世道不公，恨不能上九天揽月，下五洋擒蛟，只要能换她一世欢笑清心。

---

① 20世纪70年代出土了一块左棻的墓碑，上面的碑文也很简略：左棻，字兰芝，齐国临淄人，晋武帝贵人也。永康元年（300年）三月十八日薨……

② 注：此曲引自汉·蔡琰，字文姬《胡笳十八拍》，最早见于朱熹《楚辞集注·后语》。相传为汉末著名学者蔡邕之女蔡琰所作。

人活一辈子，很多事是解释不清的，譬如这感情，这莫名产生的情愫，这明知不该不可能却挡不住的感觉。长河落日，大浪淘沙，难道这就是日久生情吗？刘暾知道不行，且不说她高若星斗，品性高洁，只能仰望，尚还有刘曜关爱关切之情在先。他盼望着，废后只是奸人矫诏而已，终有一天，时间会还她清白。

他也知道，无论何时，他都要控制自己的感情。他所能做的，就是尽可能守候在她左右，护佑她安全：一是为了刘曜话中有话的托付；二是为了自己的心，不让自己他日内疚后悔；三是为了大晋，他不想国家失去一位好皇后。

琴声消失，万籁俱寂。偌大皇宫，静似无人。刘暾忽然觉得如此之境，竟是这样的可怕，偶尔有一两声响，也似空谷回音。

刘暾浓眉微蹙，星眸半阖，仰天长叹，感慨万端。他双手抱头，蓦地发现，近在咫尺，却远如天涯，想拥有一个自己喜欢的人，厮守在一起，比两厢相望长相思难得多。而俗人期颐的风花雪月，朝朝暮暮，此生怕是只能成为遗憾。

“心若相知，无言也默契；情若相眷，不语也怜惜。”将军周权走过来，一手按在刘暾的肩头，双眼充满理解与安慰。“她的苦痛，你就不要代为难过了，我们所能做的，就是保护她安然无恙。人之一生，让自己所爱的人活的比自己好，就已经是问心无愧。”

“既然不能给她爱，不如让她快乐安适。能守候着自己喜欢的人，想来也是一种心安，胜过朝期暮盼。”想起刘曜单单的痴慕，有形无形的隔阻，周权的话语让刘暾感触莫名。

“欲归家无人，欲渡河无船。心思不能言，肠中车轮转。”皇宫里，羊献容听着滴漏发出的声响，思谋着过往一切，以及看不到光明的未来，同样辗转反侧，一夜未眠。

永兴二年春，司马越再度起兵，以“张方劫迁车驾，天下怨愤，应奉迎大驾，复旧都洛阳”之名义，讨伐司马颙。之前逃命时不接纳他的东平王司马楙很是恐慌，主动把徐州让给司马越。司马越让自己部下当徐州都督，把司马楙调去当兖州刺史。司马越的三个亲弟弟也兴兵响应，各据一方。一时司马越声势大振，很多官员皆前往投奔。

司马颙挟持晋惠帝，发诏书罢免司马越。

司马越派人游说司马颙，言“只要送帝还都，就与其分陕而治”。

司马颙欲答应，但京兆太守张方坚决不同意。张方此时已命人在洛阳以西建立新别院，此时的张方，贪念京都繁华安逸，倨傲雄霸之心业已显露。

司马颙对司马越大军心存忌惮。

张方说：“大司马西安据守，兵马强盛，粮草充足，四周军防如屏障，忌惮什么？况京兆还有士兵十余万众，不弱司马越乌合之众。在下愿亲自送惠帝回洛阳宫中，以堵司马越挑衅之口。然后命司马颖回邺城掌权，王爷仍留守关中，而后在下出兵北伐博陵。这样一来，疆土大半归你我控制，局势稳定，天下便再也没有帮助司马越者。”

司马颙望着张方，尤其听其豢养士兵十万，为之震惊。遂明白张方名义上是为自己着想，实际上他的私心，是为充分占据洛阳，留下余地。

司马颙没有采纳张方的建议，而是命豫州刺史刘乔为镇东大将军，再派遣司马颖率领楼褒、王阐等，据河桥以西抗拒司马越。

张方分外恼怒，几次欲发作，均被好友郅辅以眼色制止，只得作罢。

心怀叵测，意见不合。司马颙、张方二人，从此有了分歧。

西都的建立，使得东都洛阳几乎成了空城。宫人走的走，逃的逃，人心惶惶，留下的也居无定心。京兆太守张方别院的落成，成了洛阳近邻最繁华的热闹之地，商贾莫不趋之若鹜。战乱之后的洛阳，又遭天旱，一时盗贼四起。官不履职，无心时政。张方横征暴敛，强抢豪夺，加上徭役赋税，青黄不接，到处民不聊生。

许是觉得对付这么几个手无缚鸡之力之人，胜于碾死几只蚂蚁，张方既要留意司马越举动，又要分神留心西安司马颙，对洛阳皇宫的监视，逐

渐有所松动。更多时日，是窝在他的深宫别苑笙歌艳舞，荒淫度日。

宫殿里不时有偷盗行为发生，常常在深夜，宫女们发出惊吓的叫声。刘暾手下的兵员不够用，为保护羊献容安全，刘暾亲自驻守在显阳殿外。本是鹅黄柳绿的时节，到处静悄悄，羊献容走上宫墙发现，偌大的洛阳宫城，死一般沉寂。

食物逐渐减少，为度过难关，宫里开始定量供应。羊献容主动把三餐减为两餐，宫内开始效仿。平日养尊处优衣食无虞的宫眷们开始吵闹，尤其丽嫔手下，骄纵跋扈，常常为了一点吃食纠缠不休，甚至大打出手。

意识到粮食对百姓的重要，春季正是播种的季节，羊献容督促百姓耕种，并率先在宫内身体力行，种植粮食蔬菜。并尝试将节省下来的食物和所书字画、绣品悄悄送出去变卖，换成钱去救济贫穷之人，予以粮种之资。宫外开始有人悄悄颂扬羊献容的美德，字画一经出宫，即极为抢手。

《论语》说："节用而爱民，使民以时。"荀潘、刘暾也暗暗称赞羊献容的贤德。即便妇孺，也知道粮安天下的道理。两人密报司马越，开始商议，谋划再次恢复羊献容皇后之位，统理六宫。一则牵制司马颙势力；二则稳定当前局势。羊皇后的良善、沉稳大义，大家还是有目共睹的。

二人谈话的当儿，看到丽嫔的侍女玉罟远远走了过来，似乎专寻二人。

二人佯装未见，别转头继续谈话。玉罟近前，微微一礼："启禀二位大人，丽嫔今日偶得家乡几味鲜物，请御厨煲了烹了，特请二位大人赏光，过迎春殿饮酒一叙。"

荀潘、刘暾一愣，素知丽嫔为人阴柔，心计多端。此番相请，不去便是得罪，去却不知丽嫔又安得哪门子心？

丽嫔借表哥张方之势，从一个无名分的美人连升嫔位，恣意汪洋之势已表露无遗。倘若不是晋朝后妃有制，倘若不是司马衷直了心思，坚持唯有羊献容才是皇后，恐怕这皇后之位也早已给丽嫔得了去。

可见傻有傻的好处，傻有傻的执着，傻有傻的不可预见的威力。

羊献容明白，之所以只是废了她的位，而不做其他安排或取她性命，还有一个原因，是司马颙之流矫诏行事，心中有鬼，尚不敢冒天下之大不韪。而她羊献容，在他们手里并无把柄可言。

荀潘、刘暾对视一下，决定还是借口推辞为妙。

玉罟悻悻地走了。

迎春殿内，玉罟诡秘地耳语着什么，丽嫔“啪”地摔碎一个玉杯，恨恨道：“给我监视好了，我就不信谁能在我眼皮底下只手翻天。”

四月。洛阳留台荀潘，司隶总督刘暾，宣布复羊献容皇后之位。大赦，将年号重新改为永安。

一大早，宫内宫外一片喧哗，有人大声宣读公告：“羊氏良贤淑静，恭顺贞和，淑懿滋世、德贯后庭……”复位之公告贴满洛阳城。

丽嫔气急败坏，亲自驾宫辇风疾火燎地赶至张方别院。未进门，便嚎啕大哭：“哥哥嫂嫂啊，我这妃子是当不得了，我不活了”。

不日，西台司马颙也得到消息，飞马传讯，迁怒张方：“我河间王决定的事，你们有什么权利改变?”命令张方平复此事。若延迟，即削去兵权。处在夹谷无处发泄的张方气急败坏，他气势汹汹地带兵进入洛阳，满城捉拿贴诏书之人，并冲上含章殿，宣布复后诏书无效，然后胁迫羊献容再入金墉城。

“国不可一日无君，内宫不可一日无后。皇后乃国体，威容昭耀，姿仪国蒲，皇帝与皇后理应互相辉映，分甘同味，才可宁一国之祥瑞。”惠帝师傅陈寔颤巍巍地谏议。

“孟子曰，乐民之乐者，民亦乐其乐。皇后德昭子民，心重社稷。且恭谨仁慧，德贯后庭，举可利国，行可覆民……”荀潘慷慨陈词，据理力争。

“无知老匹夫，倚老卖老，咬文嚼字，愚化不堪，意欲复燃后宫擅权之风吗？皇帝在长安，一切旨意自有西台下达。诸位闲居东台，自以为是辅弼之臣，便不计尊卑，妄自尊大，闲生事端。今番无我张方传达旨意，所有诏书全是意图不轨，犯上作乱。把诏告收回，全部给我烧掉!”

陈寔、荀藩被张方辱骂。一代老臣，直气得气血翻涌，口念惠帝，怒声斥骂着乱臣贼子，索索发抖。

刚刚复立的羊献容再次被废除。

刘暾、周权等意欲再争取，被羊献容制止了。“狗不以善吠为良，人不以善言为贤。”这样的人，任你再礼遇，恐怕也是难缠。果真斗赢了，也未必让你好过。

义愤填膺，无济于事。

众怒难止。是夜，皇甫重之养子皇甫昌假称东海王司马越旨意，从金墉城再度接出羊献容，以皇后为号令，发兵讨伐张方，尊奉迎接皇帝大驾。事起仓促，没有成功。皇甫重被乱枪杀死，宫内宫外充满血腥。

面对张方的凶悍跋扈，人人皆悲愤莫名。

木鱼声声，响彻在漆黑狰狞的夜晚；烛光煌煌，映照着羊献容悲愤不屈的脸庞。泪水盈盈，银牙咬碎，难掩羊献容心中压抑的狂涛。

惠尼师太站在身后，望着佛像缓缓吐言：“自古忠臣济世，良医济民。人生在世，坎坷曲折，皇后断莫为一个名分扰心，乱了方寸。”

“如有博施于民，而能济众，何如？可谓仁乎？”羊献容问。

“仁乃天下之大成，仁者，智也，志也。所谓人善天不欺，善必有报。”惠尼师太答。

“混沌不清，天地不明，如何才能人皆向善，明心正德？”

“自利为功，利他为德，自利利他，功德乃大。普济众生，即为功德无量，大慈悲。”惠尼师太双手合十。

“小我天下，大尔千秋。忍小辱方不乱大谋。”羊献容牢记惠尼师太教诲，手捻“忍”字，默默退出。自此紧闭宫门，任由张方、丽嫔在洛阳城内大发淫威。

是夜，宫内一片凄清。虽独居一宫，羊献容明白，自己已是庶人。只是这个庶人不同于别人之处，一是虎亡余威犹在，皇后凤玺玉绶还在自己手中，没有明明白白的废后旨意，别人还不敢拿她羊献容怎么样。张方只是矫诏废了皇后，于国于民，难以昭昭日月，难以面对黎民悠悠众口。二是一帮忠于惠帝之重臣、忠臣，仍围护在羊献容周围，尽心维持着洛阳的局面，等待皇帝回归，天下太平。

悠悠半月，风波渐息。

只是每次外出理事，回转之后，羊献容都能感觉到室内被翻过的痕迹。羊献容不动声色，不到非常时刻，绝不交出凤玺玉绶。

远处传来丝弦管乐之声，献容想起今天是丽嫔的生辰，其宫内歌舞正欢。想起上午碧月同自己商议丽嫔寿辰送什么礼物，羊献容明白，再好的礼物，在丽嫔眼里也不过是废物而已。便选了一幅古画，让碧月送去。丽嫔有张方撑腰，自是阿谀逢迎者众，珍奇宝物不鲜。碧月呈上古画，丽嫔果然看都不看，便丢到一边。丽嫔谅羊献容也强不到哪里去，于是不再把羊献容放在眼里，每日里大摇大摆，宛若后宫之主，衣食俱与皇后看齐。对下人则更加苛刻，轻则打骂，重则杖毙。宫苑里常常半夜听到侍女的啼哭声，宛若闹鬼。

次日荀藩、刘暾来报，汉王刘渊攻打东嬴公司马腾。司马腾抵抗不过，向鲜卑人拓跋猗㐌寻求援助。拓跋猗㐌率领几千轻装骑兵救援司马腾，杀了汉将綦毋豚。司马越诏令，封拓跋猗㐌为大单于，加封卫操右将军。拓跋猗㐌去世，其子拓跋普根继位为大单于。

成都王司马颖被废黜后，河北人大多很怜悯他。司马颖过去的部将公师藩等人自称将军，在赵、魏境内起兵，人数达到几万。

上党武乡县羯人石勒，颇具胆力，善于骑射，投奔汲桑为寇。公师藩起兵后，汲桑和石勒率领几百骑士前去投奔。公师藩攻克了部分郡县，杀了二千石俸禄的郡守、长吏，转而向北，攻打邺城。平昌公司马模非常恐惧，向各地求援。范阳王司马虓派部将苟晞去救邺城，并与广平太守谯国人丁绍联合，攻打公师藩。

各地战火不绝，举国一片混战。

羊献容忽然感觉，鲜卑、匈奴、氐等族的参与与混战，使得整个战乱形势越发严峻，动荡不安。即便司马衷不傻，也已无力控制这一切。更何况司马颙假借皇帝的诏令，在长安坐山观火，继续挟制皇帝控制朝廷局势。

羊献容想起司马颖一句话，“没有哪个皇子不想成为九五之尊。”忽地明白了司马颙之心。

司马颙本皇室疏宗，关系在司马皇室直系之外，且地位低微。正因为低微，他才拼命想扩张、占有，以显示自己强大。正因为旁枝末流，所以他一个小角色都不想放弃，王爷之位又岂是在他眼里。他的野心，便是通过司马颖来搭桥，挟天子，坐收渔利，夺取和控制更大的江山，以改变他名不正言不顺的地位。

司马颙觊觎皇位，贼心不死；孙琬要做皇后，此心已昭然若揭。

而张方，一个只知道打打杀杀，鸡鸣狗盗，目空一切的莽汉子。

西部事态继续恶化，战乱纷迭，朝野动荡，人心惶惶。百姓大批游移，各大商户急急抛家撇业，纷纷逃往别处避祸。

羊献容思忖：一场战争，会使多少人遭殃？为什么就不能和平共处？自有记载，便有战争，损耗多少人力物力，折损多少生命和家庭。如果只是和平，休养生息，和乐友爱，该有多么美好！为什么权力欲望这么蛊惑于人？为什么人对于种种欲望总是那么不知足，不满足？

她招来刘暾。刘暾不语，信手写一幅字，示与羊献容。

“庆父不死，鲁难未已。”

献容阅罢，心中兀自一惊，慨叹二人所见如此相同。

“谁为春信，汉皇可识昭君面？露重更深，霸王应晓高祖心”。

是呀，司马颙怎会白白放弃挟天子以令诸侯的机会，司马越螳螂捕蝉，牵制抗衡，会有什么后果？羊献容仿佛看到一个汹涌的漩涡，有司马颙，有张方，有匈奴，有氐人，有明争暗斗，有血泊之光，还有孙琬暗中推动的手。这庞大的漩涡，来势汹汹，越漩越深，令羊献容胆战心惊。

此次征战，或许司马越是以卵击石，勉强抗衡。但任由司马颙挟天子以令诸侯，是绝不可能。羊献容清楚地意识到，不想被卷到风波里，也已不可能。“此时已无我，又何必在乎一副皮囊，但能为国泰清明，为黎民百姓安生，在所不辞。”

而做到这一切，只有一个字，“忍”，忍到实力强大，忍到柳暗花明。

乞巧节时，羊献容有了一个发现，似乎碧月与立节将军周权有着那么一点暧昧。二人很谨慎。碧月偷偷绣着的锦囊，出现了花开并蒂、交颈鸳鸯图案。

乞巧节乃农历七月七的别称，相传是牛郎织女相会的日子。关于牛郎织女的传说，最早记载在汉时就已流传。至魏晋时，这个传说又有所发展。前朝傅玄《拟天问》说：“七月七日，牵牛、织女会天河。”可见牛郎织女的传说，至魏晋时已发展成七月七天河相会、织女嫁牵牛的神话故事了。

织女和牵牛被人们看作是两颗神星，关于它们的神话不断被人们传诵并演绎成爱情故事，亦说明人们对爱情倾注的关心和向往。在此二星相聚的良宵，人们举行种种活动以示庆贺与纪念。其中之一便是乞巧。古人即传：“七夕之夜，妇人结彩缕，穿七孔针，或以金、银、鍮石为针，陈瓜果于庭中以乞巧。”

关于乞巧节，后人有诸多诗文描述。由此还衍生出一种习俗叫守夜，顾名思义，是晚上进行的活动。《风土记》说：七月初七日，其夜洒扫于庭，露施几筵，设酒脯时果，散香粉于筵上，以祈河鼓、织女，言此二星辰当会。守夜者咸怀私愿，咸云见天汉中有奕奕白气，有光耀五色，以此为征应。见者便拜而愿，乞富、乞寿、无子乞子，唯得乞一，不得兼求，三年乃得。

从上述两种习俗看，乞巧主要是妇女的活动。封建社会，“工针”为女子的一大美德，因此女人们愿借神的力量，使自己有一双灵巧之手。守夜则多有男子参加。七夕之夜，月朗风清，一家人坐在月下，女子乞巧，

男子祈福，也别有一番节日情趣。宫中女子虽不能随便嫁娶，但也阻挡不了对爱情的向往之心，于是大家纷纷参与，各显十八般手艺，所出绣品精彩夺目，意蕴深深。

林荫密处，碧月悄悄拿绣好的锦囊赠送周权，二人执手相望，情意绵绵。

羊献容心里暗喜，碧月温婉细心，和翠屏一样对自己忠心不二。希望有那么一天，能够成全这对有情人，于是诸多接触，刻意安排。翠屏则一心一意地照顾瑱儿。

司马越率领三万兵士，在萧县西边驻扎。起用琅邪王司马睿为平东将军，监徐州诸军事的职务，在下邳留守。令豫州刺史刘乔任冀州刺史，范阳王司马虓兼任豫州刺史。以刘琨为淮北护军，以刘藩任淮北护军，刘舆任颍川太守。

刘乔认为司马越并非天子的旨意，就发兵阻止司马越。再上书禀与朝廷，罗列刘舆兄弟的罪恶，带兵攻打许昌，并派其长子带兵于萧县灵璧阻击司马越，使司马越的军队不能前进。

东平王司马楙在兖州，不停地征收赋税，征发劳役，所属郡县不能忍受。范阳王司马虓派苟晞返回兖州，调司马楙都督青州，司马楙不接受任命，背叛崤山以东的诸侯，与刘乔汇合。

崤山以东战事又起，公师藩为成都王司马颖鸣不平，大举起兵。太宰司马颙听后非常恐惧，连忙颁诏任司马颖为镇东大将军，都督河北诸军事，配给一千兵士；任卢志为魏郡太守，随同司马颖镇守邺城，以此抚慰并安定公师藩。又派建武将军吕朗到洛阳驻扎。

再以惠帝名义发布诏令，命令东海王司马越等人各回自己的封地。司马越等人不服从。

秋日，司马颙再次颁布诏书，声称：“刘舆逼迫威胁范阳王司马虓，制造事端。”命令镇南大将军刘弘、平南将军彭城王司马释、征东大将军刘准，各自带领所辖军队，与刘乔并肩出力，任张方为大都督，率领十万精兵，与吕朗在许昌会合。

刘弘当年是羊祜的部下，至今保持着谦正品格，行事做人努力以羊祜、杜预为楷模，襄阳在其治理之下，民安粮丰，井井有条，颇有威望。

刘弘给刘乔及司马越去信，想劝解他们消解怨恨停止军事行动，共同辅佐王室。但双方均不理会。

刘弘不甘心，再上奏表曰："自近年战乱迭起，猜疑灾祸俱生，疑忌仇隙于亲王之间频现，灾难祸患延施于宗室后代，今天是忠于王室的，明天就成了反叛王室，明天反叛王室的，转眼又成为朝廷肱骨，是非反复变化无常，轮番为首挑起战事，成为兴起战事的首领。自有史记载以来，骨肉相残的灾祸从未如今朝这般惨烈，老臣对此悲切万分！现今边疆没有防御动乱的兵力储备，中原却又相当的困厄，辅助王室的重要大臣，不考虑国家的命运，却以竞长争短为能事，自相残杀。四边夷人乘虚制造变乱，所谓二虎相争，卞庄享其成。当务之急，应该赶快公布诏书，命令各地解除猜忌仇怨，各自掌控自己所分管的职务和封地。并诏告从今以后，如有不接受诏令，擅自动用军队挑起事端者，举国共伐之！"

太宰司马颙接到奏表，思虑刚开始进抵关东地区，要倚靠刘乔作为倚助，因而不采纳刘弘的进言。

刘乔乘虚袭击许昌，一举攻克。刘琨带兵救援许昌，已经来不及，只好和兄长刘舆以及范阳王司马虓一起逃奔河北。

刘弘根据张方的残暴判断，知道司马颙一定会失败，便派参军刘盘为都护，带领所辖各军队接受司马越的指挥。

此时天下大乱，鼎足之势已生，战争仍在继续。国事朝夕之间，瞬息万变，一切难以定论中。

转眼九月九，好歹有点收成，老百姓庆幸之余，纷纷登高插茱萸祈福。

九月九为重阳节。各地俱有登高思亲之风俗。九为奇数，而源于汉代

的道学，道家奉为经典的《易经》中，把奇数视为阳数，偶数视为阴数，阳数中“九”又被视为“极阳”，九月九日是两个“极阳”相遇，所以称作“重阳”。

阳又表示钢，重阳是“二钢相逢”而相克，所以被视为“厄日”，登高和系茱萸，目的是为了“解厄”，佛家也有九九八十一奇数之说。正所谓大道至简，义理相通。①

登高思亲的传统，源自东汉。相传东汉时，汝南人桓景随从费长房学习方术。有一天，费长房对他说：九月九日你家将有灾难降临。你赶快回去，叫家人每人做绛囊盛上茱萸，系在臂上，登高处饮菊花酒，此祸可消。桓景照此话去做，全家上山。晚上回来时，见家中牲畜全部死亡。自此，重阳登高佩茱萸囊饮菊酒以避邪的习俗，至魏延晋传承下来。

面对即将来临的九月九，羊献容忽然有了一个大胆的决定。

① 《中国通史》魏晋南北朝习俗史

第十一章　宫樯濒危，怎堪再尔虞我诈

九月九，不大不小起了个波澜。由于登高望亲习俗，也出于对父母的深切思念，羊献容和碧月、翠屏私下商议，去登高祭祖，缅怀亲人。而皇宫内没有高大的山，于是三人决定去到邙山。

邙山在洛阳城北，是离皇宫最近的山。一大早，三人乔装打扮，悄悄带了祭祀物品，只让碧月告诉立节将军周权暗中随行保护，其他人员不得声张。

宫门处，刘暾正在巡查，一眼看到车内宫女打扮的羊献容，呆了一下。

羊献容略露羞涩，刘暾立刻会意，悄无声张地放三人出宫，随后安排了守卫事务，自己则匆忙上马尾随其后。太监付顺驾车技术还不赖，总算没把三人的骨头架颠散。出洛阳城北门广莫门，一路向北不久，连绵邙山丛峰嵯峨，已近在眼前。

马车里，三人贪婪地望着窗外，秋日的天空经过雨水的洗涤，显得分外高远明澈。远山近水也在此时显出少有的宁静和美丽。邙山山势雄伟、水深土厚，伊洛之水自西向东穿城而过，有古人所崇尚的“枕山蹬河”之说。自周以来，历代帝王将相、达官贵人多以邙山作为长眠的乐土，因此邙山被视为殡葬安冢的风水宝地。邙山山川绚丽，风光宜人，是洛阳北面理想的天然屏障，也是军事上的战略要地。

羊献容大口地呼吸，忽然感觉自由是那么的宝贵。也忽然明白，素常人们所说的自由，便是最大化的随心所欲，自由放飞。而对于有着各种约束制度的皇宫而言，真正的自由是让别人处处依顺着你的时间与要求，唯你独尊，这便是权力之争的奥秘。而这种自由，只有皇帝能最大程度上享受，这便是古往今来，皇权之争永不落幕的缘由。可叹司马衷如今虽处帝位，却连半分自由也没有。

三人相携下车，注目白莲寺。

白莲寺乃武帝司马炎中期时筑建，坐落于邙山东侧一座小山峰。寺院呈红瓦双层歇山脊二进格局，廊柱粗壮，气势典雅，恢宏庄严。司马炎是个开明的皇帝，不仅尊儒释道，对于百姓信仰，有着宽泛的一面。北邙山翠云峰上有“上清宫”，相传为老子修炼处，帛和、魏伯阳、张道陵均修道于此。城内亦建有道观，乘风观、平乐观等，以及东汉最早的庙宇白马寺、魏晋延承而来东牛寺、满水寺、大市寺、石塔寺等百余所。而因为尊奉羊徽瑜、爱护羊门礼佛之故，故此在邙山东侧山峰之上赐建白莲寺一座，一解弘训皇后思念故土遥祭亲人之情。

儒释道共存，这也是当时的一种普遍现象。汉武帝时，西域的交通得以开辟，为佛教东传创造了条件。东汉初年，洛阳赐建白马寺，佛教在中国立足，并开始传播。魏晋之际，民族仇杀相互倾轧，以及皇室内部争权夺势持续战乱，使人们心理发生重大变化。门阀士族为他们兴亡无常的命运担忧，劳苦百姓为他们漂泊苦难的生活期望，佛教便在这样的土壤里，解厄度困，指点迷津，受人尊崇，一时在南北各地得到迅速的发展。

白莲寺正殿枕山面水，风景极佳。从山下仰望，红墙碧瓦，掩映在一片松林之中，分外清幽。寺内古树参天，盘根错节，枝柯间藤蔓缠绕，似瀑似萝。寺东流水潺潺，游廊逶迤。从山上流下来的泉水顺流而下进入寺院，竟形成一方不大不小的池塘，数枝秋荷，依然挺立在碧水中，白璧无瑕，婆娑多姿。殿内有依稀的梵唱声传来，委婉悦耳，犹如天外梵音。

不知为什么，羊献容走入这里，便觉心静如水，空诸一切，如若

无我。

殿廊下，惠尼师太已闻讯迎出。自张方监管洛阳后，料想到洛阳城还会面临兵火之灾，惠尼师太带领众弟子，及时迁址于此，一则是为了佛法绵延，远离杀戮；二则山高清净，适合佛门清修。羊献容举目凝望，烽火缭乱，战乱流离，惠尼师太依旧如故地淡定安然、与世无争。羊献容暗暗惊奇惠尼师太的这份沉稳与超脱。

远远地，刘暾骑马尾随一路赶来，小心谨慎，他满腹疑问，不知三人此行干什么，同时也希望不出什么意外。临近山腰，忽然发现一个熟悉的身影一闪隐入白莲寺。

“刘曜？他怎会在这里？”

刘暾心下紧张，快马加鞭，匆匆跟进去。

大殿内，羊献容上完香，惠尼师太引领一众人等走向殿后山峰。

羊献容有意让碧月多与周权相处，于是吩咐二人在山下等候，然后扶了翠屏和付顺的手，三人向更高山顶攀去。山坡凿了台阶，攀登起来还不算费力，纵如此，也让久居深宫不胜体力的羊献容香汗潸潸，气喘吁吁。秋光醉人，四野的景致红黄橙绿，次第绵延，美轮美奂，心在那一刻舒畅至极。羊献容想，如果没有可恶的权位之争，没有战争带来的生灵涂炭，这一切该是多么美丽！

山顶有一小小佛龛，突兀在一块巨石之上，在四周茂密植被映衬下，醒目，独特。巨石一面紧邻缓坡，一面却是悬崖峭壁，景色险峻壮观。羊献容焚香，虔诚祷告，思念亲人的感觉再次涌满心海。她久久地望着云端，寄希望云层里会显现父母的身影，哪怕就此一见，哪怕只一句话，也了却心头相思。亲恩、亲情在这一刻如此撼动肺腑，泪濡双眸。父母子女，一世的缘分，竟是失去了再不得相见，这就是一辈子的缘生缘灭。在你不经意间，在你还不知道珍惜或来不及珍惜时，已悄然失去，再不复存，徒留刻骨思念。

翠屏、付顺取了茱萸，遍插四周。

羊献容心里默默祷告，希望父母在天之灵安息，保佑羊氏一门，保佑自己与弟弟得已安生。

素雅婉丽、白衣飘飘的羊献容，宛若仙子伫立山巅。山下密林里，刘曜几次欲现身，皆给刘暾拉住了。

“暾弟为何?”

“现在特殊时期，兄台不宜现身。”

“难道暾弟以为我会伤害她?”

“你只会惊扰了她，别无良义。”

二人争执，一时言辞激烈，突地传了开来，引起周权等众人警觉。刘暾、刘曜不得不现身。

下至陡坡中间的羊献容，被刘曜目光一扫，陡然一个激灵，一下分神，忽地脚下站立不稳，一个闪失，直直向坡下坠去。一旁翠屏、付顺措手不及，无法施救，失声惊呼。

便见平地里两个身影忽地飞起，齐齐冲向羊献容。一个展臂抟起了腰部，一个伸手架住了臂膀。羊献容余惊未消，尚未想明白怎么回事，忽然发现自己在二人有力的臂膀下，大窘，刹时晕眩。二人不约而同一个旋转，将羊献容稳稳放下。碧月赶忙走上去，查看羊献容伤着没有。

刘暾退后施礼：“微臣失礼。”

羊献容一时窘迫，脸色绯红，不知怎么表示。

刘曜注目羊献容，再环视众人一圈，哈哈一笑，道声：“后会有期!”大踏步而去。

羊献容望着刘曜远去的身影，困惑思索，不得明白。感觉似曾相识，又想不起在哪里见过。

惠尼师太禁不住合掌默念：“阿弥陀佛”。

至夜，刘暾忽然接到司马越传见。

“司马越秘密返回，有何情况?”刘暾一惊，感到事情严重，急忙驱马赶至。

司马府大厅里，裴盾、裴邵也在。此二人是司马越妻裴妃的弟弟，也是司马越的得力臂膀。几人相见，施礼抱拳，略叙别后境况。

司马越兴致高涨，雄心勃勃，站在一张牛皮纸制作的庞大军事图前，谈吐若定。目前战况对司马越非常有利，稳固的后方与适时的供给，使得军队长驱直入，严重挫伤了司马颙的防守阵线。部队在洛北、陕北一带进展顺利，不久的将来，即可攻入陕中，打败司马颙。当下形式，即结合所有可召集的力量，攮平司马颙控制的一切，接皇帝司马衷返回洛阳，这局势才得以稳固，这朝廷才得以复原。

刘暾深表祝贺之余，词义婉转，提醒司马越劝诫兄弟司马模、司马略，免去和鲜卑，乌丸过分联合，以免他日进退维谷，反被牵制。并直言鲜卑、乌桓、匈奴皆北漠逐水草而居之游牧民族，而中原之地乃农耕民族。战争的参与，地域的扩张以及文化之差异，皆会加深各民族与汉族之间的矛盾。道明人之初本心无错，但皆因权利地位的贪念之故，从无意犯错到有意犯错，就会矛盾产生。这其中原因所在，不只是战争胜负，而更多是人性的贪婪。这矛盾激化达到一定程度，便会势如滔天浪潮，汹涌澎湃不可控制。

司马越雄心远谋，深谙刘暾言词有理，也感动刘暾忠耿之心。他大手一拍刘暾肩膀。“不愧刘毅之子，有远见，有韬略。良马期乎千里，不期乎骥骜。江山社稷定在你我的合力帷幄之中。朝廷矛盾的焦点，在于内室操戈，皇权争夺；而全国矛盾的焦点，在于异民纷争歧视倾轧，导致矛盾激化，物极必反。我敬佩羊公豪义，绥近怀远，天下归心，也希望无辜之人得以平安，社稷得以保全。今天起你我一个约定，裴盾、裴邵与我负责前方跃马开疆，你负责后方固若金汤。校尉宅心仁厚，望不负我所托。”

刘暾忙不迭谦辞：“责任重大，臣已无心战乱。”

司马越走上前，握住刘暾双手，双目凝视，郑重道：“此非以为荣，乃分忧耳。”

刘暾一怔，顿时明白了话里包含的分量。司马越毕竟是皇叔之辈，以

地位为尊，有些表达无需出口，有些话也只能埋在心里。但那份运筹帷幄，大度襟怀，力挽狂澜，拨乱反正之势，让刘暾暗自惊触间又肃然动容。这乱局，当有一人振臂高呼，力挽狂澜；这一握，也似有千钧重，等于把整个洛阳城及大后方放在刘暾手里，一切尽在不言中。刘暾暗暗颔首，决心做好这个担当，为大晋江山赢得一个太平。

他谦恭地施礼。

司马越继续道："功名利禄，不过转瞬，韶华白首，恍如烟尘。苟度余生，只会徒留遗恨。英雄枭雄，一念之仁。你我承此重任，不过成王败寇，然心之所向，无惧亦无悔。"

刘暾重重点头："暾无宏愿，但求坚守心中信义仁爱，纵使无法常立于不败之地，却可昂首挺立，无愧于天地之间。"

二人互相抱拳，刘暾恭敬地退出，想起父亲刘毅对自己的教诲，心中铭感，同时也决定把一份爱深藏于心底，默默奉献，向父亲刘毅一样，做个正直磊落的人，为朝廷尽职，挽天下于危难。

刘毅为晋武帝时诤臣，在世时任尚书左仆射、司隶校尉。刘毅为人正直，疾恶如仇。任司隶校尉时，举发惩处豪门权贵，无所顾忌。甚至当皇太子吹打着乐器进入宫中东掖门，违反了宫中的规定时，刘毅也敢上奏皇帝检举他。有一年春季，武帝到南郊祭祀，典礼结束后，武帝感叹地询问刘毅："我可以和汉代的哪一个帝王相比？"刘毅回答说："可与桓帝、灵帝相比。"武帝说："何至于到这个地步？"刘毅说："桓帝、灵帝卖官鬻爵的钱都进了官府的仓库，陛下卖官鬻爵的钱都进了自己的家门，凭这一点来说，大概还不如桓帝、灵帝了。"武帝哈哈大笑道："桓帝、灵帝的时代，听不到这样的话，现在朕有正直的臣下，已经胜过桓帝、灵帝了。"

又传太康五年，正月初四，放置武器库的井里出现了两条青龙。武帝前去观看，脸上现出欢喜的神色。百官们要去道贺，刘毅上表说："从前，龙降临在夏代的厅堂里，最后酿成了周代的祸殃。《易经》里说，'龙潜代不作施展，是因为阳气低沉。'我寻查了旧典籍，前人没有恭贺龙的礼节。"武帝听从了刘毅的话。

刘毅还是个具有改革意识之人，曾奏请废“九品中正制”并提出一系列建议，改革弊政，武帝虽然对这些建议很赞赏，但是因为种种原因，最终也没能实行。

是夜，有风吹过，温柔缠绵，月光柔柔地铺洒一地。一天劳累，碧月、翠屏早早入睡了，执勤的付顺和宫女也打起了瞌睡。

回想日间所发生的一幕，羊献容却辗转不能入眠。她悄悄起身，顺着帷幕后角门，进入显阳殿后院。月影依稀，飒飒的晚风吹动她的纨衣，飘逸如水，俏楚动人。羊献容抬头望天，月华在圆月周围淡淡围成一圈，旷远而皎洁。她多么希望时光就这样静静地凝滞下去，直到永远。她放轻脚步，顺游廊慢走，感慨良多，忽然闻到一丝奇异的气息贴近身后，羊献容募地警觉，尚未回过神来，忽然觉得身子腾空，然后不知怎的一下失去知觉。

恍惚耳边似有呼呼风声，疾奔的马蹄声，还有悦耳的流水声，似在梦里，又似在云端。

等到神智完全清醒睁开眼，羊献容蓦地发现自己置于一个陌生的环境中，有低低的丝竹声缠绵入耳，如诉如泣，偌大的一汪湖泊舒展开去，宛若明镜。幽寂的林木依湖环绕，静谧安然。再看自己，躺在一方木榻之上，面前几上一盘果味，一席茶盏，独特的，是一只碧玉长箫，斜斜放置在长几之上，流苏随风摆动，醒目又有些眼熟。

羊献容起身，赫然发现置身的亭阁竟然出于一个湖心小岛上。小岛四周碧水莹润，绿树成荫，只有一条木栈道通向胡泊外，木栈道古朴简陋，仿佛随时将摇摇欲坠。

如此一个世外洞天，宛如仙境。羊献容不禁恍惚，不知身在何处？为何到此？壁上几幅字吸引了她的注意，似是眼熟异常，却想不起在哪里见过。

转眼处，一雄健身影亭外面南而坐，身上衣饰随晚风飘拂。丝竹声来自他手中把玩的一架小巧弦琴，简雅，新颖，音质却好，曲调别有异域风

情。羊献容一惊坐起。

“是谁?”

“容儿不记得我了吗?”声音低沉浑厚。

羊献容愈觉诧异。

“当年雪地一别，已是五年。”

羊献容努力思索。

“将军是?”

“在下刘曜。”

“刘曜?胡人?”羊献容愕然，忽然想起是在泰山比墨、今日邙山救失之人。“久闻刘渊已左国建制称王，其族莫不前往效力，为何将军却在这里?”

“洛阳也是叔父栖居数十年之地，曜回来处理府中事务而已。”

“将军为何带我于此地?如若有事，为何日间相见却不言明?”

“凉风月下，相对安然。难道以容儿之聪慧，还不能猜出在下心思吗?立马黄昏，箫音传情，我想容儿心里应有感知。”他回转身来，须髯分明，双目灼灼如火，棱角分明的脸，硬朗霸气，有一种不同于中原男子的美。

素闻胡人汉化，皆是高雅逸士，博古通今，果不其然。几句话，似火焰点燃羊献容心里。羊献容禁不住其灼灼双目注视，不自觉低首。“凉风月下，相对安然。”是多么美好的二人世界。可是，碧海情天，两情相悦，自己还有资格拥有吗?

“将军错了，即便花前月下，梦里眼前，献容已是朽木一块，万念俱灰。”

“难道容儿要做那空中云霭，沉浮一生吗?”

一句话再次撬动羊献容心海。沉浮?何止是沉浮，刀口浪尖，水深火热，哪一步不是咬牙忍痛过来。司马伦逼宫，司马颖戗父之恨，司马颙、张方擅权废后，肆意侮辱，司马衷之懦弱、低能……可是她能怎么办?

“献容绵薄之力，只想化干戈为玉帛。家国安定，百姓无恙，献容无我。”

“为何？如此牺牲可值？君为国枯，谁为君荣？”

“父母俱去，兄弟远徙，献容形单影只一人矣，何得牵挂？”

“可知‘山有木兮木有枝，心悦君兮君不知。’容儿已铭刻刘曜心中已久，时刻难忘。曜愿为容儿，马踏中原，冲破关山万重。”

一语道破，石破天惊。羊献容兀自摇头，惊的说不出话来。

羊献容盯视着刘曜，心底泛起骇浪狂涛。“今夕何夕兮，搴舟中流。今日何日兮，得与王子同舟。蒙羞被好兮，不訾诟耻。心几烦而不绝兮，得知王子。山有木兮木有枝，心悦君兮君不知。”这是楚人传衍的越国舟子之唱辞，《越人歌》所载句子，因为爱情而经久相传。

“容儿若还记得过去，当念一份相知，跟我走吧，曜会给容儿爱，给容儿一世安稳。”刘曜目视壁上书法，语气凝噎地说。

一刻间，羊献容心潮澎湃。一声声“容儿”，叫得她心底温软。这种称呼，只有自己最亲的母亲口里有过。一个陌生人，却给了她亲切的呼唤。那一刻，她有十二分的迷眩。佛说：万法皆生，皆系缘分。偶然的相遇，蓦然的回首，注定彼此的一生，只为眼光交汇时刹那间的缘起缘生……

刘曜走上前，揽住羊献容，情不自禁地将嘴唇覆了上去，唇齿相交，柔软的舌尖激越地挑逗着羊献容的激情，鲜艳的红唇在辗转吮吸中发出一声娇媚的嘤咛。他一边吻，一边意欲所动。羊献容一下清醒，推开刘曜。

天子宫嫔，心里只能有皇上，怎能还有别的男子？当断不断，反受其乱。她怎么能离去？去到一个番邦。羊献容冷凄地说：“请将军自重。我是大晋皇后，自入宫起，已忘记前尘旧事。”

“大晋皇后，不觉得屈辱负重无尊吗？身为皇后，大晋给了你什么？司马家给了你什么？是荣华安泰？还是折辱偷生？”

羊献容几欲落泪，强自忍住：“献容不知何为宗旨，只知道家传执念，国体事大，自进入皇宫那一刻，献容已不是自己。献容也深信《易经》老

子之言：飘风不终朝，骤雨不终夕。这一切都会过去的”。①

“……何解？”

“意思即从早晨就刮的大风，到了中午就会停息下来。而中午突袭而至的急雨，黄昏之前就会放晴。只要有耐心，它就一定会停下来。而且，雨后的天空会更加美丽，雨后的空气会更加清新。”

刘曜忿忿不语。

“将军送我回宫吧，最好黎明之前，以免惊动他人。”

羊献容迎风而立，坚定安然。

刘曜忽然发现，羊献容的笑容里有一种异乎寻常的宁静。这宁静，是一种历经沧桑大浪淘沙铅华洗尽后气度超然的美。这种美沉稳坚毅，倾城倾国，有别于青春年少，有别于脂粉妆容，她美得让人心服口服，美得让人无法不心动，无法违逆她的旨意。漂亮的女人很多，称美丽者却屈指可数，因为真正的美丽源自女人内在的气质和内涵，它包括睿智、大气、坚定、识大体，用一颗睿智正直的心，来包容和善待周遭的人和事。

“曜不会放弃的，终有一天，曜会带你走，无论你甘不甘愿。”

他走上前，一把揽住。

空气再次凝滞了，奇异的感觉再次衍生，宽阔的胸怀，大手的力度，以及刘曜身上散发的强烈的男子气息，无不令献容心动意曳。几年来，她何尝不想有个可依靠的臂膀，有个平静而有爱的生活，有个遮风挡雨又温暖的胸膛，毕竟她也是青春年少，渴望爱，渴望真情。可是，她能吗？

羊献容艰难地抗拒着，她痛苦地闭上眼睛。

刘曜深深地看了羊献容一眼，大踏步抱上骏马，疾驰而去。碧玉箫的流苏在夜风里疯狂舞动。

夜深如海，秋风萧瑟。

一盏孤灯，在湖里泛起点点星光，幽明微照夜空。

---

① 飘风不终朝，骤雨不终夕。《老子》二十三章 希言自然。

是日，羊献容邀荀藩、刘寔进殿。请教两位老臣匈奴与晋室历史渊源。

刘寔乃司马衷师傅，同样是晋朝元老。

刘寔一拱手，道："说来话长，最初，魏武帝把匈奴分为五部，任命刘豹为左部帅。刘豹的儿子刘渊，自幼拜上党人崔游为师，博习经与史，样貌俊秀出众。因为是人质，所以留在洛阳。刘渊曾经与其同门学生、上党人朱纪和雁门人范隆说，吾每观书传，常鄙'随陆无武，绛灌无文。'随何、陆贾遇到了汉高帝这样的君主，却不能建立封疆封侯业绩；绛侯、灌婴遇到了汉文帝这般的帝王，却不能振兴文化固本，这难道不可惜吗？于是他在习文的同时也兼学武功。等他长大了，长臂善于射箭，体力超过常人，身材高大魁梧。"

荀藩接口道："刘渊常言，'道由人弘，一物之不知者，固君子之所耻也'。前大将军王浑与其子王济皆很器重刘渊，多次向晋武帝荐举。晋武帝召刘渊交谈，也非常赞赏。王济说刘渊有文武英才，陛下把东南的事情委任于他，平定吴国都不够他施展的。侍中孔恂、杨珧却说刘渊非我族类，必然与我们不是一条心，刘渊的才能器量确实很少有人能相比，但是却不能重用他。之后凉州陷落，晋武帝问尚书仆射李憙，'可以用谁为将去救凉州？'李憙回答说：'陛下如果真能把匈奴五部的人都发动起来，给刘渊一个将军的名号，让他率领匈奴人向西进发，那么取来树机能的头颅示众，就指日可待了。'孔恂却说刘渊要是真杀了树机能的头示众，那么凉州的祸患就会更深了。晋武帝犹豫，于是没有任用刘渊。"

刘寔叹息："可惜，一介人才，落个浑浑度日。东莱人王弥有学问，勇猛而有谋略，善于骑射，青州人称他为飞豹。刘渊和王弥交好，王弥喜欢打抱不平，刘渊对王弥说：'王浑和李憙因为与我同好了解我，所以他们时常向晋武帝荐举我，这却正是我的忧虑。'说着就抽泣流泪了。齐王司马攸知道了这件事，他对晋武帝说：'陛下如不除掉刘渊，恐怕并州不能够长久安宁了。'王浑说大晋正要以信义来安抚异族，为什么为了无形

的怀疑，就要杀了人家入侍皇帝的儿子呢？为什么恩惠的气度就不能宽宠大量呢？晋武帝说王浑说得对，刘渊侥幸得免。之后刘豹去世，刘渊继位做了左部帅。

荀藩点点头，“大臣江统主张徙戎，认为关中土地肥沃，物产丰富，是帝王居住的地方，没有听说西戎、北狄应当在这块土地上居住。不属于我们的族类，他们的想法必定不同。士人百姓则习以为常，玩忽对待，欺侮他们软弱，使他们的怨恨刻骨铭心。长此以往，以他们贪婪强悍之本性，又带着愤怒的心情，一旦人口繁育强盛，时机合适，定伺机叛乱。现在他们居住在封疆之内，没有障碍工事阻隔，抢掠没有防备的人，易如反掌，必会迅速成为祸患而蔓延，危害不可测度。江统昔日所预言一切，观今此状况，已为史鉴之实。”

刘寔站起身，双手挥舞，情绪激动：“外族虎视眈眈，皇族烈马纷争，可叹惠帝啊，如何担当得起这一切。博士祭酒曹志认为自从伏羲以来，天下岂是一人所能独占？应当以至公之心待人，与天下利害共存，这样才能长久地拥有天下。是故秦魏独霸天下而终灭亡，周汉分化利益而致长远，这是前代明显的例证。今权势之争，已攘柱断础，毁坏皇族根基；外族仇恨觊觎，不肯罢休。而这一切纷争后果，更直接影响了天下安泰，致使各民族间矛盾激化，到了不可调和的地步。”

听二人悉数讲解，羊献容渐渐明白其中过程与原因。羊献容坐在榻上，向荀藩、刘寔敬茶。以史明志，博古鉴今，的确是位尊者值得温习的功课。

司马颙、司马越战事加急，胜负未定，陕甘一带到处风声鹤唳，人心惶惶。

最初武帝有密旨，认为关中乃帝王之地后裔，非亲近族室不得入驻。司马颙早就瞧中关中乃风水宝地，自占据关中后，认为挟天子以令诸侯时日到来，故此牢牢盘在此地。

孙琬爱慕关中富饶，极尽魅惑淫荡，使司马颙欲罢不能，言听计从。

关中成了二人皇宫。孙琬更密切关注洛阳之事，有半点星火发出，即狠命掐灭。

鹬蚌相争，渔翁得利。谁是最后的赢家呢？人算不如天算。不妨让时间去给个定论。

羊献容深深地感触，无论朝廷与自己，皆是一种沉重的存在，艰难的存在。她不能倒下，须努力使自己活着，努力坚守中宫之位。只有这样，才会有所制衡，才会使邪恶消退，才会有机会拨乱反正，她无法计较个人得失，她也无法计较名利，她只能对一切有利于朝廷和平的举动给予最大的支持。

至晚，羊献容秘密约见了羊曼，打听弟弟甫阳消息的同时，嘱托羊曼务必联络并协调好家族各地的族人，保存一份实力。兄妹二人分析局势，达成一致观点。

是日，羊曼带领随从，打马驰出洛阳。

洛阳城外，刘曜、刘暾长亭惜惜作别，皆似有满腔的话语，却难以启齿。

刘曜离开洛阳，投身于刘渊的江山大业匡复中去。

刘暾神情复杂，五胡乱华，业已开始，不知道二人将来会以如何的场面相见。

二人再次作别，皆心照不宣。

此后不断传来大汉国的消息，也让羊献容惊怵，西部边境，已尽数落入刘渊掌中。匈奴的发展，迅速而勇猛，势有压倒成汉、覆灭晋庭、席卷中原之势。

羊献容深深地感慨，“一个民族的复兴，是任何力量也遏制不住的”。

晋朝该以怎样的力量，与之抗衡呢？

羊献容忽地感觉，历史将重演“白骨露于野，千里无鸡鸣”的悲惨景象。现在暂时的安定，不过是历史脚步滚滚东去中一个难得的苟延残喘的机会。

司马越的重托，刘曜的投军参战，激起了刘暾保家卫国，跃马沙场之雄心。

司马略此时已作为后援西去支持司马越鏖战。

洛阳城，为数不多的将士，俱皆归拢刘暾手下。他们明白，无论为哪一方，将不得不参战，不得不为战争而准备。既然如此，不如为保卫故土保卫父老百姓而战。暗暗地，刘暾操练兵马，希望用兵之时，立于不败之地。军营里，常常响起《短歌行》豪迈的歌声。

> 对酒当歌，人生几何？譬如朝露，去日苦多。
>
> ……
>
> 青青子衿，悠悠我心。但为君故，沉吟至今。
>
> ……
>
> 山不厌高，海不厌深。周公吐哺，天下归心。

《短歌行》是一代枭雄曹操为数不多的诗作之一。是汉乐府旧题，属于《相和歌·平调曲》。曹操的诗有一种震撼人心的巨大力量，诗中抒发渴望招纳贤才、建功立业的宏图大愿。用四言体写来，内容深厚，庄重典雅，感情充沛，使后代无数英雄志士为之倾倒若狂。而以曹操、曹丕、曹植为代表的建安风骨，在文学史上留下了光辉的一笔。

城墙上，翠屏问歌词何意？

羊献容细细品味着歌词，仿佛回答，又仿佛自言自语道："山不厌高，海不厌深。周公吐哺，天下归心……"

天下归心，所谓"心"字，应该是一个"民心"。老话说，得民心者得天下。

立节将军周权，暗暗与刘暾商议，再次拥立羊皇后复位。利用皇后旨意，名正言顺地与西台司马颙抗衡，支持司马越，保大晋江山。

转眼瑱儿四岁了，冰雪聪颖，灵俏可人，教她背诗，一学就会，幼儿游戏，但凡嬉戏，竟无师自通。每次有好吃的东西，必让羊献容先吃。碧月、翠屏等故意与羊献容争东西，竟知道上前围护母后。翠屏吃醋，噘嘴不高兴，惹得羊献容放声欢笑。

小小的人儿，带给大家无限快乐。

羊献容莫名感触，活着很累，却是一种无怨无悔；活着很苦，却是人生积累。生活的本真，也许就是这坎坎坷坷，喜忧参半。而对于当前洛阳，羊献容明白，活着，其实是一种姿态。因为明白要干什么，做什么，所以有所承受；因为清楚我为谁，谁为我，所以有所担当；更因为盼望光明，和平，给大晋子民一个姿态，所以握生命在手，掬淡泊于心，才不气馁，不绝望。

活着很难，却是一种期盼；活着很辛酸，却也是一种幸福。

只是这乱而未果的世界，会给瑱儿怎样的未来，瑱儿的命运会如何呢？

九月底，张方忽然托人带来珠宝首饰，说久慕碧月美貌，要聘碧月过府为妾。

接到聘礼，不止羊献容、翠屏、刘暾、周权等皆大吃一惊，困惑张方如何会有此想法？

众人望向碧月。

碧月一下跪倒："求皇后佑我。皇后是知道我的，碧月任死，也不会去给张方做妾。"

翠屏说："张方有了十三房侍妾，还不知足。这男人啊，真是有了一福想二福，有了肉吃想豆腐，恨不得天下美女尽入其怀，真是贪得无厌。"

羊献容知道，碧月表面温婉，却性格坚贞，即便嫁了张方，碧月也断不会逆来顺受委曲求全，而张方混世魔王，杀人如麻，残忍成性，用不了多久，碧月便会给折磨致死。张方已经穷奢极欲，打碧月的主意，绝不是为着美貌而来。

周权也恨得咬牙，众人一时苦于无计。

一波未平一波又起，丽嫔过来，说欲过继自家哥哥的女儿作为依靠，但自己宫里缺少个会带孩子的丫头。看翠屏挺耐心仔细的，是个照顾孩子的可心人，所以想给羊献容讨了去。

羊献容刹那明白，这不过是张方、丽嫔的离间之计，目的是要卸去羊献容的左膀右臂。翠屏盯视着丽嫔，一言不发，一头撞向一旁柱子。

众人猝不及防，翠屏撞得又狠，一下子折过气去，血流下来，满脸血污。

众人手忙脚乱的抢救。羊献容命赶快请御医，同时也命人看住碧月，不要起连锁反应。周权领会，扑过去看住碧月。

丽嫔看到这里，忍不住连叫晦气，说罢捂着鼻子走了。

羊献容忽地想起，丽嫔见不得血。翠屏此举可谓是险招，但也是卤水点豆腐，一物降一物。即便以后她见了翠屏，也会想起血头血面的情景，心里不那么舒服自在了。

所幸翠屏无生命大碍，过不了几个时辰，醒了过来。

羊献容暗暗祷告，活着就好。草芥阶层，百喙莫辩，能活着已是不幸中大幸。

第三日，碧月说经过了仔细考虑，决定答应张方，给他做妾。

羊献容吃了一惊。

碧月说："皇后已经饱受苦难，不想再让皇后进退维谷，左右为难。"

羊献容坚决地否了碧月的请求。

"自你我三人一同进入皇宫，情同姐妹。此番情谊价值连城，已是什么也抵不上。任何东西，对我来说已经毫无意义。是宝物，也只有在爱宝的人手里，才是珍宝。你不是他的珍宝，充其量是他掌上的一支玩偶，随时都会有香消玉殒的危险。"

周权也听说了碧月的变化，急匆匆地走了进来。

他一把持住碧月，"你……"一时气遏，眼圈一红，竟然说不出话来。

"碧月想以末技之力，与那张方周旋游说，或可因他一时新鲜，不至于再度加害，让皇后稳安生活。"

“以末技之力？你能把控张方？他一个杀人不眨眼的魔王，你芊芊弱女，能力何至？一时新鲜？你可知刀刃上的蜜，甜不过一时之美，却有截舌之患？如此折损自身，未必有什么意义。”羊献容不容分说。

碧月欲再说服周权。

羊献容坚决地打断她。任形势如何变化，绝不会让碧月羊入虎口。

“总会有办法的。大肆放出风去，说碧月姑娘八字相克，不利嫁娶。”

第十二章　刀光剑影，复又起烽火狼烟

永兴二年十月，距离司马衷被挟制入西安已近一年。

丽嫔终于忍不住东台的清苦与孤寂，托张方带了珍奇异宝，极力与孙琬结好，然后在孙琬的授意下，耀武扬威地去了西安。

临行前一日，丽嫔来和羊献容告别。虽说是告别，但脸上掩饰不住的得意。

此时羊献容尚未恢复皇后身份，只是庶人一个，故而二人既不行礼，也不落座。羊献容只是埋头做着自己的绣品。丽嫔站在步辇前，自顾自地说一些冠冕堂皇的话。

丽嫔说："今日就要去西台了，想不久之后啊，这里或许就是一个废宫，一个空城，很不舍妹妹一人凄冷地住在这里，要不要本宫给惠帝提念提念呢?"

羊献容心里一动，针扎在手上，沁出了血。提念?可知不是猫哭耗子，假慈悲，惠帝自己能做得主吗?她不动声色，把血摁在丝布上，转而绣成一朵海棠，浓艳欲滴。背对丽嫔阴阳怪气假惺惺的道别，嘴角紧抿，沉默不答。

丽嫔眼一瞥，阴柔一笑，洋洋自得而去。

此时刘暾被司马越抽调去平定北部刘柏根叛乱，皇宫一时空落大半。县令刘柏根反叛，集一万多人，自称公。王弥带领家奴僮仆投奔他，刘柏根任王弥为长史，任王弥的堂弟王桑为东中郎将，“起兵青徐”，大举进犯临淄、泰山。“所在陷没，多杀守令，有众数万，朝廷不能制。”① 羊祈、羊鉴以及地方百姓，奋力抵抗，死伤不少人。齐鲁境地不得安静，青州都督高密王司马略也派兵支援刘暾。

朝廷唯一的一支皇宫护卫禁军，由立节将军周权率领，奉命护送丽嫔去西安。

战况复杂，身不由己。丽嫔又阴险跋扈，气势强盛，这一去不知未来如何？碧月不免担心。是夜二人偷偷相见，难离难分。

羊献容带翠屏走进，给周权饯行。

“世事动荡，风波难定，此去坎坷艰辛。望将军见机行事，察人慎己，平安归来，不负碧月翘首期盼。”

“是，谢皇后，也请皇后与诸位多多保重！”

“想那丽嫔，诡计多端，奴婢只怕将军此番护送，未免大意着了她的道儿。”

“请碧月放心，周权此去，定戒酒戒躁，时刻警惕，只求无阻到达，交付使命，便早日返回。”

“如此……望将军珍重！”

“珍重！”

洛阳至西安，一路艰难险阻，高原特有的地势，灌木杂生，人烟稀少。苍鹰在云空低旋，野兽自灌木丛窥视，不时俯冲抢食食物。马队加上宫车，在广袤的大地上宛如一只慢慢蠕动的蜈蚣。夜幕降临，四周野鸟啼号，兼有野狼长嚎，无形增加了夜晚的恐怖气氛。

四周燃起了火把，点燃了篝火，加防了三层护卫。尽管如此，丽嫔仍然嚷着害怕。她备了酒菜小点，命人请周权进帷帐，美其名曰加以保护。周权铭记羊献容及碧月嘱咐，只答应站在门外，彻夜把剑护卫。

① 《晋书·王弥传》、《十六国春秋·前赵录》

丽嫔百班花样，极尽妖媚诱惑。

全身盔甲的周权，犹如铁人，刀枪不入，面对丽嫔的百般诱惑，不为所动。

丽嫔恨恨地，无计可施。

西安，作为新都城的京畿要地，城阙如云，繁华而富庶。似乎全国的物品都集中在这里，人们熙来攘往，衣饰簇新，热闹异常。曾经，洛阳也是如此的富庶之地，繁华热闹景象，却被一次次争权战争，弄的人烟萧条，满目疮痍。

司马颙派了司马炽来城外迎接，二人见过礼，欲言又止。走在长安大街上，怀着对洛阳深深的眷恋，周权轻轻叹息一声，心里再次有了复兴洛阳京都的念头。

西安新建的皇宫里，周权见到了挟制皇帝的司马颙，也见到了被软禁的皇帝司马衷。

司马衷似乎更痴呆了，冠带倾斜，衣饰邋遢。周权跪拜行礼，禀告从洛阳而来，代洛阳臣子给皇上请安。司马衷听后只是傻乎乎地笑，然后问："你是来和我'斗族'的吗？"

周权一愣。

司马颙哈哈大笑，道："周将军可知这'斗族'之戏？"

"略知一二。"

"说说听。"

"'斗族'之戏，亦称斗凿，其玩法从古代击壤而来。三国时邯郸淳作《艺经》说：击壤，古戏也。玩法即壤以木为之，前广后锐，长尺四、阔三寸，其形如履。将戏，先侧一壤于地，以砖两枚，长七寸，相去三十步，立为标。各以砖一枚，方圆一尺，掷之。主人持筹，随多少。甲先掷破则得乙筹，后破则夺先破者。"

"哈哈哈，说得极是，本朝周处作《风土记》也言，'击壤者以木做之，前广后锐，长可尺四三寸，其形如履。腊节，童少以为戏，分部如掷博也。’从周处文中来看，我晋之斗族与三国时击壤之戏无大区别。不过此处需要分明的是，即击壤之戏至我们大晋已逐渐成为孩童所玩的游戏了。哈哈哈……”

周权愕然！“堂堂大晋皇帝，如今竟变得只知道稚子之戏了！”司马颙狂放的笑声里，包含着多少对惠帝肆意的轻辱和嘲讽啊！

周权一下缄默，心里莫名地震惊和悲哀。

司马颙哈哈大笑，指令几个小黄门去陪司马衷玩。然后带领周权四处查看西安城内的军事设施。所到之处，军械齐备，粮马充足，警戒森严。司马颙眼神凶狡，盯视周权，似乎是在炫耀，又似乎是在告诫周权，想与西安抗衡，如螳臂挡车，不自量力。

“洛阳的一帮迂夫子，就等着我司马颙一掌天下吧！哈哈哈……”

周权明白，司马衷已完全被司马颙控制。在这个浸透着繁华与虚妄的新都城里，司马颙才是真正的天子，真正的皇帝。只是他不明白，丽嫔来干吗呢？在别人眼下奴颜婢膝地生活？还是想早得贵子，以期他日富贵？而以司马衷现在状况，似乎难以行得通，即便行得通，司马颙会让她的子嗣继续承继大统吗？是张方的有意安插？还是司马颙与张方之间发生了什么？不得而知。

是夜，周权朦胧欲睡之际，听得窗棂上有数下叩击之声，周权一下警觉坐起，拔剑开窗。未见有人。困惑之际，见一人影走廊尽头一闪不见，复跃上房檐招手。周权心知情况有异，立马跟上。此身影矫健异常，三拐两拐，进入一个偏僻宫殿。周权身手敏捷，紧追不舍，二人相距不远，相继进入迎面殿堂。殿堂内黝黑，一下不能适应，周权四下观看，此人忽然不见。

周权愣神之际，恍见殿堂深处榻上半躺半坐着一个人，微微烛光映照之下，赫然是皇帝司马衷。立在他身后的，竟然是便装打扮的皇太弟司马炽。

周权一愣，立马拜倒。

司马衷更不答话，只是自言自语地重复，“朕想回洛阳，朕回不

去了。”

周权伏地：“请皇上示下。”

“朕只要羊儿姐姐当皇后。朕只要羊儿姐姐当皇后。宫里谁会做圆子？谁会做风筝，会陪朕玩？啊？我要风筝，我要风筝。”说完又哭又闹。几个黄门侍郎走上来架司马衷走下，边走边哄：“皇上困了，该睡了，睡醒了就有得玩了。”

周权如坠五里云雾，不知道是真是假？还是自己做了一个梦？他掐掐手臂，疼。心里豁然明白，司马衷有不得已的苦衷。他想传达旨意，却不得不用另一种形式表达出来。而除了傻，他一无是处。

一个皇帝，悲哀如斯。天可怜见乎！

周权知道，在这里多住一日，危险多一分。他当机立断，回身带上随从，走。

司马颙获悉，大发雷霆，下令士兵围追堵截。

周权杀开城卫连夜兼程，策马回奔洛阳。

十一月月中，洛阳皇宫前，立节将军周权，手持檄文，自称平西将军，宣布有司马衷指令，复羊献容皇后之位。

百姓聚集铜驼街，排开长台庆祝。

西安，司马颙怒不可遏，派遣五千人马，指令洛阳令何乔杀掉周权。

何乔率军攻打周权。几百人对五千，敌众我寡，满城陷于焦虑中。周权誓不放弃，彻夜巡视城墙头，一次次地击退敌兵进攻。再一次的还击战中，周权身先士卒，奋力杀敌，不慎被飞来的冷箭一下射中要害，士兵急急地把周权抬下，已是血流如注，气息奄奄。留恋之际，羊献容带碧月急急赶来，二人手尚未握暖，周权满腹话尚未出口，便头一歪，撒手尘寰。

碧月哭得一下昏死过去，众人皆落泪哽咽。

何乔终于攻陷城门，率军进入皇宫内苑，趾高气扬地宣布废黜羊皇后。

一个洛阳县令，竟红口白牙地宣布废除皇后，滑天下之大稽。

泪水未净的羊献容，悲愤地紧咬嘴唇，拒不接旨。何乔命人上前摁倒羊献容，羊献容倔强地昂着头，眼里泛着血红色的光。

荀藩等人气愤地冲进金銮殿，无奈和乔以圣旨挡道，一干人等恨恨地被迫接受这一切。

西安皇宫，孙琬、丽嫔一同陪了司马颙喝酒玩乐。丽嫔来到西安，衣饰大变，妖媚异常，也不知用了什么方法，二人共同服侍司马颙，竟叫孙琬不吃醋、不嫉妒。司马颙本是得陇望蜀之人，早垂涎后宫妃嫔美貌，哪里还管丽嫔乃皇帝司马衷之人。此刻左拥右抱，坐享齐人之福。

洛阳的消息报到西安，司马颙松开二美人，哈哈大笑。“螳臂挡车，不自量力。”

孙琬、丽嫔相视一笑。丽嫔谄媚地说：“还是太宰英明，蚍蜉撼树，自取灭亡。”

孙琬娇滴滴一笑：“养虎为患，死灰复燃，迟早还会是个麻烦。留的疮脓在，只怕还会作俑，还不如一刀割了利索，也让太宰省心。”然后剥一颗荔枝，含在唇间，媚眼一展，司马颙张口去接，孙琬顺势滚入怀里撒娇。

杀一个人，在她口里如切瓜分枣一般轻描淡写。孙琬之狠，犹见一斑。

丽嫔一旁迎合。“琬姐姐说得甚是。如此下去，再被奸人利用，太宰还要烦心不尽呢。赐死一个庶人，总比赐死一个皇后简单得多。”丽嫔年长孙琬若干，这句姐姐叫的甚是肉麻，话儿说的更是阴柔准狠。

孙琬道：“本欲留之，一则顾念姑母亲戚之情；二则不想让太宰得天下骂名。既然不能消停，又总是给遗朝贼子利用，不若拔除这个楔子，免得太宰再受牵制，劳心费神。”

司马颙闻言一凛，头一摇晃，眼珠一斜：“爱妃聪慧，此言有理，欲成大事，必不拘小节。若当断不断，反留祸患。祸我圣朝统治者，怎么处置？”酒杯一伸，抵住一旁一个太监。

太监战战兢兢，答：“杀！”

司马颙哈哈一笑：“对！杀！”酒杯一掷，当即下令：“传惠帝旨意，废后羊献容屡与奸人勾结，结党营私，贻害朝廷……特赠金屑酒一壶，东台赐死。”

洛阳皇宫内夜晚，静谧而沉寂。羊献容皂衣皂裙当庭焚香，飘然若仙。父母离世一年多了，弟弟杳无消息。蚀骨的思念痛楚地啃噬着她，尽管历历往事已经被似水流年冲洗的模糊褪色，但那种亲人、亲情间的爱，已牢牢刻进心海深处。

周权的死，成了碧月最大的打击。好好的一个人，说没就没了，碧月不思下饭，人也愈瘦。羊献容、翠屏心如火炙，想起何乔，气如烟生。

何乔乃市井市侩之徒，靠花钱买个县令小官。山中无老虎，猴子称霸王，洛阳一时之间成了何乔的天下。何乔本好色，得意忘形之际，开始觊觎以前做梦也不敢想的皇宫内女子的美色。

一日黄昏，何乔兴之所至，徒步进入皇宫内院芳林苑。芳林苑是仅次于华林苑的皇宫园林之一。此时正值夕阳西下，亭台高低错落，草木掩映多姿，目之所及，满园生辉，看到如此精致绚丽的美景，何乔亦有了做皇帝真好的感触。偌大的园林了无人烟，看来这乱世之秋失去禁制也有好处，不然凭何乔一小小县令，没有诏令金牌，打死也不敢进入皇宫内苑。

夕阳的金辉里，走来了仙女般的翠屏。翠屏一改宫女打扮，秀发飘飘，粉面含春。一支花簪挽起秀发似坠非坠，水红绫裙紧裹杨柳细腰，彩带丝罗随风招摇；低胸半开的领口里，一串莹碧翠玉项链将皮肤映衬的粉颈如雪，娇嫩细腻，双峰似隐似现，活色生香。她袅袅婷婷，风情婉转，边走边四下寻觅查看，似是丢了什么东西。

何乔一见便丢了魂，忙不迭地迎上前搭讪。

“请问美人，在找什么？可有什么要鄙人效劳之处？”

“哎呀，官爷，我丢了碧玉手镯呢，怎么也找不到，急死人了。你看你看，和这个是一套的。”说完指指胸口。

何乔贪婪地望一眼，咽了一口唾液：“如蒙不弃，在下倒可以帮忙一二。”

“是吗？那可多谢官爷了。”

“丢哪里了？”

“小女子也不知，好端端就丢了呢。我就走到那里，那里。”说罢指着不远处一座偏殿，又指着一处廊榭。

“咱们去找，咱们去找。”何乔殷勤地上前拖住手臂，满口迎合。

二人转了一圈，什么也没有。

“到底丢哪里了？”

“哎呀，官爷真是，要是知道丢哪里了？还用这般寻找么？这可是我父母留给我唯一可做纪念的东西了。”说完一甩长袖，装作难过，嘤嘤怯怯地哭了起来。翠屏本就娇娆，一哭更楚楚可怜。

这一下何乔大慌。

“莫哭莫哭，不就一个手镯吗？本太爷有的是，金的银的，珠的玉的，任美人挑选，可好可好？”

“官爷此话当真？不能糊弄奴家，不然无法可解对父母的思念之情了。”窗外残阳如血。翠屏深目削颊，睫毛黑浓，花簪一束镂空缀流苏缨络拂来拂去，肤光如雪，娉婷动人。沉沉的一双杏眼含笑似悲地盯着他，挑眉斜眼娇媚地问。

何乔色眼迷瞪，几欲把持不住，鸡啄米般地点头：“当真，当真，骗你我是孙子。”

翠屏嘟嘴一笑，二人相随走下。

何府花园高低参差，错落有致。

翠屏手持酒壶，风情万千。

“认识美人半天，还没请教美人芳名呢。”

“小女子贱名，恐污县爷尊耳，不敢说。”

“美人高居何处呢？”

“当然是你见到我的地方了。”

“如此说来美人是皇宫内女子。”

“提起这个来我就伤心。自那年父母送我入宫，见也没见到皇上，就发生战乱。今天你打过来，明天他打过去，小女子东躲西藏，忍饥挨饿，好歹活到今天。这美人做的，好没希望和盼头。”说罢又哭。

何乔一下搂抱在怀，“美人真是贵脚踏贱地，蓬荜生辉。有所怠慢，失礼失礼。久闻皇宫内女子仙女一般，今日一见，果如天人。美人如不嫌弃，这何府，就是美人栖身之所。”

“哼，说得好听，焉知官爷没有三妻四妾，母老虎当家?”

“我休妻，全休了。只要你。”

翠屏掩嘴，嗤嗤地笑。这一笑拿捏到位，发乎情，止乎礼，一点酒色，比往日更添几分娇媚。

何乔更加痴迷了。“嘻嘻，美人怎么不早出现?叫本爷想死了，早也盼了晚也盼。就差没上金銮殿。”说着上前抱住就要亲吻。

翠屏顺势一推，“你呀，总是忙的晕了，吃一升米的饭，却操一斗米的心。帮外人打皇宫干啥，早向皇宫靠拢，不早就见到小女子了吗?”

“是是是，鄙人盲目。姑奶奶之言真是耳目一新，鄙人枉活这如许年纪。”

“何必管它哪年哪月，这乱世，还不知能活到那一日，当快活且快活，今宵有酒今宵醉呗。”说毕娇声昵语，软香投怀，左一杯右一杯，眼媚声甜，只把何乔灌了个酩酊大醉。

第二日，人们发现何乔醉死在阴沟里，脸色紫胀，酒臭熏天。

翠屏轻松地回到宫里。

“人而无仪，不死何为。”① 羊献容、碧月看到安然而回的翠屏，长长地舒了一口气。

---

①《诗经·鄘风·相鼠》

丽嫔走了，何乔除掉，不知还有什么力量会危害献容安全？忍，忍到今天。似乎才感觉有点透过气。三人焚香祷告，祈祷再无灾难，巴望太平日子的到来。

刘暾回转洛阳，闻之情况，与碧月、翠屏对望一眼，暗里一笑。心知肚明。

刘暾似乎更加沉稳了，与其父相反，讷于言，而敏于行。他联系洛阳留守官员，悄悄发动百姓，蒸面馍，磨米粉，烙炊饼，做军衣，征集一切士兵需要的生活供应物品物资，支援司马越。

羊献容默默地支持行动，带头节衣缩食，制作军衣行履。没有了丽嫔的存在，行动、行事反倒安心。

一批批的军用物资源源不断地运送出洛阳，听到消息的司马颙气得哇哇大叫。

十二月月初，太宰司马颙的诏令传到，根据皇后羊献容多次被奸人利用，指派尚书田淑命令留守台署荀藩、刘暾，赐死羊献容。

尚书阁内，荀藩、刘暾急招大臣商议，一致决定对诏书秘而不宣。

诏书几次传到，司隶校尉刘暾与尚书仆射荀籓、河南尹周馥驰情急之下，联合上书，申奏羊皇后无罪。

奏书到达西安，司马颙尚未打开便想烧掉。

孙琬一旁煽风点火：“大司马还是听一下，看看这奏疏如何辩解，也借机知晓一下东台底细。”

司马颙说声：“念！”

黄门手捧奏疏，战战兢兢：“奉被手诏，伏读惶悴。臣等按古今书籍，亡国破家，毁丧宗祊，皆由犯众违人之所致也。陛下迁幸，旧京廓然，众庶悠悠，罔所依倚……”

“念重点！”司马颙眼睛一瞪。

黄门一紧张，眼睛赶紧往下跳。“而大使卒至，赫然执药，当诣金墉，内外震动，谓非圣意。羊庶人门户残破，废放空宫，门禁峻密，若绝天地，无缘得与奸人构乱。众无智愚，皆谓不然，刑书猥至，罪不值辜，人

心一愤，易致兴动。夫杀一人而天下喜悦者，宗庙社稷之福也。今杀一枯穷之人而令天下伤惨……愿陛下更深与太宰参详，勿令远近疑惑，取谤天下。”①

未及听完，司马颙大喝一声：“停！何人所奏？”

“奏章之下，是刘暾及众大臣联名签署。”

“大胆！”

“如此言辞凿凿，似在讥讽大司马杀这样一个潦倒穷愁的人，会使天下悲愤，对社稷安定没有好处，也暗骂大司马杀一手无缚鸡之力女人，有失司马皇家颜面呀。”孙琬不无揶揄地说。

司马颙大怒，“放肆！竟敢肆意毁谤皇帝旨意，欺君罔上，下旨将刘暾捉拿入狱，一干人等尽皆革职。”当即派遣陈颜、吕朗调兵五千，火速赶至洛阳，赐死羊献容，捉拿刘暾。

洛阳城里，静悄悄宛如空城，恰如风暴来临前一刻，如此静寂似乎掩映着某种不寻常。太极殿东殿，帘幕低垂，遮住逸散的光，里面却是灯火通明。

“古人说，明者远见于未萌，而智者避危于无形。聪明的人要在事情尚未萌发时，就能预见到发展态势；智慧的人要在祸乱还没有显现时，就能避免危险。已是第三道指令，皇后应当做出选择，而不是做无谓的牺牲。”荀藩真切陈词。

一众大臣皆忧思满面，请求羊献容速速离京逃往他处。②

羊献容犹豫不决。

“皇后宜早做决断，否则会进退维谷。陈颜、吕朗已经出发，这消息自西台密报传来，不会有假。”刘暾急切催促。

---

① 《资治通鉴》

② 选自汉·司马相如《谏猎书》（文见《汉书·司马相如传》）未萌：事情尚未发生。知者：即智者。有智慧的人，聪明人。无形：事情尚未形成。

"夜长梦多，谨防宫内有变，到时皇后恐怕想走也来不及了。"

羊献容明白，司马颙、孙琬加上丽嫔，宛如狼虎结合，要取她性命简直易如反掌。毕竟，洛阳城内还有一部分人是听任他们驱使的。羊献容第一次领略"美如蛇蝎"这几个字的真正含义。

她脑海中一片混乱："孙琬，你真的这么恨我吗？真的要置我于死地么？"

宫门外杀声顿起，一干人惊恐连声。

刘暾再顾不得君臣之礼。朝碧月一使眼色，二人一下架起羊献容，飞速出殿。翠屏抱着瑱儿挽着包袱，紧跟其后。马车早已备好在内宫门外，几人把羊献容往车里一塞，翠屏、碧月跟进堵在门口，刘暾、付顺一跃而上。付安在外策应，一声呼哨，穿过阊阖门，朝东阳门奔去。

城门处，刘暾手下将士配合刘暾，浴血拼杀。

刘暾眸如寒星，不啧一声，一双寒剑舞的密不透风，杀开一条血路。马车如离弦之箭，驶出东阳门，向着茫茫黑夜直冲而去，瞬间消失在夜幕中。

疆界之处，荒山野岭，人烟稀少。

一所特有的边寨出现在眼前，寨门边，一位武将手持大刀，凶神恶煞地走来走去，似有所警惕。羊献容悄悄观看，见此武将满面虬髯，虎背熊腰，威武雄壮，俨然一座铁塔，堵在车马必行道上。

才出虎狼窝，又遇阎罗神。此命不保，大家不禁心里惊颤忐忑。

刘暾一声呼啸停了车。

大汉走近。

付顺递上通关文牍。大汉狐疑地看来看去，然后走进马车，意欲用刀挑起车帘一探究竟。刘暾乘其不备，劈手夺了他手中刀，顺手用肘将那名大汉脖颈挟劳，刀尖抵在他喉咙上，命令他打开寨门放行。

周围士兵闻声，持械围上来。大汉急喊："停、停。"

此招干净利落。众士兵投鼠忌器，不敢再追。刘暾恐夜长梦多，无心恋战，挟持他边退边走。

约莫过了半里路程，才放手。大汉竟然不恼，俯身甘心服输，拜刘暾为英雄，说仰慕刘将军之名久矣，早得消息，故在此等候，希望能助一臂之力。今日得见，三生有幸。

刘暾心底如释重负，还礼，望着大汉耿直面容，英雄惜英雄，相互抱拳，竟有些不知说啥好。

大汉频频点头，末了再以通关文牒相赠。

戏剧性的变化让羊献容等惊魂交加，犹如做梦一场，悲喜交加。

马车驶出洛阳边界，一车人尽皆无语。瑱儿不耐这番寂寞，闹着要翠屏和她拍手嬉戏，小孩子没有惊恐意识，反而爬来爬去，对窗外一掠而过的景色充满好奇。

翠屏拗不过，便应付地与她拍着手。瑱儿嘴里竟念念有词。羊献容听两遍，方听清词意：

风波云扬兮，剑指沧桑；
金戈铁马兮，固我土疆。
日月盟升兮，征途漫漫；
世道永泰兮，万年久长。
千里寻觅兮，揽我美眷；
翌日复临兮，笑傲穹苍。

词声激昂，词义嚣张，盈贯一统天下之心。献容想何人如此狂放，竟书如此霸道厥词？细问瑱儿却问不出是谁所教，想司马家族内乱纷呈，蛮夷匈奴各自为政，这大晋江山岌岌可危，百姓如若水火，乱世出英雄也未可知。

照此下去，如今这江山，还真的说不定将来会在谁的手中。

司马颙一面派人追杀羊献容、刘暾，一面命成都王司马颖再次进兵据守洛阳，切断洛阳与司马越和刘暾之间的联系。

夜晚的风如冰刀一般切割皮肤，昔日金碧辉煌的洛阳城，转瞬间满目疮痍。司马颖故地重游，感慨良多，他回味着与羊献容交往的几次，深深后悔自己行事鲁莽，不该如此气盛，刚硬跋扈地对待自己心仪的女子，倘若自己温存一些，婉转一些，多称她心意，多为她思谋，以年龄相当之故，或许会事有转机，或可会掳得美人心，只可惜懂得太晚了。如今这洛阳城宛在，美人已无踪。羊献容一颦一笑，是那样近，又是那样遥远；是那样缥缈，又是那样挥之不去。

他想起那次看她提笔写字，纤纤玉手是那样不盈一握；他想起那次金墉城与她对白，倘若自己姿态放低一点，又会怎样？不不不，自己大错已经酿成，又怎会改变她心中愤恨？恨只恨自己没有脑子，听信司马颙挑唆反动，竟将她父亲论为被讨伐对象，终害其一命。此等仇恨又怎是一般言词可以化解。司马颖走来走去，长吁短叹，他彷徨于城墙之上，以手擂击城砖，倍感人生无趣。

卢志辗转曲折离开西台，回到司马颖身边，继续辅佐司马颖，只是司马颖失去往日斗志，又无大权在握，再无法重振雄风。

西部，刘琨劝说冀州刺史太原人温羡，让其把职位让给范阳王司马虓。司马虓兼领冀州后，派刘琨到幽州向王浚求兵。王浚派精锐骑兵帮助司马虓，在黄河上游袭击敌将王阐，把王阐杀掉。刘琨于是和司马虓率兵渡过黄河，在荥阳杀了石超。刘乔从考城率兵撤退。司马虓派刘琨和都护田徽向东，在廪丘攻打东平王司马楙，司马楙逃归封国。刘琨、田徽带兵向东迎接司马越，在谯地攻打刘乔，刘乔兵败阵亡，刘乔的军队于是溃散。司马越进军到阳武驻扎，王浚派他的部将祁弘带领鲜卑、乌桓精锐骑兵作为司马越的前锋。

东部，陈敏战胜石冰后，自以为勇猛谋略无人可匹，产生割据江东的想法。其父深虑会给家门带来不幸，说之不听，于是气愤忧郁而终。司马

越起用陈敏为右将军、前锋都督。司马越打败刘乔后，陈敏请求收兵东归，于是占据历阳反叛，任命顾荣为右将军、贺循为丹阳内史、周为安丰太守，广揽江东豪族英杰、名士。并让下属推举自己为都督，督江东诸军事、大司马，封为楚公、加九锡重礼，列上尚书，声称直接接到皇帝的诏令，从长江进入沔水、汉水流域，迎接皇帝大驾。

南部，太宰司马颙以张光任顺阳太守，率领步兵骑兵五千人到荆州讨伐陈敏。刘弘派江夏太守陶侃、武陵太守苗光在夏口驻扎，又派南平太守汝南人应詹督领水军来支援陶侃等人。

陶侃与陈敏是同郡人，又同年被荐举为官吏。随郡内史扈怀对刘弘说："陶侃在大郡任太守，统领强兵，倘若有异心，荆州就失去东大门了!"刘弘说："陶侃忠心有才能，我了解他已很久了，一定不会这样。"陶侃听说后，派儿子陶洪和侄子陶臻为人质至刘弘处，以表诚心。刘弘任用陶洪等二人为参军，发给钱物让他们回去，说："你们贤德的叔叔要征战出行，而祖母年事已高，你们应该回去。村野匹夫互相交往，尚且不负心，何况大丈夫呢!"

陈敏让陈恢任荆州刺史，进犯武昌，刘弘让陶侃兼任前锋都护去抵御。陶侃以一般运输船作为战舰，有人认为不行。陶侃说："以官船来打官贼，有何不可?"陶侃与陈恢交战，多次把陈恢打败，又和皮初、张光、苗光在长岐共同打败钱端。

南阳太守卫展对刘弘说："张光是太宰司马颙的心腹，您既然倾向于东海王司马越，应该杀张光来表明您的立场。"刘弘说："太宰的得失，怎么是张光的罪过，危害别人来谋求自己的安全，乃君子所不为。"于是表奏张光的功勋，请求朝廷提拔。

这一年，离石地区灾荒严重。汉王刘渊迁到黎亭驻扎，使用邸阁粮谷，让太尉刘宏留守离石，派大司农卜豫负责运粮供给。

冬日的吕梁山沉默高耸，山脉由北向南纵横逶迤。离石地处晋西古道，东扼晋中，西控陕北，几千年来，一直是中西部的交通要隘。

黎亭（今长治县北黎岭）俗称羊头岭，相传为炎帝建都处，战国时属赵国，有伊耆氏之遗迹。羊头山在县北三十五里，山形像羊头，山上有神农城，山下有神农泉，谓《山海经》神农尝五谷之所。以“羊头”命名的山岭，一曰长治县羊头岭，也作黎岭；一曰高平、长治、长子三县交界之羊头山，此外，又有以羊字命名之西羊头山、潞城之羊神山等多处。

不难发现羊头、羊神是伴着炎帝活动而出现的。此地的羊崇拜习俗，大至各种祭祀活动，皆必须蒸面羊，而且形态各异；小至碑座，非同一般碑座雕成“龟驼碑”的形状，而是雕成一只硕大的羊。

刘曜走在黎亭的街市里，目之触及到处悬挂的羊图腾，脑海里一跳一跳的，感觉什么东西这么熟悉？他走来绕去，四处寻觅，拍拍脑门，蓦地想起深藏心底的一个名字：“羊献容”——久违的洛阳，牵念至深却久无半分消息的羊献容。心里不由地感伤、惆怅。

刘聪骑马赶上来，望着刘曜的神情意味深长地笑了：“又在想念羊氏女子了吧？待我禀告父王，请萨满法师祈求长生天，出行一趟，为你抢娶回来。”

“抢娶？谈何容易！她虽为废后，但依然在司马皇室掌控之下。且抢娶得人不得心，有何意趣？”

“王弟也太重情了吧！男欢女爱，不过及时行乐尔，哪里什么真心不真心。”

“哈哈哈哈……”刘曜调皮地瞪着刘聪，吟出一诗：

天地不独立，造化由阴阳。
乾刊垂覆载，日月曜重光。
治国先家道，立教起闺房。
二妃济有虞，三母隆周王。
涂山兴大禹，有莘佐成汤。
齐晋霸诸侯，皆赖姬与姜。
关雎思贤妃，此言安可忘？

说罢再一傲然神情：“雉鸡怎能与凤媲美，曜眼中难过凡俗之姿。”

刘聪佯怒地一举鞭，刘曜打马笑着跑远。

光熙元年春，正月初一，出现日食。

太弟中庶子兰陵人缪播颇受司马越的宠信。缪播堂弟右卫军率缪胤，是司马颙前妃的弟弟。司马越起兵后，派缪播、缪胤到长安劝说司马颙，让他侍奉惠帝返归洛阳，并相约与司马颙分地而治，共同辅佐王室。

司马颙一直信任和看重缪播兄弟，当时就想听从他们的劝说。而张方认为自己罪行很重，担心成为被诛杀的首犯，就对司马颙说："现在我们占据形势险要的地方，国富兵强，挟天子发布号令，谁敢不服从，怎么能拱手被别人控制?"

司马颙听后打消了与司马越联合的念头。等到刘乔兵败，司马颙畏惧，想停止军事行动，与崤山以东地区和解，但又担心张方不听从，而犹豫不决。

司马颙的参军河间人毕垣，曾经受过张方的侮辱，于是劝司马颙说："张方在霸上驻兵很久了，听说崤山以东地区军队强盛，所以徘徊不前，应该在他萌生反心之前做好防备。张方平素和长安豪富郅辅亲近要好，可让他担任帐下督。"

缪播、缪胤也对司马颙进行劝说："应当迅速杀了张方向天下谢罪，崤山以东地区不用兴兵就可以平定。"

屏风后，丽嫔闻言脸色大变，匆忙回宫，写下"谨防兵变"几个字，命下人火速送给京兆太守张方。

司马颙派人召郅辅觐见。

毕垣路上截住郅辅说："张方想谋反，大家都说你知道这事，亲王如果问你，你将如何回答?"

郅辅吃惊地说："的确没有听说张方谋反，这怎么办?"

毕垣说："亲王如果问你，你只能这样说，不然的话，一定免不了灾祸。"

郅辅入府，司马颙问他说："张方谋反，你知道吗？"

郅辅说："是的。"

司马颙说："派你去抓他，行吗？"

郅辅又说："可以。"

司马颙于是派郅辅去给张方送信，命其趁机杀掉张方。

至晚郅辅到达张方府。张方接到丽嫔密保，正调兵遣将，严加边界防守。郅辅与张方关系素常亲密，频繁往来，带刀进去时，守门的兵士也不怀疑。二人坐定，郅辅递上请柬，张方就在灯旁随手揭启信封，郅辅趁张方精神专注毫无防备之时，突然抽刀，用力一下砍掉了张方的头。血一下喷上天。由于力道甚大，张方的头颅骨碌碌滚出地老远，脸上看信的表情尚未消失，已然命赴黄泉。

一代乱世魔王就此见了阎王。

张方素对属下残暴狠毒，这一死，军士俱皆欢呼呼应。郅辅随后顺势收编了张方的军队。

司马颙让郅辅任安定太守。把张方的头送给司马越请求和解。但司马越以惠帝未送驾回归为由，未作应允。

平昌公司马模派前锋督护冯嵩会同宋胄进逼洛阳。成都王司马颖向西逃奔长安，到达华阴，听说司马颙已经和崤山以东和解，便停下不敢前进。

大将吕朗在荥阳驻扎，刘琨拿张方的头给他看，于是吕朗就投降了。

司马越派祁宏、宋胄、司马纂带领鲜卑人向西迎接皇帝大驾，任周馥为司隶校尉，掌持符节，都督诸军，在渑池驻扎。

江南，宁州几年连续灾荒流行瘟疫，死了十万人。五苓夷人强盛，宁州军队屡次失败，官吏百姓很多都流亡到交州，夷人趁机包围了州城。宁州刺史李毅身患疾病，救援的道路已断绝，于是给朝廷上奏疏，说："吾不能制止强盗作恶，只好坐等一死。如果朝廷不体谅救济，那么请求派来

大使，若我还活着，就对我施以重刑，如果我已死，就对我戮尸惩罚。”朝廷没有答复。

李毅的儿子李钊从洛阳赶去探视，还没有到，李毅就去世了。李毅的女儿李秀，精明通达，具有乃父风范，于是大家推举李秀来管理宁州事务。李秀奖励战士，环城固守。城里粮食吃完了，就学习羊献容洪水自救之法，烧鼠拔草作为食物。等夷人稍微有些懈怠时，就发兵突然袭击，攻破了夷人的包围。

第十三章　再涉故土，颠沛流离心无寄

昼夜不停，一路颠簸，不知跑出多少里路，人马皆像散了架。至一大河边，停马给养的间隙，羊献容几人下车活动肢体，付顺拉马去饮水，瑱儿则蹦跳着去摘路边荆棘上的野果。刘暾告诉羊献容已是泰山郡，眼前的河就是大汶河。

一句话未完，羊献容泪流满面。

泰山，汶河，羊留，故乡。几年光景，物是人非。回想永康元年与母亲一道回泰山进香，多么天真烂漫，多么欢快无忧。然而今天，景物依旧，人却历经坎坷心酸。

马车行至泰山境内，刘暾故意放慢车速，让羊献容多看一眼故乡的山山水水。冬日的田野，荒草之上挂着一层寒霜。山岭寂寞，田野衰寂，几丝绿意从衰草掩映下沁出，含着丝丝生机。田野里，有农夫在收拢柴禾，贫瘠的土地，带来的是未知的希冀。大道以北，泰山雄伟的山姿渐渐映入视野，黛青色的山峦，起伏嵯峨，高耸险峻，最高峰在白云缭绕里，忽隐忽现，宛若水墨之画。羊献容不由想起陆机的“太山一何高，遥遥通天庭”之句。

羊献容索性打开车帘、窗帘，让大家一起欣赏泰山风光。刘暾、碧月也是旧地重游，颇有一番感触，只不过那时碧月还小，迷迷糊糊，啥也不知。

刘暾远望泰山，也打开话匣，消除行途寂寥。

泰山是中华民族精神的象征，是古代文明灿烂的宝地。《诗经》中即有“泰山岩岩，鲁邦所瞻”之句。远古时期，大汶口人十分崇拜泰山，并借泰山之高以祭天，以“日、火、山”刻成陶文烧制的陶器，远销四方，名冠天下；汉武帝刘彻面对泰山曾发出“高矣、极矣、大矣……”之感叹；战国时期方士黄伯阳曾隐居泰山之鹿町岩洞修炼，又传说秦始皇东封泰山，求见修炼于泰山东南仙人山之安期山，“与语三日而去”。而汉武帝受李少君“修炼、封禅、长生”之谏七次到泰山求仙问道。三国时期，曹植多次登临泰山留下了不少优美的诗篇，其中流传有“仙人揽六著，对博泰山隅”，“驱风游五海，东过王母庐，俯视五岳间，人生如寄居”之诗句。

羊献容点头，想起幼时游东岳庙会传唱的童谣，不由吟唱出声：“上泰山，见神仙。食玉英，饮醴泉。驾飞龙，乘浮云。宜官秩，保子孙。寿万年，贵富昌，乐未央”。瑱儿一听上瘾了，缠着羊献容教她唱。

几人说说笑笑，苦中作乐，消解着逃亡带来的苦闷。望着起伏的山野，刘曜的影子在羊献容脑海飘忽而过，羊献容不觉有些恍惚。

再往前行，马车渐渐进入新泰境内，羊留渐渐映入视野，羊公河缓缓流淌，背依的新甫山九峰攒翠，莲靥半吐，纵横逶迤。羊献容凝目窗外，陷入深深沉思……

新泰原名平阳邑，相传夏代曾将全国划为九州，新泰属徐州之域。商周时期，新泰曾分别有杞、菟裘、淳于等国先后存在。杞作为一个东方小国，在大国争霸、弱肉强食的中艰难生存，未免栖栖惶惶，因此“杞人忧天”成为历史上的有名典故。至春秋战国，新泰成为齐、鲁两国频繁争夺之地。公元前500年，鲁定公与齐景公会于夹谷，孔子以相礼的身份随同鲁君出席盟会，迫使齐人归鲁龟阴等田，这便是历史上著名的“夹谷会盟”。秦汉时期，新泰的经济也趋于繁荣。汉武帝于新甫山下筑渠以引汶水，灌溉田地万顷，于是小汶河流域的农垦得到较大开发。

三国鼎立，新泰在魏境，魏沿置东平阳县。因重名之故，晋代魏后，堂祖父羊祜取泰山、新甫山首字，合成“新泰”上报晋武帝，得准，沿用至今。新甫山又名宫山，相传因汉武帝建离宫求仙问道得名。祜祖父一生豪义，英名遍及大江南北，可叹了无后嗣，仅有一个姑姑，不能承继血脉，过继的羊篇叔父又早亡。想至此处，羊献容不免感叹岁月变幻，人生无常。

新泰地属鲁中，依山傍水，物产丰富，山岭与平壤交汇，气候适宜，四季分明。在上古时期，这里就是华夏先民的发祥地之一。《诗经》与《左传》中，均载有新泰山陵之名；新泰又是世家名族肇兴之地，以汉礼学传家的礼圣高堂生、和圣柳下惠、乐圣师旷、奴隶起义领袖柳下跖、名儒林放，及驰骋于政坛的羊、鲍世家，均在历史上留有盛名。由于境内名族迭起，使新泰一度成为文化名区之一。泰山文化与新泰密不可分！

羊留，地处泰沂山脉新甫山怀抱，新泰的西北部。境内山脉重重，平原辽阔，柴汶河自东向西横贯其境，土地肥沃，自然条件优越。早在新石器时代晚期，人类祖先就在这里生息、繁衍。最早的诗歌总集中，便有“徂徕之松，新甫之柏”、“奄有龟、蒙，遂荒大东”等诗句。悠久的历史带来丰富的文化遗产，而由于羊留地理位置之特殊，自古便是南北通行要道，故后有南京到北京，羊留（羊流）在当中之语。①

穿越新泰边境一路向东北，便是古齐国地界，青州就在齐国东端。

远远地看到羊留村了，羊献容再一次热泪盈眶。她叫停车，想去祭拜祖墓，想去看看族里的老人，看看她曾经玩耍过的院落，驻足过的房舍，以及村里的父老乡亲。可是刘暾不同意。刘暾分析，司马颙的追兵首先会追到这里，羊留已不是安全落脚之地。羊献容几次欲行，刘暾皆跪阻挡道。二人争执着。

“为何不让我进村？”

“皇后不能去，追兵转瞬即至。”

“我要回去看看，哪怕死在这里。”

① 《新泰区域文化统览》

“皇后不可！”

“因何不可？刘都尉何时学会抗旨？”

“皇后一人事小，家乡父老事大。现在回去，带给他们的不是福，追兵赶至，将是难以控制的局面，家乡的族人皆会受牵连的。”

羊献容如梦惊醒、一下无力地靠在车上。

一牛车拉着满车柴禾走过来，车轮发出吱吱呀呀的声音，赶车人用诧异的目光看着他们。

羊献容说：“老伯，我们赶路乏了，可否讨碗水喝？”

赶车人朝不远处一土房里喊：“柱儿，快给客人拿水。”

一少年院边码柴，听到呼唤，朝这边一看，应一声跑进院去。一会工夫，一手提一摞粗瓷大碗，一手提一瓦罐歪歪咧咧地走上。

羊献容捧碗盈泪，家乡的水，甘甜的滋润喉头，润进肺腑。她急于了解一些故里情况，可是一时之间，又不知道问些什么。

“老伯，今年收成还好吗？”

“还好，此地沃野良田，风调雨顺，是一个物华天宝的好地方。”

“老伯非本地人吗？听口音……”

“我是佃农，几年前家乡旱灾，逃荒来此地给羊家做佣工。这一带风调雨顺，民风淳朴，乡邻友爱，得以让我们父子定居活命。”

“如今战乱频仍，羊留可受到扰乱？”

“去春曾有，好在已经平息。现听说战事西边去了，征走了不少壮丁。风闻朝廷有变，希望战乱不要波及这里，保佑羊留平平安安，保佑羊留的百姓平平安安。”

羊献容再次感悟哽咽，恍惚明白了什么，忙谢过上车，催促出发。

马车滚滚而去，车里，羊献容回头再望，脖子扭酸了，视线还是收不回来。

碧月、翠屏劝慰说：“皇后别难过了，山河永在，我们还会回来的。”

车马腾起的烟尘之后，少年眯起眼睛，面带沉思地说，“大大（方言对爹、父亲的称呼），她长得好像一个人哦，她耳朵后也有颗痣。”

“？……！”农夫表情一滞，顿首跺脚，恍然大悟。“她……，她是我们的救命恩人啊！老天爷，怪不得我看她那么眼熟，我怎么就没一下想起来呢。”

追兵随后而至，见农夫推车上路，于是追问可见有马车经过？农夫见追兵来者不善，信手指了反方向，待追兵过去，连忙拉上少年，逃往村里报告消息。未及，追兵返回，见不到人影，在村寨里一顿横扫，只闹得羊公河沿岸狼烟滚滚，狗跳鸡飞。士兵挨家挨户搜索，村子里所有村民皆被赶到村前广场上，动员大家交出羊献容。残暴的司马颙部卒，把前平阳府尹羊亮及村中年长者绑在树上，杀鸡儆猴。第二日，羊祈、羊鉴连夜从济南府和泰山郡策马赶来救应，和闻讯而至的各地羊氏族人一起，与司马颙追兵混战一日，终于将其赶出泰山境地。

羊祈、羊鉴纵马赶上，兄妹相见，唏嘘难禁，自是一番洒泪而别。

在司马越的封地青州，刘暾“吁”的一声，马车停了下来。

东海王司马越的夫人——裴妃，率族人与地方官员于官署前接应。

羊献容细观，见裴妃双目清澈，面相和善，体态微福，神态恭谨，一看就是相夫教子之贤妇，顿生好感。裴妃出自河东裴氏。西晋时裴氏与琅琊王氏齐名，时人以两家人物逐个相比，以八裴比于八王。裴妃之兄弟裴盾、裴邵，皆为司马越得力助手，也是司马越联系士族名士之重要桥梁。

裴王妃也暗暗赞叹羊献容美貌和气度。想不到如此年轻就做了皇后，并且直面权势之争，废立之乱，明理通达，坚韧顽强。心里益发敬重。

众人见过礼，恭迎羊献容进入青州广县城。

青州是齐王司马冏的封地，司马冏是司马昭的孙子，司马攸之子，世袭齐王。永宁二年司马冏去世，死于司马家族兄弟之争的司马乂之手，青州于是归为司马越管辖。

魏晋时期，尽管战事纷繁，但青州沃土千里，农垦发达，交通便利，商贸繁荣。青州西踞岱岳，东瞰大海，地理位置优越，自然环境优良，自

古便是人口集中活动之地，号称东夷之都。先秦时期，青州为齐国称霸中原的基地；秦汉时期，则是当时华夏最为繁荣区域。勤劳的青州先民在这块富庶的土地上繁衍生息，积累了丰富的文化底蕴，创造了独具特色的青州文化。

广县城建于西汉初年，在楼山北麓之下，东邻瀑水涧，西邻南阳河。古书记载广县城为“旧青州刺史治，亦曰青州城”，为两汉时期青州刺史常驻之地，也是青州历史上的第一座城池。

广县城不大，南北400余米，东西500余米，占地面积大致400亩，仅能容纳几百户居民，主要居住官宦贵族之家族及其奴仆，而平民百姓则住城外。山东地域文化，向来称之“齐鲁”文化，但“齐”文化与“鲁”文化又有异同。鲁文化发端于春秋鲁国，集大成于孔子，其主旨是固守传统，遵循原则，坚守信念，体现深沉的责任感和道义感。齐文化继承东夷文化，相对于中国西部“黄河文明”，是古代中国蓝色“海洋文明”。《吕氏春秋·勿躬篇》“伯益作井”，冯驩为孟尝君“千金买义”，以及门客为孟尝君“鸡鸣狗盗”的故事，皆发生在这里。

魏晋时期，青州顺应趋势，革新除弊，督促农垦，使青州被混战严重破坏的状况得到较快恢复和发展，青州也出现了一定程度上的繁荣。曹操从镇压收编青州黄巾军开始，即推行屯田制度，使流民和士兵重新成为农业劳动力，荒地再次得到耕种，从而出现了“建安中，天下仓廪充实，百姓殷足”的景象。西晋政府实行“占田制”，鼓励农户占田垦荒，农户的租税强制与负担也比屯田制有所减轻，进一步促进了青州经济恢复的进程。①

在这里，北海士族是青州重要组成部分。之所以称北海士族，是因为汉魏以来北海郡国处于青州的中心位置，下辖18县，占据从弥河到潍河流域的广大地区，为当时青州所属六郡国中最大者。更重要的是，郑玄的儒家经学为这一地区的士族普遍推崇，也为尚儒的武帝司马炎看重，从而

① 《青州区域文化统览》

对全国造成广泛影响。北海士族不仅发展于潍坊区域，还包括东莱、乐安、琅琊等周边郡国之士族。

秦始皇焚书坑儒，青州是儒家思想坚守最为重要阵地之一。汉武帝“罢黜百家、独尊儒术”，从而确立了儒家思想的主导地位，使北海士族有了更直接的文化源泉。自东汉至魏晋，北海士族一直恪守儒学传统。即便玄学曾经风靡一时，但北海士族不为所动，仍然坚守儒学阵地，也正因为如此，北海士族人才辈出，灿若星辰。

魏晋之际，青州区域相对稳定。司马越三兄弟的强势劲头，以及济南相羊祈、泰山郡羊智和族人的戮力抵抗，使司马颙的追兵有所顾忌，撤退追杀，羊献容暂时安稳下来。

青州的山水风光足以让人快慰，地说平坦就平坦，山说隆起就隆起。大片大片的田地，让人目不暇接。云门山、驼山、玲珑山，三山毗连，壁立于青州城南，犹如一幢绵延不绝的巨大画屏，尽情舒展锦绣华章。仰天山遥遥在望，轮廓依稀。

尧王山与之相对，耸峻泰然。尧河水蜿蜒而去，宛如一条飘带，悠然伸向远方。尧王山位于青州城西北，传说因尧王巡狩至此而得名。它南临平顶山，东南与云门山、驼山相望。尧工山海拔 334 米，连绵九个山头，形成一个半岛，亦有九顶莲花山之称。尧王山是一座历史文化名山，是佛教青睐的圣地，也是东夷文化发祥地。古往今来，山上山下留下了许多帝王、名臣、贤人、雅士的足迹和美丽的传说。

羊献容不愿意扰民，在山峦中一处隐秘的小山寨，主仆三人暂且隐居。山寨木屋木门，连纵数间，桌凳朴拙，透露着木质本色，门边院前开垦了一些小块花圃，想必曾经住在这里的人是个雅士，吟风弄月，对花抒情。羊献容忽然喜欢极了这个地方，想静谧安然地住下去，让心情如天上的白云，风轻云淡，一片清明。

山顶有尧庙，在山的左麓坐西朝东，建筑修整华美，尧王的图像严肃端正，穿戴整齐。三人踏进庙里，焚香祷告，祈祷尧王保佑，祈祷天下太

平。刘暾、付顺奔波来去，不断地将食物用品供给山上，翠屏带着瑱儿，每日里捉鱼弄虾，养花饲鸟，于贫瘠里给予着小小人儿一丝天然和满足。

只碧月一人，心里郁郁的，周权的死，让她一下将心沉寂。羊献容明白，碧月不是不想哭，只是太痛不敢触及，她只有将一切锁到心里，压缩、再压缩，才会慢慢忘记苦痛。三人一起劈柴，劳作，日子虽清苦，有裴王妃适时给养及刘暾护佑，到也算安心。

羊献容想着惠帝的懦弱和惫懒，处境之悲哀，心里倍感无奈，只是不知他现在怎样。司马颙会给他怎样的待遇。刘曜灼灼眼神和铿锵的话语也会在梦里重复出现，让她犹自心动又不安。

夜幕沉沉，月门星稀。羊献容默默祈祷。

庭院里，羊献容费劲地劈紫，尖利的木刺一下穿破羊献容手指，血一下涌出，滴滴答答滴在地上。碧月冲上来，夺过斧头，边哭边包扎。

"皇后，这些粗活我们来做就行。你哪里做过这些。不要折煞我们了，主母若在，会心疼死的。"

"现在非常时期，我们能活命就好，哪里分什么彼此。你们为我一路劳累，苦不堪言，就是母亲在世，看我这样做，她也会欣慰的。"羊献容望望半天才劈出的一小堆劈柴，心里讪讪。

"刘大人两天没来了，不知又有什么事情发生。"碧月说。

羊献容心里"突"地一跳，似乎有预兆在心里闪一下，是什么呢？不能清晰。

她暗暗祈祷，希望不再有风波。更不要风波延伸至这里，延伸至这样一方民和俗静的邝美之地。

她深深盼望，盼望战乱结束，她也深深祈祷，希望司马颙一切的欲盖弥彰会在时间下显形。

一只鸽子"噗通"一声，落在庭院的柴禾之上，似是受了伤，咕咕叫个不停。碧月捡起来，发现是一只信鸽，只是已近奄奄一息，估计是长途疲累所致。二人狐疑地一望。自来到这里，音讯渺绝，怎会有信鸽来临。

羊献容拿出鸽腿上竹筒，倒出一小卷纸卷，上面乃是一首诗，似是古

诗十九首之句：

凛凛岁云暮，蝼蛄夕鸣悲。
凉风率已厉，游子寒无衣。
锦衾遗洛浦，同袍与我违。
独宿累长夜，梦想见容辉。
良人惟古欢，枉驾惠前绥。
愿得常巧笑，携手同车归。

“是谁的呢？”羊献容蛾眉紧蹙，思索发信之人，不敢肯定这封信是送到这里的。但是巧之又巧的是，诗句里面有“锦衾遗洛浦”和“梦想见容辉”之句，还有“枉驾惠前绥”之句。而最后的两句“愿得常巧笑，携手同车归。”更有期盼之意。难道是惠帝司马衷？不可能，这样含情脉脉之诗句司马衷作不来。司马颖？也不可能，其人绣花枕头一个，完全没有这份诗情画意。而看鸽子情形，应是自远方而来。

且不管是谁，先救好鸽子再说。主仆二人小心翼翼，给鸽子喂水喂食。两日后，鸽子恢复了精神，瑱儿喜爱至极，调皮的还为小鸽子系上一条红丝绦，拴上自己的小小玉阙，作为记号；第三日，鸽子不见。羊献容略有所悟，旧时听闻胡人善养禽，无论鸽子、老鹰，皆能为其所用，作为通信或者联系的工具。

“莫非是他？”

忽一日，寨外传来刀剑的拼杀声，三人骤然惊起，迅速冲至帐幔后，警惕地向外观看。

涧外平坦的观月亭外，两个人厮杀正欢。一个是刘曒，另一个是蒙面人。只是那身形，羊献容感到极为熟悉。

两个人兔起鹘落，互不相让，剑势凌厉却又不伤对方要害，互相攻击却又分明点到为止。尤其蒙面人，一个劲地想冲进里面，而刘曒，则一直奋力拦阻。羊献容大惑不解，不由分外关注变化情形。二人的话随着刀光

剑影透了过来。

“你再阻拦，休怪兄长无情。”

“任尔无义，兄弟也不能放手。”

“你护得她一时，可护她一世?”

“你铁蹄铮铮，又怎给她安宁?”

“难道你也心存爱慕，可保不会日久生情，心猿意马?”

“刘暾自泰山一别，已知她是王爷意中人。刘暾不会做背信弃义之人，但也忠于朝廷，如何能轻言亵渎?”

“本将军今天就要带她走。”

“你此时带她走，刘暾绝不答应。”

“你待如何?”

“等战事分晓，一切自会迎刃而解。”

“好！为兄信你。但下次见，我一定不会再错过，那时曜一定要带她走，我会做到大丈夫之承诺，给她一生幸福，保她一世平安无忧。”人随话至，一个鹰击长空，落在羊献容面前。

原来，羊献容听二人谈话，早已不知不觉地走了出来。

“白眉，长箫，双目暗隐红光。”羊献容一下呆住。刘曜高大强健，魁梧威猛，虽然着装隐蔽，却浑身透着阳刚之气。尤剑眉星目，气宇轩昂，风尘猎猎不羁之粗犷形象，对羊献容来说已是印象深深。

羊献容打量他，见他一身征尘，胡茬青青，倦容满面，不觉心里一动。

二人静静地站着，周遭一时静寂非常，无声却又似惊雷声声。在不知情人眼里，这一对相互凝望的俊男靓女何尝不是一对璧人。

刘曜的威武干练，羊献容的美丽脱俗，是那样相得益彰。一次次相遇，一幕幕眼神交汇。有缘吗？却那样浅。无缘吗？却又难解缠绵。

或许，这见与不见都在未来未知的变数里。两个人之间，隔着的远不止是千山万水，还有世事沧桑。而人与人之间，任何一次无心的错过，一切都将付之东流。

刘曜施汉人礼仪，双拳一抱，默默放下长箫，转身策马而去。一路狼烟掩盖其枭劲背影。

羊献容拿起长箫，泪盈心海。

“难道，这一生，竟是与子相期，不说再见，不言别离。”

或如惠尼师太所喻：“一个人如是尘缘未了，就算躲到天涯海角，躲不掉还是躲不掉。”

也许这一切，皆是说不清的道理。不若动乱，是矛盾激化，权利熏心。情与情之间，或是“心与心的相期，没有距离。”

刘暾走近，道声：“皇后受惊了！此地已暴露，不能再久居下去，高密都城已安排好，不日我们就可以搬过去。高密为偏僻清静之地，相对来说较安全些。司马颖已衰微，京兆张方已死，只一个司马颙，已独臂难支撑。东海王重组旧部，力克顽敌，相信内乱会止。惠帝很快会回到洛阳，皇后所受屈辱，很快会得到昭雪，大晋会就此天下太平。”

羊献容犹如醍醐灌顶，一下清醒。是呀，她现在仍是大晋朝的皇后。“患生于所忽，祸起于细微。”无论何时，她都不是人微言轻，她的一举一动，牵动的都是国誉、国体、国容。

她不想让刘暾难堪。于是她郑重道：

“谢刘都尉！晋朝衰微，五胡乱华，献容哪里奢谈自身荣辱。只求本心无愧江山子民。只愿兵戈永息，礼让兴行，百姓安乐，天下太平。”

刘暾听罢，深深一礼。

他们也明白，晋朝到今天，已是苍夷满目，亟待重整。“弱肉强食，弱国无外交”。没有强大的国家，存在，便只有被欺凌的份。

历史的脚步历来如此，盛衰交替，朝代更迭，血的教训，无不俱焚。

有兵士来报，说尧山方圆之内，已经布好岗哨，但有异情，可迅速保护皇后安危。羊献容方知刘暾用心，除对刘暾感激之外，又多了一份感动。她告诉刘暾不要扰民，让老百姓平静安宁生活，不要随意用兵。

三人学稼穑，学纺织，忙忙碌碌，减去伤感之心。

很多次，羊献容看到翠屏搂着瑱儿，悄悄抹泪。

很多次，羊献容深夜听到碧月伤感叹息，心疼不已。周权于她，也许比其他感情都重要。这份感情经历，不能以时间长短来论定它的价值，也不能以结果如何来评断它的深浅。因为对人生而言，凡是发生过的都存在，凡是存在过的都有价值。世界上的感情，每一段、每一分、每一秒，都有其拨动心弦和刻骨铭心之处。

此二人，一个失去至爱，一个伶子命苦。兵燹与战乱，带给人们的不仅是家国不在，还有心灵上的痛苦。羊献容深深自责，深恨自己没有擎天撼地之能力。

很多次，羊献容看到刘曒徘徊在山寨外，心里莫名感动。世界上最美好的东西是看不见也摸不着的，它只能用心去感应。没有人是傻瓜，只是在有时候，却只能去选择装傻，来感受那一点点叫作幸福的东西。

对于刘曒一路兄长般的呵护相守，羊献容十分清楚。自入宫以来，每次危难，都是他一路拼杀冲锋在前，化险为夷。可是，世情，已经不容许她有另外的感情，进宫那天，她已经把自己交给了皇庭国策，即便七情六欲仍然旺盛，即便梦里几度翩跹，她只能做一个无情无义的人。她想把碧月嫁给刘曒，无奈碧月心伤未愈，难以接纳新感情。刘曒早年聘有妻室，生下一子得疾病去世，自此未再续选。而翠屏，则抱定了此生不嫁。又念及时局动荡兵荒马乱，居无定所，羊献容到嘴边的话又一次次咽回。但她心里，珍惜刘曒这份呵护。刘曜于她而言，是不经意的巧遇铭刻了生命里最深的记忆，而刘曒困顿中兄长般忘我的真挚关怀，则更显得人性中感情的宝贵。

守护与被守护都是一种幸福，尤其当这种守护已经透过岁月的波折形成一种习惯的时候，越发让人难以割舍。

她默默为刘曒祈祷，“总有一天，你会遇上你的那个意中人，陪你一场风花雪月，陪你看每一次日落日升。”

刘曒具备乃父人品风格，一直为大家所尊敬。可惜生不逢时，一身才华没得展处。羊献容希望战乱结束，好好还刘曒一个风清月明的前程。

二月里，刘暾来报，请皇后移驾高密都城——黔陬古城。

黔陬古城为华夏历史上一座著名古城。据记载，黔陬古城始建于春秋初年，齐国将古介国消灭以后，黔陬古城一度为齐邑，也就是齐国都城。公元前221年，秦朝在黔陬古城设“黔陬县治”，西汉因袭了“县治”，至东汉，黔陬古城则为侯国都城，西晋元康六年，成为高密国都。①

古城城阙联翩，挑檐飞角，气度恢宏，类比皇宫。有些地方地震灾害年久失修的缘故，有些颓败。但主殿及一些重要殿宇，保存尚好。高密王司马略“孝敬慈顺，小心下士，少有父风。”随长兄司马越征战在外，肃纪严明。司马越王妃裴妃，司马略王妃静妃皆陪着羊献容，每日里说说笑笑，甚是和睦。住在这里，羊献容有了家的感觉。她想到的是，如何利用当前形势，安抚好战乱重地的百姓。洛阳终归是国都，不能让战火把她夷为平地，也不能再让百姓成为司马家族内乱的陪葬品与牺牲品。

她暗与刘暾、裴妃、静妃商议，筹资调度，征购粮食。一方面供给司马越军队，一方面与羊曼、羊祈、卢志联系，派得力人员运去洛阳，解救洛阳连年战乱灾荒造成的缺衣少粮。二王妃开明人士，得地方官员合力拥护。很快，一批批物质运送出青州，运出泰山。据闻当羊曼、羊祈运送第一批物质到达洛阳的时候，洛阳百姓高呼皇后千岁，当街长跪，感谢羊皇后母仪天下之恩。司马颖虽不郁，但观无力自救洛阳百姓份上，知必与羊献容有关，暗自敬叹，也不再阻止；军队上，更因为有了及时给养，士气大振，连获胜利。司马颙渐渐无力可支。

在高密，人们知道古城里住进了皇后，百姓沸腾了。这个相对经少战争的地方，比之洛阳安静而繁华。官员们争相进贡布匹锦缎，百

① 黔陬古城位于胶州市西南方向的杜村乡城献村，离胶州市约16公里。此地因居民以赵姓居多，这个村落现又被称为“赵家城献”。这个村落曾是古介国治所，根据当地村民介绍，“城献”一词是古代遗存下来的，但现在仅从字面上很难解释其含义。

姓们更把高密特产献进都城。他们听说，这是一个备受屈辱的皇后，几废几立，命悬旦夕，而她，却凭着坚强的意志，过人的才智，凌然大度的家国情怀，无视自身安危，支撑岌岌可危的朝廷，一步一步走到今天。

高密的蓝天白云爽心悦目，无边的高粱地葳蕤茂盛，走近高粱地，只见人语不见人影。高粱米可以做饭，高粱秸秆可以扎篱笆，钉晒帘，做房屋顶棚经久不坏。高密醇厚的高粱酒劲头十足，高密豪放的民歌牵动人心，一方水土养育一方人，羊献容在此有了深深的感触。

在高粱海围簇着的九如山内，一片春意盎然。远山近壑，高坡低谷，全是花的海洋。美如锦绣，灿若云霞，艳丽多姿。献容捧起一朵鲜艳的花朵，轻嗅着，花香沁入心脾。无数的彩蝶在飞舞，微风拂过，花浪翻涌如沸腾的潮水。

碧月渐渐忘记伤痛，恢复了以前的活泼爽快之中。

翠屏与羊献容俱皆心头释然。

翠屏喜极而泣道：“碧月姐姐终于又活过来了。”

羊献容感慨：“时间是良医，不仅医好人的身体，还会医好人的心。美好的日子带来快乐，阴暗的日子带来经验，保持一颗坚强的心，不忧也不惧，在岁月的长河里努力地生存，便会得到和稳固心中那份从容与安然。”

一日，去司马越王府做客，在司马越的书房里，羊献容意外地看到悬挂在墙壁上的祖父羊祜的《雁赋》：

“鸣则相和，行则接武。前不绝贯，后不越序。齐力不期而并至，同趣不要而自聚。当其赴节，则万里不能足其路；苟泛一壑，则众物不能易其所。凌空不能顿其翼，扬波不能濊其羽。排云墟以頡頏，泆弱波以容与。进凌厉乎太清，退嬉游于玄渚。浮若飘舟乎江之涛，色若委雪乎崖之阿。邕邕兮悲鸣乎云间，因飞

临虚厉清和；眇眇兮瞥若入清尘，扶日拂翼粲光罗。”①

裴王妃缓缓说道：“常闻东海王言，《雁赋》乃羊公所作。其文笔澎湃，豪情万里，把雁阵描绘得有组织、有纪律、有情操。并以雁自喻，借雁抒情，表达了羊公‘当赴其节，则万里不能足其路’之抱负，亦展现了其高尚情操。东海王常讲，说《雁赋》立意高远，文辞清丽，达到了‘思理为妙，神与物游’的境界。其辞旨超远，高于别赋一等，是羊公《让开府表》外另一篇佳品。”

羊献容点点头：“家父常谈，泰始五年，武帝命祜祖父镇守襄阳，都督荆州诸军事。祜祖父到任后，发现荆州之形势并不稳固。不但百姓生活不够殷实，就连戍兵的军粮亦不充足。于是，祜祖父首先治理荆州，大量开垦农田，兴办庠校，安抚百姓。并与吴国人开诚相待，凡投降之人，以礼待之，还禁止拆毁旧官署。当时风俗，官长如果死在官署之中，后继者便说居地不吉，往往拆毁旧府，另行修建。祜祖父认为，死生有命，不在居室，拆除再建，实属浪费，一律禁止，并带头住进旧官署里。当时吴国石城驻军离襄阳颇近，常常侵扰边境，祜祖父深以为患。于是巧用计谋，使吴国撤了石城守备。然后祜祖父把军队分作两半，一半执行巡逻戍守，一半勤于稼穑，当年即垦田八百余顷。祜祖父刚至时，军队百天的粮米都难有，至后来，粮食积蓄可用十年。此举迅速安定了荆州之稳定，增强了战斗力，为平吴统一做好了准备。武帝为表彰其功绩，下令取消江北所有的都督建置，授予祜祖父南中郎将职务，负责汉东江夏地区的全部驻军。”

裴王妃感叹：“羊公文武兼备，清廉正直，以德怀柔，英名豪义，实令后辈敬仰。”

自然界的万物总是给人以启迪，由《雁赋》羊献容想到了凤凰，不由陷入沉思。

惠尼师太说：凤凰是一种吉祥之鸟，它能带给人间幸福。但它每500

① 西晋，羊祜，著战略宗，政治家、文学家，著有《雁赋》《让开府表》等。

年就会背负人世间的所有不快和仇怨，收集梧桐枝筑巢自焚，以生命和美丽的终结来换取人世间的和平与安详，与此同时它也会从燃烧的灰烬中得以重生，但在这个过程中，它也会面临一次巨大的选择，因为它要在濒临死亡之地重生，它就必然要面对死亡的危险，如果不能成功的复活，就会永远的死去。这段故事以及它的比喻意义，在佛经中，被称为“涅槃”。

从缘起法的角度来看，万法为空，空为万法，见佛即见法，见法即见空，诸法性空，即成见佛，物我两忘，不一不异。所以通达空境的人总是勘玄机于先兆，隐未来于变化，将六合统摄一心，过去未来同成一体，将浩浩然物我一心。生存之道在于坚定、隐忍、努力、进取，涅槃之道在于保持契会妙理之“妙契”，有了“妙契”，乃知万法冥然一体的真理。

乱世纷纭，宁心方可静气。

由此，羊献容想到一句话：“善恶只在汝心，巡理便是善。”人处天地间，盖良知存乎人心，方亘万古，塞宇宙而不同。

她忽然明白了父亲重道、祖父们佛道皆崇的原因。这些道理，无不在教诲后人，如何立世，如何做人。

第十四章　浣衣问柳，隐踪匿迹逐白云

转眼已是三月，春暖花开。裴妃、静妃过府来商议，邀请羊献容参加本地一个节日活动。

羊献容蓦地想起，三月三，上巳节。

上巳节是元日过后一个大的节日，经典而传统，只是被战火纷分扰乱和湮没了。似乎只有永康年间“鞭牛送春”，还在脑海里记忆犹新，自此宫廷内外战火连绵，再也没能好好过一个节日。

刘暾微笑道：“提起三月三，自然就想起洛水边的水边祓除和曲水流觞之盛况，世人以为此节本朝所立，其实这个习俗早在秦汉时便已形成。但传延至魏晋，节日又有了新意和变化。”

众人好奇地望着刘暾。

刘暾继续道：“第一个变化是此节日明确定在三月三日。在以前，此节日叫上巳，意思即三月里第一个逢巳的日子。魏晋以后，人们便把它固定在三月三日，不管它是否是逢巳。第二个变化，则是此节日的内涵发生了变化。汉时，人们于上巳日至水边，主要是为了祓除灾气，去宿垢疢，为大洁。但到魏晋之时，三月三水边祓除灾气的意义便不那么重要了。”

羊献容欣然道：“记得父辈们曾讲述，说一次武帝向尚书郎挚虞问起三月三之来历，挚虞答，东汉章帝时，有叫徐肇之人，其三月初生三个女儿，至三日全皆死去。乡里人深以为怪，纷纷全河边盥洗，以除灾气。武帝听后很不悦，说，照此说来，三月三水边祓除便不是什么好事。另一叫

束皙之人见此情景马上奏道，挚虞年轻，知识不够，请让我述说三月曲水之来历。过去周公营建洛邑时，曾借流水来泛酒，得酒者饮酒赋诗。曲水流觞之意起于此事。所以古诗有‘羽觞随波’之句。此俗被两汉相承，而且规模越来越大，旨在春暖花开，万物生发，祈盼欣欣向荣之意。晋武帝很满意束皙的解释，便赐其金50斤，又把挚虞贬为阳城县令。”

刘暾颔首道：“自汉至今，关于三月三之记载绵延不绝。从地域上讲，无论南方或北方，皆过此节。晋初，会稽人夏统到洛阳为母亲买药，正值三月三，见洛阳城内王公以下，莫不方轨连轸，汇集于南浮桥边禊祓，男则朱服耀路，女则锦绮粲烂，群僚赋诗，民众千百莫不参与、喝彩。至晚回转本地河岸上巳人竟不散，谓一日过二节矣。成公绥《洛禊赋》曰：‘考吉日，简良辰。祓除鲜禊，同会洛滨。妖童媛女，嬉游河曲。或浣纤手，或濯素足。临清流，坐沙场。列罍樽，飞羽觞。’也说明这点”。①

羊献容道：“是的，陆机《艳歌行》有‘暮春春服成，粲粲绮与纨。金雀垂藻翘，琼佩结瑶璠。方驾扬清尘，濯足洛水澜。’之句，虽然并未注明时间，但由‘暮春’可知时节为三月，而‘濯足洛水澜’则显然是指祓禊一事。”

裴妃也兴奋地插话道：“臣妾少时也听闻，传说秦昭王三月三日在河边泛酒，忽有一金人持水心剑出来，对秦昭王说：‘持此剑可据有西夏之地。’秦昭王接剑，后来秦国称霸，为了感激神的帮助，便在金人出现处立曲水祠。”

刘暾笑着点点头：“上巳曲水流觞说法之所以受人们接纳，其原因之一，就是意义的变化。人们曲水流觞，意在娱心悦目，临水作乐。魏晋以来玄学盛行，朝野中多受老子、庄子影响，或放情山水，或隐归自然。三月三日，正值春季，百草茂盛，天清气朗，正是赏山乐水的好时节，此时若过重强调修禊祓除，势必影响游目骋怀的心情。”

裴妃道：“刘将军所言极是，三月三盛会也是本地纸鸢习俗与上巳节

---

① 《晋书·玄盛传》

结合演变而来。此地崇山峻岭，沃野葱茏，又有清流漱湍，映带蓝天，引以为流觞曲水，极畅人心。而丝竹管弦之盛，一觞一吟更足以畅叙幽情。”

羊献容心里一动，早闻琅琊古琴乃汉民族最早的拨玄乐器①，抑扬顿挫，如泣如诉；青州挫琴更使得拉弦乐器更加表述自如，丝竹之声典雅韵致绕耳三日不绝。此两种乐器与豫之弦乐、鲁之汶河大鼓、淮之江南声调相映生辉，组成各具特色的民间管弦标志。她有些蠢蠢欲动了！

羊献容笑曰：“青州高密，民和俗静，淳风优良。万物复苏，春意盎然，此时云集雾会，曲水流觞，信可乐也。”

裴妃俯身施礼：“所以臣妾有一个不情之请，一直未敢言明，这是地方百姓联名贴，齐名邀请，欲请皇后一临盛会现场，一瞻帝后姿容。”

刘暾一凛，欲加制止。

羊献容摇手示意：“百姓想见到皇帝皇后，本身就是难如登天的事，献容感谢高密百姓拥戴，前往为佳。”

三月三日一早，翠屏进来服侍，说裴王妃以及静王妃已侯在府外，等候一同去观看上巳节盛况。她让翠屏给她梳一个元宝髻，配上典雅的凤饰，着一身赭红与明黄相间的礼服，即显得稳重大方，又不失皇家气派。她想让她的子民看看，大晋皇后好好的，国家依然存在，大晋依然希望满满。

迤逦的车马缓缓地行进在高密原野，高密风光如春风一样涤荡着人心。

盛会在高密清河湾举行，据说此湾远通大海，源远流长。河湾两边，人头攒动，车马鼎沸，河西一开阔之地，已然扎起了高台。高台之上彩旗飘飘，司仪官分列两旁。看得出，民间对这个节日的欢庆。

河湾里，人们竞相放飞纸鸢。纸鸢飞上天空，与白云相映，绮丽纷呈。更有无数乡人，排队泼洒椒酒，大跳傩具蚩尤舞。羊献容想起，傩具

---

① 诸域：秦汉置琅琊郡，三国置城阳郡，西晋改属青州高密国

是蚩尤的象征，蚩尤被视为战神、财神。相传黄帝打败蚩尤后，华夏人都骂蚩尤，而东夷与三苗人崇敬蚩尤，因此发明了“傩具”，以示纪念。舜帝统治华夏后，改变了华夏人对蚩尤的看法。舜帝是东夷人，却统领着华夏人的全部政务，因此华夏人因为舜帝也开始喜欢蚩尤。烟香，酒香，花香，以及欢乐场面，让羊献容一等人众久违的感觉。羊献容想，如果国家皆如此太平，该有多好。

裴王妃、静王妃引领着羊献容，登上高台。

爆竹噼里啪啦地响开，人群沸腾了，百姓拥到台前，司仪官宣布盛会开始，所有人等跪下去，一片山呼：“皇帝万岁，皇后千岁。”

曲水流觞开始了，特制的羽觞、彩绫铺满河面，流光溢彩，百姓载歌载舞，纸鸢飞上了天，美轮美奂。歌声响起来，竟是《蒹葭》。①

> 蒹葭苍苍，白露为霜。所谓伊人，在水一方。
>
> 溯洄从之，道阻且长；溯游从之，宛在水中央。
>
> ……

歌舞触情，献容不由得遐想连翩。《蒹葭》出自《诗经·国风·秦风》，最早是产生在秦地的一首民歌，几经流传，成为诗经中最优秀的篇章之一。如果把诗中的“伊人”认定为情人、恋人，那么，这首诗就是表现了主人公对美好爱情的执著追求。这首诗最有价值意义、最令人共鸣的东西，不是主人公的追求和失落，而是他所创造的“在水一方”——这一可望难及却又具有普遍意义的情感意境。

羊献容忽地一下热泪盈眶，她以废后之身来到这里，得到的竟比在皇宫得到的还多。她痴痴地望着，心潮起伏。水漫漫，曲萦萦，春光明媚，伴着琅琊古琴婉转抑扬的曲调，众人皆被美妙的歌声陶醉了。

蓦地几声惊叫自人群中响起，台下骚动，人群大乱。几个黑衣蒙面人

---

① 《诗经·国风·秦风》

手持利剑，幽灵一般自人群中冒出，凌空虚度飞越挤挤人头，疯狂地冲向高台，侍卫持械抵挡，皆被利剑“唰唰”所伤。高台被拥挤的人群撞的东摇西晃，颤颤巍巍。所有人大惊，刘暾一边大喊保护皇后，一边全神戒备。

一支支冷箭“噗噗”飞来，箭尖锐利的铁喙“突、突、突”地插入台前木板、柱台上。众人惊慌错愕，纷纷躲避逃命，无从反击。一蒙面客身手敏捷地攀爬上高台，飞身跃起，挥剑直刺羊献容，利剑闪着冷冷寒光，辉灼着人们眼睛，在来不及反应的瞬间里一点点刺进胸前，羊献容再无躲避之地，整个人被罩在寒光剑影里。

“此命休矣。”羊献容闭上眼睛。

一声惊呼，有人闷哼一声倒在前面。羊献容睁开眼，赫然发现裴王妃中剑委顿在地，血顷刻流出，殷红一片。千钧一发之际，裴妃横身挡在前面。刺客一愣，欲待拔剑再刺，刘暾不容其再有出手机会，飞身上前，手起刀落，将来人劈为两半。羊献容揽着裴妃，泪流满面，大声疾呼。

裴妃睁眼笑笑：“皇后没事就好。”转瞬昏了过去。

“剑上有毒!”众人俱皆一惊!

羊献容银牙咬碎，惊怒交加，眼冒血光，她愤恨地望向远方，高密风光依然那样地和美，高远，谁知这风平浪静之下，竟也掩映着重重杀机。

刘暾命人抬起裴妃，掩护皇后赶快上车，飞奔回古城救治。然后命侍卫清扫余孽，查清何人所为。

狼狈地逃回到宫里，一伙人已是衣衫不整，钗乱形疲，面面相觑，惊悸未消。

羊献容一迭声地传唤大夫，快快救治裴王妃。

丫鬟、仆妇来去如飞。

羊献容深深地自责，责怪自己的轻率、大意和贸然前去盛会现场；也责怪自己想法过于简单，更责怪自己思虑不周，差点就给裴妃带来生命之患。刘暾也自责，自责自己太轻敌，总以为躲到这里，司马颙会放弃追杀。二人通宵达旦地守候在裴妃身边，看大夫为裴妃驱毒疗伤。如果裴妃

生命有虞，二人不知道该如何向司马越交代。

夏四月，司马越大军至温县驻扎。

消息传到长安，人心惶惶，司马颙非常恐慌。他以为张方一死，东方的战事一定能够停止，然而东方的军队听说张方死了，毫无顾忌地争相进入关中。司马颙感到后悔，怪罪郅辅杀掉张方，就又杀了郅辅，派弘农太守彭随、北地太守刁默带兵在关东湖县阻击祁弘等人。张方的死对司马颙甚是不利，西安四周相继城池陷落。

这一次，司马越统率千军万马，指挥若定，军队士气激昂。五月，鲜卑将领祁弘攻破了刁默守卫的潼关进入关中，司马越又在霸水打败司马颙的部将马瞻、郭传，全力摧毁司马颙防线，大队人马长驱直入长安。司马颙一看大势已去，仓皇出宫，单枪匹马逃入太白山。祁弘等人进入长安城，所部鲜卑人大肆抢掠，杀了二万多人。大臣们跑的跑，散的散，逃入山中的，不敢出山，无以食用，只好捡拾栎树子当饭吃。

五月，一辆牛车等候在了长安新宫前，司马衷衣饰一新，面带喜悦地走出，皇太弟司马炽、祁弘等人侍奉惠帝乘坐牛车东返。

司马衷回望长安，表情复杂，任太弟太保梁柳为镇西将军，据守关中。

同月，有消息传，四川氐人李雄即皇帝位，宣布大赦，改年号为晏平，国号称“大成”。追父亲李特为景帝，定庙号为始祖，把王太后尊奉为皇太后，以范长生为天地太师。各位将领皆倚仗功劳，互争职位。尚书令阎式上奏疏，请求按照汉朝、晋朝的旧制，建立百官制度。

司马越有书信传来，言西部战乱业已平定，不日班师回京，如无它变，将不日护送皇帝司马衷回洛阳。

羊献容看着战报，心里想着以司马越之力，或许会扭转乾坤，结束所有战争，厄运也许就此过去，新的生活就此来临，新的和平就此开始，不免生出些许希望，竟不知不觉想出了神。

刘暾望着出神的羊献容，神情复杂而痛苦。半年的相处，使他越来越离不开羊献容，开心的羊献容，忧郁的羊献容，一颦一笑都牵动他的神经。他想就此久住下去也好啊，免地回到那个是非动荡之地。然而他知道他不能，皇命难违，臣子只能从命，他没有可以保护她一生一世的能力，也没有可供她不受任何干扰安平生活的空间，这个九死一生忍辱负重气度恢宏的女子，她的位置，只能是皇宫，只能是整个国家。

在兴奋与失落交替的日子里，五月五日端午节到来。《风土记》说：仲夏端五。端，初也，俗重五日，与夏至同。

清晨一早，静王妃便派了仆人来悬挂艾草，并送来用五色丝线包扎的各种香粽。艾草经巧手编制，宛若门神威武地严守门两边，似乎要镇住所有邪气。

端午节采艾悬门以避邪气习俗在《风土记》中已有记载，但所谓“采艾以为人”则最早来源于宗测。宗测是宗承之后第五代孙，为宗懔曾祖父。“按宗测记叙描述，尝以五月五日鸡未鸣时采艾，见似人处，揽而取之，用灸有验。”此事无疑是宗氏家中口耳相传的轶事，又有惠与民众，故被历代沿袭承用。由宗氏发明的端午悬挂人形艾的习俗，到后世演变成悬挂艾人排除毒气侵袭，避瘟禳毒，又将艾人附会为道教的张天师，风行全国。

伴随端午的习俗还有飞舟，这种习俗主要流传在江南，这一天，人们划着一种叫飞凫的轻船，分作水军、水马两种，展开竞赛。当地官员及百姓皆于水边观看，擂鼓助威。而关于这种习俗的来源，却有四种说法。一种说法是屈原于五月五日投汨罗江，百姓并舟以救；一种说法是伍子胥自刎后，被吴王沉尸江中，后被奉为神，每年这天百姓划船于江中迎伍君之神；再一种说法是端五竞渡起于越王勾践；还有一种说法端午竞渡起源于远古传说中的虞舜时期。但不论哪种说法，皆说明端五竞渡是一项历史悠久的传统习俗。

而与此相同的食粽习俗同竞渡习俗一样为人们熟悉，其起源也有和竞

渡相同传说。

据古书记载，屈原五月五日投汨罗江死后，楚人为纪念他，每至此日便用竹筒盛米投入江中祭祀，至西汉时，有叫欧回之人在江边遇见异人，自称三闾大夫，言百姓每年投入江中之米，皆被江中蛟龙所窃，今后再投，可用苦楝子叶将竹筒塞住，然后再系上五彩丝。蛟龙很怕这两样东西，以后就不敢窃取了。

此后，粽子便用五色丝线捆扎，或用茭白叶子裹上粘米、粟米、枣，也用五色丝线捆扎，然后煮熟，因其形状有棱角，又称“角黍”。除此习俗外，人们还把菖蒲草泡在酒中，饮菖蒲酒来解毒。采楝树叶覆头，将五色丝系在臂上，称之为“长命缕”，认为这样可以避邪去病。

羊献容想不到此地也如此重视端午节。她豁然明白，大晋虽战乱频仍，但也是民族大迁徙时期。战乱游走以及战争吞并，使大量流民迁入，使富庶之地成为人口聚集之繁杂地，生活互惠，衣饰互溶，风俗习惯也逐渐统一，于是许多原本只是地方性的风俗，通过记载与异地传播，推崇，进而成为流行全国的节日。

静王妃为让羊献容散心，也为驱散这连月来的沉闷与忧忡，打算学习江南风俗赛龙舟热闹一下。她积极地筹谋，然后邀羊献容和素王妃前去观看。

只是这一次，羊献容再不答应。她还没有从“三月三”的阴影中走出来。她不想再造成伤亡，也不想再影响此地百姓安居生活，更不想再让二王妃为她遭受牵累。护理裴王妃身体恢复的日子里，羊献容静静地守在内堂，为裴妃细致调养。好在剑伤偏离要害，毒性散发不大，裴妃恢复尚好。裴妃贤明达礼，是司马越不可多得的贤内助。而此二人，一个为正皇帝位疆场浴血拼杀，一个为保护皇后差点失去性命。羊献容私下想，以司马衷愚鲁，难以统筹朝政，纵使以后司马越辅政别有筹谋，那她也只能理解了。

静妃怯怯地告辞，脸上红白不定，走路便有些心神恍惚，这些都被察

言观色的刘暾看在眼里。他不动声色，悄悄跟在静妃后面。见静妃已经走至自己府前了，却并没有进府，踱来踱去，似乎下定决心，回身拐弯遮遮掩掩地向一个偏僻院落走去，进去即关严了大门。刘暾飞速折转院后，从院墙一跃而上房顶，无声无息地伏在房脊上。

静王妃冷冷的声音从檐下传了出来："你走吧！此后不要再出现！"

另一个声音有些阴森，又有些娇媚："姐姐可是出师不利？胜败乃兵家常事，咱们以后还会有机会。"

"你错了！她是一个好皇后，是个心胸宽大、明断是非、知恩重义之人。我不能再跟你错下去，否则，我的良心会饶恕不了自己。"

"姐姐以为现在还能回得头吗？倘若我翻出上次的事件，姐姐一样要下地狱。大事若成，王爷亏待不了姐姐的。"

"我既说此话，就不怕你翻，我庆幸我现在明白过来。但你也知道，真到那时，你的路也走到尽头了！两败俱伤，未必是好事。"

"容颜已毁，足已残。姐姐不念旧情，天绝我矣。"

"念旧情未必以折损无辜为代价，况我与王爷素无纠缠。盘缠我会为你备好，上天有好生之德，良善之人天佑之。好自为之吧！"说毕出门而去。

看着静妃走远，刘暾猜测是何人，孙琬她不认识，声音又不太像丽嫔。谁还会加害羊献容呢？刘暾百思不得其解，本欲进去结果此人，又想会惊动静妃，让其疑惑，疑心。想此人既然已经"足已残，容已毁"，白天目标明显，自然不会露面。而她依仗的静妃已然不为她摆布，自然也难兴风作浪。他悄悄下到地上，回到古城里，夜里加紧了防范。

永兴三年六月，惠帝回到洛阳，六月十六日，诏令宣布大赦，改年号为光熙，恢复洛阳京都机制。全国大酺大庆！

随后命东海王司马越率大队人马，回青州接羊献容回宫，重新迎立为皇后。羊献容邀请裴王妃与静王妃一同前往，二人皆因生活习惯不同婉拒，依依惜别。相处日久，三人皆有不舍与留恋之情。

一路欢心，不日到达泰安境内，羊祈、羊鉴得讯早已在汶河岸边置酒宴歌舞等候。司马越、刘曒下马相见，羊献容也下车。铿锵有力的汶河大鼓敲起来，振奋人心，清亮的泰山柳子腔（柳琴戏）或激昂或婉约唱开，引起阵阵喝彩。独有的彩陶舞典雅美丽，古韵十足。几人望着巍巍泰山，汤汤汶河，思及洛阳今日局面，皆有劫后余生之感。羊献容以酒祭天地，双手合十，愿泰山神永远护佑着大晋，国泰民安。

随后车马上船，渐渐行驶河中。

羊献容与羊祈、羊鉴挥手告别。回眸，船夫中，一人凌厉的眼神一滑而过，当她定睛再看，那人已经低首奋力划船。

羊献容坐下来，想船只很快就会过河，不致发生什么意外，到岸上，人员防备就齐了。船渐渐行至河中，她拿起茶盏，刚欲喝，船只剧烈地打了个旋，猛烈地摇晃侧倾，羊献容立足不稳，一下跌倒在船侧，碧月、翠屏也跌倒站不起来。三人不由得失声惊呼。前边的船看不到后面情况，后边的船距离尚远，此船尽女眷，皆不会水，羊献容突然感到与生俱来的惊恐。她扒住船帮，尽力不使自己倾倒下去，接着，一个面目狰狞之人从斜刺里窜出，手持一柄匕首，直刺羊献容。说时迟那时快，刘曒如大鹏展翅，从天而降，一剑挑开刺客匕首，羊祈从左侧赶至，也举桨扫向刺客。刺客见行刺不成，急撤欲跳入水中，人算不如天算，衣服却巧之又巧的被船钩给挂住了。羊祈一把抓起刺客，卸其臂膀，掼至船板上。羊献容细瞧，惊得目瞪口呆。

“你……孙琬？你怎么会变成这样？”“你就这样想要我死吗？好吧，你来吧，死在故土，死在你刀下，我也心安了！”羊献容站起来一步一步走向孙琬。

“哼哼……呵呵……你赢了！”孙琬摇摇晃晃站起。“鲜卑奴毁我容，残我足，都是拜你所赐。羊献容，你赢了！呵呵……哈哈……我不会放过你……”一挥手，匕首划向自己咽喉。身子一歪，倒向船下，瞬间没入水中。

“婉儿……为什么?”羊献容崩溃至极，望着水流冲走的一抹血红，抓住船帮大喊。

众人面面相觑，摇头无语。

一场虚惊戛然而止。船只回复正常，驶过岸。

到达洛阳这一日，铜驼街欢声雷动，百姓如潮。百姓感恩羊献容对他们的惦念关怀，纷纷捧了食物、瓜果，远远的朝宫辇喊话。

“皇后，我们吃了你送来的粮食，没有被饿死。”

“皇后，我们新收了苞米，等你回来尝鲜。”

“皇后，我这件衣服是你发来的布匹做的，你看你看，还很新鲜呢!”

羊献容看不过来，这边喊话，那边喊话，短短一条铜驼街，像是走了一个世纪。

显阳殿里，惠帝拉着羊献容的手，激动得孩子一般又哭又笑，说不出话来。羊献容望着惠帝，又黄又瘦，想着这个一度被自家兄弟争权夺位弄得半死不活的皇帝，心里说不清什么滋味。

接下来的日子风清日暖，司马越、刘暾更虔心调度，力促安定太平。

回到熟悉的地方，瑱儿也颇为欢喜，一改以前的闷闷不乐。她拿着从青州带回的纸鸢、彩灯，日日与司马衷上林苑放逐，尽管各地仍然战乱不断，瑱儿童真清脆的笑声，似乎湮没了战争纷扰的影子。这期间，几个出嫁的公主也时常回到宫里，与惠帝团聚，大劫难的日子似乎就此结束，羊献容悄悄地舒一口气。

她漫步上林苑，望白云舒展，溪流欢畅。

想起这段逃难的日子，心里感慨万端。生命中有很多事情足以把你打倒，但真正不能把你打倒的是心态，是一份坚持。人一生可以走的路很多，有些是自己可以选择的，有些却是必须接受的。但无论身在何处，只要心怀一份努力和坚强，人生就可以柳暗花明。

翠屏说:“皇后人回来了，心还在故土和青州呢。”

羊献容莞尔，心下寂然。“是的，人回来了，心，却在怀念。也许是因为那里给过心的安逸，也许是那丝丝真情，才让怀恋的思绪如脱缰之马，时常在广袤的田野间留恋徘徊，让心情如暖阳下的一株小草，在旷野上迎风起舞，临水欢唱。”

八月，司马衷发布诏告：任司空司马越为太傅、录尚书事。

之后，司马越代司马衷再宣布：

任范阳王司马虓为司空，镇守邺城；

任平昌公司马模为镇东大将军，镇守许昌；

任王浚为骠骑大将军、督东夷、河北诸军事，兼任幽州刺史；

任吏部郎庾敳为军咨祭酒；

任前太弟中庶子胡母辅之为从事中郎；

任黄门侍郎郭象为主簿；

任鸿胪丞阮修为行参军；

任谢鲲为掾录吏；

其他各郡各府原先任职不变。

胡母辅之向司马越推荐乐安人光逸，司马越也加以任用。

庾敳聚敛财物贪得无厌，郭象品行轻薄，贪图权位，而人皆崇尚虚玄空淡，不把政务放在心上，纵酒荒诞。司马越也因为他们名重于世，加以任用。

刘暾则因为刚正无私，不畏权贵，忠心耿耿于王事，回护皇室有功，加授光禄大夫，复任司隶校尉。

回洛阳后，羊献容为表达谢意，特遣使感谢刘暾。曰：“赖刘司隶忠诚之志，得有今日。”诚心感谢刘暾一直以来的尽忠、忠正、护卫和保全。

有消息传，鲜卑人祁弘再次进入关中，成都王司马颖从武关逃奔新野。新城元公刘弘去世，郭劢叛乱，想把司马颖迎作首领。郭舒拥戴刘弘的儿子刘璠，便讨伐郭劢，将之杀掉。

朝廷诏令南中郎将刘陶去拘捕司马颖。司马颖北渡黄河，逃奔朝歌，收拢旧部将士，聚集了几百人，去找公师藩，路遇顿丘太守冯嵩。冯嵩将司马颖抓住，押送到邺城，范阳王司马虓不忍心杀司马颖，将之幽禁。公师藩从白马南渡黄河，被兖州刺史苟晞讨伐并杀掉。

战乱星火不断，众人刚刚平复的心再次起波澜。“你打我杀，究竟何时了？”

九月，司马越提升东瀛公司马腾为东燕王，提升平昌公司马模为南阳王。

十月，范阳王司马虓去世，长史刘舆担心邺城人一直归附司马颖，会趁机暴乱，所以秘不发丧，派人假装成朝廷使者传假诏，赐司马颖死，并杀其两个儿子，至此司马颖的部属已全部逃散，只有卢志一直跟随，直到司马颖死了也不懈怠，为司马颖收尸并安葬。

太傅司马越感卢志忠诚重义，宣召卢志为军咨祭酒。

司马越打算召用刘舆，朝堂上与众臣商议。有人上奏说：“刘舆这个人好比污垢，谁接近他就会被沾上。”于是刘舆来后，司马越就疏远他。

知道原委后的刘舆非常不快，暗下决心，好好表现。他暗地查阅朝廷的军事资料以及仓库、牛马、器械、地理位置情况，一一默默记下来。当时军务国政事情繁多，每次讨论，从长史潘滔以下，谁也不知怎么办，而刘舆便按照情况分析局势利弊，出谋献策。司马越见其颇有心机智慧，就虚心接受采纳，让刘舆担任左长史，辅佐军务国政事务。刘舆再劝说司马越派其弟刘琨镇守并州，以增强北方的防务。司马越就表奏刘琨为并州刺史，以东燕王司马腾任车骑将军，都督邺城诸军事，镇守邺城。

整个形势渐渐趋向有利，趋向稳定。

此时的司马越，不仅大权在握，对整个国家情况也运筹帷幄，了若指掌。

羊献容虽不参与朝政之事，私下里，也暗暗留心朝政变化。她希望，一切平安进展，不再重蹈覆辙。

羊献容去白莲寺看望惠尼师太，惠尼师太已然宏佛远去，不知所踪。

代理主持的是惠尼师太称心弟子智静，她递上一本绢册，说是惠尼师太叮嘱，说有朝一日皇后来，托她转交。

羊献容打开看，熟悉的笔墨印入目中，线装的册子细致整齐，可见惠尼师太之用心。

羊献容一边看，一边思考，耳边回响着惠尼师太的话语：

“种如是因，收如是果，一切唯心造。笑言面对，不去怨怼。随时、随心、随性、随喜、随缘。”

这些话的含义即：“一切事物，不论孰好孰坏，都已经是过眼云烟。不要追究先前的痛苦，也不要愤怒，随时、随心、随缘，以善心造善境。”

佛陀有言：毋随嗔恚境观嗔心，嗔心现起自解即明空。

“一念嗔心起，百万障门开。”看淡世事，内心安然。随缘自在，不悲不喜。佛家讲究因果轮回，这一世的付出，或许正是因缘渡厄的写照。

羊献容明白，惠尼师太是在教导她“不违天时，不夺物性，安身立命。”

她跪于佛像前，心里渐渐清明。岁月如刻刀，终会刻下年轮，唯心历纤纤红尘，才会剥离烦躁与浮华。而人生，到底还是活一回心境。心坚之人，懂得顺应天道，随缘不惊；心诚之人，故而不为失败懊恼，不为失去沮丧；心善之人，则会守住内心的淡定与宁静，不负苍天厚土，在茫茫的生命历程中沉淀过往岁月，努力去领悟人世间最美的风景。

羊献容远眺洛阳城，身心俱疲。站在邙山之上，沐浴着山风，被尘世污浊浸淫已久的心，仿佛被这纤尘不染的人间仙境洗涤了。洛阳城又恢复了她的平静与和美，四周田地广阔，一望千里。涧水、洛水如丝带，蜿蜒缭绕。羊献容迷茫在这如梦如画的美景之中，一切打打杀杀似乎飘然远去，所有身世负累变得虚无缥缈。天然纯真，天性流露，羊献容忽然有一种悲鸿的感觉顿生，心里涌起异样难受的滋味。

邙山深处，是人烟稀少的荒蛮幽静之地，也是躲避世事的隐蔽之地，数百年的大树，古朴的院墙门户，透着古老而神秘的气息。

一个只有几十户人家的小寨子，草棚茅屋，错落有致。炊烟袅袅，鸡鸣依稀。一个光着屁股的孩童在树荫下玩耍，木轮子的牛车、水车，在寨子里往来，发出吱吱的响声。一派宁静祥和的田园气息。

羊献容不由自主地走过去。

小孩子也好奇地走过来。

“小弟弟，你在玩什么？”

“我在制作战刀，杀强盗。”

“哦，谁是强盗？”

“杀小孩子，抢我们粮食的大坏蛋。”

羊献容讶然。“怎么就你自己，你的父母呢？”

“阿母地里撅草去了，阿爷死了。”

“怎么死了？你阿爷多大年龄？”

“我阿爷很厉害，有铁盔，有盔甲，舞起刀来唰唰唰，回来的伯伯说，阿爷被箭射死了。祖母眼睛都哭瞎了。”

羊献容心里“突”地颤了一下，“战争，让多少家庭家破人亡！”

“带我去见你祖母好不好？”

“祖母，祖母……”

一位白发苍苍的老婆婆出现在草房门口，她面容枯槁，眼窝深陷，一边应声，一边摸索着门：“问，什么事？是你阿爷回来了么？”

“不是，是一位好看的姨娘。”

“婆婆，我是上山来进香的。”

“阿弥陀佛。”

“婆婆现在过的还好吗？”

“唉，房子烧了，搭起的草棚漏雨，粮食给抢光了，现在还没收成。娃他母挖野菜，摘野果，总算没有给饿死。可是娃的爹回不来咧，听说外面还在打仗，他阿母每天都去山上眺望，盼望崽有一天会回来……”话未说完，两行泪从老婆婆深陷的眼窝里溢出。

羊献容双眼盈泪，想起自己的父母，还有杳无信息的甫阳。她无时无

刻不在思念弟弟。

她拭拭眼角，不由问："婆婆的眼睛还能治好吗?"

"没用了，等不到狗娃长大了，儿子没了，媳妇不好过，我这老骨头，有一日没一日地活着。就盼着别再打仗，让狗娃他们母子好好过活。"

"……"羊献容再无力气说话，她褪下手腕上的玉镯，摘下头上的首饰，放在老奶奶枯枝般的手里，然后含泪回转，疾步而去。

不远处，一尊摩崖大佛，安然禅坐天地间，以千古不变的眼神，俯视着脚下滚滚红尘。羊献容仰视着佛像，万千祈求在心里，恨不能立马有一双万能的手，解救百姓于水深火热之中。

马车上，翠屏不解地问："人很奇怪，为什么明明知道了死讯，却还盼望会回来?"

羊献容凄艾地说："是人都有不变的期望和等待。一如人都期望美好，平安和相伴。而此心情，大概就如同这老婆婆一样，把一份不能实现的愿望寄托，期望死而复生，期望奇迹再现，期望人生永久。"

碧月也叹息："如此悲切，此心谁知？瞧眼下，才几天太平，就已歌舞升平。人们总是善忘，不能用平常心去接受和平生活带来的平静，总是时间一过，便忘了曾经所受的伤痛，只想着享受美酒与肴肉，美人和掌声。"

羊献容道："是的，时间太残酷，又有谁能体会老婆婆一家傻傻的期待。真正底层生活的人，只求太平安然心无二致。反观那些争权夺利，鱼肉百姓的达官贵族，更应该为欲盖弥彰汗颜，为战乱的生灵涂炭忏悔。"

碧月也跟着难过地说道："愿小孩子的父亲没有战死，愿小孩子的父亲会回来，回到如这一般千千万万的家。因为在他们生长的地方，有一种爱，在守护，在期待……"

翠屏再不敢接话，她怕继续说下去，勾起碧月心底的伤痛，望着碧月痴痴的样子，打住了话语。

羊献容回过神来，粲然一笑："冰冻三尺，非一日之寒。这诸王杀戮造成的格局，总得有人振臂高呼，总得有人力挽狂澜。愿东海王及太弟的有力辅佐，文武百官忠心朝政，会就此熄灭战乱，恢复大晋国力，再现

‘太康盛世’的光景。”

三人默默合掌，默默祈祷……

远处丝竹弹唱：“清波疏岚兮相映，天青水碧，万里秋光。霜露轻兮、莲叶犹绿；秋风细细兮、野菊初黄……”

羊献容多么希望就此安定生活下去。“人意若好，自当少有兮悲凉，对佳景，才不会漠漠兮无趣，意境沧桑。”她常想，“若有曾经，不负风月，无离亦无伤，也不似今日空有念想。”

奈何“云中燕、不解捎书；独凭栏兮、徒相望，黯然悄悄，一抹斜阳……”

回洛阳数日，羊曼也闻讯而回。此时的羊曼，俨然更加稳健，成熟，一身轻裘缓带更显得有祜祖之风。羊曼自辞去官职，专心经营商务，行走大江南北，联系各地羊氏宗亲，并积极参与各种地方事务，积善兴德，博得好名，时人称之为䵃伯。①

他遵羊献容叮咛，远避战祸，奔波各地，已然联络到各地羊氏族人。只是甫阳的消息尚未打听到，但听族人说在沿海一带见到过他，有老家公羊安陪着，似是渡江不知何去。此时的甫阳已是翩翩公子，玉树临风。

羊献容听着羊曼描述的情景，激动的泪奔，“活着就好，活着就好。”她多么希望有那么一天，接弟弟回到洛阳，或者回到泰山老家，结束流亡不定的生活。她不求弟弟显达，富贵，只求弟弟平安一生，只求亲人在一起。

然此时还不能招弟弟回来。羊献容隐隐觉得，战乱仍未停止，各地烽火不断，让人难以轻心，同时为防万一，她暗暗地、郑重地嘱托羊曼，倘若再有覆国灭门之难，一定要审时度势，竭尽所能，联合门族子侄，保存族息，不遗余力地带领合族子弟，南迁。

---

① 䵃伯，为兖州八伯之一称呼。时州里称陈留阮放为宏伯，高平郗鉴为方伯，泰山胡毋辅之为达伯，济阴卞壶为裁伯，陈留蔡谟为朗伯，阮孚为诞伯，高平刘绥为委伯，凡八人，盖拟古之八隽。

第十五章　前尘饮罢，回眸半生沧桑史

冬日的夜幕早早降临，天刚黑，宫人便四处落下门杠，迫不及待地拥炉取暖或钻入被窝之中。静寂的皇宫，除了更漏和梆子声，便只有悬挂的宫灯散发着微弱的光。

十七日深夜，黄门太监德庆忽然来报，说惠帝睡梦间忽然连叫腹痛不止，非常急剧，请皇后过去。惠帝今晚宿于宓秀宫，宓秀宫是新晋的一位小才人，很是活泼好动，甚投司马衷玩乐之趣。

羊献容匆忙赶至宓秀宫，司马衷面色青紫，眼圈发乌，已不能言。羊献容急忙叫人抬惠帝至显阳殿，宣太医进宫。小才人吓得匍匐在地，浑身颤抖。

羊献容查问惠帝晚膳所用食物，才人说惠帝今晚高兴，吃了一碗水酪，两盅鸡子汤，各色菜肴不等，面食只吃了甜饼。除了甜饼，各色菜肴及鸡子汤，小才人自己也有吃，但她没事。甜饼已无剩余，令太医一一验证其他食物，俱皆无毒。

羊献容嚯地警觉，叹息又一个司马臧之死，成为不明悬案。“难道权力之争，竟是水深火热根本未去，所谓太平之象，只是自己一时错觉?”

羊献容欲详查，司马越不许。显阳殿配殿内，二人面对惠帝之死，第一次有了意见纷争。

“想惠帝屡遭劫难，坎坷半生，幸皇叔一力围护，才得平安。今番莫名死去，又惹恐慌，请皇叔看在圣朝稳安分上，彻查此事。”

灯影下，司马越负袖而立，言辞冷漠，仿佛来自另一个世界：“如此愚鲁皇帝，活着又怎样？深究下去又怎样？无非动乱人心再搭上若干条人命。皇后大义深明，应该懂得孟子所言‘民为贵，社稷次之，君为轻。’的道理”①

羊献容心头强震，惊怵无言。

十八日，司马衷在显阳殿驾崩。

司马衷一死，羊献容内心有些慌乱，不知这皇后之位，又会发生怎样的变化？她想拥立清河王司马覃，但也感到司马越对司马覃不器重，而司马炽是皇太弟，自己的地位将会非常尴尬，甚至不保。羊献容矛盾重重，不知如何是好？于是她找来刘暾，让刘暾找侍中华琨提议，改立司马覃为太子，再派人赶去通知司马覃进宫到尚书阁议事。

刘暾到达华琨府，言明此意，华琨知司马越器重的是司马炽，于是委婉地对刘暾说：“太弟司马炽在东宫已经很久了，在百姓中的声望一直是确定的，时至今日，以大人之见，难道还能改变吗？”

刘暾也感到司马覃才能德望不及司马炽，于是不再坚持。

刘暾告辞走后，华琨随即用不封口的公文迅速宣召太傅司马越、皇太弟司马炽入宫，宣布司马衷死讯，拥立司马炽为帝。司马覃赶到皇宫外，听闻朝臣商议拥立太弟司马炽为帝，怕其中有变给自己带来杀机，就称病回去了。

羊献容获知司马覃回返讯息，只心里恨铁不成钢，暗暗叹息“社稷无常奉，君臣无常位，自古以然。”②

尚书阁前，司马越、司马炽赶到，羊献容也在碧月、刘暾的陪伴下，出现在尚书阁前。

---

① 《论语》
② 《左传·昭公三十二年》

司马越、司马炽、华琨及其他大臣看到羊献容，停下脚步，一时众人怔在当场，不知道羊献容此行意欲何为？一种不安的气氛攫住在场每个人的心。

平心而论，司马越不想为难羊献容，一路走来的艰辛，使他很想保护这个命运多舛的女人，多年的默契，已然使大家形成一个堡垒，而司马炽也非不懂礼仪之人。华琨及众大臣也明白，羊献容所受的折辱，所表现出的坚毅、识大体，所付出的牺牲，更是有目共睹。只是人是很奇怪的东西，往往一涉及权力之争，这一切似乎都不存在了。

众人相继落座，羊献容命碧月捧上珍藏数年相伴生死的凤玺玉绶。众人俱皆一愣。

羊献容先至刘暾面前深施一礼："感谢司隶大人提点，献容不才，迷津知返。"然后转身款款道："昔日'庆父不死，鲁难未已。'凤玺一直不敢假手他人。今日战乱已去，圣朝局势安定，百废待兴。献容深悉，这安定乃万千生命所换。献容也深知，一代国君对江山社稷之重要，所谓一言而兴邦，一言而丧邦。皇室之乱，倾轧国本，为山九仞，功亏一篑，前车之覆，后车之鉴，血之教诲，我辈尤甚。献容今献出凤玺，只望我大晋自此之后，'均无贫，和无寡，安无倾。'如此使然。"

一番言词，令司马越、司马炽及在座诸臣肃然动容。

司马炽起身，走至羊献容面前一揖到地："皇嫂德娴，冰释涣然，犹言近而指远，善言也。古人云，'吾日参省吾身，知足不辱，知止不殆，知人者智，自知者明。'炽当奉行修身，齐家，治国，平天下。不敢有负举国期盼。"

司马越也肃然起敬，对羊献容此举暗暗喝彩。人之境界，善恶不同，生死之欲，更因各自境界有异。果如人们所说，严寒来临方见冰雪本质，大难之时才显胸襟慈悲。羊献容能够识大体，顾大局，不擅权谋私，不兴风作浪，这与前朝几任皇后是有明确区别的。他暗下保证，无论时局如何变化，不会侵犯到羊献容地位。尽管他风闻到匈奴人刘曜对羊献容颇有觊觎之心，后宫禁卫森严，不至逾越，倘真如传闻，汉国为患洛阳，也必会投鼠忌器。

十一月二十一日，太弟司马炽即皇帝位，称怀帝，宣布大赦，追封其母亲王才人为皇太后，册立王妃梁氏兰壁为皇后。尊奉羊献容为惠羊皇后，尊祖典旧制，迁居弘训宫。

同时诏告天下："孝怀皇帝讳炽，字丰度，武帝第二十五子也。太熙元年，封豫章郡王。初拜散骑常侍，及赵王伦篡，为射声校尉，累迁车骑大将军、都督青州诸军事。永兴元年，改授镇北大将军、都督邺城守诸军事。永兴岁，立为皇太弟。经营王室，志宁社稷，储贰之重，宜归时望，是以升东宫，复赞藩国。今乘舆播越，常恐氐羌饮马于泾川，蚁众控弦于霸水。宜及吉辰，时登大宝，上翼大驾，早宁圣京。"

登基完毕，怀帝司马炽开始遵奉旧制，在东堂听政。每到朝廷会集群臣宴会时，就与大臣官员们商讨各种政务，探讨经典的内容。黄门侍郎傅宣感叹道："今天又看到武帝的时代了。"

为不使司马颙死灰复燃，太傅司马越用诏书征召司马颙入朝为司徒，欲对其严加控制。司马颙在外流浪时日已久，自忖如此下去不是长久之计，不如先回洛阳，思谋东山再起。于是带着三个儿子，前去接受征召。

南阳王司马模获得消息，认为司马颙入朝还会是祸害，就派部将梁臣假扮路贼，在新安拦住司马颙，在车上将之掐死，并杀其三个儿子。

司马越再任中书监温羡为左光禄大夫，兼任司徒，任尚书左仆射王衍为司空。于月底二十八日，将惠帝司马衷草草安葬，司马衷葬于太阳陵，一个历史上有名的智障皇帝惠帝时代宣告结束。丧葬的哀号声传来，羊献容举目望天，心里说不清什么滋味。

朝廷再次归于静寂。怀帝司马炽与梁皇后皆很敬重羊献容，按制供奉，循礼有章。

弘训宫是祖姑羊徽瑜曾经居住之地，殿堂不大，却远离喧哗，雅致静谧，尤其可意处，后院可莳农桑。羊献容很喜欢这里，却也淡淡的惆怅，因为她不知道自己以后该如何生活，还需要什么？表面看似乎什么都不

缺，但实际上什么都没有。

瑱儿长到5岁了，小人儿似冰雕玉琢，分外可爱。

羊献容教她识字，学礼仪。梁皇后也常常带着自己的女儿，来与瑱儿玩耍。两个小公主给宫里增添不少乐趣。梁皇后年轻几岁，与羊献容颇为投缘，妯娌二人不时聚聚叙话。尽管外面战乱依然星火遍布，皇宫里暂且有了一些人伦的欢乐。

梁皇后面相温婉，性子谦和，知羊献容一路艰辛，故而敬重有加，也时常拿一些不懂的问题，请教羊献容。

静下来的时候，羊献容也落落想起孙琬和丽嫔。

孙琬的死让羊献容感伤，她多么想，西安被攻破之际，孙琬如同闻到风暴气息的蛇一样遁入地底，消失或隐居，或如人间蒸发了一般，能够无牵无挂的寻个地方活着，而不再搅进来，然而鱼死网破，这就是孙琬的性格。

丽嫔闹着去西台，却是一场飞蛾扑火，闯进的鲜卑兵不知丽嫔身份，见其装扮艳丽，姿色妖娆，于是色心顿起，十几人一起抢掠施暴。可叹丽嫔的跋扈再也不是护身灵符，遭轮番污辱的丽嫔，衣衫不整，满大街疯笑，而司马衷估计是听闻了丽嫔与司马颙苟合之事，或受到了丽嫔的冷遇和嘲弄，再不喜接近。于是当司马越等前来迎驾回归洛阳时，司马衷闭口不提丽嫔。

弘训宫外的洛阳金市闹区里，不知谁在弹唱小曲：“萦梦千年兮，情深沉，向来高雅；心坦荡兮，别有根芽，问谁人间富贵花。研墨，写一程清欢兮格调，落笔，记一段岁月兮蒹葭……”

羊献容深深地叹息，如此歌词意境，竟同自己如此贴近，深深记载了这流年荒月，乱世蹉跎。

她抚摸碧玉箫，忽然想起那个只谋过几次面的刘曜，那种粗犷刚健，贵族气质，以及猎猎征尘带给他的狂狷不羁之精神。他使羊献容强烈地认识到，人的贵族精神不是表面上的高傲，不是虚荣与做作，它是骨子的刚劲，是血脉里的大气，是言行举止间散发出的气韵和特质，是不由自主流露的统御一切的张力和霸气。

又想起刘暾的坚韧和忠厚，细致和笃实，刚正和睿智。自惠帝回归洛阳自己回宫后，刘暾被拜了光禄大夫，新帝即位后，又委以重任，被指派保护京畿外围安全，已然久久不见。

羊献容回忆过往，心内感慨万端。也许每一个优秀的人，都有一段铭心的时光。这一段时光，是经历了许多坎坷，忍受了百般孤独和寂寞，付出了很多努力，才会度过的。人生又如同蚕茧，在一次次蜕变中砥砺，成长；而其成长过程，恰似破茧之蝶，在痛苦挣扎过程中，心智得到锻炼，意志更加坚强，生命得到升华。

入宫六年，碧月、翠屏都成了大姑娘。但是二人仿佛商量好了一般，谁也不谈婚嫁。周权的死在碧月生命里已然是一道抹不去的伤痕，翠屏则看淡了世事坎坷，尘心若定，心如止水，全身心地照顾瑱儿成长。任羊献容如何点拨，张罗，二人皆笑着摇头。

映雪冬日，万物芳菲。上林苑的梅花次第开放了，凌寒沁香，如锦似霞，招惹的一干宫女喜报不断。梁皇后带了一众妃嫔，邀请羊献容一同前去观赏。

穿越长长的永巷，梅花如海，裹入视野。宫女、仆妇等欣喜地拿剪刀剪梅枝，飘落的花瓣随风流动，翩然胜雪。

梁皇后望着梅林，面现困惑：“看这梅花，枝头灿烂，入土成泥。想人之一生，最终的归宿会是什么呢？当年华匆匆而去，只能黯然叹息。”

羊献容淡淡一笑：“四时能变谓之智，辅万物之自然而香不敢绝。你我能做的便是于此纯净蓝天下，珍惜拥有。人一生所遇极致不多，但能如此绽放，不违不畏，足够了。”

梁皇后苦笑：“妹只在想，人的贪欲忒多，如何才能笃定心中所好，遏制邪欲膨胀？”

羊献容肃然道："人心生一念，天地尽皆知。得与失本来俱生，只要你认为抗争的无悔，付出的值得，于这短暂的人生里找到心中真正想寻的东西，便不枉来此一遭。"

一才人冒冒失失地问，"敢问惠皇后，什么才是真正想寻找的东西呢?"

羊献容回头，微笑道："即如圣人所言'从心所欲不逾矩。'"

梁皇后大感，内心不由敬意再升。

另一美人道："如今生活安定，便似乎感觉整天温饱欲睡，不思他日生活。"

一才人打趣："莫非姐姐有了？当心情魔生幻影，情魔生心魔。"

美人回头追打："你才心魔，你才有了!"

梁皇后也笑，正色道："温饱乃是一时安逸，居安思危才是个人与朝廷皆应该远谋到的。所以我们高居万民之上，更应该吸取惠皇后经历之教训，体会国力履艰，尽心筹谋国事，保护这份安定祥和。"

羊献容目视梁皇后，微露一丝苦笑，不知这当前幸福的背后，会不会还有忧伤在伺机而动？人生太无常!

梁皇后体贴地道："时光是世之妙手，会抚平所有的伤痛。"

羊献容点头："感谢贤妹释怀，生命短与长，人生成与败，岁月甜与苦，原不重要，活的就是豁达，坚强，担当，还有能支撑命运的脊梁。于个人而言，凭心做事，凭信做人，得失荣辱，不过一家之实，一介纤尘。于这大国而言，则是要凝聚，要富庶，要强盛！战乱贻害，百废待兴，所以卓越的君王，以及力挽狂澜的安定和繁兴，是重中之重。"

"此言真是醍醐灌顶。"梁皇后由衷地感叹："人说'攻玉于石，石尽而玉出。淘金于沙，沙尽而金露。'皇嫂贤达有识，所见非凡，心怀果如人皆所誉。愚妹一定效皇嫂之见，尽心辅佐皇帝，尽心我大晋的安危与昌盛。"

望着梁皇后兴奋模样，羊献容思虑自己该置身事外了。也许真正的归属感，在于内心深处对命运的把控，因为人最大的对手永远都是自己，只有自己能够说服自己，才是真正的超脱。“五废五立”已经让她淡然一切，与世无争。虽然那些遍体鳞伤的过往仍然会时时触痛她的记忆，但假以时日，她相信这些伤口会使她更加坚强。

只是夜深寂寥，心里还有那么一点不甘，毕竟她才只有23岁年纪，就此尘埃落定，和光同尘，寂寂一生，未免过早了些。

正月初二，怀帝司马炽上朝，改年号为永嘉，宣布大赦。

同月，颁诏立清河王司马覃的弟弟豫章王司马铨为皇太子。怀帝司马炽亲自审察大政，对朝廷事务也很留心。太傅司马越对此很是不快。

各地烽火依然不断。并州闹饥荒，各郡县尽皆遭到外族强盗抢掠，却无力保卫自己。

州属部将田甄、其弟田兰、祁济、李恽以及官吏百姓一万多人，随东燕王司马腾到冀州“乞活”，一路下来，剩下人口不足千户。盗贼横行，道路交通阻断。刘琨在上党招募兵卒，聚集了五百人，转战向前，到达晋阳，发现官府房舍已被焚毁，城乡一片萧条。刘琨安抚慰劳，稍微聚集了一些流民。

吏部郎周穆与清河王司马覃交好，深为司马覃叫屈。周穆是司马越姑母的儿子，以为亲戚之故，能说动司马越。于是周穆与妹夫御史中丞诸葛玫挑唆司马越说：“皇上当时成为太弟，是张方的意图。难保皇上日后不感念他。清河王本来是太子，您应当拥立他。发展王爷自己的势力。”

“改弦易张，只会再起内乱，于刚刚稳定之形势不利，朝廷以人品才卓为君，与谁始作俑无关，此事以后休提。”司马越不同意。周穆与诸葛玫又去挑动司马覃争夺皇位。司马越发怒，以二人挟私挑拨作乱为由，以儆效尤，将二人收监，处死。

朝堂上，朝臣奏张督、冯莫突等人叛乱，随石勒骑马投归汉，汉王刘渊封张督为亲汉王，冯莫突为都督部大，任石勒为辅汉将军，并封平晋王，以统率他们。前北军中侯吕雍、度支校尉陈颜等人密谋立清河王司马覃为太子，事情严重。

司马越假传诏令让司马覃进宫，然后把司马覃囚禁在金墉城。

二月，王弥在青、徐二州作乱，自称征东大将军，攻杀郡守。司马越令东莱人鞠羡担任本郡太守，讨伐王弥。鞠羡败，遭王弥杀害。司马越亲自出征，与王弥鏖战。同时命羊祈、羊鉴自济南、泰山而下接应，两路夹击王弥。大胜！

公师藩死后，汲桑逃回到苑中，转而聚众到各郡县去抢劫掠夺，自称大将军，声称要为司马颖报仇，以石勒为先锋，所向披靡，又任石勒为讨虏将军，接着进攻邺城。当时邺城里仓库已空，而司马腾生活用度却很奢侈，挥霍糜烂，对部下却吝啬苛刻，不使部下得到什么好处，临到军情紧急时，就赐给将士每人几升米，一丈布帛，所以部下都不为他所用。

夏五月，汲桑重创魏郡太守冯嵩，长驱直入，攻进邺城，司马腾骑马出逃，被汲桑部将李丰杀死。接着焚烧了邺城王宫，大火十天不灭。又杀掉一万多士人百姓，大肆抢掠后才离去，在延津渡过黄河，向南攻打兖州。

太傅司马越非常震惊，派苟晞和将军王赞去讨伐汲桑、石勒。石勒与苟晞在平原、阳平之间相持对垒几个月，大小三十余战，双方互有胜负。

苟晞作风果断，治军严明，能征惯战。先后战败汲桑、吕朗、刘根、公师藩、石勒等，威名甚盛，人称“屠伯”。

秋七月，太傅司马越在官渡屯兵驻扎，声援苟晞。苟晞追击汲桑，攻破汲桑的八个营垒，打死一万多人。

司马越大悦，返回许昌，给苟晞加官为抚军将军，都督青、兖诸军事。

羊献容连同梁皇后一起，发动士族官员命妇，俭省用度，变卖首饰，缝制军衣军履，筹钱购买粮米布帛救援战事，此举得到怀帝司马炽、司马越以及朝中百官深度赞许。

西阳夷人进犯江夏，扰民不安。怀帝司马炽任高密王司马略为征南大将军，都督荆州诸军事，镇守襄阳；任南阳王司马模为征西大将军，都督秦、雍、梁、益诸军事，镇守长安；同时封东燕王司马腾为新蔡王，都督司、冀二州诸军事，仍然镇守邺城。

太傅司马越回归，对怀帝不经商议便自作主张调派兵力很不高兴，坚决要求出去作藩镇。叔侄二人开始起了摩擦。

八月，司马越下令，任琅琊王司马睿为安东将军、假节，督扬州江南诸军事等职，负责镇守建邺（江苏南京）。

司马睿听令，于九月到达建业，王导随行。王导为司马睿谋士，司马睿与其交好，对他推心置腹，非常信任。司马睿初到建邺，因名气不大，行令当地人多不服从。王导处心谋划，为其打造声势，使世人知之敬之，并遴选当地名流贺循、纪瞻、顾荣等担任要职。又分别安排部族，前臣之子担任要务。百姓官员多感触感念，人脉关系优势见长，为司马睿将来在建邺称帝打下坚实的基础。

王导对司马睿说："以谦逊的态度对待士人，通过节俭的办法保证用度的充足，以清静无为的原则处理政务，安抚以前故旧部下与新结交的士人。"

司马睿一一照办，很快得到江东地区人们的信任。

永嘉二年春，有消息报，汉王刘渊进犯中原，派抚军将军刘聪、振武将军刘曜等十名将军向南占据太行，派辅汉将军石勒等向东到赵、魏地区。

三月，司马越从许昌迁徙到鄄城镇守。王弥收拢聚集残兵，派遣部将分别攻打抢掠青州、徐州、兖州、豫州等地，攻陷郡和县，把郡守、县令大多杀掉。苟晞与王弥接连交战，没有能够取胜。

四月，王弥攻入许昌。司马越派遣王斌带领五千兵卒进京城防卫，张轨也派遣督护北宫纯带兵保卫京城。朝廷已是左突右支，兵疲力乏。

五月，王弥从辕出发，在伊水以北打败晋军，京城大为震动，以致宫城门白天也紧闭不敢开。王弥到达洛阳，在津阳门驻扎。朝廷诏令王衍指挥军队征讨王弥，北宫纯率领一百多勇士突袭王弥，王弥大败，放火烧建

春门后向东逃走。

七月，汉王刘渊进犯平阳，太守宋抽丢下郡城逃跑，河东太守路述战死。刘渊迁都到蒲子县。上郡鲜卑人陆逐延、氐人酋长单征都向汉投降。

八月，司马越从鄄城迁徙到濮阳驻扎，不多久，再迁徙到荥阳驻扎。

九月，王弥、石勒进犯邺城，守将和郁弃城而逃。司马越诏令豫州刺史裴宪在白马驻扎以抵御王弥；车骑将军王堪在东燕驻扎以抵御石勒。

冬十月，汉王刘渊宣布即皇帝位，正式称帝，迁都平阳，国号为汉，改年号为永凤。任命其长子刘和为大将军，刘聪为车骑大将军，侄子刘曜为龙骧大将军。

鲜卑慕容氏也自称大单于，开始与各族势力分庭抗礼。拓跋禄官去世，其弟拓跋猗卢总管三部，与慕容氏结交友好。

左积弩将军朱诞投奔刘渊，俱陈洛阳城中势单力薄的情况，劝汉主刘渊趁机攻打洛阳。刘渊任朱诞为前锋都督，任大将军刘景为大都督，带兵攻克了黎阳。刘景残暴无道，在延津打败王堪，把三万多男女百姓沉入黄河。

刘渊听说后，生气地说："刘景有什么脸面再来见朕？上天之道难道能容忍这种残忍的行动？我所想要消灭的，只是司马家族罢了，普通百姓有什么罪？"然后宣旨把刘景降职为平虏将军。

再封石勒为安东将军，带领十多万人，进犯钜鹿、常山。石勒沿途聚集了一些有身份的人士，另外编成君子营，以赵郡人张宾作主要谋士，刁膺作为辅佐，以夔安、孔苌、支雄、桃豹、逯明作为助手。并州的胡人、羯人大多都跟随了石勒。

乌桓人张伏利度有两千部众，在乐平设置军垒，刘渊屡次去招募，均未成功。石勒假装在刘渊那里犯了罪，去投奔张伏利度，张伏利度很高兴，与石勒结拜成兄弟，派石勒带领各部胡人去抢劫，所向无敌，各部胡人都敬畏佩服。石勒知道大家的心都已归向自己，于是趁聚会时抓住张伏利度，对各部胡人说："今天要干大事，我与张伏利度谁能够成为首领？"

各部胡人都推举石勒，石勒于是杀了张伏利度，率部众投归汉。刘渊给石勒加职为督，专督山东征讨诸军事，把张伏利度的部众交给石勒指挥。

永嘉三年元月，汉太史令鲜于修之对刘渊说："不出三年，必克洛阳。蒲子崎岖，难以久安；平阳气象方昌，请徙都之。"刘渊采纳了此建议，迁都平阳，宣布大赦，改年号为河瑞。至此时，汉国势力最为强盛，疆域面积越来越大，逐渐成为一支不可小觑的匈奴王国。

刘渊的强盛让大晋震惊，为之惶惶不安。又加之连年征战不断，整个国家得不到休养生息，国力每况愈下。司马越、司马炽、刘暾等皆感局势沉重。

三月初，青州奏报，高密王司马略去世。为感念青州那段岁月，羊献容说服司马越，将裴妃及司马略夫人静王妃接到洛阳。

时隔三年相见，几人亲密无比，加上怀帝及梁皇后时时照拂，弘训宫暂且不再寂寞。羊氏族人势微凌乱，无人担当要职，无形中卸去了诸多觊觎与不利，所以弘训宫的日子虽寂寥，倒还安稳。

司马越任尚书左仆射山简为征南将军，督荆州、湘州、交州、广州诸军事，镇守襄阳。山简是山涛的儿子，嗜好喝酒，不把军政事务放在心上。司马越上奏表说："顺阳内史刘璠很得人心，百姓要推举刘璠作首领。"于是怀帝诏令任命刘璠为越骑校尉。刘璠是刘弘的儿子，颇能继承父志，对百姓妥善安抚，所以江汉之间都很归服他。荆州地区百姓无不感念刘弘父子。

最初怀帝当太弟时，与中庶子缪播关系亲密要好，即皇帝位后，任缪播为中书监，任缪胤为太仆卿，怀帝把他们当作心腹，并让舅父散骑常侍王延和尚书何绥、太史令高堂冲，一起参与朝廷的机密事务。

司马越见怀帝网络自己势力，怀疑怀帝与朝廷大臣对自己有异心，刘舆、潘滔也劝说司马越杀掉缪播等人。

司马越于是诬陷缪播等人图谋叛乱，派平东将军王秉率领三千兵士进入皇宫，在怀帝身边逮捕缪播等十余人，交付廷尉，当场杀掉。

怀帝阻拦不下，只能流泪叹息。

司马越根据近年来朝廷所发生变故，根由大多出在宫廷官署这一情况，于是上奏请将有侯爵身份的宫廷侍卫全都罢免，当时宫殿中的武官皆已封侯，因此宫殿武官差不多皆被解职，他们都流着泪离开了宫殿。然后改封何伦为右卫将军、王秉为左卫将军，带领几百名兵士担任皇宫禁卫，这些兵士皆属于司马越的东海兵士籍。

司马越行为越来越跋扈，行为堪比司马颖。

羊献容暗暗担心，如此下去，恐怕又是一场内室操戈，无法明示，只好闲聊里拿话提醒裴王妃。

刘暾儿子刘更生娶妻，而刘暾妻早逝，清明祭祖，按家法需要媳妇去扫墓，于是刘暾就带着家属宾客，载着酒和食物出行。不料此事被一直嫉妒他的洛阳县令王棱借题发挥，向司马越报告，声称刘暾带着家属叛归盘踞并州的刘渊。刘渊此时兵力强盛，麾下大将王弥又是刘暾同乡，与刘曜有过交往，于是司马越相信并派人追回刘暾。

刘暾知道后，未到墓地就折返回宫，并以正义斥责司马越，司马越听后，恍觉自己行为超出莽撞，十分惭愧。

汉王大军开始进攻洛阳，刘暾转任抚军将军、假节、都督守城诸军事抵御外敌。汉兵败，撤退。刘暾转拜尚书仆射。刘暾长年担任监察百官的职位，亦被人情所累，故此进谗言者众，令司马越心怀忌惮，于是任命刘暾为右光禄大夫、领太子少傅，加散骑常侍，表面上是加祟进官，但其实是削夺了刘暾的权力。

王弥东部挑起战争，搅青州、冀州。司马越领行台出镇，抗击王弥。

司马越走后，晋怀帝于是下诏升刘暾领卫尉，加特进，之后再封刘暾为司隶校尉，加侍中，至此，刘暾已五度任司隶校尉。

司马越、司马炽之间摩擦越来越大。

晋庭内不安气氛氤氲。汉国国内也开始矛盾激化。

永嘉四年，汉主刘渊立单徵的女儿为皇后，立梁王刘和为太子，封儿子刘义为北海王，以长乐王刘洋任大司马，刘聪为汉楚王、刘曜为始安王，裴整担任尚书左丞。

太子刘和性格多疑，少恩德心，对同门兄弟更无睦和之意。这让颇具战功的刘聪、刘曜大为窝火。二人痛苦不可名状，无计可施，驱马荒原，酩酊大醉。酒性大发的刘聪伏地痛苦长嚎："父皇，你一生进退有度，赏罚英明，为什么会立储不察，厚此薄彼?"

郁郁的刘曜也狂灌闷酒："叔父，您是我天下最敬重的人哪!"

七月，刘渊卧病不起，许是感觉自己大限将至，再颁诏以陈留王刘欢乐任太宰，长乐王刘洋为太傅，江都王刘延年为太保，楚王刘聪为大司马、大单于，兼任录尚书事，在平阳西侧设置单于台。以齐王刘裕任大司徒，鲁王刘隆为尚书令，北海王刘义为抚军大将军兼司隶校尉，始安王刘曜为征讨大都督兼单于左辅。刘和仍为太子。

七月十八日，刘渊病卒，太子刘和继承皇位。刘和处事不公，对新设的单于台极为干预和排斥。同时与侍中刘乘、卫尉西昌王刘锐，密谋除掉刘聪。此举惹火了刘聪，联合刘曜及单于台诸将，著铠以待，等刘锐带领兵马来攻打单于台，刘聪、刘曜借机反攻西明门，在光极殿西室拔剑杀了刘和。大臣们请刘聪登上皇位，刘聪因为北海王刘义是单太后的儿子，就把皇位让给刘义。单后年轻，刘义年幼，知道以后祸乱困扰还会不断，坚决不敢接受。于是刘聪即位，对外谦称说："义皇弟和诸公值此四海未定推举我，是因为我年长的缘故。国家大事，我不敢不从。待到皇弟日后成年，我会把皇位再让予他"。

于是刘聪即位，宣布大赦，改年号为光兴。

九月，在永光陵安葬汉主刘渊，谥号为光文皇帝，庙号为高祖。刘渊历位六年，为匈奴第一代皇帝。

洛阳城开始出现饥荒，司马越遣使者带着插羽毛的檄文征召全国军队，救援京城。征南将军山简派遣督护王万带兵前去救援，在涅阳驻军，结果被王如打败。石勒举兵渡过黄河，攻克了宛城，宛城官员皆被俘虏。司马越戎装进宫，请求讨伐石勒，留下王妃裴氏、长子司马毗以及龙骧将军李恽、右卫将军何伦守卫京城，防卫察看宫廷。

怀帝对司马越专权、多次违抗诏书旨意，感到厌恶。司马越走后，其部将何伦、李恽等人，抢掠公卿大臣，逼迫污辱公主逃走，引起极大民愤。怀帝诏令司马越治何伦等人之罪，司马越因为何伦忠心自己，不作回复。此举令怀帝气恼万分。

怀帝秘密赐给抚军将军苟晞亲笔诏书，让苟晞征讨司马越。苟晞多次与怀帝有文书往来，司马越对此也起了疑心，派骑兵游动在成皋地界监视，果然查获苟晞的使者以及诏书，于是司马越下达檄文公布苟晞的罪状，以从事中郎杨瑁担任兖州刺史，让他与徐州刺史裴盾一同征讨苟晞。

抚军将军苟晞与中郎杨瑁各为其主，在成皋战成一团。

战事未果，司马越风寒病倒，未及把后事托付给王衍，便于三月中旬在项县不治去世。王衍等人传信裴王妃，一起侍奉司马越的灵柩送往东海郡安葬。何伦、李恽等人听说司马越去世，就回转洛阳，护奉着司马越的妻子裴妃以及长子司马毗，从洛阳向东行进。

羊献容与裴妃含泪作别，城中士人百姓争相跟随东去。

怀帝余恨未消，追贬司马越为县王。再以苟晞担任大将军、大都督，督管青州、徐州、兖州、豫州、荆州、扬州六州诸军事。

何伦等人护送裴妃到达洧仓，与汉国大将石勒遭遇，交战失败，司马越的长子司马毗以及宗室四十八个亲王皆被石勒所杀。何伦逃奔下邳，李恽逃奔广宗，裴妃被人抢走卖掉，很久以后，渡过长江，被人发现报知司马睿才得以解救。司马睿安排裴妃与自己的母亲夏侯氏住在一起。最初，司马越安排琅邪王司马睿镇守建业，即是裴妃的建议，所以司马睿感念她，优厚待之，并把自己的儿子司马冲过继为司马越的后代。①

① 《晋书》“初，元帝镇建邺，裴妃之意也，帝深德之。”

司马越去世了，一生的荣辱随之化为乌有，羊献容、刘曒心里皆五味杂陈。司马越虽然晚年跋扈，看重权利，但在晋朝沉浮间力挽狂澜的抗争中，不是没有功劳的。孔子言：“君子慎所从，不得其人，则有罗网之患。”

可见世人之心，比山川还要险恶，比预测天象还要艰难，确实如此。要想完全了解一个人内心的真实变化，是困难的；要在宦途中读懂一个人的内心世界，更是难上加难。司马越、司马炽之矛盾，可见一斑。

面对政局变换，二人感触莫名，皆有无力且难抽身之感。司马越的死，裴妃的遭遇，让羊献容重重叹息。

战乱不休，饥馑、灾荒纷至沓来。

荀晞上奏表请求迁都仓垣，派从事中郎将刘会带领几十艘船、五百禁卫兵、一千斛谷子去接怀帝。怀帝打算听从这个安排，而公卿大臣们犹豫不决，左右随从贪恋家资财产，于是没有成行。

不久，洛阳城中饥饿困乏严重，即使很贵重的物品也难换取到食物，甚至出现人饥相食现象，文武百官十有八九皆流亡了。怀帝召集公卿大臣商议，打算出行，但禁卫随从却不完备，车辆马匹更无处寻。怀帝抚手慨叹说：“我煌煌圣朝，为什么竟没有车子乘舆呢？”

于是派傅祗出城到河阴县，整理置办船只，朝廷官员几十人充当前导和随从。怀帝步行出西掖门，到铜驼街，遭到强盗掠扰，不能前进，只好回宫。度支校尉东郡人魏浚率领几百家流民在河阴峡石防卫，当时曾抢劫掠夺了一些谷麦，就献给怀帝，怀帝任用魏浚为扬威将军、平阳太守，仍兼度支校尉。

复仇之恨，并没有随着刘渊的去世而消失。刘聪牢记刘渊的遗言，暗中积聚力量。永嘉五年五月，汉主刘聪下令，派将军呼延晏率领二万七千兵士再次进犯，正式攻打洛阳。

怀帝派遣军队奋力抵抗，先后十二次失败，死了三万多人。朝中再无兵力可战。

刘聪大喜，命始安王刘曜、王弥、石勒皆带兵与呼延晏联合，三路兵马合围，一起攻打洛阳城。

太尉王衍溜之大吉，其弟荆州都督王澄，族弟青州刺史王敦隔岸观火。荀藩及弟弟光禄大夫荀组逃奔辕，光禄大夫刘蕃、尚书卢志逃奔并州。朝廷已是孤立无援，刘暾自发率领残兵败将，一边顽强抵抗，一边通知皇宫内眷准备逃命，并将一枚出城令牌交给付安，命付安尽快送给羊献容。

令牌传到羊献容手中，面对这即将分崩离析的局面，羊献容呆住了。一股莫名的恐惧，蔓延宫内各处。

二十七日，呼延晏先行到达洛阳。二十八日，开始攻打平昌门，第三日攻克平昌门，于是焚烧东阳门以及各府寺等房屋建筑。六月初一，呼延晏因为外面援兵还没有到，俘掠了一些人和财物而离去。石勒带兵从辕出击，到许昌驻扎。初五，王弥到达宣阳门驻扎。紧接着，始安王刘曜到达西明门。

皇宫内人心惶惶，各自逃命。怀帝命人在洛水准备了一些船只，准备向东逃难，等到了水边，却发现都给呼延晏焚烧了。众臣着急忙慌地准备几只小船，怀帝观其破旧，非可逃渡之物，拒绝了。

十一日，王弥、呼延晏攻克宣阳门，进入南宫，登上太极前殿，放纵士兵大肆抢掠，把宫人、珍宝收罗干净，怀帝出华林园门，想乘马逃奔长安，汉兵追上把他抓住，囚禁在端门。次日，刘曜攻克西明门进城，进城到武库驻扎，杀死太子司马诠、吴孝王司马晏、竟陵王司马楙、右仆射曹馥、尚书闾丘冲、河南尹刘默等人，此后匈奴兵又挖掘司马家各个陵墓，把宫庙、官府都焚烧光了。

几队匈奴士兵汇合，势不可挡，士人百姓死了三万多。沦陷的洛阳城，失控的局面，血腥的气氛，更助长了杀戮之气，士兵们杀红了眼，嗷嗷地叫着，疯狂砍杀，抢掠。血污遍地，血流成河，被刀剑挑出的心脏犹自跳动，大睁着的眼里流淌着腥秽的血。

刘暾奋力御敌，无奈寡不敌众，他遍体鳞伤，成了一个血人。眼见洛阳沦陷，他伤势严重，已无能为力，他悲愤地欲举剑自刎，被随从一把夺下，拥上战马，打马飞走。

看着被糟蹋的面目全非的洛阳城，一片混乱。刘曜双眼布满血丝，脸色紫涨，只觉自己骑在马上，在一望无际的大草原上疯狂驰骋，耳鬓风声呼呼，眼前一片血红之光。过度的拼杀以及连夜不眠不休的行军、激战，使得刘曜体力虚亏，他一阵恶心，大汗淋漓，摔下战马，失去知觉。

第十六章　晚来风寒，记取一生坎坷程

所有的事已经背离了那份初衷，而变得毫无意义。

火全城蔓延，四下里一片狼藉，到处是尸体，满目惨凄。

一句屠城，三千万生命不在，这种占领方式，未免太过血腥。面对杀红眼的兵士，已然制止不住，刘曜血脉贲张，眼鹰隼一样睃巡着。

没有羊献容的消息。刘曜坐在殿堂上，焦虑异常。拿着画像寻觅的士兵去了一波又来了一波，无丝毫音信和迹象。刘曜坐不住了。

怀帝已经给装进囚车，大队人马不久就撤回平阳，难道就这样离去吗？

刘曜不甘心。

这次战争谋划了那么久，真的只是摧毁司马皇室，真的只是攻进洛阳吗？洛阳比起平阳是繁华富庶，然对于一个统治者来说，哪里不是可以号令天下的王者之地？哪里不是君主版图？

他心里牵系的，是那个影子，那个凛然大气顾盼生辉魂牵梦萦的丽影，那个在心底里盘桓数年至今难去的姣美面容。

烟势越来越大，珍宝、古器、字画，一箱箱装上马车。掳掠红的眼睛，丝绸、布帛也不放过。押送怀帝去往平阳的囚车准备启程，怀帝抱着六方玉玺，瑟缩成一团。有躲逃不及的宫女给几个匈奴兵抱住，拖进了偏殿，但闻声声呼叫已似虎口羔羊，苍白无力。

太极殿被焚烧得已经只剩下个骷髅。

刘曜等不下去了，他不知道这种失控局面会发展到什么程度？羊献容是否能安然自保、是否也会遭到疯狂士兵的蹂躏或袭击？

他大踏步地走着，穿过一座又一座宫殿，拼杀的狼烟气息，猎猎飞舞的战袍，衬托的刘曜既刚烈又狰狞，所行之处士兵惶惶躲闪，宫女太监避之不及。

所幸刘曜一门心思牵虑羊献容，没有顾及眼下种种情景。忽然想到羊献容非帝之妻，亦非太后，自是不在正宫之殿。

那么会在哪里呢？难道复放废宫金墉？

似乎听闻的消息不是如此，以晋朝崇孝尊儒治天下理念，虽非主宫，非犯律者，也未必弃之冷宫。当年羊徽瑜非武帝亲生，不是也尊居弘训宫安享晚年吗？

似乎灵光一闪，刘曜折转身，大步疾驰。弘训宫在宫城一角，在攻入洛阳之前的战备地形图中，刘曜似乎留那么一点印象。东绕西转，刘曜还是迷路了，这洛阳宫殿，当真是楼台亭榭，曲径回廊，婉转尽显。

一小太监在走廊尽头一闪，不见了。刘曜大步赶过去，一把抓住。

“将军饶命，将军饶命，奴才贱命不值一二，求将军饶过。”

“弘训宫在哪？快说，饶你不死。”

“奴才知道，奴才愿意带路。”

似乎不敢相信，似乎如在梦里。

面对宫城上空飘荡的烽火狼烟，眼前的宫苑还是让刘曜为之震惊了。

它仿佛是隐匿在繁华之地的别院，又仿佛是漂浮在九天的仙宫，静谧，安然。

院子里低低地回荡着丝竹之声，是那首感伤的“思归引”。① 与“思

① 《思归引》，古琴曲名。相传春秋时邵王聘卫侯之女，未至而王死，太子留之，不听，拘于深宫，思归不得，作此曲，自缢死。亦名“离物操”。

归引”同时传出的，是丝竹声乐里夹杂着压抑的哭泣之声。

受琴声影响，刘曜放缓脚步，内心澎湃涌动。

就要见到容儿了，她还会记得我吗？囿于深宫多年，她现在怎样？见到我会是什么样子？忽然之间的忐忑，让这个久经沙场萧萧霸气的粗犷汉子，忽然间有了小儿女般的万丈柔情。

似乎这多年的磨难都是为了今天，似乎应了那句佛语：与你无缘的人，你与他说话再多也是废话。与你有缘的人，她的存在就能惊醒你所有的感觉……

遏制住激动，刘曜踏上台阶，触目那一刻，他一下惊呆了。

一宫女含泪抚琴，极力难抑悲戚，另一宫女手执白素，跪在地上已然泣不成声。书案上，地上，到处是飘零的墨章，那是容儿的墨迹。中间梁殿上，一丈白绫已然悬挂起一个美丽躯体，蹬歪的杌几，兀自滚落一边。

刘曜一驻足，风一样冲进去，利剑一挥，一个游龙探手，已然将白绫所系之人揽入怀中。

宫女大惊失色，惊慌一片。

恍惚之间，碧月觉得似曾相识，想不起在哪见过。目之所及，复见来人面目狰狞痛烈，一时噤若寒蝉。

数年之隔，竟是如此相见？为何，一个身经“八王之乱”犹遭折辱都没有倒下的坚强女子，今天竟甘心步入黄泉？

刘曜以手探试鼻息，尚自微微，心头一块石头落地。细细打量怀中面容，表情凝滞，心一下“痛”了。

他抱起羊献容，大踏步走进内室，将其放置床上，以手触面，思绪万千，喃喃自语：“我还没来，你怎能死？我说过，下次见面，我一定不再放走你。你活，要活在我面前，你死，也要死在我怀里。我没来，你不可以，听到了吗容儿？”

迷迷糊糊地，羊献容似魂魄离了三界，她感到全身轻松，一了百了，再无牵挂与纠葛。生而乱世，本就不是太平人生之年，又何况一个弱女子。八王之乱，黎民遭殃，生灵涂炭，力挽狂澜，却螳臂挡车终不能救百姓于水火。平了、静了，朝廷的发展已不是自己再力所能及。国将不国，不能看到国泰民安，不敢盼望和平复兴。罢了罢了。恍惚又听到父母唤自己乳名，那么亲切，那么和婉。感至此，泪水不由顺眼角滚滚而下。

刘曜看到流泪的羊献容，知道芳魂终究没有归去，不由高兴万分。吩咐碧月，快去给皇后弄点东西压惊。碧月见刘曜并无害羊献容之心，羊献容也由窒息中慢慢苏醒，顿时放心，和琴女漪兰分头去找药物。弘训宫外，自有兵士把守了。匈奴兵走到这里，看到是始安王的人马，便拐了弯。弘训宫一时成了安全港湾。

羊献容平躺着，容貌是那样清丽，精致绝伦。日思夜想的人儿就在眼前，刘曜忍不住以手拂拭，忍不住俯身去吻。“容儿……”

羊献容一下子醒了，猛然间睁开眼睛。

见一男子正俯身自己，她慌忙起身，便欲奔跑。刘曜一把抱住。“不能动，容儿，你身体还不行。”

羊献容挣扎着，“放开我，放开我!”

刘曜抱得更紧了。“容儿你看看是我，是我。你不记得我了吗？我是刘曜，在你头顶射杀苍鹰的刘曜，数年前与你彻夜长谈的刘曜。”

羊献容兀自挣扎喝斥怒骂。“放手，你们这些匈奴狼，和乱臣贼子有什么两样。杀人父母，害人妻子，毁人城池，灭人家园，奸淫抢掠，无恶不作，羊献容纵死，也不会束手就擒。恶魔，匈奴狼！恶魔，匈奴狼!”

一句话骂恼了刘曜，他一下把羊献容攘倒床上。“恶魔，匈奴狼？匈奴被辱没了多少年？自汉迁居，曹魏编户，匈奴人受着怎样的欺凌？‘非我族类，其心必异’害了多少良民子弟？历代战争，哪一个不是弱肉强食？你说我是匈奴狼，恶魔，我就是恶魔，匈奴狼。我见你两次，一直礼遇有加，可是我得到你了吗？白痴皇帝，何贵之有？司马江山，何德之有？你为之牺牲，何乐之有？天下万民，何幸之有?”

他索性不再温柔，强行拔下羊献容头上的冠饰，撕扯羊献容的衣服。高大的身躯，危墙一般压向羊献容。乱红倚翠的色彩中，羊献容似一朵风

雨中娇柔的花，徒劳的挣扎，这挣扎恰恰刺激了刘曜，刘曜似铁了心不再怜香惜玉，口中野兽般的低吼，“容儿，你是我的，从见你第一天起我就发誓，终有一天，让你做我的女人。我等了十一年，十一年！”

嘴唇被羊献容咬破了。颈上，臂上全是指甲抓痕。血涂在羊献容嘴上，胸上，玉体上，刘曜全然不顾。

乱发，泪水，汗水，血水。羊献容无力地承受着刘曜的撞击，看着眼前这个近似疯狂的男人，昏了过去。

刘曜大惊，一把捧着羊献容的脑袋，“容儿，你怎么了？你醒醒，我错了，你不能死，你不能死。”连忙用锦衣裹了，大声招呼快传太医。

随军太医小跑进入，把脉之后，说无妨，只是惊悸过度，调息一下，不日即好！

刘曜再不犹豫，吩咐备车，命取了羊献容东西，一把抱起羊献容，大踏步走出弘训宫。

碧月脚步踉跄，和琴女仪兰对视一眼，匆匆抱起羊献容的紫貂大氅，快速跟上。

弘训宫外夹层矮墙后，翠屏搂紧和压低了瑱儿的头，惊心动魄地看着发生的一切，看着刘曜把羊献容抱走。羊献容不知怎么了？似乎死去一般无知觉。翠屏心里惊恐万端。城被攻陷之际，羊献容命翠屏收拾了衣物和细软，带瑱儿快走，逃出皇宫。翠屏带瑱儿尚未走出内宫大门，便看到四处漫天的战火和凶狠的士兵，无奈只好退回。她想带着瑱儿追上碧月，又不清楚死活，只好暂时隐蔽，觑天黑再走。

只是走向哪里呢？看着年少的瑱儿，她似猫爪挠心，一下子没了主张，只得被四处逃命的人流挟裹着前行，慢慢消失在夜色中。

醒来时已不知是第几日，羊献容睁开眼，惊讶地发现自己处在一个陌生的环境里，天蓝色的穹顶，天蓝色的帐幔，还有奇异瑰丽的花边装饰。“我死了吗？我在哪里？”她转转头，茫然四顾。碧月正俯在床榻边瞌睡，一个雄壮的背影站立在窗边。

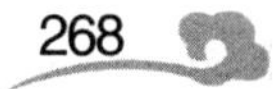

“这是谁?”羊献容一时没有记忆。

一个瞌睡，碧月醒了，看到羊献容睁开的眼睛，以为自己眼花了，她揉揉眼，再看，惊喜地叫出声：“皇后，你活过来了？皇后醒了”。

窗边那人一下转过身来。羊献容看到那张棱角分明的脸，白眉，鹰眼，流血的唇，失陷的洛阳，记忆一下子复苏了。

她本能地喊：“出去，别过来。出去!”

刘曜愣住了：“容儿。”

“皇后。”碧月也叫。

“出去！滚出去!”

刘曜定定地看了两眼情绪激动的羊献容，吩咐碧月照顾好皇后，大踏步走出宫外。

“碧月，我们这是在哪里?”

“皇后，我们在平阳，你已经睡了几天几夜了。”

“我们怎么会在这里?”

“洛阳没了，我们被掳至这里。”

“有多少人马被掳来?”

“不知道，似乎几千，又似乎几万，还有怀帝和众多宫人。这里我和琴女漪兰在。”

羊献容一下颓废，无力地落下眼泪。

她开始绝食。

第一天，刘曜走进来，她滴水未进。

第二天，刘曜请太医来，羊献容拒绝把脉。

第三天，刘曜走来走去，焦灼万分，俯首谢罪。羊献容只是不睬、不应。

第四天，窗外传来声声惨叫声，羊献容惊异地望着碧月，问询怎么回事?

碧月叫进一宫仆，宫仆道：“始安王不开心，在杀人。”

“杀人？杀谁？”

“都是些俘虏，或者老百姓，或者从晋国掠来的臣子或下人。”

羊献容睁大了眼睛。

她让碧月和漪兰架起她，斗篷也不披，脚步虚浮地走出居室。室外阳光刺眼，她有些眩晕，将自忍住。

“皇后要去哪？”

“去看他杀人。”

“皇后使不得，你的身体。”

“顾不得了，唯有这样，才能使我族类免受灭顶之灾。”

旷野里，一个个的囚笼中，掠来的汉人拥挤在一起，宛如一群待宰羔羊，惊恐可怜。刘曜一如熊兽，指哪个就令拉出哪个来毙命。他们的生命，在这一刻，宛如牲畜和蝼蚁。

一个羸弱的老者被拉出来，刘曜挥刀便砍，刀举在半空，羊献容出现了，面含坚毅，不卑不亢。刘曜一惊，差点收势不住砍到羊献容身上，手一松，刀落在地上。

“容儿，你不要命了。”

“他也要命。”

“他和你不一样。”

“杀残弱年迈老人，未免失将军体统。”

拉个年轻的来，刀举在半空，羊献容举臂挡在眼前。

“容儿你干吗？”

“取血气方刚之生命，犹如折树之根本。”

“那拉妇人来。”

“谁也不许。”

“这个不许，那个不行，你意欲何为？”

“他们是人，不是畜生，天生万物，皆为固本兴元，顺天尊道，何况是人？羊献容活一日，便不能看你屠害我子民性命。”

“屠害你子民？你以为你是什么？你以为你还是大晋皇后吗？多少年

来，有多少匈奴子民被奴役欺凌？‘非我族类，其心必异。’一句话，害死多少精兵良将，遏制多少能人志士？屠害你子民，我匈奴千千万万的冤仇复何以报？”

“历史谬误，非后人之失。”

“你？你……”

“冤冤相报，何日为终？大丈夫志向，岂是百姓性命所能概之？再杀一人，羊献容也不得生。”

“你！……哼！”

刘曜扔掉马鞭，气冲冲地冲出樊院。

被掳掠的晋朝百姓跪成一片，恩谢羊献容，更有那压抑不住的，哭泣出声。

刘曜一走，羊献容忒地虚脱，再也站立不住，软软萎地。碧月、漪兰吓得大叫。一些仆人围上来，连架带搀，抬回栖室。

刘曜没再来。碧月打探消息，说是领兵出征了，似乎与刘聪合力，迎击军队进犯。临走交代属下要好好侍候羊献容，所用一应俱全，只管尽心，若有半点差池，唯下人是问。

献容的坚贞，似有一股震慑力，刘曜竟不敢再造次，只吩咐更周全的照顾治疗，使羊献容生活起居，如步天堂。

数日后，刘曜命人送来弘训宫一应用品。

又不数日，命人召集晋室工匠，仿弘训宫设计，在平阳专门为羊献容打造宫室。

羊献容在国仇家恨中纠结，痛苦矛盾不堪，食欲不振，稍沾油腻，便觉恶心，只当胃口不好，找大夫瞧病，大夫只说是风寒忧伤，疲劳困顿所致。

刘曜一去两个月。

羊献容惊异地发现，自己怀孕了！

她拿锦带狠命勒自己，命碧月去找大夫，秘密要打胎药物。蒙古大夫自小游历中原，懂中药，拿着方子，一看惊惧出汗，谎称药物奇缺，骗走碧月，吓得连忙书写密信，令人快马加鞭告诉刘曜。刘曜获讯回转，兴高采烈。

羊献容冷着脸，不理刘曜，刘曜不急也不恼，变着法哄羊献容开心。

羊献容再绝食，刘曜性情大坏，又开始乱发脾气。尤其对俘虏士兵百般折磨，虽不致命，却也痛苦不堪。晋国的士兵百姓一波一波皆跑来王爷府，求羊献容恩典。

羊献容一时束手束脚中。

碧月说："皇后几日未醒之时，王爷一直在身边照料，看得出，王爷对皇后是真心。况王爷只有一日对皇后无礼，想此前此后，若干年间，颇为礼遇，非一般胡人野蛮凶残。"

羊献容盯一眼碧月："家仇国恨，能忘之吗？"

"可是我们又能如何？我们只是女人，就此死吗？阴间又何在乎多我们几个？我们死了又有何意义？即便司马氏重生，又能给我们多少幸福？"

羊献容心里一震。

"皇后若能规劝王爷，做于晋国百姓有利之事，改天换日，未尝不是有力之举，未必不是人间福音。"漪兰忍不住也插话。漪兰是琴女中的佼佼者，重义识大体，与羊献容有故土之缘，一直为羊献容所看重。

"况且王爷也非秉性凶残之人，所对只是司马氏皇族，皇后诚心劝谏，或许会扭转乾坤。想翠屏带瑱儿逃走，不知现在怎样？刘将军他们，也未知生死？晋人不能再死亡了。"碧月说罢衣袖掩面，忍不住抽泣。

"皇后若再不收拢王爷，汉人只怕死的人会更多。仇视汉人的，不只是匈奴，还有鲜卑、羯、羌和其他族类，如此下去，对汉人杀戮会越来越重，皇后不为自己想，也该为腹中孩子想想，将来又让他如何面对国恨亲恩？他无罪啊！"漪兰急促地喊道。

一语惊醒羊献容。她忍不住泪水滚滚，心潮起伏，痛苦地抚摸着腹部。

命运不能等待别人来安排，要自己去争取和改变；而不论其结果是喜是悲，她都要站起来，给自己一个交代。

刘曜以战功卓著封为车骑大将军，开府仪同三司、雍州牧，封中山王，身居要职。

封王次日，他宣布封羊献容为嫡妻王妃，刘曜原配王妃卜氏战乱中去世，长子刘胤逃亡不知所踪。所以中山王宫，羊献容为大。

刘曜性情暴躁，心狠手辣，唯对羊献容百依百顺，恩宠倍加。这不能不让人觉得匪夷所思。

只乃“永嘉之乱”留给大晋的是彻骨痛裂。面对覆灭的大晋王朝，匈奴、鲜卑、羯、氐、羌等少数民族开始进驻中原，山东黄河中下游地区皆陷入混战状态。

在此背景下，琅琊王司马睿率领弋阳王司马兼、南顿王司马宗、汝南王司马佑、彭城王司马纮，在幕府山北麓的江边之地南渡过江，建立东晋。传说司马睿当年登船之后，其所乘坐骑顿时化龙飞去，成为其称帝前之“吉兆”。许多中原的汉族人士忠于晋室，纷纷举族南迁。从此这里成了热闹的“五马渡”港口。

此时的羊曼是矛盾的，纠结的。他一方面对故土难舍难离，一方面又谨记羊献容叮嘱，“倘再有覆国之难，力保族人南迁”。西晋王朝已经分崩离析，大势已去，再难重起。羊曼、羊祈、羊鉴三人徘徊在羊公河畔，压抑、叹息。最后决定由羊曼、羊鉴合同羊门兄弟，率族众及其依附人口，从泰山平阳等地逐渐向南迁移，一直迁往战乱较少的江淮和江南地区。①

① 《晋书·羊曼传》：北方乱起，羊祜的从孙羊曼“避难渡江”。河南汝南《羊氏族谱·序》中所言：“西晋之世，中原半为胡虏，元帝东迁建康……叔子（之族）以晋之世臣，扈从罔后。”

这是羊姓自祖辈徙居泰山平阳以来的首次大迁徙，羊曼是其中的代表性人物，是泰山羊氏南迁之始祖。羊祈、羊楷因为忠于旧晋室不愿南迁，留守泰山，聚兵抗侵，后发展为北方羊祉、羊烈一系。

羊氏及其他士族大户的南迁，在带去大量部曲的同时，也将先进的北方文化带到南方，客观上促进了南北文化的交流。

光极殿上，刘聪、刘曜等汉国诸将欣赏着晋室传国玉玺，纵酒狂饮，庆祝胜利！玉玺刻有蟠螭文字，玺上“昊天之命，皇帝寿昌”八个字醒目刺眼。殿下，怀帝司马炽着青衣青帽，击缶弹唱祝酒，羞愤交加。

“吉日兮辰良，穆将愉兮上皇。抚长剑兮玉珥，璆锵鸣兮琳琅。瑶席兮玉瑱，盍将把兮琼芳。蕙肴蒸兮兰藉，奠桂酒兮椒浆。扬枹兮拊鼓，疏缓节兮安歌，陈竽瑟兮浩倡。灵偃蹇兮姣服，芳菲菲兮满堂。五音纷兮繁会，君欣欣兮乐康。”①

一曲罢了，刘聪命司马炽巡席酌酒劝饮。庾珉、王㑺等晋室旧臣见怀帝如此受辱，不仅呜咽失声。

门开处，羊献容披件软红斗篷，袅袅婷婷地走了进来，身后跟着碧月，怀里抱着一架古琴，古琴色泽醇厚，沧桑朴拙。产后的羊献容略显苍白，着一袭青红软缎，恰取和了怀帝青衣青帽。刘聪、刘曜皆汉化程度很高的胡人，且文采博学，不亚于中原贵族，一睹之下便知羊献容所抱古琴不俗。

此时的羊献容已今非昔比，不论性格、衣饰举止，皆脱胎换骨，变得妩媚沉稳，飘逸自如，更添几分成熟韵致。

刘聪、刘曜大为疑惑。

羊献容微微一礼：

“闻听今日佳歌宴乐，献容特地赶来相贺。献容不才，昔日学得一点半知曲目，自编成文，今日愿歌与汉王及王爷博酒取乐。”

① 《楚辞补注·九歌》

刘聪、刘曜哈哈大笑。刘聪说：“琴之一物，可谓千古文明一大象征。《世本》曰：琴，神农所造。《广雅》曰：伏羲造琴，长七尺二寸，而有五弦。扬雄《琴清英》曰：舜弹五弦之琴而天下化。周以后，至魏晋，琴已成大雅。素闻羊氏机敏颖慧，才华过人，曜弟爱之如宝，今日本王倒要见识见识。”

正寻思选什么曲目，羊献容已走到大堂中央，微微坐定：“献容献丑了，请诸位王爷细听。”说完信手捻动琴弦，歌声清澈而出：

习习谷风，以阴以雨；之子于归，远送于野。
道我华夏，还尊炎黄；颂我贤风，尧舜禹汤。
逍遥九州，一梦杳变。岁月萋萋，复复远望。
乌江一别，知生死何；胡笳十八，骨肉难弃。
七步相残，铜台血溅；一脉相承，分崩离析。
堪堪家园，哀鸿遍野；杳杳故国，知在哪里？
江山一望，何分南北；
平安乐陶陶，万民何太息。

歌声一出，历数历史之惨烈战乱，全殿的人皆被悲哀气氛笼罩。大家眼前似乎再现猎猎沙场，刀光剑影，人命如切瓜，四分五裂，死伤累累之场景。战争带给人们的苦难，皆有感受，特别是奴役仆从，皆从晋室掠来，更加悲怆。高音处，弦声“砰”地裂断。

怀帝哽咽出声，很多被掠晋人禁不住大放悲声。

刘聪脸色大变。

刘曜站起身，一把抓了羊献容：“王妃醉了，今日宴乐到此为止。大家请回吧！”

说完拉起羊献容，急急出殿而去。

燕王宫里，刘曜一言不发，只用血红的眼睛看着羊献容。羊献容一改典雅，佯醉卖巧、轻俏。刘曜看着羊献容，又爱又恨，回头对碧月下令：“看好王妃，勿复让其出宫。”走至宫外，听到殿外有人议论羊献容，手起

刀落，那人已然命赴黄泉。

杂役们自此鸦雀无声。

“英雄难过美人关，这个安托，也有过不少女人了，怎么就给她服服帖帖于股掌之间，看来是有些不简单。”

“这个女人非常了不起的，几遭废立，宠辱不惊。既能够安忍待时，又敢于主动出击，改变自己命运。”

一时众说纷纭，匈奴内部也在传说着羊献容的神奇。

“唉！国破人也卑，无志气啊！”

“嫁与匈奴不说，还给人家添子献歌，辱没祖宗啊！”

汉赵边界野市之上，猎猎传闻羊献容再嫁生子献乐取宠之丑闻。夕阳惨淡，映照着浅浅溪水，荒草，衰马。刘暾双手勒紧马缰，双眼望天，悲痛地长嚎：“啊——！”

二月里，刘聪总算玩够了猫捉老鼠游戏，杀晋怀帝司马炽，同时遇害的有庾珉、王隽等原晋朝的大臣十多人。怀帝司马炽天资清高，年轻时就以志向远大而著名，如逢天下太平，完全能够成为礼乐兴晋的好君主。但继惠帝时大晋已是局势纷乱，各族环伺侵占强起，所以怀帝没有周幽王、周厉王的罪孽，却有着他们流亡的灾祸。

忽一日，不见了孩子，羊献容大急，四处搜索，终于在战俘中发现。刘曜与羊献容急急赶到，双方成对峙之势。孩子哇哇大哭，哭声揪紧了所有在场人的心。

战俘情绪激动，看见羊献容破口大骂：“你身为汉人，数典忘祖，背弃朝廷，与胡人生子、献歌，你还有廉耻吗？大晋的颜面都让你丢尽了，你会遭到圣朝全体子民的唾弃。”

羊献容一震，脸色煞白。刘曜呵斥欲斩战俘。

羊献容制止：“我明白他的心情，他同我来时一样。身为晋人，哪有不思念国家，不思念亲人之理。可是我的亲人在哪里？我的家国又在哪里？六年里，我屡遭废立，身为司马家人，却在他们刀口下度日，废立折辱下偷生。曾几何时，朝夕不保，曾几何时，生死一线。金墉城大雪，我挨饥受冻。洛阳大旱，寸草不生，黎民百姓饿殍遍地，饥民到处求生。洛阳大水，我被锁皇宫，无处逃命；断粮数日，无粒米可餐，落得与鸟雀争米，于鼠洞讨食。司马操戈，国家动乱，用我命换百姓之命，我也甘愿，可是司马家族有谁听？朝立夕废，完全任他们折辱。从皇室到封镇，从封镇到全国，自相残杀，全无半点人伦，国之不国，多少人国破家亡，妻离子散，忍辱偷生。我恨哪！”

羊献容终于哭了。几年来，不被外人理解，她忍了，不被自己同胞理解，她痛不欲生。她的哭，带着嘶喊，带着悲愤，带着压抑，带着爆发。

战俘那一刻也惊呆了，他想不到一个皇后竟是如此经历，艰辛、辛酸。想到西晋灭亡之苦，又怎能怪罪到一个妇人头上，他也哭了。

分神之际，碧月及时把孩子抽走。战俘缓过神来，欲待追。漪兰喝道：“孩子有什么罪，你也是父母生父母养的，你也有孩子，将心比心，皇后容易吗？”

羊献容动之以情，晓之以理。征得刘曜同意，让他带领一帮人马，回去了。

攻陷洛阳后，刘曜又奉命进攻关中，不久攻克长安，俘晋愍帝司马邺。

年初，晋怀帝被害的凶信传到长安后，皇太子司马邺举行哀悼，被留守臣子贾疋、阎鼎、荀藩、荀组兄弟拥立，加戴冠冕，即皇帝位，改年号为建兴。任卫将军梁芬为司徒，雍州刺史麴允为尚书左仆射、录尚书事，京兆太守索为尚书右仆射，兼领吏部、京兆尹。再任命当时还在江北的司马睿为左丞相、大都督，负责都督陕东诸军事；以秦州刺史南阳王司马保为右丞相、大都督、负责都督陕西诸军事。这就是有名的“分陕而制”。

当时长安城中，户不满百家，蒿草荆棘丛生，公室私家的车乘只有四辆，文武百官没有官服、印章绶带，只有授官桑木板和官署名号。

然而司马邺只有十四岁，难以担当起一个弱国国君，即位没多久即被汉军围合，只好“乘羊车，肉袒、衔璧、舆榇出东门降。”群臣号泣，攀车执帝手，帝亦悲不自胜。刘曜焚烧了愍帝所带的棺材，接受了他口含的玉璧，派宗敞侍奉着愍帝回宫，然后送到平阳。

刘聪让愍帝任光禄大夫，封为怀安侯。

随着洛阳、长安等城镇连番落入手里，匈奴国势大盛，汉主刘聪愈加荒诞，贪图享乐安逸，类比司马炎晚年。一时后宫美女如潮，皇后多达六人，不仅封刘殷的两个女儿刘英、刘娥为左、右贵嫔，又纳娶刘殷的四个孙女皆封作贵人。刘聪或三日不醒，或百日不出，一冬天不察视朝政，政事全交由相国刘粲处理，需要判定大臣的生死或升迁时，才让王沈等人进宫奏报。王沈等多言不由实，而以私心决断，曾立过功勋的旧臣不被任用，而奸佞小人有数日便升至二千石者。连年兴兵征战，将士无一点钱帛之赏，而后宫之家，赐及僮仆，动至数千万。王沈等人车服、第舍皆逾于诸王，安插子弟及亲属担任郡守县令的有三十多人，而且皆贪婪残忍，成为百姓的祸害。

刘曜屡次旗开得胜，却并无半点得意之色，相反比过去多了几分冷峻，一身战袍，更为其平添了一份不怒自威的威仪。

“天时怼兮威灵怒，严杀尽兮弃原野。出不入兮往不反，平原忽兮路超远。”中山王府里，刘曜连连叹息，连年征战，百业萧条，民不聊生。每场战事，所费不赀。所到之处，敌对情绪势若水火。

面对刘聪的日渐荒诞，不事朝政，刘曜忧心忡忡。有些事，明知不可为，可他还是不由自主地去做了，明知可为，却硬下心肠袖手旁观。紫微星坠平阳以示“后宫女宠太多，亡国之征兆”，却劝解刘聪不得；一晨屠杀七卿，骇人听闻，而陈休、卜崇、綦毋达、太中大夫公师、尚书王琰、田歆、大司农朱诞，皆国之忠良；石勒私设君子营，纳谋士张宾、王子春，军力上公吞私占，扩充兵力，野心已显；刘聪一句“长安未平，宜以为先。”只好远屯蒲坂，与长安司马皇室残余做最后争斗。战乱让他迷茫，而他却不能退却，只有前进，只有撑下去，却不知哪里才是理想的目标。

晨光熹微，同根相煎，手足相残，历史总是不可抑制地重演。相国刘粲觊觎太子刘义之位，也在伺机而伏。

回顾往昔司马家族权力之争，羊献容到底对此有着刻骨铭心的感触，她轻偎刘曜，往事如梦，点点滴滴涌入心际，泪欲盈腮。

刘曜拥住她，默默无言。

窗外夜色凄凄，静默如渊。夜色可以包容一切，遗弃一切。只是这平静的外表下，不知还有多少罪恶在蠢蠢欲动，一如波涛汹涌的大海，险象环生。

“鸟倦飞而知还，何处是人生最好的归宿?”

“婵媛若梦，却生不与吾形相依，死而魂不与吾梦相接。哀呼?”

胎儿一动，刘曜心也跟着动了，把手触摸，如抚摸一件精美的艺术品，如丝如玉细滑的柔润感，奇异地传到手上。他的心坚定了!

大兴元年初，刘聪病卒，其子刘粲继位，匈奴汉国形势发生了急剧的变化。

刘聪去世，后宫靳太后等皇后年不满二十，青春艳丽。“粲多行无礼，无复哀戚”。靳准因其女得宠于刘粲，逐渐窃取汉国政权，刘粲以靳准为大将军，录尚书事，刘粲游宴后宫，军国之事，皆由靳准裁决。靳准遂发动政变，屠杀太宰刘景等辅政大臣，勒兵光极殿，执刘粲，数其罪而杀之，将居于平阳的匈奴刘氏宗室无论老少皆斩于东市，掘刘渊和刘聪的坟墓，将下葬不久刘聪的尸体重新斩首，并焚烧其宗庙。

靳准自号大将军、汉天王，遣使向东晋称藩。

刘曜时为相国、督中外诸军事，镇守长安，闻靳准叛乱，亲自率军由长安出发赴平阳，混战数日，杀死靳准，夺回传国玉玺，在太保呼延晏与太傅朱纪等人的激切拥护下，即帝位，改元光初。

时关中、陇右一带有很多氐、羌等少数族人未予归化，常联合西晋残余进攻刘曜，给刚建立的政权造成严重威胁。

刘曜部下长水校尉尹车，连结巴氐酋长徐库彭反叛，刘曜先杀尹车，又囚徐库彭等5000人，准备全部杀死。光禄大夫游子远上谏，请求放免，

刘曜不听。游子远叩头流血苦谏，刘曜大怒："你也同谋，故相教尔？"命武士拿下游子远，关入天牢。命御林军执行杀戮任务。巴、氐人闻之，强烈义愤，尽皆反叛，响应者达三十万之众，一时关中大乱，局势非常紧张。

安阳殿内，刘曜暴怒，侍从不是被拉出去杖毙，就是被责罚，人人胆寒心惊。游子远狱中再谏，刘曜狂怒，"再谏就与朕杀了游子远。"一时朝臣噤若寒蝉，作声不得。

羊献容怀抱二子刘袭，手里携着长子刘熙，款步而上。

怒火连天的刘曜看到两个儿子，火气顿时消去一半，他抱起刘熙亲吻，问怎带他们到此地？

羊献容走近，把怀里的刘袭也一同塞给刘曜，后退一步，便跪了下去。

"容儿自避平阳，无一日心里安妥，昨夜一梦，梦见舍弟甫阳被乱兵杀害。父母已去，亲情手足，竟不得完整。献容心内恐惧，寝食难安。今特来，请陛下答应容儿辞去，去寻找舍弟甫阳。"

"容儿一去，皇儿怎么办？"

"由陛下抚养长大，请看在容儿薄面，好生善待他们。"

"此事不许。战乱纷仍，千里迢迢，安危难定，熙儿及袭儿亦不能没有母后。"

"如果容儿带他们去呢？"

"那也不许，江湖险恶，曜也不想他们得不到父皇庇护。"

"既不能没有父皇，也不能没有母后，那如何是好？"

"都不能离开，我许过誓，给容儿一个家，给容儿爱，给容儿一世平安。"

"陛下一代圣君，尚有瞻顾生死携妻契子合家团圆恩爱之意，蝼蚁尚且望生，推己及人，巴、氐老少 5000 人，又何尝不是活生生的生命呢？三十万大军如潮，水能载舟，亦能覆舟啊！"

刘曜恍然大悟，连连亲吻两个儿子，一把握住羊献容的手：“原意如此，是曜糊涂，是曜糊涂。倘若不是容儿提醒，曜几乎走上自绝之路。多谢容儿。”

“祐祖父镇守襄阳，绥近怀远，恩被疆场内外，使陆抗心服，降服，才有平吴之顺。民兴国兴，人心为上。”

刘曜点点头：“可恼这般臣子，犯上直谏，无视我汉赵君威。”

“家国朝廷，得良臣忠将，远胜于得一城池，忠良谏言，忠于社稷，实乃朝廷之福。愚妾以为，游子远堪为国之栋梁。”羊献容侃侃而谈。

中书刘雅、朱纪、呼延晏也曰：“子远幽狱尚谏，所谓忠于社稷，陛下纵弗能用，奈何杀之？若子远朝诛，臣等也暮死，以彰陛下过杀之衍！天下人皆当去陛下，蹈西海而死耳，陛下复与谁居乎？”

羊献容谓呼延晏：“将军不必过虑，陛下明君，当思将军忠义之言。”

刘曜颔首沉思，重重握一下羊献容的手：“容儿放心，曜自会想办法安排查访甫阳。”遂下令采用游子远之安抚政策，以游子远为车骑大将军，督雍秦征讨诸军事。游子远领命，出面平定了巴氐叛乱，并徙巴、氐 20 余万人于长安。刘曜又亲征杨难敌，迁杨难敌部将杨韬等万余户于长安。随后又平定了秦州陈安的反叛。

接着，刘曜开始大举用兵凉州，长驱进入西河，戎卒二十万五千，临河到营，百余里中，钟鼓之声，沸河动地，各族皆惊，言“自古军旅之盛，未有斯比。”

慢慢地，刘曜变的凡事爱与羊献容商议，军事也不例外；慢慢地，对羊献容由赞许到言听计从；慢慢地，似乎不是他掳掠了羊献容，反而是刘曜成了她的俘虏。世人说，世界上没有无缘无故的爱，可见爱总有它的动心之处。

人活一生，情为何物？为君沉醉又何妨。

只是刘曜对羊献容怀了深深的感情，这是让世人无法想象的。

刘曜常常凝神望着羊献容，静思她是怎样一个女子，内心如此强大，

如此坚韧。是经受了狂风暴雨的洗礼，所以练就了波澜不惊的淡定与从容吗？他分明感到，一个女子的强大，不是她的外壳，而是她的心。她不只是靠美貌和才华取胜，更多的是她在失落、悲伤、绝地逢生之后，依然智慧、坚强、宁静，和备受坎坷伤害依旧留存的那份良善和温暖。

大兴元年冬，刘曜自西安正式称帝，为汉昭文帝，封羊献容为皇后，封长子刘熙为太子。刘熙聪明伶俐，俊秀讨喜，刘曜爱如至宝。他对羊献容也宠爱有加，国家大事也开始与羊献容探讨。

第十七章　天下翻覆，碧落黄泉原有意

大兴元年十一月，汉主刘曜在长安建立宗庙、社稷。

颁诏曰："吾之先，兴于北方。光文立汉宗庙以从民望。今宜改国号，以单于为祖。亟议以闻！"（其义是说："我的祖先从北方开始兴盛，光文建立汉国宗庙，是为了顺从民众愿望。现在应当改国号，奉单于为祖。请诸位大臣尽快论议上报！"）

群臣奏："光文始封卢奴伯，陛下又王中山；中山，赵分也，请改国号为赵。"（群臣上奏说："光文最早受封卢奴伯，陛下又曾在中山称王。中山本是赵国领土，请求改国号为赵。"）

刘曜听从，将冒顿配祀上天，光文配祀上帝。

这就是历史上的汉赵帝国，为区分于石勒所建立的后赵王朝。史称前赵。

长安宫内，封后大典紧张有序的实施，刘曜亲自进出察看布置情况，细致安排。他叮嘱一切遵照古制，给羊献容一个真正的封后大典。

闻讯赶来的羊献容制止了。

刘曜疑惑不解。

"谢陛下恩典，献容请求拟一道诏书昭告国民即可。国家初定，百业待兴，实不必劳资靡费。"

"正因国家初定，才隆而重之举行封后大典，昭告天下，以彰我汉赵

国威。也是了我对容儿最初的心愿。”

“对于封后，不在外表仪式，只在内心。这份情，容儿领了。”

“容儿可是心存悸忌，或者顾虑其他?”

羊献容默然不语。

五废五立，让她记忆太深刻。也许晋朝以前所有的一切加在一起，都比不上这一刻刘曜给予的多，也许等了熬了这若干年，真正扬眉吐气的是这一刻。可是她不能，她不能忘记之前的痛，不能忘记废立之教训，她更不想让这宏大的封后典礼传到洛阳，传到泰山，传到江南，传到她还牵系的亲人耳中。

西晋灭亡后，刘曜几次进谏刘聪征召刘瞰，刘瞰没有应召。刘曜也试图征召羊门中人，羊献容皆不答应，除本家原晋中郎将羊济归附堪为依靠外，无意再让族人牵扯进来。在屡次被俘的士兵口里，羊献容听说刘瞰与光禄大夫刘蕃、尚书卢志等逃奔并州。而王弥，也因攻陷洛阳城都一事与刘曜产生怨恨，逃奔青州。

羊曼已率族人南迁，过江与司马睿取得联系。羊祈在护卫族人过江后，继续留在北方维系没落晋庭与外敌周旋。

各地战事，一如沸水不能停息。

暗淡的灯光里，羊献容对着一柄折扇和一张纸字条默默伤感。刘曜走进来，看到纸条上的字：“刘瞰于东阿为石勒擒获，亡。”也愣住了。

他打开扇子，刘瞰字迹涌入眼帘。扇面上字迹苍劲，所书乃是成功绥的一首短诗：

洋洋熊耳流，巍巍伊阙山。
高冈碣崔嵬，双阜夹长川。
素石何磷磷，水禽浮翩翩。
远涉许颍路，顾思邈绵绵。
郁陶怀所亲，引领情缅然。

刘暾的死，让刘曜和羊献容心痛无比，作为朋友，没有谁能懂这无奈之下的痛楚感情。羊献容更感念八王争斗中刘暾的舍命护全。而作为国之赤子，刘曜、刘暾则为了各自不同的国家，不得不坚守着自己的信仰与忠贞。

西晋灭亡后，司马睿在建康称帝，国号仍为晋，史称东晋，司马睿称为晋元帝。

司马睿心胸宽广，举止不凡，人称“仁恕为怀，刚毅情少”。司马睿的祖父司马伷，与司马越的父亲司马泰是堂兄弟，裴妃为司马睿婶母。“八王之乱”时，因其关系为远宗，能力与实力较弱，远避战祸，各王都没把他放在眼里，因而得以保全。司马越主政，也想在老家留条后路，对司马睿比较照顾。永嘉之乱后，镇东司马王导、王敦等督促司马睿南渡长江。

司马衷执政时，司马睿结识王导，被王导看好，认为奇货可居，遂与其交好。不仅帮助其成功逃脱司马颖的追杀，还为日后过江建立东晋打下了基础。

最初，愍帝司马邺被俘，彻底宣告了西晋王朝的灭亡，但一些晋之旧臣并不甘心亡国的命运，仍在全国各地积极活动，准备晋朝复建。当时全国一片混乱，只有江东稍微安定，中原的士人百姓大多南渡长江去避乱。荀藩与弟弟荀组，同族侄子中护军荀崧、华荟与弟弟中领军华恒，在密县又建立了一个行台，向各地传布檄文，推举琅邪王司马睿为盟主。王导劝说司马睿，召收贤能优秀的人才，与他们一同成就事业。

接到荀藩的檄文后，司马睿采纳王导的建议，任用一百多人作为掾属，开始朝事活动，当时人称之为“百六掾”。司马睿按照朝廷旨意设置官职机构，让前颍川太守渤海人刁协任军咨祭酒，前东海太守王承、广陵相卞任从事中郎，以江宁令诸葛恢、历阳参军陈国人陈任行参军，以前太傅掾庾亮任西曹掾。

司马睿刚过江时，并没有称帝，当听到司马炽的死讯后，他痛哭一

场，在南渡过江的中原氏族与江南氏族的拥护下，登基称帝。因其继西晋之后偏安于江南，故史家称之为东晋。

东晋的建立，为北方中原人士的南迁奠定了信心。

羊曼率领本族宗室，历尽千山万水，道路险阻，一路风尘仆仆，九死一生，到达江南，渡江避难后，仍效忠晋元帝司马睿。司马睿乃羊耽之女、淮南太守夏侯庄妻的外孙，与羊氏有着千丝万缕的渊源。司马睿以羊曼为镇东参军，转丞相主簿，委以机密。羊曼历黄门侍郎、尚书吏部郎、晋陵太守。职位与胆识，有效地促进了东晋的发展和保护了羊氏家族的繁衍，使羊氏家族后代在东晋有了兴旺的势头。羊曼个性任达頹纵，好饮酒，与温峤、庾亮、阮放、桓彝等共掌朝事，被称为东晋的中兴之臣。

东晋的复兴，首先刺激到了扩张正盛的石勒，石勒开始大举进犯江南。东晋赵固、上官已、李矩、郭默等人各执己见，不能团结，互相攻战。大将祖逖派遣使者前往调解，剖析利害，赵固、上官已等人心悦诚服，便都接受祖逖的调度。元帝司马睿下诏授予祖逖镇西将军，迎战石勒进攻。军民齐心，屡次击退石勒的进攻，将石勒阻止在长江以北。

大兴二年，石勒也称赵王，史称后赵。正式宣布和刘曜分庭抗礼。

司马越病逝时，司马范和王衍扶司马越灵柩回山东东海封地，便是被石勒军队团团围住，相互残杀，死尸如山。石勒不但命令烧掉司马越灵柩，且扬言说："此人乱天下，吾为天下人报之，故烧其骨以报天地"。洛阳攻陷后，王弥见石勒在山东成了气候，想杀掉石勒，石勒也想吞并王弥。张宾给石勒出谋划策，假意宴请王弥，酒酣耳热时，石勒手斩王弥，吞并了王弥的部众。面对石勒的逐渐强盛和跋扈，刘聪恨得咬牙切齿，但怕石勒造反，只好顺水推舟，进封石勒镇东大将军，督并、幽二州军事、领并州刺史、幽州牧。

至此时，刘聪已经控制不了石勒的势力，只是还要互相利用，双方暂时没有翻脸。

之后刘聪死，刘粲继位，刘粲又被靳准杀死，当时石勒驻守河北，刘曜封石勒为大将军，同石勒成犄角之势，进攻平阳。

不久，靳准为部下靳明所杀，其众共推靳明为主，靳明传送国玺于刘曜，准备投降刘曜。石勒大怒，派主力急攻平阳，靳明向刘曜求救，刘曜派将士迎回靳明。平阳士女 15000 人随靳明归于刘曜。不久，平阳遂被石勒攻占。刘曜平定靳准之乱后即位称帝，此后石勒也称帝，二人由同盟变成鼎足对立，剑拔弩张之势浪涛汹涌。

祖逖严于律己，宽以待人，在军中，与将士们同甘共苦，并鼓励、督促农业生产，抚慰安置新近归附的兵民，即使是关系疏远、地位低贱的人，也施恩礼遇去结交他们。石勒为了向南扩张，扣留了黄河边坞堡的居民。祖逖到达后，暗暗查访坞堡情形。黄河流域的许多坞堡，只要是此前有人质被扣留在后赵的，听任他们同时也听命后赵，祖逖更对这些坞保人家施以特别关照和保护，坞主们都感恩戴德，只要后赵有什么特殊举动，便秘密传告祖逖，因此祖逖战事常胜，俘获人畜良多。祖逖用其惠之于民，并保护他们的安全，之后黄河以南士民大多背叛后赵而归附东晋。

汉赵方面，羊献容也格外上心，除随时留心石勒举动外，建议刘曜制约石勒进展。石勒见进攻江南不下，开始大举进犯西安。在长江以北地方，刘曜与石勒展开殊死争夺。

石勒字世龙，是上党武乡羯人，其祖其父为部落小官。石勒十四岁时，随同乡到洛阳做买卖，他倚在上东门外高声地呼叫，声音很是诱惑，吸引很多人，王衍看到后，感觉很惊异，回去对部下说："我看这个胡人孩子的面相，听他的声音，非同一般，恐怕将来是天下的祸患。"于是和部下商议，决定派人去抓捕他。士兵赶到时，可巧石勒已经走了。石勒此时算是逃过一劫。

石勒二十多岁时，正逢司马腾部下大量抓捕胡人送往冀州，石勒也被抓在其中，当时石勒身患疾病，虚弱不堪，幸亏好友郭敬一路照顾才活了下来。此后，石勒被卖来卖去，给一些人家做奴隶。奴隶非人的生活激起

了他昂扬的斗志，于是他纠集了一些人做了贼寇，听说刘渊称汉王，他率领数百人马投奔刘渊。刘渊很看重石勒，以他为辅汉将军、平晋王。石勒揽众很有办法，很快就把刘渊屡招而不至的乌丸人张伏利度纳入麾下，几年时间，石勒就在兖、青、冀、豫各州成了气候。石勒虽然不识字，但有刘邦遗风，善于用人。赵郡中丘人张宾，博涉经史，提剑来见石勒，被石勒引为谋主。张宾“机无虚发，算无遗策”，石勒借助张宾智谋攻城掠地，所向披靡。

最初，石勒被人抢走卖掉的时候，与其母亲王氏失去联系。晋朝大臣刘琨找到了他的母亲，就把他母亲和侄子石虎送到石勒军营，趁机给石勒一封信，说：“将军用兵如神，所向无敌，之所以在天下周游不定而没有立足之地，百战百胜却没有一点儿功劳，完全是因为没有报效于正统之师，而依附于贼寇之众的缘故。一个人成败的道理，如同呼吸，急促地吹气就感到寒冷，徐缓地嘘气则感到温暖。现在授予你侍中、车骑大将军，兼护匈奴中郎将等职务，封为襄城郡公，希望将军接受。”石勒回信说：“从事建功立业的大事，道路不同，不是迂腐的儒生所能了解的。您应当为自己的朝廷保持气节，我是夷人难以为你效劳。”然后送给刘琨名马、珍宝等物，以示感谢寻母之恩，并用厚礼招待刘琨的使者，谢绝了刘琨的征召。

刘琨，字越石，中山魏昌（河北无极）人，年轻时便有“隽朗”之誉，以雄豪著名。他听说祖逖被任用，曾与亲故写信说：“吾枕戈待旦，志枭逆虏，常恐祖生先吾著鞭。”

刘琨与祖逖是好友，民间还流传着他和祖逖共被同寝，夜间闻鸡起舞的故事。永嘉元年刘琨为并州刺史，但“善于怀抚，而短于控御，一日之中，虽归者数千，去者亦以相继”。后又误信谗言，被敌人所乘，败于刘聪，父母亦皆遇害。愍帝建兴三年，刘琨为司空，都督并、冀、幽三州诸军事，但不久又败于石勒。

刘琨落败后投奔幽州刺史鲜卑人段匹，相约共同扶助晋室。但段匹的部下末波暗通石勒，末波设计俘获刘琨之子刘群，迫使刘群作书约刘琨为内应反对段匹，书信被截获送于段匹手中，刘琨无可辩白，被段匹杀害。①

石勒侄子石虎十七岁，性格残暴，杀人残忍，难以驾驭，军中都以其为祸患，石勒对母亲说："这小子凶暴无赖，假如军队的人把他杀了，有损声名，还不如自己来除掉他。"其母说："快捷的牛还是牛犊时，大多都会把车弄坏。你稍微忍耐一下。"石虎长大后，擅长射箭骑马，骁勇善战为当时第一。石勒任他为征虏将军，石虎每攻下一座城邑，屠杀成性，很少有遗留存活下来的人。石虎之名，令人闻之丧胆。石虎凶狠，但是驾驭部下却严厉而不繁琐，没有谁敢违反，指派他去攻战征讨，也是所向无敌，石勒于是宠信任用他，攻打晋室江山，各地征伐，石虎为石勒的营队立下汗马功劳。

石虎率领幽州、冀州的军队与石勒会合，进攻平阳，刘曜率军迎上，双方大战一场，石勒败。刘曜从平阳迎回母亲胡氏的灵柩，安葬于粟邑，号称阳陵，上谥号为宣明皇太后。修理石勒放火焚毁平阳的宫室，让裴宪、石会修复永光、宣光二座陵墓，收敛汉主刘粲以下一百多人尸体入土埋葬，安排好戍守的军队，然后返回。

自此前赵、后赵划清界限，抵足鼎立。

转眼刘熙已六岁，该是正式为刘熙聘定师傅教授学业之时。尽管羊献容平时也多传授，但学海浩瀚，总有勉为其难之时。战乱初定，百废待兴，国家需要大力治理，休养生息。刘曜一心瞻谋朝事，无暇顾及，所以羊献容亲自延请了游子远为太子太傅，辅导太子及皇宫内所有皇子。

推己及人，羊献容想到所有百姓家的孩子，战乱贻害，青春荒废，不学无才，是国之悲哀。于是羊献容建议，于全国各地建立庠序，鼓励所有人学习汉文化，让更多的孩子接受教育。

刘曜深受汉文化影响，知道文化对于江山社稷发展之重要，于是欣然同意。刘曜亲自批复，从朝廷至地方，建立庠序，并在各地建立庠序同

① 《晋书。祖逖传》《晋书。刘琨传》

时，在朝中建立太学，遴选精神、志向可堪教诲的士民1500人，选择儒臣来教授他们。

西晋时，人们注重清谈，崇尚奢华浪费，常视不切实际为要物。西晋灭亡后，汉赵内多有归降之士，此风多有遗存。这对于战乱初定国家极为不利。

中书刘雅、朱纪、呼延晏、游子远联合上书曰：

“魏晋风流，服装之等级皆有不同程度之逾越，尤其是在服装用料方面，几乎是尊卑不分，奢侈浪费，挥霍惊人。魏晋服饰以《周礼》为模式，而秦汉时在服饰方面已违周礼久矣。《舆服志》说：《周礼》弁师掌六冕，司服掌六服。自后王之制爰及庶人，各有等差。汉承秦弊，西京二百余年犹未能有所制止，晋承汉制，故而对现在有直接影响。

而服饰僭越者，一为官宦，二为商贾，三为贵族婢妾。官宦之家仪仗权势，肆无忌惮，服装用度皆逾越；商贾之流地位虽低，但贱而不穷，崇奢华丽；而贵族之婢妾有主人撑腰，所以难禁。衣料贵贱违背人之本能，地位虽不同，但崇尚舒适却皆同。世人皆知罗縠绸缎比粗布舒适，因此奢靡之风日盛，至今崇尚华丽之服日甚，有违国俭之风气”。①

羊献容说：“昔智者有言，奢侈之费甚于天灾。古时人稠地狭而有储蓄，由于简也；土广人稀而民不足，由于奢也。欲时人节俭，当诘其奢，余不见诘，转相高尚，无以穷极矣。所以献容建议，战乱初定，国力屡艰，应提倡节俭，抵制空谈，奖赏稼穑，奖赏有实际能力与卓有政绩者。”

于是刘曜下令：“无官者不听乘马，禄八百石以上妇女乃得衣锦绣。自季秋农功毕，乃听饮酒，非宗庙之祭不得杀牛，犯者皆死。”

羊献容更带头行动，节俭之风从皇宫开始，效前人谏言为纲领，“凡一袖之大，足断为两，一裙之长，可分为二。侈丽之源，实先宫阃，又妃主所赐，不限高卑，自今以去，宜为节目。金魄翠玉，锦绣縠罗，奇色异章，小民既不得服，在上亦不得赐。其御府衣服、金银、珠玉、绫罗、锦

---

① 《中国全史》魏晋南北朝习俗史

绣、太官杂器、太仆乘具、内库弓矢，出其太半，班赍百官及京师士庶，下至工商皂隶，逮于六镇戍士，各有差参此诏。”

战火的焚烧，使得一些宫殿残破颓败，于是有大臣上奏刘曜，为巩固咸阳帝王之气，废除旧宫，在丰明观建西宫，在池边复建陵霄台，在霸陵西南修筑寿陵。刘曜听从一些臣子建议，打算准奏。

大殿上，侍中乔豫、和苞上疏规谏。

乔豫说：“卫文公在乱亡之后，节俭费用、爱恤士民，营造的宫室，符合当时建制，所以能振兴卫康叔之基业，延续九百年的国运。先前奉诏书营建丰明观，市井小民都讥讽其奢侈，说用修建一座观的人力，足以平定凉州了。现在又要比拟阿房宫而建造西宫，效法琼台而造陵霄台，这需要的人力、费用，远超营建丰明观之亿万倍，如果用此资助军旅，便可以兼并晋、蜀，统一齐、魏了。”

和苞也进谏说：“又听说营建寿陵，周长有四里，深三十五丈，用铜做棺椁，以黄金为饰，耗费如此之人力、物力，恐怕不是国内所能承担的。秦始皇陵掘穿三重泉水，以铜水浇铸，但墓土未干便被发掘毁坏，自古以来没有不灭亡的国家，也没有不被盗掘的陵墓，所以圣贤的君王葬事从俭，这是有深谋远虑的。陛下怎么能在国家中兴之时，去重蹈亡国的覆辙呢?”

刘曜深不以为意，罢朝怒气冲冲回到后宫，情绪激愤地言与羊献容。

羊献容委婉地笑道：“献容不以为侍中乔豫、和苞有错，错在皇帝。”

刘曜瞪眼：“难道容儿也以为我奢靡无度吗?”

羊献容莞尔一笑：“以愚妾柔弱身躯，皇帝难道认为容儿能顶起千钧物体吗?”

“何以此言?”刘曜困惑。

“战乱初定，百废待兴，尚有许多地方需要国库治理。同宫殿相比，皇帝子民，江山社稷发展，难道不是重中之重?设若皇宫瑰丽，郡县频频效之，岂不又滑入了奢靡浮华之道。”

刘曜气极而笑，连连点指："容儿啊容儿，也只有你，能将深奥的道理融入简单说服之中。"

于是刘曜下诏："嘉赏侍中乔豫、和苞。"并昭告天下："二位侍中恳恳忠诚有古人风范，是国家的股肱之臣。停止所有宫室的建造及寿陵的建制，完全依照霸陵的成例，修复巩固即可。赐封乔豫为安昌子，和苞为平舆子，同时兼谏议大夫。就此布告天下，使大家知道我汉赵的朝廷希望能听到对过失的指责。"

羊献容说："昔日读江统先生《徙戎论》，内中有几句话，颇为精切。说圣贤计划一件事，要在事情尚未发生之前，就看到事情发生；要在变乱尚未爆发前，使它不致爆发，转祸为福，反败为胜。难关得已度过，艰苦可以突破。如果粮食缺乏，不能供应，则要设法保全他们的性命，鼓励更多子民开荒畜牧，给行人谷米，给居民仓储，同时减轻战乱压力，肃清盗匪来源，免除不断侵害，建立永久和平。容儿不才，窃以为陛下应当全国诏令，督促生产，鼓励商贸，充实财帛，增强国力。"

"如何鼓励商贸，增强国力?"刘曜大惑不解。

羊献容道："纵观战乱荼毒贻害，北国缺粮断炊，南国缺衣御寒。愚妾以为，兽皮堪以代之棉服，切奇货可居。粮食可补给北国久战无收带来的饥荒。设若置几处边境市镇，辖以规制，不受兵役之乱，不受匪人干扰，易货而生，两相受利，互取所需，解决羸困，有何不可呢?"

刘曜听后，恍然大悟，连声叫好，立马吩咐按羊献容提议去做。

汉赵边界，自此开始有了商贾贸易，货物来往。

北方缺粮的困境迎刃而解，国力逐年增盛。

南北通惠，兽皮兽衣开始成为南方时髦衣饰物品。

羊献容促导的这一切，为当时缓解汉文化遗失起到一定保护作用，同时也保护了一部分晋朝人的生命，使他们尽己所长，劳作生活，免于沦落到成为奴隶的地步。

刘曜生有九子，均被封为王侯：刘熙封皇太子，刘袭封长乐王，刘冲封淮南王，刘敞封齐王，刘高封鲁王，刘徽封楚王，刘俭封临海王，刘胤封世子、永安王，后改封南阳王。

刘胤为长子，因战乱与刘曜分离，汉赵成立后返回。返回时其母亲已去世。

羊献容说："我听说，主持国家大计的人，所面对的事，不应只是忧虑国家贫困，而应忧虑国家不安。《诗经，劳民》篇曰：'惠此中国，以绥四方。'简而言之，就是爱护国家，安抚四方，促导文化兴国，倡导和平。而攘外必先安内，最主要一条，便是公平公道，防微杜渐，所以献容谏议让太子刘熙让位于世子刘胤，允刘胤参与朝政，辅佐刘熙，以增加兄弟间共同以朝廷为重的信念。"

刘曜听后，感叹羊献容深明、宽宏，但对于更改太子一事，不作回答。

刘曜认定，有贤达、坚韧、明见、聪慧的母亲辅佐，更胜于一个精干良臣。

时长安频频地震，人心惶惶，市面流传皆因女主乱政所致，一时众说纷纭。

朝堂上，刘胤联络朝臣反对羊献容，认为这是上天给予的警戒，女人参政有损汉赵颜面，冒犯天威，理应给其惩处，应割去皇后名位，遣送归晋国。

愤怒的刘曜甩手给了刘胤一个巴掌，刘胤踉跄跌至几米开外。

"皇后虽为你庶母，但从无私心加害每个皇子。且汉赵成立以来，兴庠序、尚节俭、促商埠、保国本，每一件兴国利民之事，无不在其尽心谋划辅佐下促成，才使汉赵有了一丝鼎盛迹象。国家初定，江山未稳，外敌环视，胤儿不思谋国事，为父解忧，却在这些旁门左道上给母后计较，胤儿如此没有头脑，令父皇失望。"

刘胤不服，自此耿耿于怀。

石勒试图过江进军东晋。刘曜闻之，发兵五马渡打乱石勒扩张目的。东晋得以恢复元气。

夷人句渠知发动叛乱，扰民不安，刘曜敕令都城内外严加戒备，自己将率军亲自征讨。游子远进谏说：“陛下且慢，如果陛下信任我，用我的计谋，一个月即可平定叛乱，大驾也不必亲征。”

刘曜说：“你说说看。”

游子远说：“夷人造反非是有何远大志向，或想图谋帝王之业，不过是畏惧陛下刑罚威严，想逃免一死罢了。陛下不如实行赦免，让他们重新做人。前时受解虎、尹车之事牵连坐罪，其家人中被没籍为奴的老弱者，也释放遣返，让其互相招引，允其重操旧业。他们既得生路，又有生存依傍，怎么会不降服呢？假如其中有人不知悔改，聚集不散闹事，请陛下调给我弱兵五千，我一定为陛下剪除他们。若非如此，现在造反者漫山遍野，即使凭借天威去征讨，恐怕也不是短期内可以剪除的。”

刘曜大为高兴，即日大赦天下，任游子远为车骑大将军、开府仪同三司、总领雍州、秦州征讨等军事事务。游子远屯军雍城，恩威并用，夷人投降的人有十多万。大军到达安定，反叛者尽皆归降。

西晋灭亡以后，各少数民族在中原展开厮杀，各路英雄纷纷登场，建立大小国家数十个，经史学家整理认定，最后载入史册的有十六个，史称西晋十六国。

永嘉之乱后，西晋兵败如山倒，很快灭亡。在此之前，王弥为建立自己的王国，派部将曹嶷带兵攻打青州。曹嶷占据青州，废弃临淄旧城，在青州另筑广固城，把青州、齐郡、临淄皆迁进城里，广县城也并入临淄。此时，王弥在河南被石勒所杀，刘曜任命曹嶷为青州刺史，曹嶷势力又进一步向西扩展，先后攻下公丘，杀晋齐郡太守徐浮，俘晋建威将军刘宣，下祝阿、平阴等地，齐鲁之间郡县望风而投降者 40 余城，兵力扩大到 10 余万，形成了割据青齐的局面。

之后，羯族人石勒建立后赵。石勒不能容忍曹嶷拥兵自重，派遣石虎统率精锐步骑4万人讨伐曹嶷。曹嶷自知难以抵挡，只好开门投降，曹嶷被送到襄国，石勒杀害了他。曹嶷占据青州14年。

西晋末年的战乱和北方少数民族入侵，北海士族同大多山东士族一样，经历了“永嘉南渡”，其历史命运发生了根本性的变化。先后发生的曹嶷东徇山东、临淄大战，石虎攻占广固等事件，迫使北海士族纷纷逃难，南渡江淮。

江南消息极其艰难地传来，但凡每有一点消息，都让羊献容心安一分。

司马睿称帝建立东晋后，为了便于统治，制定了“侨寄法”，即按照门阀士族的原籍名称，设置一些侨州、侨郡、侨县来管理，叫作“侨置”。北海士族大多南迁到江北淮河一带，以今扬州、淮北地最多。故此，东晋在广陵（今江苏扬州）侨置南青州，在今江苏北部侨置齐郡、济岷郡、高密郡，领侨置县8个。南迁的北海士族，带去众多的佃户、工匠和各类人员，定居于当时经济发展相对落后的江淮地区，为开发南方做出了积极的贡献。①

私下里，羊献容命人打探故土情况，但派去回来报信的几波人员，无一不是一个说法，村庄已遭战乱毁坏，羊姓不存。四周山势辽远，村落稀少，羊氏族人无复痕迹可寻。听此情况，羊献容心如刀绞。

她派人送兽皮及珍稀药品与羊祈加以联络，但所送之物皆原封不动被退回。或言找不到人，或言地址不对，羊献容抱着被退回的物品，无声饮泣。

佛像前，羊献容双手合十，默默祈祷，希望羊曼不负重托，族人尽皆南迁、平安。

她知道，如果不是南迁之策，羊曼会留在北方老家，组织强大的地方宗族武装，聚族自保，与各族进行游斗。但她也知道，羊曼会以保护宗族

① 《山东区域文化通览·潍坊卷》

为念，不顾千山万水，道路险阻，率领族人至江南，凭着对晋室的忠诚，继续辅佐晋元帝司马睿。她只希望，无论南方北方，所有的族人能够安稳度日，好好活着。

日落时的草原静谧优美，天地安然。羊献容捧一本书，静静地坐在山包上，遥望着远处晚霞浮映的天空，陷入遐思。碧月静静地相伴身后，看着山包下纵马驰骋的刘熙挽弓、射猎。远处的羊群，与猎猎旌旗点缀着草原优美的景色，牧人悠扬粗犷的歌声时断时续，遥遥传来。

山包后两匹马疾驰而至，羊献容惊异何人如此大胆，竟敢闯入皇子涉猎之地，不由有些警惕，但随着马匹驰进，马上之人容颜渐渐清晰，羊献容的心剧烈地狂跳起来。

一马上端坐的是中郎将羊济，另一批马上，赫然是永嘉之乱后再未谋面，已满面沧桑的羊祈。她一下泪崩如雨，呆站在那里，一句话也说不出来。

羊祈下马走近前，也是满眼泪，静静地彼此望着，仿佛听到天外滚滚洪雷。

“你没有死?”

“你也还活着?”

“你怎么会没死?”

“你怎么也还会活着?”

所有的惊喜、激动、责怪、思念在那一刻迸裂，羊献容哭叫一声兄长，扑了过去。

“为什么退回我的东西，为什么不认我？我好想你们！好想你们哪!”

羊祈也是激动万分，紧紧拥抱着羊献容。这一刻，他不知说什么？眼前的羊献容，经历了什么他不知道，但他知道，能在这乱世之后活着的人，都有一番生死交替，都有一番痛断肝肠。如此光景下，还有什么苛责？还有什么非难？他不忍再把族人不待见她的消息反馈给她，她已经受尽了坎坷与折磨。这动荡不安的年代，还有什么比活着更让人欣慰。

碧月端来马奶酒，羊祈一饮而尽。

羊祈折转身，从衣服内层里取出一封书信，是羊曼的笔迹。略叙南迁境况，并告之一切皆好，甫阳已婚配并育有子嗣，并入江淮地方儒商名绅。羊献容端详着信，泪扑簌簌地滚落下来。这封信，不知辗转多久，也不知在羊祈怀里随着烈马奔驰多少日出日落；更不知羊祈经历了多少风险才到达这里？强烈的思念，激动的相见，让羊献容再也忍不住，她长哭一声，面向东方跪下，磕头不止。

羊祈不能久留，上马告辞，短暂的相见，长久的别离。羊献容拉着羊祈的手，执拗地不愿放开。兄妹俩百感交集，彼此眼里沁出了血。万千语言只化为两个字：

“珍重!”

羊氏家族的衰落始于西晋末年的“八王之乱”，它严重动摇了其家族的地位。自成都王司马颖以讨羊玄之为名起事，至羊玄之忧惧而卒，身为皇后的羊献容废立由人，司隶校尉刘暾、尚书仆射荀藩、河南尹周馥等上书奏称羊皇后“羊庶人门户残破，废放空宫”，为“一枯穷之人”，此时已是泰山羊氏家族力量衰落初始。

永嘉之乱后，泰山羊氏族人随晋室大举南渡，由于远离了泰山地望，加之东晋是司马氏依靠南方士族建立的政权，作为南迁士族的羊氏家族势力已大不如从前。此种情况一直到羊规之降魏后，泰山羊氏家族力量的重心转入北朝，羊祉、羊烈才得以重震羊氏门庭。北朝的泰山羊氏基本上保持了家族崇儒的门风，并因为有强大的私人部曲，成为北朝一支不容小觑的武力强宗。而南朝的泰山羊氏，由于受东晋士族社会“玄风大盛”的影响，家风很快玄化，并成为南朝一支著名的玄学世家。羊氏后人各展才华，在滋养家族后代的同时，与江南风土融合，使其家族始终保持生生不息的活力。

而因为战乱的变迁，势力的分散，居住地的迁徙，羊氏一门就此在泰山羊流（羊留）大地渐渐沉寂，直至消于寂寥，从而有了后世诗人“子孙谁姓羊”之感叹。

第十八章　大义明心，凤翥鸾翔任驰骋

大兴四年，羊献容怀第三子。

佛图澄云游至汉赵帝国，弘扬佛典。刘曜与羊献容执国礼以待。

佛图澄是西域高僧，最初和羯族人石勒、石虎有交往，石勒、石虎杀伐征战，为害关中，佛图澄劝说他们积德行善，挽救了无数汉人的生命。并籍此游说两国，希望消除战争，共建和平。

羊氏家族崇佛信道，与佛教有着不解之缘。羊献容对佛图澄敬重有加，于是专门赐长安古刹作为佛图澄讲经之所，并在佛图澄指点下，增造佛寺数座。

佛寺造型精美，庄严神圣。佛图澄弘扬佛法，佛心广布，一时贯满长安大街小巷。长安是汉高祖刘邦建都之地，早在西汉年间，高祖刘邦曾以宗女嫁与匈奴冒顿单于，从那时起，便出现了自称是单于与汉公主子孙的匈奴贵族，他们使用刘姓。此后汉朝屡有和亲，姓刘的匈奴贵族也就越来越多，都自称是汉朝的后人。所以刘渊尊汉为自己祖宗，刘曜选此地作为帝都也是有其原因的。①

碧月禀了羊献容，自愿皈依佛门落发为尼，承惠尼师太衣钵，为众生祈福。

---

① 西汉（公元前206年至公元23年）刘邦都城在长安，今陕西西安西北。

相伴半生，羊献容万分感念与不舍，数次挽留，碧月心意坚决。无奈，羊献容只好在皇宫内苑开一佛堂，请佛图澄为碧月主持皈依仪式，并分派专人协理碧月生活。

素日里，羊献容经常在佛堂驻足，与碧月谈经。每每在佛前虔诚跪下，合掌顶礼膜拜，默默祷告，皆感心安意净，俗念尽消，物我两忘。

闲暇里，羊献容忍不住怀念以前的日子，怀恋故土，想念家乡亲人。只是家国何在？亲人何寻？飒飒西风里，望见的是微云孤月，难尽人间团圆；漠漠晨光里，感受到的只是美景良辰，不见千里长歌。

而随着刘熙一天天长大，一种不安因素也在与日俱增。

刘曜九子，皆封王，年长最具影响力者，便是世子刘胤。刘胤聚众弹劾一事，虽被刘曜斥责压下，但其心里的不满情绪依然存在。倘若不能收服刘胤，会对刘熙将来构成莫大的威胁。羊献容几次向刘曜提出将刘熙太子之位让于刘胤，刘曜深知刘胤心胸狭窄秉性懦弱，均不答应。羊献容不想再看到“八王之乱”兄弟阋墙带来的祸患，她处心积虑，希望能找到合适的时机和刘胤长谈。

刘胤是刘曜还是秦王时与原配卜氏所生。刘曜的长子是刘俭。刘俭九岁、刘胤四岁时给带到刘聪面前，刘聪对刘胤印象深刻，他告诉刘曜，应该把刘胤作为继承人培养。刘曜说自己只是一个藩王，不必要废长立幼。刘聪说刘曜为国家栋梁，不同于其他藩王，应该选择聪明的刘胤作为继承人。之后，刘聪封刘俭为临海王、刘胤为秦王世子，着重培养。刘胤长大后，弓马娴熟、虎虎生风。

大兴元年，刘聪去世时，刘粲被靳准所杀，靳准在平阳屠杀刘氏皇族。刘胤看到祖母胡氏和叔父皆凄惨被害，心下害怕，于是逃命而去，流落到黑匿郁鞠的部落，成了奴隶。刘曜即位后，刘胤把自己的身世告诉了部落首领黑匿郁鞠，黑匿郁鞠一听很是震惊，于是恭恭敬敬地把刘胤送回刘曜身边。刘曜一直以为刘胤死了，故立他与羊献容的儿子刘熙为太子。现在刘胤归来，且日渐长大，刘曜想听从羊献容之荐改立刘胤，但在国舅

左光禄卜泰、太子太保韩广的反对下，刘曜细思刘胤性格懦弱，欠缺杀伐果断之谋略，不堪大器。刘胤也意识到自己的不足，谦辞。刘熙仍为太子。

是母亲皆有舐犊之情，羊献容也不例外，但她也深深地怜爱刘胤，他的母亲战乱流亡中死去，自己又失去太子之位、失去父亲宠爱，这份刺激，不是一个少年孩子能够接受的。而刘熙只有十一岁，刘胤长刘熙若干，若能引导他辅佐刘熙，不失为一个肱股长兄。

天佑慈母心，这一时机终于到来。

秋夏之交，刘胤病倒了，一场风寒将年轻人折磨到虚弱不堪，气息奄奄。

羊献容衣不解带，彻夜守候在刘胤榻前几天几夜，亲自熬药，煎煮饮食，护理刘胤康复，连二皇子刘袭也顾不上，交予奶娘管理。

长久失去母爱的刘胤被羊献容感动了，兼几次听到羊献容荐书改立自己为太子，太子刘熙也有退让给刘胤之求，不觉对羊献容消除敌意，推心置腹，信任有加。对以前自己的怀疑与不敬深感愧疚。

那一夜，母子彻夜长谈，窗外夜色半依初秋，平添一份温馨。

羊献容说："晋时前人陈寿有言，'恶不可积，过不可长。患名之不立，不息年之不长。'此两句意思是，为人处事，过错不可滋长，坏事不可积累。干一两件坏事或有微小的过失算不得大问题，因为人非圣贤，谁能无过？但是，如果不引以为戒，防微杜渐，而任其发展，就会积小恶为大罪，积小过为大错，最后不可收拾。这和《左传·隐公六年》之语'善不可失，恶不可长'一样，都有劝诫意义，不可等闲视之。"①

刘胤接道："儿臣也曾读过其'治疾及其未笃，除患贵其未深。'大凡度德而让，古人所贵。儿臣之前愚钝，今知人之嫉贤妒能之习是最不可

① 西晋史学家 陈寿《三国志·吴书·陆凯传》

取的。”①

羊献容微笑点头：“西晋张华《鷦鹩赋》有‘言有浅而可以托深，类有微而可以喻大’之语。意思即，浅近的语言可以寄托深远的意思，微小的事可以说明重大的道理。张华乃晋一代文豪，此句虽是写作之理，同样可以用作做人之思想，即有勇有谋，文武双全。倘若只有匹夫之勇，只满足敢于冲锋陷阵，夺关斩将，却不善于斗智用谋，也不是好的将领，故有‘将在谋不在勇’之说。”②

刘胤道：“父皇曾训喻‘将当以勇为本，行之以智计，但知任勇，一匹夫敌耳。’儿臣领悟是，身为将领，应把勇敢无畏作为基本，但只是一味地仗恃勇敢，不过是普通人的敌手而已。还要有机智和计谋，故有‘两军相遇勇者胜’之说，而勇，既是勇敢冲锋，勇于计谋。以此为鉴，儿臣有耽于进步。”

羊献容道：“此句乃陈寿《三国志·魏书·夏侯渊传》之语。胤儿能牢记在心，律之以行，你父皇定龙颜甚慰。晋陆机《文赋》曾书，‘谢朝华于已披，启夕秀于未振。’”

刘胤问：“如何理解？”

羊献容一笑：“这两句意思是，抛开晨之已荼糜花朵，使傍晚含苞未放之花蕾绽开。在此以花为喻，把早晨开过的花比为古人且用过的辞与意，把晚上未开的花比为未被古人采用过的辞与意，强调行事思维应抛开前人的陈辞，而要锐意剖新，不落前人之窠臼。”③

羊献容用此句示意刘胤放开过去，瞻望未来。

刘胤颔首道：“如此说来，不以人之坏自成，不以人之卑自高。即是告知人不以别人的衰败而自以为成功，不以别人的卑微而自以为高大。当取长补短，人尽所用。”

---

① 西晋史学家 陈寿《三国志·魏书·袁绍传》
② 晋·张华《鷦鹩赋》
③ 晋·陆机《文赋》

羊献容点头道："此言甚是，骄傲之人必然闭目塞听，自满自足，成事不足。古训告诫人们要有自知之明，可引以为戒。良药苦口，惟疾者能甘之，故病者能心甘情愿服用。忠言逆耳，惟达者能受之。谏言虽然听起来不顺耳，但贤达之人知道对自已有益处。这同劝告身体有病之人服用苦口良药，有相同道理。"①

"言之难尽，而试之易知也。如何理解？"

"难以讲清楚的道理，用实际行动来加以验证，就容易明白了。此乃晋初太傅傅玄《马钧传》。"

"是的，'人皆知涤其器，而莫知涤其心。'这是最难做到的。世人皆知洗干净器具益于身心，却不知纯洁自己的心灵，更为重要"②

"故大丈夫处世，应如陆平原陆机《文赋》所言：'喜不可纵有罪，怒不可戳无辜；观古今于须臾，抚四海于一瞬。'"

刘胤目露感动和欣喜，侃侃道：

"这两句意思儿臣懂，即不能因为自己喜欢就放纵了有罪的人，也不能因为自己生气就伤害了无辜的人。要顷刻之间能神驰古今，观览所有，也可眨眼的工夫囊括四海，采摘万物。把万象洪宇皆纳入思维之中，进而取其精髓，增补裨益，使才能与思想大道合一，巩固根本，统治未来。"

"此即知者行之始，行者知之成，即圣学只一个功夫，知行不可分作两事。"羊献容不住地点头，为能与刘胤达成共识心相近而欣慰。

母子双手紧握在一起。刘胤也深感动容，深深为汉文化博大精深感叹，明白了中原文化长盛不衰的道理；也深深为羊献容渊博的知识，宏大的思想情操与浩瀚深邃的母仪情怀所折服。

母子畅谈，聊兴甚浓，连刘曜牵着刘熙走进来，也未察觉。

刘曜见羊献容与刘胤如此投机，不觉心下大加释然。

---

① 西晋·陈寿《三国志·吴书·孙奋传》

② 西晋·傅玄《傅子·附录》

他更加敬重羊献容，能将刘胤敌对情绪化干戈为无形。倾听片刻忍不住，他也加进来："览斯戏以广思，仪群方之妙理。可见曹摅的《围棋赋》之名言。也是大道至简，义理相通啊！"

羊献容与刘胤吓了一跳，待发现是刘曜，转而又笑，赶忙施礼。刘熙则调皮地嚷道："上善若水，母亲对刘胤哥哥如此疼爱，刘熙也要吃醋求长进了！"几人哈哈大笑。

刘曜拍了拍刘胤，一把扶起羊献容。看羊献容憔悴样子，眼神有些心疼。"古人思想深邃浩瀚，德理俱典，足以引人深省，泱泱大国，更需明澈之文化协助。容儿如此为我思虑，世子进步斐然，我刘曜夫复何求？贤妻契子，家国有望，此生足矣。常言道：'兄弟同心，其利断金。'朕有一个想法，设立单于台，让刘胤历练。胤儿此后凡事与你母后商议，父皇希望，将来的汉赵能看到百姓更加富庶，国力更加威强。"

大兴五年（公元 322 年），刘曜继承刘渊统治胡汉以来的双重体制，设单于台于渭城（今陕西咸阳），任命其子刘胤为大单于，置左右贤王以下官位，以胡、羯、氐、羌、鲜卑各族酋豪充任首领。管理关中、陇右各杂居少数民族。

刘胤是一个很有意思的人物，自幼就表现出不同寻常之处。也正因为如此，刘曜对其抱有很大的期待。而刘胤本人在作战中，也有优异的表现，可称表现了大将之才。然而刘胤最终难改懦弱个性，329 年石勒大军进逼长安，刘曜被俘，面对严峻危机，刘胤惊慌失措，拉着刘熙逃命，完全失去了其才干，不战而逃，导致前赵防御全线崩溃。或许正如胡三省在《资治通鉴》中所评："盖曜既被擒，胤胆破矣。"这是后话，暂且不提。

刘曜封刘胤为大单于，位次仅次于太子刘熙。羊献容又上书刘曜，追封刘胤的母亲卜氏为元悼皇后。刘熙和刘胤的亲密关系，一直保持到他们生命的最后。

刘曜性格残暴，尽管之后有所收敛，但仇恨的种子早已在各部萌芽，在他统治期间，各部多次起义反抗，参加者氐、羌部落一次多达十余万

人，或羌、巴氐、羯三十余万人。

刘曜在镇压各部起义以后，或扣留质任，或大量移民于长安，多时一次达二十余万口。汉赵国境西有前凉张氏，南有仇池杨氏和成汉李氏，北、东两面是后赵石氏。张氏兵力不强，保境自守，称藩于刘曜，李氏远据巴蜀，刘曜力所不及，也不能对关中构成威胁。仇池地方虽小，而易守难攻。虽被刘曜一度占领，终为杨氏收复。刘曜扩张势力，主要东向与石勒激烈争斗不休，互有胜负。

戒于石勒的不断扩张侵略，刘曜有了与石勒一决雌雄的决心。

团团三五月，皎皎曜清辉。宫殿内，羊献容与刘曜灯下对弈。羊献容试图以棋做引，劝刘曜放弃战争。

刘曜心不在焉，棋风却稳，布局周密，一招一式，无不深思熟虑。

献容以守为主，反败为胜，落子果敢，步步紧逼。刘曜功亏一篑。

刘曜撤出危险地带，开始反攻。寸步不让。

眼看要全局覆灭，刘曜拧紧双眉，试图绝处逢生。见闯不过，不觉笑道："容儿棋艺似乎大进，可有高人指点？"

羊献容莞尔一笑："非容儿棋艺精进，是陛下心有牵绊，不能专心。"

刘曜慨然："杀伐征战，未知几时休？列国环伺依依，想如日中天，亦难。"

羊献容肃容："陛下可知？日中则昃，月盈则食？这是自然常理，无法驳逆。亢龙有悔，龙飞极致，势必会受挫。古人说，当盛之时，须虑其亢，易经之大义，大抵于满时致戒。庄子《知北游》有语：'为国者，以民为基。'任何风惊浪动，都必含有一番血战恶斗。而敌人，是不会心慈手软的。"

刘曜此时方明白羊献容用意。这个历经废立艰苦卓绝的女人啊，心怀天下，良善自持。多么厌恶战争。

"然而曜不能后退。"他歉意地对羊献容说声抱歉。

羊献容不解地望着刘曜。

刘曜叹一口气："不战而屈人兵，善之善者也。刘曜亦向往之。但若对面是一条狡猾的狐狸，则无道理可言。今番我如不强硬，势必有人会强硬。如果今天我放弃，明天就会有整个国家覆灭，沦为奴隶。不说石氏剑拔弩张，即便前凉也会对我汉赵百般欺凌，曜浴血生死得来之大国，将会再度沦为他人铁蹄蹂躏之下，不仅百姓子民，就连我的容儿、熙儿，曜将都难以保护。骑虎难下，这个道理，便是如此。"

羊献容也深深动容，铁马金戈，弱肉强食的道理，她懂。对于有些欺凌霸占，野蛮扩张，一味地忍让，得到的不是感恩，而是无尽索取，红尘悲心，救渎不了猎豹野心。"治政在于任贤，强国在于兵盛。"要想屹立于乾坤而不倒，除了自身强大，还要有足够的顶风抗雨之坚擎。

她沉重地应道："献容明白，或许更应向佛图澄大师所言：看清世态，勘玄机于先兆，隐未来于变化，统摄一心。"

刘曜重重颔首："有容儿为我稳固后方，曜奋马跃疆，背水一战，足矣！"

羊献容感慨："一场战争在所难免，个人安危已经微不足道，容儿所能做的，就是协助陛下做好份内之事，协理好后宫保国固本。人不能沉溺过去，也不能盲目未来，只有做好当前的事，无愧于心。其他的一切，交予后人去遑论判决。"

刘曜为之无言感慨，"择容儿为妻，不负心之所向。就是为了容儿，曜也要保住当前局势，保住同甘共苦，亲手打下的这片江山。"

灯光下，他们相互依偎，心意深深。

一番交谈，羊献容深深感触，人生风雨，皆苦乐参半。而成大事者，每一成功之背后，皆有一步步艰辛。也许只有经历过苦，经历过难，才能得到积淀，才能感悟优劣，才能悟出人生魅力所在；也许只有经历过甜，经历过刻骨记忆，也才能认识到生命之宝贵，进而珍惜，尊重。此一番历练，当真是悦心也虐心。

而一个女子，只有经过时光的淬炼，去掉天真、繁芜、波折、坎坷，

走向成熟，才会有醇厚的味道。或许这成熟带着一丝淡淡的沧桑，但会显出更真挚情怀，如陈年普洱和千年老树，越发珍贵。光阴赠给羊献容的，除了凛冽的寒凉，更多的是这种叫作内涵的东西。

日久洗练，羊献容更加沉稳从容，一举一动，富含女人婉约，韵味十足，又母性十足。

刘曜常常会望着她出神。皇子们也都十分恭敬亲切地称她母后。刘曜常常回想以前，然后再把十几岁的羊献容和现在的羊献容融为一体，眼睛里所流露出的钟爱、依恋，深情款款，常常让步入成年的羊献容如少女般娇羞。

由此可见，一个人的美丽并不是容颜，而是所有经历过的往事，在心中留下伤痕又褪去，令人坚强、安谧、从容、感知的东西。也足以证明，爱是宽容，是相知相惜，是从心底里散发出来的不离不弃，是天作之合的默契入心，是跨越世事沧桑阅历，沉淀出的一种令人赏心、怡心，独特的气息。

秋日，凤仪宫装潢完毕。刘曜下旨羊献容转驾凤仪宫。凤仪宫为皇后正宫，为长安城内仅次于未央宫之建筑。未央宫自西汉以来多次遭受兵火破坏，中间虽经几次修复，但羊献容终嫌过于靡费，不取。刘曜于是另择一殿，装修一新。

刘曜如此珍视，让羊献容不觉感动泪涝。多少次，故国家园梦千回，多少次，复晋之念心头生。为呵护一脉希望，她力阻羊氏家人参与到汉赵里面来，为的是不让“数典忘祖，背弃民族之念”落在他们头上；多少次，她辗转羊曼书信，扶持好东晋，尊羊氏祖辈精耿信念，保羊氏后人血脉传承，扬羊门一族清廉精神。得幸刘曜非昏庸国君，尽管战场杀戮残暴，却能悉听正言，消尔复仇心念，真正地想建立自己的王土，造福子民。

羊献容想，纵是罔论非非，蜚短流长，唾沫一地。行至今，她也只能顾全大局，而不去计较个人恩怨得失。

迎着汉白玉石栏上行，一步步进入内宫，宫内澄泥金砖墁地，一阑朱红次第绵延，门槛之内，地毯柔软厚密，无数的玉座朱雀百花灯，灯影交织，扑朔迷离。几十扇通天落地绞纱帷帐以流苏金钩挽起，直视寝殿深处，六尺宽的沉香木阔床边悬着鲛绡宝罗帐，榻上设着青玉抱香枕，铺着软纨蚕冰簟，叠着玉带罗衾，帐上遍绣洒珠银线海棠花，风起绡动，如坠云山幻海一般。正中宝顶上悬着一颗巨大的明珠，熠熠生光，似明月一般。重重纱帏漫漫深深，仿佛隔了另一个曼妙世界。

宽阔的御榻，锦被绫罗，一尊紫铜鎏金大鼎兽口散发着淡淡青烟。红烛摇曳，淡淡馨香。

侍从躬身无声退下。

月色皎兮，皎人撩兮。一汪碧波，在空气中柔和荡漾。

刘曜出现在帷帐深处，目光柔和，向她伸出双手，浅浅的一抹明光映在刘曜眉宇间，甚是温暖。

她牵上他的手，柔情缱绻，仿佛回到雪地里那次上马；她偎着他的胸膛，激情荡漾，仿佛回到月夜驰马猎猎，洞箫流苏狂颤；她闭了眼睛，尽情享受他的吻，一任他如鱼戏水，江河澎湃。她则像怒放的牡丹，肢体舒展，花瓣恣意张开，共同迎接一次又一次汹涌而至的潮水。寂静的宫殿，夜幕四合，月色皎洁。月光在刘曜线条硬朗的侧影上，打出一层逆光，更为他增添几分英发之气。极度的恩爱缠绵，让二人有了新奇的归心之感，仿佛回到青春年少，仿佛第一次真正地体会到夫妻之乐，不由更加恩爱、欢心。

御榻侧，一支翡翠珊瑚温润碧绿，婀娜多姿，娇媚动人。

情深处，刘曜搂定羊献容，附耳问："容儿，吾比司马家兒，何如?"

羊献容含羞嗔道："胡可并言？陛下乃开基之圣主，彼亡国之暗夫，有一妇一子及身三耳，不能庇之。贵为帝王，而妻子辱于凡庶之手。遣妾尔时实不思生，何图复有今日。妾生于高门，常谓世间男子皆然，自奉巾栉以来，始知天下有丈夫耳。"

刘曜呵呵高笑，笑声里有自豪，有豪迈，更有一股子不服输的霸气。

“容儿仰倾之貌，慧质之心，真是刘曜福气。刘曜上慰天颜，下承子嗣，必与你举案齐眉，白头偕老。”

“陛下言重了，容儿不过凡俗之质，凡俗心意，嫁恩爱郎君，得椒房之喜，怡爱子天伦，温暖在心，妇复何求?”羊献容小鸟依人般地偎在刘曜胸前，始觉女人一生所求不过如此。

“椒房”，是宫中大婚，是宫中最尊贵的荣耀。相传出自汉代。据《汉书·董贤传》记载，除皇后外，等闲妃子不能得此殊宠。椒房即以椒和泥，粉刷墙壁，取温暖，芳香，多子之意。古人既有“花椒聊之实，蕃衍盈生。”之说。

自此二人更加恩爱。

匈奴、鲜卑、羯、氐、羌举兵辱掠中原，是中原人最坐不稳江山的时期。在胡族的驱赶下，百姓如牛羊一般被驱使。然读过这段历史之人，会发现“五胡”帝王刘渊、刘曜、石勒、李特、慕容皝等，都堪称人物。他们“崇化教务，汉化极深。”比起那些涂脂抹粉、行步自顾其影、听了驴鸣会发抖的士族子弟，比起外强中干，只知争权夺利内讧的司马家族之徒，不知强过多少倍。

刘曜虽为匈奴后裔，实在很有英雄气概，作战中坠马负伤，随从傅虎要将战马给他，面对生死关头，他却拒绝接受，说“我已经负伤，而你毫发无损，相比之下更有活的可能。我伤，死得其所。”傅虎感动痛哭，强行拉他上马，驱马渡过汾河，自己留下御敌战死。

时隔多年，刘曜依然是英俊的，硬朗的，比几年前更增添了成熟的魅力，处理政务更张弛有度，思维睿智，果断沉稳。或许正因为如此，羊献容从一个女人的角度，得出了“始知天下有丈夫耳”的结论。

炯炯目光注视下，羊献容有一刻的迷乱。尽管已生两个孩子了，却丰姿不减，更见风韵。大漠女儿，通常美得赤目、火辣、野性。羊献容低头含蓄温婉的一笑，恰似春水荡漾，柔美尽现。刘曜一把搂住，再次地深情缱绻。

日出日落，花开花谢，转瞬间分娩日期已到。

已是第三子，羊献容不怎么在意，却时不时地心惊肉跳几下。晴朗的天空被夕阳焗成深红色，仿佛一个血色黄昏。

夜晚降临，阵痛开始了，一波波疼痛袭来，羊献容冷汗潸潸。半夜过去了，小腹下坠如裂，却始终不见胎儿露面。产婆进去出来，出来进去，却始终不得要领。刘曜急得想杀人，怕冲撞了胎儿喜气，只好忍住。

凤仪宫里，气氛紧张到极点。御医进进出出，摇头叹息。

刘曜大发雷霆，侍从，产婆跪了一地，磕头请罪。

关键时碧月提醒，可否请赛神医前来。

刘曜一听，赶紧派人去请赛神医。赛神医久居中原，对中医中的针灸颇有研习。八十高龄的赛神医颤颤巍巍地被扶进凤仪宫，顾不得男女有别，搭脉细瞧，请求以手试探胎儿体位。片刻之后做出诊断，胎儿乃横位，难产，此番生产对羊献容母子诸多不利。

“横胎”“难产”几个字，仿佛重锤一般敲击在每个人心头。

刘曜一下坐在御榻上。他以皇帝之尊，口称家公，请求赛神医无论何种办法，要保容儿平安。如若不然，他将灭全殿人士为容儿陪葬。

夜渐渐退去，又是一个黎明。刘曜揽住两个皇子，眼神焦虑不安。

寝殿内，灯火通明，羊献容精疲力尽。产婆在赛神医的指点下，为羊献容调整胎位。碧月率领女弟子，在殿外木鱼声声，不停地为羊献容祈祷。时间一点点过去，祈祷的人越来越多。漪兰携了刘熙、刘袭而至，尽皆跪于寝殿之前。

日落时分，一声婴啼打破寂静，孩子终于降临了。赛神医满头大汗，体力几近支撑不住。软榻上，羊献容气血耗尽，已是气息奄奄。刘曜扯起两个皇子，欲冲进寝殿，赛神医挡住了，摇摇手，说不出话语，眼神示意里，分明写满了“不祥”二字。

刘曜一惊，他不顾阻拦冲进去，一把抱起极度虚弱的羊献容，所有的关切与疼爱，温怒与震慑力都集中在一双冷寒的眸子里。

刘曜下令："把所有为皇后诊胎，保胎宫医，全部杀掉，不使新生婴儿看到这些孽障。"

羊献容神情憔悴，挣扎着坐起，大出血使她脸色惨白。

她摇摇手："恭求陛下无论如何不要大开杀戒，容感念陛下深恩，请听容儿一言，他们皆是阐儿的恩人，没有他们，阐儿来不到这个世上，陛下万万不可杀戮过重使阐儿增加罪孽。请皇帝赐予他们奖赏，为阐儿积福。"

残阳射进凤仪宫，落日余晖中的羊献容，玉骨冰肌，典雅从容。有一种凄婉惨凉的美。她的一番仁慈与悲天悯人情怀，那一份优雅从容，顷刻间倾倒在场的所有人。所有人跪下，给羊献容谢恩。

刘曜情急泪下，望着虚弱的羊献容，眼底渗出血来。他紧紧地攥着羊献容的手低低地喊着"容儿、容儿"，不知道该如何是好？

羊献容淡然一笑："容儿自知将不久于人世，得夫如此，心早无憾，熙儿知礼、聪明，有师傅细心辅教，相信必有成果。袭儿尚童稚，阐儿襁褓之中，皆需尽心照应，更请陛下为皇儿们择母而教，哺育他们长大成人。国事为重，苍生为念，勿以容儿离去伤悲！"

一声悲号起自凤仪宫，瞬间传遍了长安街的每一个角落。

公元322年，汉赵大兴五年、东晋永昌元年，羊献容生三子死去。

羊献容死后建陵，刘曜"亲如粟邑以规度之"，并背土覆坟，悲痛不已。更不惜巨资，打造墓葬陵园。"大赦境内殊死已下，赐人爵二级，孤老贫病不能自存者帛各有差。"以示对羊献容哀荣。

羊献容葬于显平陵，此陵下锢三泉，上崇百尺，积石为山，增土为埠。谥号"献文皇后。"

羊献容在盛大的出殡典礼中，灵柩缓缓下葬。一代奇后羊献容，历经风口浪尖，生死跌宕，人生悲喜，就此香消玉殒。

下葬当日，汉赵皇帝刘曜举幡对日，眼含泪光，烈烈的日头穿破幡影透下一片黑暗，那一刻，苍天沉默，寰宇悲声。

永昌元年后赵石勒四年，徐龛拥兵泰山，在东晋、后赵政权中反复无常。同年七月，后赵中山公石虎攻入泰山，擒杀徐龛，泰山一带遂入后赵版图。①

或许太过美好的东西从来都不适合经历，因为一旦经历便无法遗忘。

或许，人生，就是一次旅行，是一种领悟，是生命的一种体会，是人生彻骨的无悔。她来了，又去了，只为在这滚滚红尘中留下一抹妍丽的微笑；她哭了，又笑了，只是将一种美丽与回味留在这世间，只是将一种女性的坚韧与母性的伟大，留在所有爱她敬她的亲人之中，任凭岁月的风将它激来荡去，终至无形。

“稽首天中天，豪光遍大千，八风吹不动，端坐紫金莲。”百年古刹在落日的余晖照映下，欲显肃穆，庄严而又神圣。绝尘的梵音在肃穆的大殿回绕。大佛丰圆端丽，面如满月，双耳垂肩，慈颜微笑，俯视脚下芸芸众生。

① 《晋书·元帝纪》、《资治通鉴·晋元帝纪》

后　记

姓氏不仅仅是一个代表，每个姓氏中的人和事，都是家国渊源的一部分。研究与发掘它，对历史文化传承有着积极而重要的意义。

与羊氏家族的历史结缘并创作《一代奇后羊献容》这部小说，缘于母亲送我的一摞搬家舍不得丢弃的旧书。其中的《新泰风物史话》（山东友谊出版社 1992 年版，作者马培林、柳方来、周郢）一书中记载的“晋代羊门两皇后”之羊献容的坎坷经历深深打动了我。从那以后，我便有意无意地搜阅有关羊献容的历史资料，其传奇人生渐渐浮出我的脑海。

羊献容出身于西晋时期的世家大族，位尊西晋和前赵两朝皇后。她姿色倾城，风华绝代，却一生坎坷，命运多舛；她贵为晋朝皇后，却无法得到皇帝的庇护，在长达十六年的皇权争夺中，她始终处在政治动荡的风口浪尖，生活在刀光剑影之中，先后遭遇八王之乱，历经五废六立；当“五胡”的铁蹄踏过黄河，屠戮中原之时，她以其柔弱之躯，家国情怀，护佑黎民百姓，引领天下苍生；她颠沛流离，命悬一线，却以其过人的才智，坚韧善良的人格魅力，一次次化险为夷，最终获得幸福，演绎了一阕荡气回肠的生命之歌。同时，其曲折跌宕的人生经历，也有力地促进了民族大融合，为两千年历史长河中的女性所少见。于是，我萌生了创作《一代奇后羊献容》长篇历史小说的念头，试图用文学的形式，再现这段历史，还原这一杰出女性，为泰山历史人物画廊增加靓丽的一笔。

在系统查阅资料，广泛收集素材，为创作小说做准备的过程中，我加深了对羊氏家族辉煌历史的了解。

羊姓是中华民族的古老姓氏。自西周“桐圭胙土”，“受氏分姓”，发展至东汉中叶，羊氏家族已成为“世吏二千石，九世并以清德闻”之名门望族。而泰山脚下的新泰羊流，则是泰山羊氏的肇兴之地，故有“地有羊氏之流风”之说。

历史上的羊氏家族可谓人才辈出，群星璀璨。在长达数百年的两汉至魏晋南北朝的政治变更中，羊氏先人以佐命之功行爵出禄，历践华阶，功勋显赫。无论是为政清廉的“悬鱼太守”羊续，为西晋统一三国立下盖世奇功的杰出政治家、军事家羊祜，还是书法家羊欣，北齐名臣羊烈，北魏名将羊祉……他们均秉承家训，为政则忠君爱国，清正廉洁；从军则视死如归，精忠报国；为文则情思骀荡，神采飞扬。即使那些看似柔弱的羊门女性，一个个也端庄贤淑，知书达礼，相夫教子，崇实笃行。《列女传》里记载的景献皇后羊徽瑜聪敏有才行，羊耽之妻辛宪英贤达有才鉴，羊祜之妻夏侯氏温良贤达受武帝褒奖，便是最好的例证。

永嘉之乱后，西晋倾覆，元帝东迁建康。羊曼对晋皇室忠心耿耿，不顾千山万水，道路险阻，合同羊门兄弟，率族众及其依附人口，从泰山平阳（今新泰）等地逐渐向南迁移，一直迁到战乱较少的江南地区，辅佐晋元帝。这是羊氏自祖辈徙居泰山平阳以来的首次大迁徙，羊曼为南迁始祖，后成为东晋的中兴名臣。自此，羊氏家族在江南繁衍生息，其庞大的支系遍及各地，“遗直堂”“悬鱼堂”“泰山堂”“岘山堂”等祖祠家庙，作为羊氏族人繁荣兴旺的标识性建筑，则星布各方，成为传承羊门家风的重要载体。

春秋不老，沧海桑田。历经千年，羊门家风世代传承的高风亮节、孝悌缜行之品质，长盛不衰，在当今社会的深层仍留下许多感人至深的篇章。海门羊氏“述先堂”就是最具代表性的祖祠之一。

2013 年 4 月，笔者作为新泰“羊氏文化发掘及羊氏文化产业拓展研讨会”导游词的撰写者，与来自全国各地的羊氏宗亲代表第一次近距离接触。面对羊氏家族后人在羊流羊祜像、羊氏墓群、羊公祠遗址前顶礼祭

拜，深深为姓氏文化与血脉相承的虔诚而动容，并第一次听人讲述广东汕头海门羊氏后人尊祖敬宗重建“述先堂”羊氏祖祠的动人故事。

海门羊氏源自齐鲁。明洪武年间，始祖羊良宝公为躲避战乱，率众不畏艰难，从江西吉水横山沿赣江南下，跋山涉水，到达汕头海滨，在海门镇定居，耕读立家，诚信践诺，仁怀济世，成为海门乡间富有影响力的人物。清道光年间，第十四世祖羊英科公协助林则徐抗击外来侵略，屡建军功，被朝廷钦点为闽粤总兵官，驻守南澳。为报答先祖的福泽庇荫之恩，羊英科公请旨，在海门修建羊氏“述先堂”，为海门羊氏族人排定辈序，修撰族谱，成为光耀海门的羊氏第一人。

历经一百五十余年的风雨，“述先堂”祖祠坍毁废墟。20世纪80年代，第十八世羊德仁族老立下重建“述先堂”的宏愿。（特别感动的是老先生一生致力于对中华羊氏历史文化和历史文献的挖掘、收集、整理，倾注了大量的心血。海门是广东省羊氏人口最大的聚居地，他在家乡乐善好施，捐资助学，对弘扬羊氏文化、传承孝道更是责无旁贷，是一位“中华羊氏精神”的卫道士和践行者）其六个儿子——锦波、炳金、炳林、老四、传财、传进继承父志，着手实施。建祠木材的质量由羊炳林先生全面把关，从东南亚购买，重建“述先堂”用地由旅居澳大利亚的羊老四族贤捐资置办，建祠事务由羊氏述先堂理事会牵头，老四、传雄、炳林、传伟、德木、羊五、春林等众多族贤协力完成。该祠堂于2012年9月举行了盛大的晋祠庆典，谱写了一曲传统文化与现代文明完美融合的乐章。“述先堂”光环内更光彩夺目的核心应归属于海门后人的“羊氏精神”。

2014年10月，汕头海门“述先堂”羊氏祖祠又完成一项惊天善事。旅澳宗亲、广东省水利水电建设有限公司董事长羊老四先生为圆母亲李秀清老人多年的心愿出资承办、“述先堂”全体族人共同协办了一场历时七天七夜的佛教盛会——“水陆法会”。108位僧伽诵经，数千族众闻法，祈福国家昌盛、民众安居、社会和谐。锦波、炳林兄弟们又为此付出满腔心血。

600余年的海洋生涯，海门羊氏在世代传承泰山羊氏优良家风的过程中，培育了坚韧不拔的意志和宽广无私的胸怀。除斥资重建“述先堂”外，他们还济困扶贫，捐资助学，在他们身上充分体现了团结和谐、乐善好施的羊氏精神与淳朴厚道的羊门家风。

2015年9月，笔者再次应邀赴浙江磐安羊氏家族聚居地双峰乡大皿村参加中华羊氏文化研究会举办的羊氏文化研究论坛。在那里，亲眼目睹了羊氏家族非物质文化遗产项目“炼火”的震撼，游览了羊氏家族保存完好的明清古镇，以及美丽幽雅的现代羊氏家园，深切感受到羊氏族人后世子孙不畏艰辛、艰苦创业、励精图治之勃勃生机。

真正埋头这部小说创作，笔者才发现历史之浩瀚，自己学识之疏浅。从《晋书》到《资治通鉴》，从《荆棘铜驼》到《汉赵国史》，从《魏晋之际的政治权利与家族网络》到《秦汉魏晋南北朝黄河文化与草原文化的交融》等等，所牵涉的政治、经济、文化、历史、地理、风俗、宗教等知识浩若烟海，令我惶恐，使我震颤，几欲罢笔。加之业余写作还不能耽搁正常工作，母亲又患食道癌住院，动手术和漫长的化疗需要陪护，重重困难纷至沓来，大有将小说扼死腹中之势。然而神奇的是，每当创作最艰难的时候，羊献容的形象就伫立面前，似乎用她那美丽温情的目光默默地注视着我，给我坚定信心和力量，激励自己笔耕不辍，促成今天这部拙著问世。

值此小说付梓之际，感谢著名哲学家、清华大学教授、博士生导师羊涤生先生，以82岁高龄，欣然为小说作序；感谢著名国际财经金融专家、原中国进出口银行行长、党组书记羊子林先生为小说题写书名；感谢中华羊氏研究会会长羊文超、羊光杰先生，对小说创作始终给予关心和支持；感谢襄阳国家一级作家《羊祜大将军》的作者王瑞国先生，为小说创作提出了很多很好的建议；感谢新泰历史文化研究会会长李明杰先生，给予历史方面的指导；感谢泰山文化学者周郢教授，及地方文史学者对小说创作的支持鼓励，为我提供了许多宝贵的历史资料；感谢泰安市、新泰市两级作协的领导和老师；感谢亲爱的母亲、姐弟、女儿等家人，在我最困难的时候，伸出援助之手，给我这样那样的照顾和帮助。

最后，我要特别感谢享誉港澳的泰山羊氏海门“述先堂”后人羊老四先生和羊炳林先生。两位羊氏俊贤获悉小说付梓困难，主动伸出援助之手，慷慨解囊。没有羊老四和羊炳林先生的无私资助，就没有小说的顺利出版。

虽然笔者亦“欲以究天人之际，通古今之变，成一家之言”（司马迁语），但由于才疏学浅，资料有限，纰漏在所难免，欢迎读者诸君提出宝贵意见，在此一并表示谢忱！

作　者

2016 年 6 月 15 日于泰山脚下